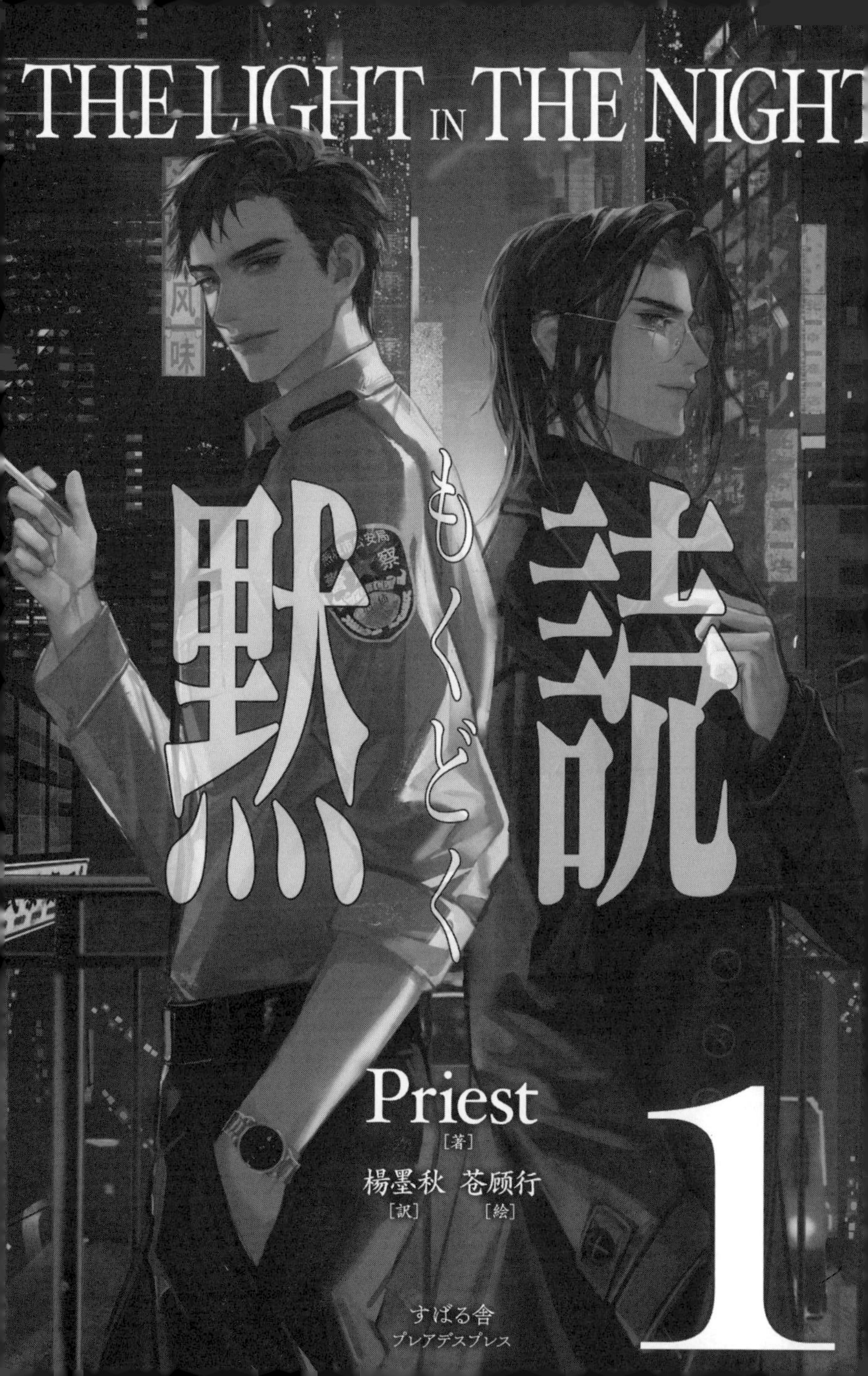
THE LIGHT IN THE NIGHT
黙読《もくどく》
Priest
［著］
楊墨秋　蒼顾行
［訳］　［絵］
1
すばる舎
プレアデスプレス

默読 The Light in the Night 1

第一部　ジュリアン

真実、おそるべき真実。――『赤と黒』

主な登場人物

駱聞舟《ルオ・ウェンジョウ》

燕城《イェンチェン》市公安局刑事隊隊長。始業時間である8時半ぴったりに出勤することをモットーとしている。持ち前の男気で隊員からはそこそこ頼られているものの「キャプテン・チャイナ」を目指しているのかとツッコまれたりもする。家では飼い猫の駱一鍋《ルオ・イーグォ》の下僕として活躍中。

費渡《フェイ・ドゥ》

巨額資産を保有するグループ企業の若き会長。はやくに母親を亡くし、成人後間もなく父親が交通事故に遭い植物状態となったため会長の座に就く。天才経営者を気取ることもなく、お坊ちゃまグループの仲間と楽しんでいる。極度の甘党。最近は「本命」ができたらしい。

燕城《イェンチェン》市公安局の人々

陶然《タオ・ラン》：刑事隊副隊長。駱聞舟《ルオ・ウェンジョウ》と同期で長年共に働いてきた。費渡《フェイ・ドゥ》に懐かれているものの、自宅マンション購入を機に見合いへと臨む。

郎喬《ラン・チャオ》：刑事隊隊員の女性刑事。非常に大きな目をしている。笑いジワを気にして笑うときでも口元だけに留めている。

肖海洋《シャオ・ハイヤン》：花市《ホアシー》分局の捜査官。角刈りメガネで痩せていて早口。実はとても優秀で抜かりのない青年。

張春久《チャン・チュンジョウ》：市公安局局長。費渡《フェイ・ドゥ》の遊び仲間の一人である張東来《チャン・ドンライ》の叔父。

費渡《フェイ・ドゥ》の周りの人々

張東来《チャン・ドンライ》：成功した企業家の跡取り息子。遊び尽くす日々を送っている。喧嘩っ早く女好き。

張婷《チャン・ティン》：張東来《チャン・ドンライ》がかわいがっている妹。兄とは違い至極まっとうな人柄。

趙浩昌《チャオ・ハオチャン》：張婷《チャン・ティン》の彼氏。栄順《ロンシュン》弁護士事務所所属の弁護士。張東来《チャン・ドンライ》も二人の仲を公認している。

黙読 The Light in the Night 1　もくじ

装幀　金澤浩二　　illustration　蒼頋行

第一章

燕城市《イエンチエン》花市区《ホアシー》の南平《ナンピン》大通り北というエリアは、顔の半分だけに化粧を施した妖怪のような見た目をしている。

まっすぐに伸びる広々とした幹線道路によってきれいに二分された花市区《ホアシー》は、東側こそ市内でも屈指の賑《にぎ》わいを誇る中心街へと成長したものの、忘れられた旧市街である西側では、低所得者たちが身を寄せ合うように暮らしている。

東側の土地が、ここ数年の競売で目玉が飛び出るような高値を何度も更新したため、再開発が急がれる旧市街の立ち退《の》き費用までもが、うなぎ登りに上がった。そのせいで、開発業者たちは揃《そろ》いも揃って裸足《はだし》で逃げ出し、この狭苦しい貧民街に如何《いかん》ともしがたい垣根ができ上がったのである。

西側の住民たちは今にも倒れそうな家に住みながら、その十数平方メートルしかないぼろ屋の補償金で一夜にして富豪になる未来を思い描き、「再開発が始まったら、うちは何百万元ももらえるんだ」という優越感にはやくも浸っていた。

もっとも、そんな貧民街の〝富豪たち〟は、相も変わらずスリッパを引っかけた足で列に並び、尿瓶《しびん》[1]の中身を捨てなければならないというのが現状だ。

初夏の夜はまだまだ冷える。昼の間に溜まったわずかばかりの暑気はあっという間に寒気に敗れ去った。

1　小ぶりなバケツのような形をした蓋付き簡易便器。旧式の集合住宅にはトイレがないために使用されている。

公道を不法占拠して店を構えている串焼き屋台は次々と引き上げ、道端で涼んでいた住民たちも早々に自宅へ帰っていた。時々チカチカと明滅を繰り返す古びた街灯があるが、おそらく近くの安アパートの住民が勝手に電気を引き込んでいるせいだろう。

一方、大通りを一本隔てた繁華街では、夜はまだ始まったばかり――。

夕暮れ時、花市東《ホアシー》の中心街にある通りに面したカフェでは、大人数の客を捌《さば》いたばかりの女性店員がようやくひと息つく暇を得た。だが笑顔で引きつった顔面を揉《も》みほぐすより先に、入り口のガラス扉に取りつけられたベルが、新たな客の入店を知らせた。

ほかに選択肢のない店員は、すぐさまマニュアル通りの完璧なスマイルを作る。

「いらっしゃいませ」

「カフェインレスのバニララテを一つ、お願いします」

店に入ってきたのは長身の青年だった。肩に届きそうな長い髪に、しわひとつないお堅いスーツ、高い鼻梁《びりょう》の上には細いメタルフレームのメガネが乗っている。青年が財布を出そうとうつむくと、滑り落ちた長い髪がちょうど顎の辺りで止まり、顔の半分くらいが隠れてしまった。

店の照明を浴びた鼻筋と唇は、まるで蒼白《そうはく》色の釉薬《ゆうやく》がかかっているかのように、この上なく禁欲的で冷ややかな雰囲気を彼に纏《まと》わせた。

誰だって美しいものが好きだ。そんな青年を前に、店員は思わずチラチラと視線を送り、顧客の好みを推し量った。

「バニラは無糖のものにご変更なさいますか？」

「いいえ、シロップも多めにお願いします」

そう言って代金を差し出しながら顔を上げた青年の目が、ちょうど店員の視線とぶつかった。

その視線に、青年は紳士的に微笑《ほほえ》んだ。レンズの裏に隠れた目尻がかすかに下がり、柔らかくも思わせぶりな笑みは、先刻までの無愛想で真面目な虚像をまたたく間に打ち砕いてしまう。

このとき、店員はようやく気づいた。青年はたしかにきれいな顔をしているが、顔立ちが整っていること以上に、ふとした瞬間に覗《のぞ》かせる、色気のある目に惹《ひ》きつけられてしまうということに。

そう思うとなぜか顔がほてってしまい、慌てて目をそらして会計処理に集中することにした。

ちょうどそのとき、補充品を届けに配達員がやってきた。逃げ場を見つけた店員は、さっそく大声で話しかけ、バックヤードで納品作業をするように頼んだ。

配達員は二十歳前後の、青春の塊のような若者だった。夕日を背に勢いよく入ってきた色黒の彼は、白い歯を輝かせながら元気よく店員に挨拶した。

「こんばんは、美人のお姉さん。今日は調子良さそうっすね、繁盛してるでしょ？」

だが、固定給で働いている店員は、店の繁盛など望んではいない。そんな見当外れのお世辞を聞いて、ただ微妙そうな顔で手を振った。

「まあ、そこそこね。それより、はやく仕事を済ませてきなよ。終わったらお冷やを出してあげるから」

若者は喜色満面に応じると、汗のにじむ額を手で拭《ぬぐ》った。その額の隅には三日月のような小さな傷が刻まれており、まるで特殊メイクに失敗した包青天《ほうせいてん》[2]のようだ。

店員が客のためにコーヒーを作っていると、若者はテキパキと納品リストを読み上げ、確認作業を終えて出てきた。そしてカウンターにひじをついて水を待っている間に、何気なさそうに質問を投げかけた。

2　中国の王朝・北宋（ほくそう）の名官吏、包拯（ほうじょう）の別名。色黒で、額の中央に三日月形の傷があったといわれる。

「ねぇ、お姉さん。〝承光《しょうこう》の館〟って店、どの建物に入ってるかわかります?」

「承光の館?」

どこかで聞いたことがあるような気もするが、とっさには思い出せず、店員は首を振った。

「さぁ、そこに用事でもあるの?」

「あ……」

若者は気まずそうにうつむき、頭を掻《か》いた。

「用事というか、あの辺で配達員の募集をしてるって話を聞いたものだから」

若干鈍感なところのある店員は、そんな若者の反応を気にも留めず、紙コップに蓋をはめながら適当に答えた。

「今度ほかの人に聞いてあげるよ。——お客様、ご注文のドリンクができました。お熱いのでお気をつけください」

コーヒーを買いに来た青年は何を思ったか、配達員の若者をちらりと一瞥《いちべつ》してから、気だるげに口を開いた。

「承光の館は、オフィスビルのなかに入ってるお店じゃなくて、その裏手にある会員制のクラブですよ。配達員なんて募集してるとは初耳ですね。ついでだし、案内してあげようか?」

それを聞いた店員は、ようやく何かがおかしいと気づいて、若者に疑わしげな目を向けた。

「会員制のクラブ?」

嘘《うそ》がバレたと見るや、若者はおどけた顔を作ると、氷入りの水と伝票を手に逃げるように去っていった。

＊＊＊

昼間同様の賑わいを見せる中心街の裏手には、人工的に作られた緑地と景観が広がっていた。さらに一キロほど奥へ進むと、驕《おご》り高ぶった高級住宅地が見えてくる――敢《あ》えてこんな場所に住宅を建てたのは、ただの〝静けさ〟ではなく、〝喧騒《けんそう》のなかの静けさ〟にこそ価値が見出《みいだ》されるためだ。

景観エリアの周囲には、富裕層向けの店が同心円を描くように幾重にも建ち並んでいる。様々な店が〝格式《ねだん》〟を基準に、中心へ向かうほど高く、道路沿いの外縁部に近づくほど安くなるように連なっている。

中でも、最高の地価と人気と〝格式〟を誇る用地を占めているのが、「承光の館」だ。

館の主は資金力があるだけでなく、成金趣味にも造詣が深いため、古風な庭園を備えたこの館は、さながら歴史的建造物のような雰囲気を漂わせている。

本日は、完成したばかりのこの館を見せびらかすため、わざわざ各界の名士を招いてプレオープンを行っているところだ。

ほかの参加者との交流や商談のために来た者もいれば、ただオーナーの顔を立てるためだけに来場した者もいる。さらには噂《うわさ》を聞きつけ、顔や身体《からだ》を招待状代わりに紛れ込もうとする者まで……。

駐車場も高級車の展覧会と化し、なんとも賑々しい虚栄の市《いち》のでき上がりだ。

悠然と歩いてきた費渡《フェイ・ドゥ》が到着する頃には、紙コップに入った甘ったるいコーヒーもすでになくなっていた。館までまだ距離があるのに、中から漏れ出ている音楽と、談笑する声がそこまで届いている。

空のコップを道端のゴミ箱に押し込んでいると、さほど離れていないところから調子っぱずれの口笛が響いた。

「お待ちしてましたよ、費《フェイ》会長！」

振り向くと、そこには数人の若者が立っていた。皆暇を持て余している金持ちのボンボンで、中でも先頭に立つ青年はたいそう洒落《しゃれ》た格好をしており、全身にチャラチャラとした小物をつけている。

彼こそが費渡《フェイ・ドゥ》の悪友の一人である張東来《チャン・ドンライ》だった。

そんな友人に近づきながら、費渡《フェイ・ドゥ》は答えた。

「それ、なにかの嫌み？」

「嫌みだなんて、とんでもない！」

張東来《チャン・ドンライ》は無遠慮に費渡《フェイ・ドゥ》の肩に腕を回した。

「とっくに車が来ていたから、ずっとここで待ってたんだよ。で、なにしてたわけ？　それに、なんて格好してるんだよ。アメリカ大統領と経済連携協定でも結んできたのか？」

だが費渡《フェイ・ドゥ》は、視線ひとつ動かさずに言った。

「つべこべとうるさいぞ」

張東来《チャン・ドンライ》は一分間だけ静かに歩を進めたものの、すぐさま我慢の限界に達した。

「やっぱりダメだ。そんな親父《おやじ》みたいな格好をされるとどうしても落ち着かないんだよ。保護者同伴でナンパなんかできるかって！」

費渡《フェイ・ドゥ》はピタッと足を止めた。指でメガネを外し、そのまま張東来《チャン・ドンライ》の胸元にそれを引っかけると、今度はジャケットを脱いでシャツの袖を捲《ま》くり上げ、胸のボタンまで外しはじめた。

立て続けにボタンを四つも外し、胸元に広がる柄のわからないタトゥーを露出させたあと、豪快に髪のセットを崩した。さらに張東来《チャン・ドンライ》の片手を持ち上げ、そこから指ぬきよりも太くて厳《いか》ついワイドリングを三個も引っこ抜き、自分の指にはめた。

「これで満足かい、東来《ドンライ》？」

大抵のことでは驚かない張東来《チャン・ドンライ》だが、目の前で繰り広げられたこの変身ショーには思わず圧倒されてしまった。

このお坊ちゃんグループの中において、費渡《フェイ・ドゥ》はリーダー的な存在と言える。ほかの若者たちは何かにつけて父親に頭を押さえられざるをえない〝太子〟でしかないが、はやくに母親を亡くし、成人後ほどなくして父親が交通事故で植物状態になった費渡《フェイ・ドゥ》は、ひと足先に〝即位〟したため、頭ひとつ抜きん出ている。

有り余る財産を持ちながら手足を縛られることのない彼が、放蕩《ほうとう》息子の中の放蕩息子に育つのは当然の帰結である――幸い、費渡《フェイ・ドゥ》には〝天才経営者〟を演じるような趣味もなく、経営面においてはそれなりにまっとうで、怪しい投資話に手を出すようなことはない。純粋に〝放蕩〟だけに散財しているのだから、当分の間は身を持ち崩す心配はなさそうだ。

ただ最近は、どういう風の吹き回しか夜遊びもご無沙汰で、〝足を洗う〟つもりではないかと疑われている。

両手をポケットに突っ込んだまま、費渡《フェイ・ドゥ》は歩を進めた。

「言っとくけど、今日は顔を出しに来ただけで、十二時には退散する予定だから」

「そんなノリの悪いことを言うなよ、費爺《だんな》。なんで遊んでいかないんだ？」

「今は大真面目に本命を口説いてんの」

費渡《フェイ・ドゥ》は飄々《ひょうひょう》とした様子で続けた。

「そんな時に夜遊びなんかしてどうする。程度の低い人間だと思われるだろ？」

友人のシャツと長い髪が夜風で煽《あお》られて膨らむ様子を眺めながら、その放蕩さ以外で程度の高いところなんてあったのだろうかと張東来《チャン・ドンライ》は思わず頭をひねった。歩みをはやめて先を行く費渡《フェイ・ドゥ》に追いつき、喚《わめ》き立てた。

「費爺《だんな》、あんたどうかしてるよ。青々と茂った森がこんなにも広がっているのに、よりによってあんな説教臭い警察とつるむことないだろ……」

そんな張東来《チャン・ドンライ》に、振り返った費渡《フェイ・ドゥ》の冷ややかな視線が突き刺さった。

費渡《フェイ・ドゥ》という人間は、独特な二面性を持っている。笑顔のときはいかにも軽そうに見えるのに、顔をしかめただけで、その華やかな雰囲気は一瞬で鋭い刃を思わせる凄《すご》みのある風格に変わる。

気圧《けお》された張東来《チャン・ドンライ》は舌がもつれ、ついには言葉を続けられずに自分の顔をひっぱたいた。

「ぺっ[3]、今のは失言だった。今度会ったら、陶《タオ》刑事に謝らなきゃな」

それを聞いて、費渡《フェイ・ドゥ》はようやく引き結んだ口元を緩《ゆる》め、手を振った。どうやら、「広い心で」水に流してくれたようだ。

その様子に、張東来《チャン・ドンライ》は空に向かって白目を剥《む》いた。

殿はすっかり〝妖姫《ようき》〟に惑わされてしまった。このままじゃ国が滅びかねない。

自らの予告通り、費渡《フェイ・ドゥ》は夜十二時になると、鐘の音を聞いたシンデレラのごとく時間ぴったりに席を立った。

有象無象《うぞうむぞう》の群れを突っ切り、シャンパンを掲げながらひたすら賛辞を浴びせてくる道化者を避《よ》けながら、費渡《フェイ・ドゥ》は張東来《チャン・ドンライ》を探しに木の生い茂った庭園の一角へ進んでいく。

ベロンベロンに酔った道化者はなおもその背中に叫んだ。

「大出世と大繁盛に、親父の大往生！　費《フェイ》会長、人生の勝ち組とはまさにあなたのことですよ！」

「それはどうも。父はまだ往生してませんが」

3　中国では唾を吐き出すことによって、失礼だったり縁起が悪かったりする発言を撤回することがある。同時に自分の頬をひっぱたいて反省の意を示すこともあるが、かなり強めのおべっかになるため、ほぼフィクションでしか見られない。

費渡《フェイ・ドゥ》は礼儀正しく会釈したあと、すぐ近くの暗がりのほうへ呼びかけた。

「お取り込み中か？」

張東来《チャン・ドンライ》はちょうど、美女と生命《いのち》の大調和について語り合っているところだった。たいそうな盛り上がりようで、周りのことなど見えやしない。

その問いに、ふしだらで無作法な張東来《チャン・ドンライ》は、口笛を鳴らしつつ答えた。

「費爺《だんな》もご一緒にどう？」

「遠慮しとく」

費渡《フェイ・ドゥ》は歩きながら続けた。

「そんなに飢えてないんでね。それじゃ、お先に失礼するよ」

それだけを告げると、費渡《フェイ・ドゥ》はギャーギャー喚いている張東来《チャン・ドンライ》を背に、玉石敷きの道を伝って足早に去っていった。その軽やかな足取りは、とても深夜までアルコールを浴びていたとは思えないほどにしっかりしている。

駐車場に着く頃には、外したボタンはすべて元通りに留められていた。きちんと運転代行を頼んだ費渡《フェイ・ドゥ》は、槐《えんじゅ》[4]の大木に寄りかかってその到着を待っている。

晩春から初夏までの間、燕城《イエンチエン》は常に槐の花の香りに囲まれている。どこからともなく広がってくるその香りは、車が通っただけでかき消されるほどに儚《はかな》くも頼りない。だが、しばらく時間をおくと、また勝手にひょっこりと姿を現してくるのだ。

4　中国北部に広く生息するハリエンジュだと推測される。四月から六月にかけて咲くハリエンジュの花は苦味がなく、食用としても広く親しまれている。

遠く承光の館から、音楽に混じってパーティーの喧騒が聞こえてくる。振り返って目を細めると、数人の女の子が、腹部が出っ張り髪の毛もまばらな〝ベテランヤング〟たちとゲームを楽しんでいるのが見えた。

この時間にもなると、中心街でもほとんどの店が閉まっている。人脈を広げようと名刺を配りに来ただけの本物の君子も偽物の君子も、だいたい十二時前には撤収するものだ。今そこに残っているのは言うまでもなく、これから始まる〝酒池肉林〟の参加者たちである。

費渡《フェイ・ドゥ》は槐の花をひと房むしって軽く埃《ほこり》を吹き飛ばし、口の中へ放り込んだ。のんびりと花を噛《か》みながら退屈そうに携帯電話の電話帳を開くと、「陶《タオ》警官」という文字の上で一瞬だけ指を止めてみたが、もう遅い時間であることに気づいてやめた。

しばらく静かに立っていた費渡《フェイ・ドゥ》だったが、口の中の甘い花を噛み締めながら悠長に口笛を吹きはじめると、それは少しずつ曲になっていった。

＊＊＊

十分後、運転代行のドライバーはビクビクした様子で、費《フェイ》公子の派手派手しいスポーツカーを南平《ナンピン》大通りで走らせていた。

助手席の費渡《フェイ・ドゥ》は、目を閉じたまま背もたれに体を預けて休んでいる。携帯電話のスピーカーから、オーディオブックの透き通った緩やかな男声が流れていた。

「……『Incedo per ignes（わたしには、隠れた敵がありますから）』と彼はこたえた。……」

ドライバーは、世間への反抗心を燻《くす》ぶらせたアルバイトの大学生だった。費渡《フェイ・ドゥ》のことも、道楽三昧しか能のない金持ちの息子か、整形手術の力できれいな顔を手に入れただけの無名の芸能人くらいに思っていたが、不意に聞こえてきたオーディオブックの内容に驚き、思わず相手の顔を見やった。

そのわずかな隙を狙うかのように、突如ハイビームを点《つ》けた車が視界に飛び込んできた。

眩《まぶ》しさで目がくらみそうになったドライバーが、心の中で悪態をつきながらとっさにハンドルを切ると、〝サーチライト〟を照らしたその車はぎりぎりのところで費渡《フェイ・ドゥ》のスポーツカーとすれ違い、あっという間に走り去っていった。

眩しさに目をやられたドライバーは、相手の車種すら確認できなかった。「金持ちだからって偉そうに」と「マナーも知らない貧乏人が運転なんかするな」という二つの捨てゼリフが同時に浮かんだが、一つに絞ることもできず苛立《いらだ》っていると、コトリという音が聞こえた。隣へ目を向けると、依頼主の手から携帯電話が滑り落ちている。

オーディオブックの朗読はまだ続いていた。

「……両側の生け垣の中に棘《とげ》があるからといって、それで道の美しさがそこなわれるものだろうか。旅人は平気で道をつづけて、性わるの棘どもには待ちぼうけをくわせるだけのことじゃないか……」

持ち主はすでに夢の中。どうやらそのオーディオブックは入眠用のものだったらしい。

ドライバーは無表情に視線を戻した。

チッ、結局見かけ倒しの能無しじゃないか。

夜闇《よやみ》の中、あることないことを考えながら、若きドライバーはまっすぐに伸びる南平《ナンピン》大通りの上を、滑らかに車を走らせていった。

一方、先ほど彼の目をくらませた車は、しばらくするとヘッドライトを消し、ひっそりと方向を変え、勝手知ったる様子で静まり返った旧市街《にしがわ》へと消えた。

＊＊＊

午前一時前、ついさっきまで頼りなく明滅していた街灯はついに寿命を迎え、縄張りを巡回している野良猫が塀の上へ飛び乗った。

次の瞬間、「シャー」という鳴き声とともに、野良猫は全身の毛を逆立たせた。

弱々しい月の光を浴びた地面の上に、人間の顔が照らし出されている。手足を伸ばし、仰向《あおむ》けで地べたに横たわっているその男の顔は、ひどい鬱血《うっけつ》と腫《は》れのせいで元の顔立ちを想像することすら難しいありさまだ。ただ、額の隅に三日月のような小さな傷があるのは、はっきりと見て取れる。そして、額の中央には破り取られたような紙切れが、僵尸《キョンシー》を鎮める御札のように被《かぶ》さっていた。

男は明らかに事切れている。

毛を逆立たせたままの野良猫は驚きのあまり足を滑らせ、うっかり塀の上から落っこちてしまった。そのままくるっと回って起き上がると、一目散に遠くへ逃げた。

第二章

燕城市《イエンチエン》公安局[5]、朝八時ちょうど。

各部署の職員たちが続々と出勤してくるなか、総務室所属の孫《スン》はあくびを漏らしながら、ウォーターサーバー用の新しいボトルを担《かつ》ぎ、局長室へ向かった。

扉を開けると、部屋の主はすでに本日一杯目のお茶を淹《い》れたあとで、今は物々しい様子で誰かと通話しているところだった。

市局の老局長《オヤジ》は、名を張春久《チャン・チュンジョウ》という。五十路《いそじ》過ぎでほっそりとした体型をしており、大変昔気質《かたぎ》で硬派な御仁である――どこへ行くにもお茶入りの水筒を手放さず、携帯電話は公安局で支給されたものか、一度充電すれば最大半月はもつ旧式のものしか使わない。平服で出勤したことは一度もなく、夏も冬も数着の制服だけを代わる代わる着用し、眉間には一筋の皺《しわ》が深々と刻まれ、笑うことすら稀《まれ》だ。

局長室にある年季の入った電話機は音が漏れやすい。床にしゃがみ、ボトルのキャップシールを剥《は》がしている孫《スン》の耳にも、電話の向こうから伝わる騒々しい声が届いた。

「局長、うちの所轄で起こった事件ですから、俺に責任があるのはたしかです。ですが……」

局長のぴったりくっついて離れない左右の眉を横目に、孫《スン》は思わず身構えた。こんなタイミングに、また何かあったのだろうか。

燕城《イエンチエン》では今、大変重要な国際会議が開催されており、世界各国から来た要人と報道関係者が多く集まって

5　日本でいう警察署のこと。

いる。そのために休業や休校となった企業と学校も少なくないし、自家用車にはナンバーによる走行制限[6]までかけられ、安全保障に関わるすべての部署が神経を尖《とが》らせている状態だ。

　老局長は今にも雷を落としそうな不穏な表情を浮かべているが、それでも努めて平穏な口調で応対している。

「南平《ナンピン》大通り北といえば、会場から三キロも離れていないではないか。先日の会議でも言ったはずだ。今月はなにがなんでも問題を起こさせるな、できれば公道沿いの屋台もすべて休業させろと。なのに君というやつは、殺人事件までこさえてくれるとは、まったくもって期待以上の働きをしてくれたものだな、王《ワン》」

「ですが、あれは夜遅くに……」

「夜間見回り強化の通達は、一ヶ月も前に各分局へ伝達してある。犯罪者が役所の勤務時間に合わせて活動してくれるとでも思っているのか？」

「それはもちろんわかっております。言い訳をしようというわけではありませんが、ご存知のように花市《ホアシー》西はもとから治安が悪く、市外からの未登録住民も多いので……」

　延々と御託《ごたく》を並べる花市《ホアシー》分局責任者の話に五分間も根気よく付き合った張《チャン》局長だが、反省の色がないばかりか、「ああ言えばこう言う」といった具合に言い訳ばかり返してくる王《ワン》に、常にないほどの怒りが込み上げてきた。

　溜《た》まりに溜まった怒気が、予兆もなしに大音量となって炸裂する。

「ご存知なものか！　西側とて、君の所轄ではないか！　自分の縄張りのくせに、もとから治安が悪いだと？　今までなにをしていた！」

6　大規模行事などに際し、渋滞による混乱を避けるため、ナンバープレート末尾の数字ごとに走行できない日が割り当てられる制度。

いきなりの怒鳴り声に、孫《スン》も電話の向こうの分局長も思わず息を呑《の》む。

怒りを収めようとお茶をひと口飲んだ張《チャン》局長は、うっかり茶葉まで口に含んでしまい、ペッとカップの底へ吐き戻した。

続いて、埃《ほこり》の積もったキーボードを一本指でつつき、「絞殺」という二文字を入力した。すると、イントラネットに保存されたおびただしい数のキャプチャ画像が、画面いっぱいに映し出された。

本日未明、花市《ホアシー》西の路地にて恐ろしい形相をした男性の死体が発見された。この事件はまずローカルニュースを扱うサイトで、猟奇的なゴシップニュースとして取り上げられたが、これよりおどろおどろしいネタなどネット上にはいくらでも転がっているため、すぐに注目を集めることにはならなかった。

ところが花市《ホアシー》分局の上層部は、このデリケートな時期に大事《おおごと》になっては困るという考えから、愚かな行動に出た――世間の目をそらすため、記事を削除した上、死因不明のホームレスの死体を発見したという空々しい発表を行ったのである。

だが誤算だったのは、最初に死体を発見したチンピラたちが、現場の様子を鮮明に捉えた写真を撮影していたことだった。それが悪目立ちするような形で広まるやいなや、分局が見せた不審な態度も合わさり、バスや地下鉄で缶詰にされながら通勤している市民たちに想像の翼を広げさせることとなった。

注目されるほどの大事件でもないのに噂《うわさ》が際限なく広がり、ついには役所からも問い合わせの電話がかかってくるような事態にまで発展した。

張《チャン》局長は老眼鏡をかけ、削除されるまで一番多くの閲覧数を稼いだ「市内に絞殺強盗集団出現か」という投稿を開いた。人目を引くセンセーショナルな見出しもさることながら、画像付きともなれば説得力も一段と高く、開いた途端にショッキングな死体写真がモザイクなしでデカデカと画面いっぱいに広がった。

「……」

どうやら自分は怒鳴るタイミングを間違えたようだと、張《チャン》局長は思った。だが年齢を考えると、これ以上音量を上げようにも厳しいものがあるため、仕方なく普段通りの音量で通話を続けた。

「大した宣伝効果だ。これだけ才能があれば、公安局になど入らず、広告代理店にでも就職していればよっぽど出世できただろうに」

「全部あのクソガキどものせいですよ。死体を前に記念写真なんぞ撮りおって、まったく罰当《ばちあ》たりな話です！

あの連中のことなら心配いりません。全員拘束済みで、写真と投稿も処理しているところです。なんとしても事態を収束させてみせます！」

張《チャン》局長は背もたれに体を預け、眉間を揉《も》みほぐした。

「今最も大事なことは、一刻もはやく事件を解決し、犯人を捕らえることだ。投稿を削除したところで、なんになる？　ネットワーク管理者にでもなったつもりか？　この件は早急に対処せねばならん。部下たちにも余計なことを喋《しゃべ》らせないように徹底しろ。それと、あとで捜査顧問として市局《こっち》から何人か派遣する予定だ。いいか、王洪亮《ワン・ホンリャン》。一週間以内に納得のいく成果を出さなければ、辞表でも用意してどこへなりとも行くがいい！」

怒鳴り終わった張《チャン》局長が受話器を置いたのを見て、孫《スン》は慌てて空容器を置いて普段から持ち歩いているメモ帳を取り出し、局長の言葉を待った。

案の定、張《チャン》局長はジェスチャーを交えて指示を下した。

「刑事隊の連中を呼んでこい」

孫《スン》は顔を上げて訊《たず》ねた。

「局長、全員でありますか？」

張《チャン》局長は目の前の液晶モニターに目を落とした——写真に写っている死体の顔面は醜く腫《は》れ上がり、表情もひどく歪《ゆが》んでいるが、それでも若者の顔であろうことが見て取れる。若者は何かに驚いたようで、口を開いたまま呆然《ぼうぜん》とカメラのほうへ顔を向けていた。

「全員呼んだところで、部屋に入りきらないではないか！　駱聞舟《ルオ・ウェンジョウ》に何人かを連れて現場へ行ってこいと伝えろ」

張《チャン》局長はさらに続けた。

「事件そのものは案外単純かもしれない。今月を乗り越えたら、王洪亮《ワン・ホンリャン》の役立たずを処分する予定だと伝えておけば、うまくやってくれるはずだ」

「……」

返事がないことを怪訝《けげん》に思った張《チャン》局長は、老眼鏡の上から孫《スン》に視線を送った。

「きょ、局長」

孫《スン》はどこか引きつった笑顔を見せながら返事した。

「駱《ルオ》隊長はその……まだ出勤していません」

＊＊＊

駱聞舟《ルオ・ウェンジョウ》は毎日時間ぴったりに出勤してくるのんびり屋である。当直の日でもなければ、八時半始業の職場で、八時二十九分にデスクで見かけることは決してない。

この日はちょうど走行制限で車が使えない日だった。混み合うバスに乗りたくない駱聞舟《ルオ・ウェンジョウ》は、自宅の地下室から博物館に飾られてもおかしくないような旧式の〝二八自転車〟[7]を引っ張り出し、大がかりな修理を施したあと、ふらふらと職場へ向かったのである。

大変ハンサムな顔立ちをしたこの男は、そのルックスの良さから少年のようなはつらつとした印象すら与えるが、表情や雰囲気からは明らかに成熟した大人の男性だとわかる。耳にイヤホンを突っ込み、シャツの袖は捲《ま》くり上げられ、筋肉の輪郭は生地越しにうっすらと浮き出ていて、脚はホリゾンタルフレームの二十八インチ自転車に乗っていても難なく地面に届くほどに長い。

左側には煎餅《ジェンビン》[8]がどっさり、右側にはカップタイプの豆乳が六、七本も入っている大きな袋をぶら下げながら、駱聞舟《ルオ・ウェンジョウ》は軽やかなハンドル捌《さば》きで時間ギリギリに市局の門をくぐった。

敷地内に入ると、花を配達しに来た若い娘が門番に止められているのが見えた。

「ここは立入禁止だ——どうして、だって？　お嬢ちゃん、ここは公安局であって、花果山《かかざん》[9]とかじゃないんだよ？　届け物はすべて外の受付で預かって、保安検査と登録手続きを行う決まりになっているんだ」

「花束を受付になんて預けられるわけないでしょ？　ぞんざいに扱われでもしたら萎《しお》れてしまうじゃない！」

そう言って振り返った娘はちょうど駱聞舟《ルオ・ウェンジョウ》とその愛車に気づき、不服そうに指さした。

「出前の配達員だって入れるのに、どうして私はダメなのよ！」

門番は絶句した。

7　一九六〇年代から一九七〇年代に流行した二十八インチの自転車。座面が高く、直線的で無骨なデザインをしている。
8　中国式クレープ。
9　孫悟空の誕生の地とされる山。

そんな娘に見せつけるかのように、駱聞舟《ルオ・ウェンジョウ》は白い歯を輝かせながら笑った。

「その配達員は誰もが見惚《みと》れるほどの美男子だからさ」

門番は市局のイメージ崩壊を心中で嘆きながら挨拶した。

「……おはようございます、駱《ルオ》隊長」

「おはよう。飯は済んだのか？　まだならここから取っていけ」

駱聞舟《ルオ・ウェンジョウ》は片足で自転車を支えながら娘に向き直る。

「お嬢さん、その花は誰宛？　俺が届けてやるよ」

ようやく自分の勘違いに気づいた娘は、慌ててメッセージカードを確認し、気まずそうに小さな声で答えた。

「えっと……刑事隊所属の、陶然《タオ・ラン》さん宛です」

＊＊＊

八時半ジャスト。駱聞舟《ルオ・ウェンジョウ》は時間ぴったりに刑事隊室へ入り、預かった花を陶然《タオ・ラン》の机の上に放り投げた。

「このっ……」

駱聞舟《ルオ・ウェンジョウ》が何かを言おうとしたところに、カンカンに怒った張《チャン》局長からの呼び出しが入った。仕方なく続きの言葉を引っ込めた彼は、陶然《タオ・ラン》の机に重々しく片手を乗せた。

「お前の素行について、あとで話がある」

激しい動揺が刑事隊全体に広がった。一同は呆然とした様子で陶然《タオ・ラン》の前に置かれた爽やかな色合いの花束を見つめたまま、まるでその中に時限爆弾でも埋め込まれているかのような張り詰めた空気を漂わせている。

そんな中、郎喬《ラン・チャオ》という女性刑事が引き出しからルーペと使い捨て手袋を取り出し、隣のデスクからそっと身を乗り出してきた。花束をひと通り観察したあと、その中からクラフト紙でできたフレグランスカードをつまみ出す。

衆人環視の中、この勇敢な娘は緊張した面持ちでカードを開いた。すると、端正な楷書体で書かれたメッセージが現れた。

〈風が吹き荒《すさ》ぶ中、手足は芯まで冷え切っていたが、心だけは暖かく感じた。理由はよくわからないものの、心の中は常に柔らかさでいっぱいだった。貴方《あなた》に体を寄せることでしか、この切なさを紛らせられない。[10]〉

「署名は〝費《フェイ》〟です」

郎喬《ラン・チャオ》は続いて疑問を口にした。

「これ、どなたですか？」

陶然《タオ・ラン》はすぐにカードを奪い返す。

「こらっ、返してもらうよ」

「彼女さんからの贈り物だったんですか」

郎喬《ラン・チャオ》はこれみよがしに胸を撫《な》で下ろした。

「てっきりボスが公開告白でもしに来たかと思いました。社会面のトップニュースになるところでしたよ」

すると、ほかの隊員たちもそれに続くように緊張を和らげた。だが安心するのも束《つか》の間、独身男性一同はまたたく間に戦闘力を取り戻し、駱聞舟《ルオ・ウェンジョウ》が買ってきた朝食を山分けしながら、〝異分子〟糾弾という錦の御旗《みはた》をせっせと担ぎ出した。

10 沈従文『湘行書簡』より。『湘行書簡』は、帰省中の作者が妻に宛てた手紙をまとめたもの。

「副隊長、いつの間に彼女できたんですか？　報告書も出さずに抜け駆けするなんて、同志たちは黙ってませんよ！」

「見損なったよ、陶《タオ》くん。君がこんな不義理なやつだったとはな」

「副隊長、今月の給料はあと三十七・六元[11]しか残ってなくて、エサ代[12]すら出せないありさまなんですけど、なんとかなりませんかね」

「散った散った」

囃《はや》し立てる同僚たちを追い払ったあと、陶然《タオ・ラン》はカードをしまい、目立たない場所に花束を隠した。

「誰に彼女だって？　適当なことを言わないでくれ」

これだけボリュームたっぷりな罪証が白日の下にさらされたというのに、まだごまかそうとするなんて大した度胸だ。そう思った一同はどっと怒りを爆発させ、騒ぎ立てながら陶《タオ》副隊長を追い詰めようと躍起になった。

刑事同士による追いかけっこが盛り上がるなか、先ほど慌ただしく呼び出された駱聞舟《ルオ・ウェンジョウ》が舞い戻り、扉を開くなりドア枠をパンと叩いた。

「花市区《ホアシー》で殺人事件が起きた。今から現場に向かうから二人だけついてこい、今すぐにだ」

11　本作品が中国で連載されていた二〇一六年の為替レート（一元＝約十六円）だと、日本円で六百円ほど。

12　中国では、目の前で恋人自慢されることを「犬のエサを食わされる」と表現することがある。

第三章

南平《ナンピン》大通り近辺は早朝の渋滞がとくにひどいエリアで、ラッシュ時間は朝六時半から夜十時まで続く。

この一帯は往々にして東側の中心街へ向かうホワイトカラーのエリートたちと、縦横無尽に道路を駆け回るオートバイの騎手たちが相まみえる係争地と化し、そこにノロノロと進む大型バスでも加われば、あっという間に〝誰も抜けられない〟世紀の大渋滞のでき上がりだ。

とくに西側のほうは道路が複雑怪奇に入り組んでおり、幅も広かったり狭かったりしているうえ、犬の歯のようにジグザグとしている。住民の間では違法増築の習慣が定着しているため、人為的に作られた行き止まりが至るところにあり、うかつにこの中へ迷い込んでしまった車両は、蜘蛛《くも》の巣に捕まった羽虫同様――死ぬ気で左へ右へと暴れ回って、ようやく再び日の目を見られるのだ。

駱聞舟《ルオ・ウェンジョウ》はパトカーの窓から顔を出したまま、一回サイレンを鳴らしてから大声で叫んだ。

「そこのお宅のお兄さん、我々は公務のため、ここを通らなきゃいけないのですが、お宅のBMWをちょっとどかしてもらえませんかね？」

すると、近くの平屋の囲いから一人のおじいさんが出てきた。老人は不機嫌そうに駱聞舟《ルオ・ウェンジョウ》を一瞥《いちべつ》したあと、よぼよぼの体《てい》で道端に止めてあったシニアカーを押して敷地内へ移動しはじめた。

左側に「孫の送り迎え専用」、右側に「急かす《せ》だけ無駄」のステッカーが貼られたそのシニアカーは、あろうことか押されていく途中に「ワン」と吠《ほ》えた。駱聞舟《ルオ・ウェンジョウ》が訝《いぶか》しげにサングラスを少し持ち上げ、様子を観察してみると、シニアカーの裏から茶色の雑種犬が出てきた。

その犬はトコトコとパトカーに近づき、駱聞舟《ルオ・ウェンジョウ》と一度目を合わせたあと、堂々とホイールのすぐ隣で後ろ足を片方上げた。

そんな犬に向かって駱聞舟《ルオ・ウェンジョウ》は口笛を吹き、慈愛のこもった声で言った。

「シーってしたいのかい？　構わないよ。終わったあとは、そのかわいいおちんちんをぶった切って、燴餅《フイビン》[13]の具にしてあげるからね」

そんな猟奇的な食べ方など聞いたこともない犬は、たちまち駱《ルオ》刑事のその堂に入ったチンピラオーラに恐れをなして、「クゥーン」と鳴きながら文字通りしっぽを巻いて逃げていった。

タブレットで顔を隠したまま、郎喬《ラン・チャオ》は苦情を申し立てた。

「ボス、後部座席にうら若き未婚女性がいることに気づいてました？　それと——現時点での捜査資料が分局から届きましたよ」

「はいはい。では存在感の薄い女性隊員殿に、客観的な情報だけかいつまんで紹介していただこう」

駱聞舟《ルオ・ウェンジョウ》はゆっくり車を走らせ、やっと通れるようになった路地を進んでいく。

「主観的推測は無視して構わない。上のご機嫌取りしか能のない王洪亮《ワン・ホンリャン》のような小物が取り仕切ってるくらいだ。花市《ホアシー》分局が送ってきた資料の内容も推して知るべしだろう」

「被害者の名前は何忠義《ホー・チョンイー》、満十八歳の男性です。市外から来た出稼ぎ労働者で、職業はコーヒーチェーン店の配達員でした。死体の頸部《けいぶ》には溝状の凹《へこ》みがあり、死因は窒息死……つまり首を絞められたすえに殺害されたということです。凶器は紐《ひも》状の柔らかい布だと推測されます。死亡推定時刻は昨日の夜八時から十一時の間で、詳しいことは検死官による報告待ちです。

13　短冊切りにした薄焼きパンを野菜や肉などの具材と炒めてから、牛肉出汁などで煮込んで作る中国河南の郷土料理。

ちなみに死体の発見場所は、被害者が住んでいた安アパートの裏手にほど近いところだったので、身元の確認がすぐに取れました」

卓越した運転技術を持つ駱《ルオ》隊長は、ミリ単位に近い細やかなコントロールで危険極まる狭い路地をくぐり抜けながら、質問を挟む余裕まで持っていた。

「絞殺強盗集団の噂《うわさ》はどこから来てるんだ？」

「金目のものが全部盗《と》られていたからだそうです。携帯電話もなくなっていましたし、財布も中身だけ抜き取られて近くに落ちていました。犯人が持ち去ったかどうかは不明ですけどね」

郎喬《ラン・チャオ》は素早くメールを流し読みしながら補足した。

「そうそう、通報者によると、被害者の顔には紙が被《かぶ》せられていました。紙には粘着テープがついていて、それが被害者の前髪にくっついていたそうです。紙の裏側には〝銭《カネ》〟という文字が書かれているとのことです」

ここで、助手席の陶然《タオ・ラン》がナビゲーションを切った。

「先の角を右に曲がれば到着だ」

「了解」

駱聞舟《ルオ・ウェンジョウ》はステアリングを指で叩《たた》きながら続けた。

「今回の事件は分局の管轄で、市局には移されていない。そこに、俺たちが首を突っ込む理由はわかるか？」

郎喬《ラン・チャオ》は自信なさそうに答えた。

「指導と監察のため？」

「〝指導と監察〟を行うのは、本来誰の仕事だ？」

郎喬《ラン・チャオ》はハッとした。

「太監《たいかん》[14]！」

そんな郎喬《ランチャオ》を、陶然《タオ・ラン》は無言で振り返り、ジロリと睨《にら》んだ。

「それがうら若き女性の思考回路か？」

ツッコミを入れながら、駱聞舟《ルオ・ウェンジョウ》は呆《あき》れたように片方の口端だけ吊《つ》り上げた。

「そんな冗談はともかく――張《チャン》局長はあと数年で定年になる。副局長たちも、だいたい同じくらいのお年だ。残りの幹部たちは皆キャリアが足りないか、曽《ヅァン》主任のような研究者気質《かたぎ》で自分の専門以外のことに興味のない人たちばかりだから、その時になれば各分局から何人か異動してくる可能性が高い」

駱聞舟《ルオ・ウェンジョウ》は巧みなハンドル捌《さば》きで道端に散らばっているゴミを避けながら、声を潜《ひそ》めた。

「局長はおそらく、無能な人間が自分の後任に据えられるのを防ぐため、在任中に王洪亮《ワン・ホンリャン》みたいなやつらを全員失脚させるつもりだ――これで、俺らがここへ送られてきた本当の目的を理解できたか？」

ちょうど話が終わったタイミングで、角を曲がったパトカーは目的地に到着した。

＊＊＊

そこは旧式の集合住宅と不規則に立ち並ぶ平屋の間にできた、寂れた空き地だった。ちょうど住民が勝手に建てた物置小屋が集まるエリアの裏側にあるその空き地には、雑草が生い茂っており、めったに人が通ることはない。壁際の水たまりからは、熟成を経て新しく生まれ変わったような臭気が漂っている。

現場はすでに分局によって封鎖されており、検死官たちが忙《せわ》しなく出入りしている。花市《ホアシー》分局の責任者で

14　宦官（かんがん）の俗称。宦官は、去勢を施されて宮廷などに仕えた男子のこと。時代によっては、皇帝の目となり監察の役目を担うこともあった。

ある王洪亮《ワン・ホンリャン》も駱聞舟《ルオ・ウェンジョウ》らを警戒して、自ら現場に来て彼らを待ち構えていた。

王洪亮《ワン・ホンリャン》は頭頂から顔面に至るまで毛髪の少ない中年男性だった。哀愁に揺れる左右の眉毛は消えゆきそうなほどに薄く、額を埋め尽くすほどの汗がポタポタと滴《したた》り落ちている。到着した駱聞舟《ルオ・ウェンジョウ》をさっそく迎えに出ると、その手をガシッと握ったまま三回も上下に揺らした。

「このたびは市局の張《チャン》局長にご心配をおかけしただけでなく、皆さんにまでご足労いただいてしまって、面目ない限りです」

手を握られた駱聞舟《ルオ・ウェンジョウ》は流れるように相手を引き寄せ、その肩を叩きながら和《なご》やかな笑みを見せた。

「そんな他人行儀なことはやめてくださいよ、俺と先輩の仲じゃありませんか」

それを聞いて、処世術に明るく現場仕事に疎い王洪亮《ワン・ホンリャン》は、すぐに駱聞舟《ルオ・ウェンジョウ》の言葉に合わせて、たった今できたばかりの〝後輩〟に苦労話を聞かせはじめた。

一方、駱聞舟《ルオ・ウェンジョウ》は取り出したタバコを王洪亮《ワン・ホンリャン》に勧めながら、郎喬《ラン・チャオ》と二人で現場確認に向かうように陶然《タオ・ラン》へ目配せした。

「この事件はどう見ても顔見知りによる犯行だ」

タバコ一本分の無駄話をくっちゃべりながら、まだ見ぬ殺人犯の一家全員に〝挨拶〟したあと、王洪亮《ワン・ホンリャン》はようやくその小さな目玉をきょろつかせ、事件現場を指さしつつ本題に移った。

「この場所をよく見てみればわかるはずだ。こんな入り組んだところに入ったら、よそ者なんてあっという間に道に迷ってしまう。外から来た人間がここで殺人なんてできるわけないだろ？　駱《ルオ》くん、専門家の君もそう思わないか？」

今は大事な時期だ。管轄内に強盗殺人犯が潜んでいるなどという事態を、王洪亮《ワン・ホンリャン》は何よりも避けたいのだろう。そのため、何がなんでも「顔見知りによる怨恨殺人」ということにしたいようだ。

駱聞舟《ルオ・ウェンジョウ》はそんな王洪亮《ワン・ホンリャン》の質問には答えず、ただサングラスを襟元《えりもと》に引っかけ、慌ただしく動き回る検死官たちの中心に目を凝《こ》らしたまま、はぐらかすように言った。

「専門家だなんてとんでもない、ただ日銭を稼ぎ、糊口《ここう》を凌《しの》いでるだけですよ。捜査のことはお任せします」

「それを言うなら、俺だって同じだ」

王洪亮《ワン・ホンリャン》はため息をつきながら肩をすくめた。

「さて、俺たちも向こうへ行ってみよう」

たった今結成されたこの〝日銭コンビ〟が肩を並べて現場に入ると、メガネをかけた角刈りの青年が唾《つば》を飛ばさんばかりの勢いで陶然《タオ・ラン》と郎喬《ラン・チャオ》に状況を説明しているところだった。

背が高く、顔中がニキビだらけのその青年は、まっすぐで強張《こわば》った立ち姿をしていた。がりがりな体型も相まって、人間の形をした棺桶《かんおけ》の蓋のようにも見える。そして、ぎょっとするほどに早口だった。

「これはうちの新人で、名前は肖海洋《シャオ・ハイヤン》という」

王洪亮《ワン・ホンリャン》は青年を指さして言った。

「肖《シャオ》くんは成績優秀で、うちの採用試験には筆記試験一位の成績で合格している。肖《シャオ》くん、こちらが市局から来られた駱《ルオ》隊長だ」

紹介された肖海洋《シャオ・ハイヤン》は背筋をびしっと伸ばし、「気をつけ」のような姿勢を取った。顎をしっかり固定したまま、笑みも浮かべずに駱聞舟《ルオ・ウェンジョウ》へ向かって申し訳程度に頭を下げると、言葉少なに挨拶した。

「はじめまして、駱《ルオ》隊長」

「ああ、挨拶はこの辺で」

軽く手を振って応えつつ、駱聞舟《ルオ・ウェンジョウ》は続けた。

「それより説明を」

その言葉を聞いた途端、上官への挨拶にたったひと言しか話さなかった肖海洋《シャオ・ハイヤン》は、何かのスイッチでも入ったかのように怒涛《どとう》の勢いで喋《しゃべ》り出し、一同を言葉の海に沈めた。常人離れしたその早口は、中文八級[15]並みの中国語力でもなければとても理解が追いつかない。

「被害者の体には抵抗した際にできる打撲痕はなく、後頭部には鈍器で殴られた痕跡があるため、背後から気絶させられたところに紐状の柔らかい布で頸部を絞められ死亡したあとに金品を奪われ、額に紙を被せられたと推測されます。意識のない状態で絞殺されたため、現場には抵抗の痕跡が残っておらず、凶器に使われた柔らかい紐と頭部を殴打するのに使われた鈍器もまだ発見されておりませんので、現時点ではここが殺害現場だと立証できるたしかな証拠はありません！」

肖海洋《シャオ・ハイヤン》が最後のひと言を述べた途端、王洪亮《ワン・ホンリャン》の顔は瞬時に怒りに染まった。

「いい加減なことを言うな！　ここが殺害現場でないなら、どこが現場だと言うのだ？　本当は死体遺棄事件だとでも言いたいのか？　死体遺棄ならなぜこの場所を選ぶ。何か得でもあるのか？　肖海洋《シャオ・ハイヤン》、軽はずみな憶測で捜査を攪乱《かくらん》させるな！」

そんな王洪亮《ワン・ホンリャン》に、肖海洋《シャオ・ハイヤン》は困惑した顔を向けた。

「僕はただ、そういう可能性も考慮に入れるべきだと思っただけで……」

15　非常に難解な中国語についていうネットミーム。元は、中国語を母語としない学習者向けの語学検定試験。実施する中国政府は八級を中国の大学入学相当のレベルとしたが、実態を知らない一部の中国人の間ではその難易度が過大評価されている。上記は二〇一〇年までの試験形式によるもので、現在は級分け等も変更されている。

王洪亮《ワン・ホンリャン》がまた何か言おうとしたが、駱聞舟《ルオ・ウェンジョウ》は手を挙げそれを制した。

「社会に出たばかりの若者はなにかと考えがあるもんですよ。気にせず、好きに発言させてやりましょう」

そう言いながら、駱聞舟《ルオ・ウェンジョウ》は辺りを見回した。

花市西《ホアシー》は全体的にどんよりとした雰囲気を纏《まと》っている。無規則に張り巡らされた電線が頭上に重々しくのしかかり、珍しく晴れ間を見せた燕城《イエンチェン》の空もバラバラに切り裂かれて、息苦しい限りだ。

「とにかく、この一帯で聞き込みを続けてみよう。事件当時の物音かなにかを聞いていた住民もいるかもしれないし」

駱聞舟《ルオ・ウェンジョウ》はさらに続けた。

「それに、王《ワン》局長の方針はもっともだと思う。極端な可能性はひとまずおいといて、今は顔見知りの犯行という線で捜査を進めてみよう。これでどうですか、先輩？」

王洪亮《ワン・ホンリャン》もそんな駱聞舟《ルオ・ウェンジョウ》のやり方がたいそう気に入ったようで、捜査方針があっという間に決まり、コミュニケーションコストが大幅に低減された。

方針が固まれば、あとは地道にしらみつぶしに聞き込み捜査を続けるだけ。そんなものは分局の下っ端刑事たちの仕事であり、〝捜査顧問〟の出る幕じゃない。

駱聞舟《ルオ・ウェンジョウ》ら三人は、ただ分局の一室でお茶でも啜《すす》りながら進捗《しんちょく》を見守りつつ、王洪亮《ワン・ホンリャン》がぼろを出すのを待っていればいい。

そんな中、陶然《タオ・ラン》が急にヒソヒソと駱聞舟《ルオ・ウェンジョウ》に話しかけた。

「二人は先に行っててて。俺はもう少しみんなと一緒にこの辺りを回ってみるよ」

女の子のようなお淑《しと》やかな名前を持つ陶然《タオ・ラン》は、その名にふさわしく眉目秀麗《びもくしゅうれい》で温和な性格をしている。誰かに向かって声を荒げるようなことはこれまで一度もなかったし、無骨な男集団の中に身を置いているにもかかわらず、彼らの下品な言葉遣いに染まることなく、味方にも敵にも春風のような温かさを持って接する穏やかな人間だ。

だが、駱聞舟《ルオ・ウェンジョウ》はよく知っていた――陶然《タオ・ラン》には今の時代とは不釣り合いなほどの生真面目さと頑固さが備わっている。駱聞舟《ルオ・ウェンジョウ》という頼もしい隊長がいるおかげで、陶然《タオ・ラン》はパワーゲームなどに意識を払わずに済む。その分事件に関わることだけは、少しの疑問も見逃さずとことん追及するタイプだ。たとえそれが、自分の担当する事件でなくとも。

駱聞舟《ルオ・ウェンジョウ》は少しためらった。

「被害者は背後から気絶させられ、行動の自由を奪われたわけだから、犯人の顔すら見てない可能性が高い。これが金品を狙っての犯行なら、命まで奪われる必要はなかったはずだ。だからこの事件は被害者に恨みを持つ誰かによる意図的な殺人である可能性が高い。王洪亮《ワン・ホンリャン》の判断は概《おおむ》ね妥当だと思うが――何か疑問でもあるのか？」

遺体袋に収められた死体が検死官たちによって運ばれていくのを見送りながら、陶然《タオ・ラン》は静かに答えた。

「靴だ――この辺りは清掃する人がいないから、どこも泥や汚水だらけで、少しでも気を抜けば靴を汚してしまうだろ？　なのにさっき遺体袋の中を確認したら、あの子の靴は汚れひとつついていなかった」

相棒の言葉に耳を傾けながら、駱聞舟《ルオ・ウェンジョウ》は意外そうに片眉を上げた。

「もちろん、近くに住んでいて歩き慣れているからというだけのことかもしれないけど、」

陶然《タオ・ラン》はさらに続けた。

「分局のあのメガネくんの考えにも、一理あると思う。ここが殺害現場でない可能性も否定できない。それに、被害者の額に貼りつけられた紙も気になる。聞舟《ウェンジョウ》、この事件はそう単純ではないのかもしれない。王《ワン》局長が解決を急ぐあまり、詳しく調べる気がないんじゃないかと心配なんだ」

「心配も何も、」

駱聞舟《ルオ・ウェンジョウ》はため息をついた。

「明らかに詳しく調べる気などないだろう」

おおよその目星さえついたら、王洪亮《ワン・ホンリャン》はすぐに公式発表を行うだろう。この事件は私怨《しえん》による犯行で、ネットで噂されているような〝首絞め殺人鬼〟など存在しない、と。大衆の関心を引くような要素さえなくなれば、数日もしないうちに世間から忘れ去られるはず。そうなれば、「花市《ホアシー》分局はナントカ会議の成功に貢献した」と臆面もなく宣伝できるわけだ。

事件の捜査など、使いっぱしりの下っ端刑事にゆっくりさせておけばいい。犯人が見つかれば捕まえればいいし、見つからなければずっとそのままだ。もしかしたら、いつのまにか未解決のまま過ぎたこととして扱われているかもしれない。

それが王洪亮《ワン・ホンリャン》のいつものやり方だ。でなければ張《チャン》局長に目をつけられることもなかっただろう。

「理由がどうあれ、あんな子どもが一人で故郷を離れ、はるばるとやってきたのに、この燕城《イェンチェン》で命を落としたんだ。このままにはしておけないよ」

と陶然《タオ・ラン》は言う。

駱聞舟《ルオ・ウェンジョウ》は首を傾け、相棒の目を二秒間ほど凝視した。

その視線に、陶然《タオ・ラン》は慌てて付け加えた。

「心配で様子を見ておきたいだけだよ。絶対に余計な問題を起こしたりしないから」

駱聞舟《ルオ・ウェンジョウ》は軽く笑ってみせた。

「これまで何度お前が起こした問題の尻ぬぐいをしてきたと思ってるんだ。恩返しに結婚くらいしてくれても良さそうなものなのにな」

だが、陶然《タオ・ラン》は気にすることなく笑い飛ばした。

「言ってろ」

そう言ってすぐに立ち去ろうとした陶然《タオ・ラン》を、駱聞舟《ルオ・ウェンジョウ》は引き止めた。

「待ってくれ。今朝の花束は費渡《フェイ・ドゥ》からだよな？」

陶然《タオ・ラン》は気にも留めずに答えた。

「彼以外に、あんなくだらないことをする人間なんていないだろ？」

駱聞舟《ルオ・ウェンジョウ》は両手をポケットに突っ込んだまま、うまい切り出し方でも探すように自分のつま先に一度目をくれてから口を開いた。

「もし俺が、『あいつとは距離を取ったほうがいい』と言ったら、余計なお世話だと思うか？」

「まさか、本気にしたわけじゃないだろうね？」

陶然《タオ・ラン》は笑いながら続けた。

「こんなの、いつものお遊びだよ。俺は別にゲイじゃないし、たとえ本当にゲイだったとしても……」

続く言葉を、駱聞舟《ルオ・ウェンジョウ》はやんわりと遮《さえぎ》った。

「お前がゲイだったら、あんなはなたれ小僧は最初から出る幕なんざねぇよ」

駱聞舟《ルオ・ウェンジョウ》の発言に、陶然《タオ・ラン》は一瞬あっけに取られた。だがそこに秘められた真意にたどり着くよりもはやく、駱聞舟《ルオ・ウェンジョウ》が話を続けた。

「別に夜遊びのことや、調子のいいところを言っているわけではない……そんなレベルの問題じゃないんだ。あいつには、昔からなにかよくないものを感じる。俺の言っている意味はわかるか？」

陶然《タオ・ラン》は思わず足を止めた。

痩せ型で線の細い陶然《タオ・ラン》はか弱く見られやすいため、勤務中もプライベートもいつも制服を着ている。午前の日差しが低い塀と苔《こけ》を通り抜け、そんな彼の輪郭を優しく浮かび上がらせた。

陶然《タオ・ラン》は表情を引き締め、駱聞舟《ルオ・ウェンジョウ》に答えた。

「君の言いたいことはわかっている。けど、俺はこの七年の間ずっとあの子を見てきて、理解しているつもりだ」

駱聞舟《ルオ・ウェンジョウ》は口を挟まなかった。

「あの子はたしかに突拍子もないことをするときもあるけど、君が思っているような人間じゃない」

そう言って、陶然《タオ・ラン》は不意に矛先《ほこさき》を転じた。

「だいたい、どこの誰だか知らないけど、数年前、あれだけ苦労して海外からゲーム機を買ってきたくせに、自分からのプレゼントだと知られるのが恥ずかしくて、わざわざ俺に……」

「陶然《タオ・ラン》」

駱聞舟《ルオ・ウェンジョウ》は無表情のまま、旧友の言葉を遮った。

「くだらないこと言ってないで、とっとと聞き込みに行きやがれ！」

第四章

「あのニュース、私も見たよ。このすぐ近くだってね？」

「たしかに近いよね。南平《ナンピン》大通りを渡って少し入ったところだから。私も実家に帰るときジャンクションを通りたくなくて、あそこに入ることがあるんだよ。その時はただ治安悪そうだなくらいにしか思わなかったけど、まさかあんな……きゃっ！」

給湯室でサボりながらおしゃべりしていた二人の女性社員は、夢中になるあまり背後にもう一人リスナーが増えたことに気づくのが遅れた。驚いた一人は思わずびくっと手を震わせたせいで、危うく床に熱湯をぶちまけそうになった。

「危ない！」

間一髪のところで、彼女が持っていたコップを下から支えた費渡《フェイ・ドゥ》は、そのままコップを受け取り、横に置いた。

「こんな熱いお湯を入れたら危ないですよ。女の子の柔肌がやけどでもしたらどうするんですか？」

費渡《フェイ・ドゥ》は普段から大声で話すような人間ではないし、内容自体もとくにおかしなところがないように思える。だがそんな月並みな言葉であっても、彼の口から紡がれるとたちまち内緒話のような親密感を醸《かも》し出し、相手に無用な気を持たせてしまう。

幸い、言った当人はすぐに退場してしまうことがほとんどのため、相手が自分の勘違いに気づくのはそれほど難しいことではない。

「費《フェイ》会長、びっくりしたじゃないですか！」

　給湯室にいた女性たちは第三者の出現に一瞬飛び上がりそうになったが、費渡《フェイ・ドゥ》だとわかるとすぐに緊張を緩《ゆる》めた。

　なぜならこの「費《フェイ》会長」は〝会長〟ではあるものの、辣腕《らつわん》を振るっていた先代会長の父親と違って、みんなに愛されるマスコットのような存在だからだ。

　名の知れた遊び人でありながら、費渡《フェイ・ドゥ》は遊びと仕事をきっちり分けている。プライベートでどれほど派手に遊んでいても、会社にいる間だけは日頃の悪習を少しも持ち込まず、上辺だけの〝誠実さ〟もほどよく演じていて、厄介事《やっかいごと》も決して起こさない。

　一般社員からすれば、今の費《フェイ》会長は会社で権力を振るうことも少なければ、義務を履行しているようにも見えない。時々若い女性たちをからかうことはあっても、常に節度のある一歩引いた態度を取っており、「トラブルになりやすい相手には手を出さない」という原則を厳守している。

　人当たりがよくめったに怒らないこの会長を恐れる社員は、ほとんど存在しないのだ。

　費渡《フェイ・ドゥ》はこぼれたお湯をペーパータオルできれいに拭《ふ》き取ったあと、コップを返しながら何気なく疑問を口にした。

「それで、二人はなんの話をしていたんですか？」

「昨日の夜、向こうの花市西《ホアシー》で強盗殺人事件があって、いまだ犯人が捕まっていないらしいという話をしていました。あとで人事部から一斉メールを出して、通勤中の安全対策を呼びかけたほうがよろしいかと思いますが、いかがでしょうか？」

「いいですね」

費渡《フェイ・ドゥ》はいかにも真剣そうな顔で続けた。

「なんなら犯人が捕まるまで、休業にしちゃいましょうか。仕事なんかより、みんなの安全のほうがよっぽど大事ですからね」

二人の女性社員は冗談だと知りつつ、そのリップサービスに気分をよくして、足取り軽く仕事へ戻っていった。

十五分後、悠々と会長室へ戻った費渡《フェイ・ドゥ》のもとには、人事部からの一斉メールがさっそく届いていた。

カップの底にほんの少し溜まる程度のコーヒーを注いだあと、費渡《フェイ・ドゥ》はそこにコーヒーの数倍ものチョコレートヘーゼルナッツソースを加えた。カフェイン分子の一つひとつに至るまで糖分を漬け込むつもりか、と疑いたくなるようなその飲み物をかき混ぜながら、暇を持て余した彼はメールに添付された動画を再生しはじめた。

『昨日深夜、花市西《ホアシー》にあるこの民家の裏手で、大変悪質な事件が起こりました。現時点では、警察による公式発表はまだなされていません。聞くところによると、被害者の何《ホー》さんは事件現場のすぐ近くにあるアパートの住民で……』

動画は〝大衆向け〟を売りとするとあるネットメディアが撮影したものだった。その上辺だけ真面目そうな口上は二分間も続かないうちに、ガヤガヤとした騒ぎ声に中断された。新たな飯の種の出現に、ブレブレの画面はすぐさま近くの屋台を捉えた。

画面の向こうでは、ちょうど屋台の店主と思《おぼ》しきエプロン姿の中年女性が、ものすごい形相で十代半ばくらいの少年を小突き回しているところだった。

『あんた、算数もできないの？　それとも犬に良心でも食われたわけ？　こんなはした金を盗み取ってどうするんだい？　おっ母《か》さんの葬式代にでもするつもり？』

　すぐ近くでは、路上を不法占拠したワンタン屋台でのんびり食事を楽しんでいた何人かの中高年たちが、飲み食いする口も止めないまま、現場リポーターよろしくご立派な講釈を垂れはじめた。

『あの坊主は焼餅《シャオビン》[16]を買いに来た客さ。あの店では代金をカゴに入れて、お釣りも勝手にそこから取り出すスタイルだ。こういうのは完全に客のモラルにかかってるだろ？　なのにあの坊主は、そこに十元[17]入れたあと、十五元も取り出そうとした。俺はこの目でしっかりと見たからな。五元分のタダ飯を食らった上に、五元もポケットに入れようとするとは、大した〝お利口さん〟だよ』

『こんなやつはひっぱたかれて当然だ——若い頃から盗みを働いてるようじゃ、そのうち薬物の売人や人殺しになりかねないだろ？　この辺りの治安の悪さは、あんたらだって知ってるよな？　日が落ちたあとは、おっかなくてだぁーれも家から出るやつぁいねぇぐらいだ。この町がこうなったのも全部、こういう外から来たやつらのせいに決まってる』

『俺らは何度も上に苦情を入れてるのに、どこも動いてくれねぇんだよ。とうとう死人まで出たんだぞ。まったく、言わんこっちゃない！』

　中高年ガヤ集団が口を挟んだことで、ただでさえ紛糾していた状況がたちまち激化する結果となった。背後に集まる人々の論評を聞きながら、世論という味方を得たことで気が大きくなった焼餅《シャオビン》屋台の店主は、手っ取り早く実力行使に出たのである。

　金を盗んだ少年はただ両腕で頭を庇《かば》って縮こまり、その腕の間から覗《のぞ》く首筋と耳の付け根は、血がにじみ

16　中国の薄焼きパン。具の有無、種類、味つけは様々で、主食にもおやつにもなる。
17　日本円にすると百六十円ほど。

そうなほど真っ赤になっていた。それでも彼は何も言わずにただ逃げ回りながら身を捩《よじ》るだけだった。見かねた何人かの野次馬が店主から少年を引き離そうと入っていったが、あれよあれよという間に乱戦に巻き込まれてしまった。衝突はまたたく間にエスカレートしていき、気づけば地元住民と外来住民たちが、理屈抜きで貶《けな》し合う事態となっていた。

現場は一時混乱を極め、それを撮影していたカメラまで何度もぶつかられて、向きがズレてしまったくらいだ。

コーヒーをかき混ぜ終えた費渡《フェイ・ドゥ》は、眼前に広がるちんけな騒動のあまりのくだらなさに鑑賞価値を見出《みいだ》せず、画面を消そうと手を伸ばした。

ちょうどそのとき、動画の中の誰かが叫んだ。

『警察が来たぞ！』

とはいえ、ことは人民同士の諍《いさか》いに当たるため、警察が来たところでうかつに手を出せるような状況ではない。場がしばらくどよめき、何人かの制服姿の人間がなんとか人だかりに分け入ったが、すぐさま群衆の海に埋もれてしまった。乱闘に巻き込まれ、メガネを叩《たた》き落とされた若い警察官もいるほどだった。

仲裁に来た哀れな公僕の中によく見知った姿を見つけ、画面を消そうとした費渡《フェイ・ドゥ》の手がぴたりと止まった。

＊＊＊

同日午後、花市《ホアシー》分局。王洪亮《ワン・ホンリャン》が「会議がある」という口実でひと足先に逃げを打った結果、この茶番劇の後始末は駱聞舟《ルオ・ウェンジョウ》の仕事となった。

駱聞舟《ルオ・ウェンジョウ》は両手を後ろへ回したまま、上体だけをかがめた状態で陶然《タオ・ラン》の顔を観察した。

「この間麻薬取締班のやつらに協力して売人を取り押さえに行ったときは、二十分以上も撃ち合った割に、これほどの〝重傷〟を負ったやつは誰ひとりいなかったのにな。ほんのちょっと目を離しただけで、とんだ騒ぎを起こしてくれたものだ。帰りに病院へ寄って、狂犬病ワクチンを打ってもらえよ」

どんな達人にやられたのか、陶《タオ》刑事の顎には一本の爪痕がくっきりと刻まれていた。

何忠義《ホー・チョンイー》殺害事件の捜査のため、近隣住民への聞き込みを行っていた分局の刑事たちは、運悪く一般人同士の乱闘騒ぎに遭遇した。

出稼ぎの少年が食べ物屋台から五元を盗んだことに起因するこの暴力事件は、殴り合いの大喧嘩《おおげんか》に発展したのち、ついには止めに来た警察官まで巻き込む大乱闘となったのである。

結果、関係者はまとめて連行され、花市《ホアシー》分局全体が市場のような喧騒《けんそう》に包まれた。乱闘に参加した民衆は公安局にまでしょっ引かれたにもかかわらず、いまだ憤懣《ふんまん》やる方ない様子で言葉による交戦を続けている。

口々から上がる罵声の応酬に引き換え、警察側の注意は「動くな」「おとなしくしろ」などという判を押したようなものばかりで、語彙力のなさがいっそう際立つ。

その隣で、所轄の派出所[18]から一時的に駆り出された警察官たちは何をすればいいかもわからず、所在なさげにズラッと並んでいる。

そんな中に足を踏み入れた駱聞舟《ルオ・ウェンジョウ》は、力いっぱいドアを叩き、睨《にら》み合う両者を上回る横柄さでその場の全員を怯《ひる》ませた。突然の大きな音に驚いた一同は、一斉に振り返る。

ドア枠に寄りかかったまま、駱聞舟《ルオ・ウェンジョウ》は口を開いた。

18　日本の交番より大きく、警察官の数も多い。

「警察官に暴行を加えた者は名乗り出てもらおうか？」

返ってきたのは沈黙だけだった。

「誰も名乗り出ないのか？　大勢でやれば罰せられないとでも？」

駱聞舟《ルオ・ウェンジョウ》は無表情のまま続けた。

「結構だ。そういう事ならまとめて拘留[19]させてもらおう。あとで家族に連絡して保釈金を用意させておけよ。家族のいない者は、勤め先に知らせるように。そうそう、この中には公道不法占拠と無免許営業の疑いのある者もいるそうだな？　ちょうどよかった、そちらもきっちり処罰させてもらおうか。あなた方のような前科持ちには特別に目をかけるように、近所の派出所にも通達しておこう」

その言葉が終わらないうちに、一人の五十歳前後の中年男性が喚《わめ》き出した。

「誰が前科持ちだ！　俺たちが警察に暴行を加えたっていうけど、証拠でもあんのかよ？　証拠もないのに拘留なんかしてみろ！　言っとくけど、俺は心臓病持ちだからな！」

駱聞舟《ルオ・ウェンジョウ》は視線すらくれずに、つまらなそうに答えた。

「警察は公務中、常にボディカメラを装着していることも知らないのか？」

そこにタイミングよく近づいてきた郎喬《ラン・チャオ》が、何枚かの書類を駱聞舟《ルオ・ウェンジョウ》に手渡した。渡された書類に軽く目を通した駱聞舟《ルオ・ウェンジョウ》は、一番威勢よく暴れていたこの中年男性に意味ありげな視線を向けた。

「これはこれは」

続いて携帯電話を取り出し、ある番号に電話をかけた。

「もしもし、韓《ハン》校長ですか？　聞舟《ウェンジョウ》です……いえいえ、多忙だなんてとんでもない。それより——そちらの

19　中国では、逮捕に先立って行う身柄拘束のことを拘留という。

学校の警備員のなかに于磊《ユー・レイ》という人はいませんか?」

さっきまで騒いでいた中年男性は、一瞬反応が遅れたものの、すぐに顔が真っ青に変わり、本当に心臓病の発作でも起こしたかのように慌て出した。

その様子にニヤリと笑い、駱聞舟《ルオ・ウェンジョウ》はなおも通話を続ける。

「名前で調べてみてください。二本の横棒と縦のはね棒の〝于《ユー》〟に、石が三つの〝磊《レイ》〟。五十三歳の男性です――あぁ、大したことじゃありませんよ。于《ユー》さんは大変元気のよろしいことで、乱闘騒ぎを起こして警察に捕まっちゃったんですよ。心臓病を患ってると言うし、うちで発作でも起こされたら風聞が悪いじゃないですか? そんな責任はとても背負えませんので、誰か人をよこしてこの時限爆弾のような御仁を連れ帰ってもらえませんか?」

「なっ……お、おお俺はただご近所さんの安全を守ろうとしただけだ!」

駱聞舟《ルオ・ウェンジョウ》が電話を切るよりもはやく、この于磊《ユー・レイ》という中年男性はあたふたと弁明しはじめた。

「これは正当防衛だ」

駱聞舟《ルオ・ウェンジョウ》は思わず笑った。

「〝正当防衛〟がどういうものか、本当にご存知で?」

その言葉に、于磊《ユー・レイ》は反対陣営側の何人かの若者を指さし、訴えた。

「本当に正当防衛なんだ! こいつらのなかに昨夜人を殺した犯人がいる。俺は全部聞いたんだ!」

駱聞舟《ルオ・ウェンジョウ》は言葉を失った。

＊＊＊

ただのしょうもない乱闘騒ぎの参加者たちに、個別の取り調べを行う羽目になろうとは、誰が予想できただろうか。

現場付近で聞き込み中だった刑事たちまで大急ぎで集められ、緊急の事情聴取が行われた。

「あの于磊《ユー・レイ》というゴロツキおじさんの話によれば、昨夜明かりを消してベッドでウトウトしていると、二人の男の言い争う声が聞こえたそうです。二人とも訛《なま》りがひどく詳しい話はわからなかったけど、声の調子からみて、争っていた二人は知り合いのはずだと言っています」

郎喬《ラン・チャオ》は長い髪を後ろへ流してから、さらに報告を続けた。

「こちらで確認したところ、この于磊《ユー・レイ》の自宅は死体の発見場所からかなり近いところにあり、直線距離は五十メートルもないようです。平屋住まいですし、窓を開けていたら現場の声が届いてもおかしくないかと」

「時間はわかるか？」

「正確な時間はわかりませんが、九時に就寝して、普段から寝つきが悪いほうではないそうなので、夢うつつ状態が続くのは遅くても九時半頃までかと。死亡推定時刻とも合致します。それから、ほかにも近隣住民から誰かの争う声が聞こえたという証言が複数上がっています。ただあの近くは、夜中に酒に酔って喧嘩する人は珍しくないので、誰も気に留めたりしませんし、確認しに行くような物好きもめったにいないそうです」

「聞舟《ウェンジョウ》」

顎に絆創膏《ばんそうこう》を貼った陶然《タオ・ラン》が、ドアから頭だけ覗かせ、声をかけた。

「ちょっと話を聞いてほしい子がいるんだけど……」

呼ばれた先では、透明なテープで補修されたメガネをかけた肖海洋《シャオ・ハイヤン》が、痩せ細った小柄な少年から事情聴取をしているところだった。

「少年の名前は馬小偉《マー・シャオウェイ》。本人は満十八歳だと主張しているけど、どう見ても未成年[20]だな。昼にあった集団乱闘事件も、この子がお金を五元盗んだことがきっかけだった」

陶然《タオ・ラン》は続けて説明した。

「なにより彼は、被害者何忠義《ホー・チョンイー》と同じ安アパートに住むルームメイトで、被害者が生前最後に顔を合わせた相手である可能性が高い」

駱聞舟《ルオ・ウェンジョウ》は一つ頷《うなず》くと、取調室のドアを押した。急に入室してきた刑事隊長の風格に気圧《けお》されてか、ちらりと視線を走らせた馬小偉《マー・シャオウェイ》の顔に不安の色がよぎる。

向かいの肖海洋《シャオ・ハイヤン》はすかさず声をかけた。

「気にせず続けてください」

馬小偉《マー・シャオウェイ》は不安そうに両手の指を絡み合わせながら、蚊の鳴くような声を絞り出した。

「その人……何忠義《ホー・チョンイー》はH省の出身で、もう一人のルームメイトとは同郷なんです。といっても出身地がまったく一緒ってわけじゃなくて、H省もけっこう広いみたいだし、忠義《チョンイー》さんの故郷のほうが田舎にあるらしいです。忠義《チョンイー》さんは去年アパートに越してきたばかりだったけど、明るくて親切な人です。働き者で、部屋の掃除も率先してやってくれるし……だ、誰かに恨みを持たれるようなこともありません」

肖海洋《シャオ・ハイヤン》はさらに質問した。

「燕城《こっち》に住む親戚や友人について、なにか聞いてませんか？」

馬小偉《マー・シャオウェイ》の顎が一瞬下がりそうになったが、何かを思い出したらしく、慌てて首を振った。

「いっ、いえ、とくには。見かけたこともないです」

20　中国の成人年齢は十八歳。

嘘《うそ》だ。

駱聞舟《ルオ・ウェンジョウ》は少年をじっと見つめたまま、横から口を挟んだ。

「昨日の夜八時から十時までの間、お前はどこにいた？」

馬小偉《マー・シャオウェイ》はかすかに喉仏《のどぼとけ》を上下させてから、相変わらず目も合わせないまま小さく答えた。

「……う、家《うち》にいました」

「家でなにを？」

「と……とくになにも、普通に……テレビを見てました」

「一人でか？」

その質問でようやく相手の意図を察した馬小偉《マー・シャオウェイ》は、一気に顔色を変えた。

「まあ、そう緊張しなさんな」

そう言って椅子を引いた駱聞舟《ルオ・ウェンジョウ》は、少年の向かいに腰を下ろし、和《なご》やかな笑みを見せた。

「うちは凶悪犯罪捜査班だから、重大な刑事事件以外は管轄外なんだ。たった五元盗んだくらいじゃ刑罰を受けるようなことはないから、安心しな」

それを聞いた馬小偉《マー・シャオウェイ》は、余計に緊張してしまったようで、不安そうに体を揺りはじめた。

駱聞舟《ルオ・ウェンジョウ》は言葉のトーンを切り替えた。

「といっても、何度も窃盗を繰り返す常習犯の場合、〝高額〟でなくとも刑罰を科せられることもあるかもな。お前もまさか初犯じゃなかったりするのか？」

その言葉に、馬小偉《マー・シャオウェイ》は息が止まりそうになった。

駱聞舟《ルオ・ウェンジョウ》の指先がトンと机を叩いた。

「一人でテレビを見てたんだな？　ルームメイトたちはどうしたんだ？」

「ちょ……忠義《チョンイー》さんは仕事が終わったあと、一度部屋に戻ってきたけど、着替えただけでまた出かけていったんです。ルームメイトの一人……えっと、忠義《チョンイー》さんと同郷の人なんですけど、その人は親戚の葬式で帰省したので、数日前からいません。ほかのルームメイトたちは知り合いと麻雀に出かけちゃったから、アパートにいたのはお、俺だけでした。で、でも俺はなにも……」

「そんなの疑っちゃいねぇよ」

少年のたどたどしい弁解を、駱聞舟《ルオ・ウェンジョウ》は遮《さえぎ》った。

「近隣住民の証言によると、事件が起きた頃に現場付近で言い争う声が聞こえたそうだ。お前たちの部屋と現場の距離を考えれば、お前のところにも声が届いたはずだ。なにか聞こえなかったか？」

馬小偉《マー・シャオウェイ》は強く唇を噛《か》んだまま、何も答えない。

「聞こえたのか聞こえなかったのか、ただ答えればいいだけの話だろ。そんなに考え込むような質問か？」

「ほ、ほんの少し聞こえたかもしれません。ただ、テレビの音が大きかったから……」

「何時頃だ？」

馬小偉《マー・シャオウェイ》は食い気味に答えた。

「九時十五分です」

その反応に、顔も上げずにメモを取っていた肖海洋《シャオ・ハイヤン》も、入り口の近くで様子を見守っていた陶然《タオ・ラン》も、一斉に馬小偉《マー・シャオウェイ》へと視線を向けた。

駱聞舟《ルオ・ウェンジョウ》は目を細め、突き刺すような視線でしばらく彼を見つめてからニヤリと笑った。

「さっきは『ほんの少し聞こえたかも』とか言ってなかったか？　時間まではっきり覚えているとはな？」

「……」

「馬《マー》くん、本当のことを言うんだ」

陶然《タオ・ラン》はそっと話しかけた。

「どうして九時十五分だとわかったんだい？　本当に声が聞こえただけなのか、それとも君もあのとき現場の近くにいたのか？」

少年に考える時間を与えないように、駱聞舟《ルオ・ウェンジョウ》は間髪入れずに畳みかけた。

「いったいなにを知ってるんだ？　そこをはっきりさせなければ、お前に重大な容疑がかかってしまうんだぞ」

「俺も君じゃないはずだと信じている」

厳しい態度を取る駱聞舟《ルオ・ウェンジョウ》と呼応するように、自分の役割を心得ている陶然《タオ・ラン》は、ここぞとばかりに優しく少年を諭《さと》す。

「君は無実なんでしょう？　なにか知っているのなら怖がらずに俺たちに教えるんだ。この事件では人ひとりの命が喪《うしな》われている。君にだって事の重大さはわかってるよね？」

そんな陶然《タオ・ラン》に、馬小偉《マー・シャオウェイ》は思わず縋《すが》るような視線を向けた。

駱聞舟《ルオ・ウェンジョウ》はドンと机を叩いた。

「どこを見ている、さっさと吐け！」

「俺はやってません……き、聞こえたんです」

馬小偉《マー・シャオウェイ》は泣きそうになった。

「九時十五分頃、アパートの下で誰かの言い争う声が聞こえて、なんとなく聞き覚えのある声だったから、確認しに行こうと……」

「なにを見た？」

「なにもなかったです」

馬小偉《マー・シャオウェイ》は目を見開いた。

「誰もいませんでした。あの声も自分の気のせいだったのかと疑いたくなるくらいに、人っこひとりいなかったんです。そ、それに、街灯も壊れてたし……俺……」

駱聞舟《ルオ・ウェンジョウ》はアホらしいと言わんばかりに鼻で笑った。

「坊主、怪談話でもしているのか？」

だが返ってきたのは目を真っ赤に染めた馬小偉《マー・シャオウェイ》の、恐怖に満ちた視線だけだった。その眼球にはいく筋もの毛細血管が絡みつくように浮かび上がっている。

その後、駱聞舟《ルオ・ウェンジョウ》らが数人がかりで何度も同じ質問を繰り返したため、夕方の退庁時間になる頃には、馬小偉《マー・シャオウェイ》もすっかり参ってしまっていた。結局、ほかに有用な情報は何も得られず、少年はただそのできの悪い怪談話を繰り返すだけだった。

＊＊＊

「あの子じゃないと思います」

分局をあとにしてから、郎喬《ラン・チャオ》は考えを口にした。

「彼、ちょっと脅かしただけでなんでもしゃべっちゃうくらいの小心者だし、もし本当になにかやっていたら、あれだけの取り調べに耐えられるはずないもの……ただ、あの怪談みたいな証言はどう考えても怪しいですよね」

そこで「うーん」と呻《うめ》いた駱聞舟《ルオ・ウェンジョウ》に、陶然《タオ・ラン》は水を向けた。

「どうしたんだ？」

「ただの作り話とも限らないかな」

と、駱聞舟《ルオ・ウェンジョウ》は答えた。

「あの話も真実の一部なのかもしれない、ほかにもなにか隠してるだろうけどな——まあ、事件のことはまた明日だ。お前たちはどうする？　一回市局へ戻るか、それとも……」

駱聞舟《ルオ・ウェンジョウ》の言葉は、誰かの口笛によって中断させられた。

出向組の三人が一斉に顔を上げると、路肩に止まっている車高二メートルほどの大型のＳＵＶが目に入った。口笛の出どころは、そのＳＵＶに寄りかかっている青年だったようだ。

「お勤めご苦労様です、陶《タオ》刑事。家までお送りしても？」

スラリとした体つきをしたこの青年は、黒いシャツにしわひとつないスラックスという出《い》で立《た》ちで、ポケットに手を突っ込んだまま、両脚を軽く交差させるようにして立っていた。髪は肩にかかるほど長く、他人の視線に気づくと、すぐさま誰彼構わずたっぷりと笑みを含んだ目を向けてくる。

さすがの郎喬《ラン・チャオ》でも、わざわざ公安局の門前まで来て色気を振りまく男に遭遇したのは、生まれてはじめてである。驚きのあまり、つい口を挟んだ。

「副隊長、お知り合いですか？」

陶然《タオ・ラン》はばつが悪そうに顔をひくつかせた。

そんな上司の反応を見て、勘の鋭い郎喬《ラン・チャオ》はすぐさま何かがおかしいと気づき、困惑したように訊《たず》ねた。

「どうしたんですか？」

陶然《タオ・ラン》が青年と言葉を交わすべく歩み寄ろうとすると、ずっと黙っていた駱聞舟《ルオ・ウェンジョウ》は急にその腕を掴《つか》み、青年に向かって顎を突き出したまま話しかけた。

「費渡《フェイ・ドゥ》、こんなところになにしに来た？」

費渡《フェイ・ドゥ》は交差させていた長い脚を揃《そろ》え、眠たそうな視線を返した。

「これは失礼、ここが駱《ルオ》家の私有地だったとは存じ上げませんでした」

無表情にガンを飛ばす駱聞舟《ルオ・ウェンジョウ》に、含みのある笑みで見つめ返す費渡《フェイ・ドゥ》。展開を読めずにいた郎喬《ラン・チャオ》はどことなく剣呑《けんのん》とした殺気を感じ取った。

しばらくして、費渡《フェイ・ドゥ》は人の神経を逆撫《さかな》でするような笑みとともに睨み合いを切り上げ、陶然《タオ・ラン》へ向き直った。

「はやく乗ってください、陶然《タオ・ラン》。もたもたしていると駱《ルオ》隊長に切符を切られてしまいますよ」

陶然《タオ・ラン》が返事をする間もなく、駱聞舟《ルオ・ウェンジョウ》は容赦なく割り込んできた。

「誰が帰っていいと言った？　お前たち二人にはこれから俺と一旦市局へ戻ってもらう。一刻もはやく張《チャン》局長に捜査状況を報告しなければならないし、その後は捜査会議を開くぞ」

郎喬《ラン・チャオ》は唖然《あぜん》とした。

さっきまで「事件のことはまた明日」とかなんとか言っていたのに！

費渡《フェイ・ドゥ》は気だるそうにため息を漏らす。

「更年期の上司を持つと、本当に悲惨なものですね。そういうことなら、陶然《タオ・ラン》さんとそこの綺麗《きれい》なお姉さんは私の車で市局までお送りしましょう。今日も一日お疲れでしょうから、せめて広い車で足を伸ばしてください」

「うちの車が狭いだって？　なら、護送車の世話にならないように、せいぜい気をつけることだ。腕すら伸ばせなくなるだろうからな」

「それはご丁寧にどうも」

駱聞舟《ルオ・ウェンジョウ》の嫌みに少しも堪《こた》えた様子もなく、費渡《フェイ・ドゥ》は作り笑いを浮かべた。

「陶然《タオ・ラン》さん、お勤め先の近くにある洋食店に席を予約しました。残業をするにしても、食事くらいはとっておかないと」

「俺たち国民の公僕に食事は不要だ。殺人犯もまだ捕まっていないのに、どの面下げて食事しようってんだ？」

あまりにも理不尽な扱いに郎喬《ラン・チャオ》はさらに困惑した。

さっきから口を挟めずにいた陶然《タオ・ラン》も、ついに痺《しび》れを切らす。

「二人ともいい加減にしてくれ！」

駱聞舟《ルオ・ウェンジョウ》はせせら笑いだけを残し、身を翻《ひるがえ》した。

「行くぞ——デカ目ちゃん、いつまで見ているつもりだ？　軟派男の顔を眺めたいならお家に帰って好きなだけ眺めていろ。みんなの時間を無駄にするな！」

「ねえ、お姉さん。よかったらうちの会社へ転職しませんか？」

費渡《フェイ・ドゥ》は、郎喬《ラン・チャオ》に向かっていかにも〝俺様〟っぽくキメ顔を作る。

「貴女《あなた》のような美人を警察においておくのはあまりにももったいない。うちに来てくれるなら、なにもしなくても今のお給料の五倍は払って差し上げますよ」

そんな彼を、陶然《タオ・ラン》は振り返ってギロリと睨んだ。

「君もほどほどにしなさい！」

費渡《フェイ・ドゥ》はチラリと陶然《タオ・ラン》の様子をうかがうと、殊勝そうに頷きながら新たな火種を投下した。

「はぁい、陶然《タオ・ラン》さんがそう言うなら」

駱聞舟《ルオ・ウェンジョウ》は一発で火がついた。

「陶然《タオ・ラン》、何をもたもたしている！」

どちらにも歯向かえない陶《タオ》刑事は、仕方なくなんの罪もない夜空に向かって白目を剥《む》き、すぐさま駱聞舟《ルオ・ウェンジョウ》のあとを追った。

何歩か進んだ後、ふと振り返ってみると、予想に違《たが》わずその場に佇《たたず》んだまま彼を見送っている費渡《フェイ・ドゥ》の姿があった。費渡《フェイ・ドゥ》は陶然《タオ・ラン》が振り返るのをわかっていたかのようにそっと微笑《ほほえ》むと、二本の指を唇に当てたあと、相手に向かって軽く弾《はじ》いた。

「……」

もし世の中にプレイボーイのための賞が存在していたら、費《フェイ》公子はノーベル賞を受賞していただろう。

駱聞舟《ルオ・ウェンジョウ》は嫦娥《じょうが》3号[21]のようにパトカーを駆って、地面から浮き上がりそうになりながら爆速で市局へ戻った。一方、費渡《フェイ・ドゥ》の大型SUVも鈍重そうな見た目に反して、ずっと程よい距離を維持したまま軽々と後ろについてきていた。

先ほどからずっと我慢していた郎喬《ラン・チャオ》は、ついに堪えきれずに口を開く。

「あのイケメンさんは誰なんですか？　美形なだけじゃなくて、運転の腕もなかなかですね」

陶然《タオ・ラン》は振り返り、「余計なことを言うな」という無言の視線で彼女を黙らせようと試みたものの、時すで

21　二〇一三年十二月に打ち上げられ、月面軟着陸に成功した中国の月探査機。

に遅し――。

バックミラー越しに市局の門前に止められた費渡《フェイ・ドゥ》の車を見た駱聞舟《ルオ・ウェンジョウ》は、速攻で隣の交通警察隊に電話した。

「うちの正門前で違法駐車してるやつがいるが、今のうちに切符を切っておけ。金を腐るほど持ってるやつだから、遠慮せずに何枚でも貼ればいい」

しばらくして駱聞舟《ルオ・ウェンジョウ》の携帯に電話が入り、若い警察官がおどおどと報告した。

「駱《ルオ》隊長、切符を切ってきました。『ここは駐車禁止だから、罰金二百元払ってもらいますよ』と言って」

「なにか問題でも?」

「それが、一千元渡されちゃいまして、あと八百元分停めさせてほしい、と」

「……」

黙り込んだ駱聞舟《ルオ・ウェンジョウ》に、郎喬《ラン・チャオ》はおずおずと訊ねた。

「ボス、本当に捜査会議やるんですか?」

ただでさえ気が立っていた駱聞舟《ルオ・ウェンジョウ》は、間髪入れずに怒鳴り返した。

「当たり前だ!」

＊＊＊

さすがの駱聞舟《ルオ・ウェンジョウ》でも、いつまでも陶然《タオ・ラン》を引き止めておくわけにはいかない。今日一日の成果は一目でわかるほどに乏しく、残業の余地はそれほど多くないのだ。

市局の正門前で待っている間、費渡《フェイ・ドゥ》は渡された交通違反切符で小舟を折っていた。エアコンの効いた快適な車内で、費渡《フェイ・ドゥ》は座席の背もたれに体を預けたまま、カーフレグランスの香りに混じって流れる洋楽にのんびりと耳を傾けた。同じ曲が八回目のリピートに入った頃、陶然《タオ・ラン》はようやく中から出てきた。

陶然《タオ・ラン》はあまり外見に気を遣うタイプではない。肩には使い古されたブリーフケースが斜めがけされており、髪の毛はボサボサで、革靴は明らかに何日も磨いておらず、顎には絆創膏まで貼ってある。顔もいかにもくたびれた表情をしていて、とても殿様を骨抜きにできる妖姫《ようき》のようには見えない。

費渡《フェイ・ドゥ》の車に近づいた陶然《タオ・ラン》は、窓ガラスをノックした。

「まだ車を移動させてなかったのか？」

窓が開くと、何度もリピートさせられていた『You Raise Me Up』が、すかさず隙間から抜け出した。悠揚な旋律がブワッと夜の街へ飛び込み、辺り一面に広がっていく。

その曲を聞いた陶然《タオ・ラン》は、一瞬で顔色を変えた。けれど費渡《フェイ・ドゥ》は、彼が何かを言い出す前に、何事もなかったかのようにオーディオを切った。

「陶然《タオ・ラン》さんたちが喧嘩の仲裁をしている動画がネットにアップされていて、それをたまたま見かけたので、心配で様子を見に来たんですよ」

そう言って、費渡《フェイ・ドゥ》は陶然《タオ・ラン》の顎に貼られた絆創膏を指さす。

「傷、大丈夫ですか？」

陶然《タオ・ラン》は苦笑いを浮かべた——いがみ合う駱聞舟《ルオ・ウエンジョウ》と費渡《フェイ・ドゥ》の板挟みになるくらいなら、乱闘騒ぎの仲裁を十回やらされたほうがマシだ。

「そんな顔しないでくださいよ。今度からはあの更年期オジさんに見つからないようにしますから」

陶然《タオ・ラン》の考えていることくらい、顔を見ればわかる。費渡《フェイ・ドゥ》は相手のカバンを受け取りながら訊ねた。

「運転席と助手席、どっちにします？」

「あのな、君の言う〝更年期オジさん〟と俺は、同期なんだぞ。君だっていつか年を取るんだからな」

陶然《タオ・ラン》はドアを開けて、運転席に乗り込んだ。

「というか、また車を変えたのか。無駄遣いもほどほどにしろよ？」

「ほかの車はどれも派手すぎるって言っていたじゃありませんか」

運転席を譲った費渡《フェイ・ドゥ》は、のんびりと助手席へ移動しながら答えた。

「それで新しいのを買ったんですよ。今度のは安くて落ち着いてますから、これからは陶然《タオ・ラン》さんのお迎え専用にしますね」

ちょうどシートベルトを締めようとしていた陶然《タオ・ラン》は、一瞬手が止まってしまったものの、すぐに費渡《フェイ・ドゥ》へ向き直り、改まった顔で口を開いた。

「俺だって、もう少し給料が高くて、夜勤も少なかったらとっくに結婚していたはずだ。もしかしたら、もう子どもまでできて、歩けるようになっていたかもしれないんだぞ」

「わかってますよ」

費渡《フェイ・ドゥ》は窓枠に片ひじをついたまま、顔だけ軽く相手のほうへ向けながら笑った。

「アイドルの追っかけのようなもんですよ。毎日のように、時間とお金をかけてアイドルを追っかけてるファンの子たちも、別になにか下心があるわけじゃなくて、ただ楽しいからやってるだけじゃないですか。私も陶然《タオ・ラン》さんの世話を焼くことが、その日のご褒美《ほうび》のようなものなのですよ。これまでも何年もかわいがってくれたし、このくらい大目に見てもらってもいいでしょ？」

「……」

「陶然《タオ・ラン》、食事に行きましょう。私が奢《おご》りますよ」

「君の顔を見ただけで、お腹《なか》いっぱいだよ」

陶然《タオ・ラン》は片手だけ伸ばし、費渡《フェイ・ドゥ》の頭にぽんと置いた。

「それと、今俺を呼び捨てにしたな？　年上への礼儀を忘れるな」

「私は……」

甘い口説き文句の一つでも吐こうとした費渡《フェイ・ドゥ》だが、次の瞬間には違うセリフが出てきた。

「なんだこれは⁉」

というのも陶然《タオ・ラン》刑事殿は倹約するあまり、清《しん》の時代に作られたようなカバンを捨てずに使い続けているため、古びたファスナーが時々開いてしまうことがある。費渡《フェイ・ドゥ》がちゃんと確認もせずに受け取ったせいで、うっかり上下逆さまに持ってしまい、中に入っていたファイルの一つが滑り出てしまったのだ。

その結果、事件現場の写真が彼の膝の上に散乱し、車内の暗い環境も相まって死体の顔をことさらおどろおどろしく見せた。

費渡《フェイ・ドゥ》は思わず息を呑《の》んだ。シートベルトをしていなかったら、その場で飛び上がっていたかもしれない。

「これ、死体の写真ですか？　ひどい顔ですね」

「大事な資料だから、はやくなかへ戻しなさい——君たちのくだらない口喧嘩のせいで、これがカバンに入っていたのをすっかり失念してたよ。持ち出し禁止の資料なのに」

だが費渡《フェイ・ドゥ》は首をまっすぐ伸ばしたまま動こうとせず、あくまで膝の上に横たわる死体と目を合わせたくないようだ。

「む、無理です。血は苦手なんですよ」

「血なんて出てないよ」

陶然《タオ・ラン》は呆《あき》れたようにため息をついた。

「鬼もが恐れる駱聞舟《ルオ・ウェンジョウ》とあれだけ渡り合えるのに、死体なんか怖がってどうする？」

あちこちに散らばった写真と資料を手探りでファイルに戻しながら、費渡《フェイ・ドゥ》は片手で目を覆ったまま、隙間からちらりと視線を走らせた。血の写った写真は本当になかったことを確認すると、費渡《フェイ・ドゥ》はようやくほんの少し気を緩め、地雷探査でもしているかのような手つきで、散乱した資料を手早く片づけはじめた。

この大変困難な任務のおかげで、費渡《フェイ・ドゥ》は五分間ほど静かになったものの、しばらくすると唐突に質問を口にした。

「これ、他殺なんですか？」

陶然《タオ・ラン》は詳しく話そうとはせず、言葉少なに答えた。

「多分ね、まだ捜査中だけど」

それを察した費渡《フェイ・ドゥ》もおとなしく口をつぐみ、ファイルをもとに戻した。そして、かすかな光を頼りに、壊れたファスナーをいじりながらポロッとつぶやいた。

「かわいそうに」

「うん？」

手元のカバンに目を向けたまま、費渡《フェイ・ドゥ》は続けた。

「あんなに気合を入れて憧れの人に会いに行ったのに、その相手に死んだほうがいいと思われていたなんてね」

陶然《タオ・ラン》に動揺が走った。

「それはどういう意味だ？」

「被害者が着ていた上着だけを撮った写真がありましたよね？　あれ、値札すら取ってなかったじゃないですか」

「それならもちろん調べたよ。近くの小さな店で買ったものだった。店主の証言もあるし、防犯カメラでも確認できている。被害者が自分で購入したもので間違いないよ」

「なにも犯人が着せたと言いたいわけじゃありませんよ。殺そうという相手に、服まで買ってあげる必要はないでしょう？」

費渡《フェイ・ドゥ》はくすりと笑った。

「値札も取らずに新しく買った服を着ていたということは、その服が普段買わないような高価なものだった可能性が高いです。なにかの大事な場面のために、一回だけ使わせてもらって、すぐに返品するつもりだったのかもしれませんね。お金に余裕のない学生が就職活動を始める頃によく使う手ですよ——この人は左利きですか？」

陶然《タオ・ラン》は一瞬面食らったものの、自ら足を踏み入れた何忠義《ホー・チョンイー》の部屋の様子を思い出し、そこで見た私物の配置を一つひとつ振り返ってから答えた。

「いや」

費渡《フェイ・ドゥ》は興味なさそうに説明した。

「靴はロゴ付きで、ミドルクラス程度のブランドでした。手入れは行き届いているけど、左足のほうが明らかに擦り減っている——あの靴は借り物である可能性が高いと思いますよ」

もしあの警備員の証言通り、何忠義《ホー・チョンイー》は殺される間際に誰かと言い争っていたとすれば、彼と会っていた相手はよく知った男性で、おそらくは同郷、場合によっては親戚の可能性すらある。互いに方言で話していたのが何よりの証拠だ。

だが、そんな相手と会うために、わざわざ身なりを整える必要があるだろうか？

陶然《タオ・ラン》の家は職場からそれほど離れてはいない。事のいきさつを整理しきらないうちに、はやくも目的地へ到着してしまった。

そこで陶然《タオ・ラン》は頭を切り替え、団地の入口の前で車を停めた。

「要するに、被害者がわざわざめかし込んでまで会いに行った相手は、異性であった可能性が高いということか？」

「そうとも限りませんよ。わざわざ上等の服と靴を揃えたのはたしかですが、全体的にフォーマル寄りの装いですし、どちらかというと仕事の面接とか、尊敬している相手に会いに行く時の格好だと思います。相手がもし異性だったとしても、紹介された女性とのはじめての顔合わせだったのでしょう」

費渡《フェイ・ドゥ》はずっといじっていた陶然《タオ・ラン》のブリーフケースのファスナーを一度開け閉めしたあと、左右から軽く引っ張り、きちんと閉まるようになったのを確認してから持ち主に手渡した。

「ファスナーの噛み合わせが甘くなっていたので直しておきました——わかりやすい例で言えば、私だったら陶然《タオ・ラン》さんと会うときに、堅苦しいスリーピースなんて絶対に選ばないでしょう。香水はつけるかもしれませんが」

費渡《フェイ・ドゥ》の目はただの黒ではなく、幾分か淡い色をしているため、暗いところでは余計光彩を放っているように見える。彼にまっすぐ見つめられると、誰もがその物言いたげな目につい溺《おぼ》れそうになってしまう。

だが残念なことに、陶《タオ》副隊長の目には何も見えておらず、

「そういうのはいいから」

と、適当にあしらって、さらに追い打ちをかけた。

「ナンパの練習ならほかを当たってくれ」

費渡《フェイ・ドゥ》の言葉をじっくり反芻《はんすう》したあと、陶然《タオ・ラン》は考えを巡らせながらつぶやいた。

「じゃあ、殺した相手の額に紙を貼りつけるのは、どういう意味だと思う？」

「あぁ、それは死体が起き上がるのを防ぐためなんじゃありませんか？」

「……」

費渡《フェイ・ドゥ》は続けて別の可能性を付け加えた。

「もしかしたら、犯人は殺したあとに後悔してしまい、なんとなく見よう見まねで顔に紙を被《かぶ》せて被害者への敬意と哀悼を表そうとしたのかもしれません」

陶然《タオ・ラン》はしばらく逡巡《しゅんじゅん》したのち、さらに質問した。

「その紙が、顔全体に被せたものじゃなかったら？　例えば、ほんの小さな紙切れが被害者の髪の毛にくっついてて、ちょうど額から両目の間を隠している場合は、どうなる？」

「額は大変象徴的な部位です。年長者が子どもを叱るときも、立場の強い人間が立場の弱い相手を虐《しいた》げるときも、ペットに罰を与えるときも……よく額を叩くものです。それとは別に、額に紙切れを貼るのは、〝ラベル〟代わりかもしれません。ラベルを貼られるのは、店に並んだ商品くらいのものです。ラベルを貼るという行為には、人間を物として扱う意図が込められているかもしれませんね——その紙にはなにか書かれてましたか？」

「〝銭《カネ》〟、とだけ」

その答えに、費渡《フェイ・ドゥ》は意外そうに眉を上げた。はっきりとした輪郭を持つその形のいい眉は、髪の生え際に届きそうなほどに長く、青年の冷ややかな美しさを際立たせている。

陶然《タオ・ラン》は問いかけた。

「どういう意味だと思う？」

「思うところはいろいろありますが、一文字だけではなんとも言えませんね。あまり深読みしすぎてもミスリードになりかねませんし」

費渡《フェイ・ドゥ》は言葉を切り、フッと笑った。

「ほら、もう到着してますよ」

ハッとした陶然《タオ・ラン》は、ようやく自分が喋《しゃべ》りすぎたことに気づいた。ドアを開けて車から降りようとしたとき、陶然《タオ・ラン》はふと何かを思い出し、費渡《フェイ・ドゥ》のほうに振り返った。

「夕飯はまだだろ？　ワンタンを作ってやるから、ちょっと上がっていきなよ」

急な誘いに、費渡《フェイ・ドゥ》は明らかに意表を突かれて、一瞬目が泳いだ。

「さっそく自宅へお呼ばれ？　こんなに進展がはやくていいんですか？」

口では調子のいいことを言っているわりに、費渡《フェイ・ドゥ》は車から降りようとする気配すらなかった。

「来たくないなら普通に断ればいいじゃないか。一食抜いたくらいでどうこうなるような年でもあるまいし」

陶然《タオ・ラン》はドアに手をかけたまま、ほんの少し腰をかがめた。

「手を出してみろ」

わけもわからず差し出した費渡《フェイ・ドゥ》の手のひらに、陶然《タオ・ラン》は細々とした何かを握らせた。

「いいか、大海原に飛び込みたいという人間のすべきことは、いつまでも浮き輪を持ったまま波打ち際で遊んでないで、さっさと水着に着替えて泳いでみることだ——君が本気で俺を口説くつもりじゃないのはわかっている、お遊びもほどほどにな。俺はもう行くから、あまりスピードを出さないように気をつけて帰れよ」

古びた集合住宅に入っていく陶然《タオ・ラン》を無言で見送ったあと、費渡《フェイ・ドゥ》は渡されたものを見下ろした——今朝花束と一緒に贈った、いまだフレグランスの香りの残るカードと、ひと握りほどのミルクキャンディ。

キャンディは懐かしすぎる老舗メーカーのものだった。何年も前から見かけなくなっていたため、てっきり倒産したものと思っていたが、陶然《タオ・ラン》はどこから仕入れてきたのだろう。

もしかしたら、遠い昔に買った残り物で、とっくに賞味期限が切れているのかもしれない。どうせ個包装の包み紙では製造日なんて確認できやしないのだ。

そんなキャンディを、費渡《フェイ・ドゥ》は一つつまんだ——昔ながらの安いキャンディは、味も口当たりも粗末なものだが、甘さだけは十分だった。

オーディオのスイッチを入れ、陶然《タオ・ラン》が顔をしかめたあの歌をループ再生させると、費渡《フェイ・ドゥ》はじっと座ったまま、ただ時間が流れるのに任せた。渡されたキャンディをすべて食べ終えたあと、彼はようやく運転席へ移動し、車を出そうとした。

ちょうどその時、座席の隙間に写真が挟まっていることに気づいた。とても小さな証明写真だったため、見落として拾い損ねてしまったようだ。

費渡《フェイ・ドゥ》はライトを点《つ》け、被害者が写ったその証明写真を手に取った。先ほどのおどろおどろしい写真と違って、今度こそ彼の顔を確認することができた。

写真に写った若者の額に刻まれた三日月形の傷痕を見て、費渡《フェイ・ドゥ》の眉間に次第にしわが刻まれていった。

第五章

翌日早朝、駱聞舟《ルオ・ウェンジョウ》は一度市局に顔を出し、張《チャン》局長としばらく話をしてから、陶然《タオ・ラン》とともに花市《ホアシー》分局へ向かった。車を停めると、先に到着していた郎喬《ラン・チャオ》がわざわざ迎えに出てきて、二人にコーヒーを渡しながら耳打ちした。

「どこで油売ってたんですか。馬小偉《マー・シャオウェイ》の身柄が拘束されちゃいましたよ。重大な容疑がかかっていると言って、今朝早くにパトカーで連行されてきたんです。あとを追って集まってきたネットメディアの車なんか、ついさっき追い払われたばかりですよ」

急な知らせに、陶然《タオ・ラン》は耳を疑った。

「なんだって？」

相棒の肩を片手で押さえながら、駱聞舟《ルオ・ウェンジョウ》は訊《たず》ねた。

「プロセスに問題はなかったのか？」

郎喬《ラン・チャオ》はため息を漏らした。

「ボスが目を光らせているこの大事なときに、王洪亮《ワン・ホンリャン》ほどの古狸《ふるだぬき》がわざわざそんなわかりやすいヘマをするわけないじゃありませんか」

駱聞舟《ルオ・ウェンジョウ》の声は重々しくなった。

「証拠は？」

「携帯電話です」

郎喬《ラン・チャオ》は口早に答えた。

「不思議なことに、被害者何忠義《ホー・チョンイー》の携帯電話をルームメイトの馬小偉《マー・シャオウェイ》が持っていたというんです。分局の発表によると——昨日夜、当事件を担当する分局の刑事のもとに、馬小偉《マー・シャオウェイ》が何忠義《ホー・チョンイー》のものに酷似した新しい携帯電話を持っているという通報が入った。直ちに馬小偉《マー・シャオウェイ》を分局に連行し事情聴取をする一方、その住処《すみか》で問題の携帯電話を見つけ、馬小偉《マー・シャオウェイ》本人と被害者の指紋を検出した、と」

眉をひそめる駱聞舟《ルオ・ウェンジョウ》を横目に、陶然《タオ・ラン》はすかさず疑問を呈した。

「その通報者というのは？　通報者はなぜ何忠義《ホー・チョンイー》の携帯電話だとわかったんだ？」

「なんでも、発売されて間もない新機種でそこそこのお値段がするらしく、あの辺りでは使ってる人がほとんどいないそうです。何忠義《ホー・チョンイー》が持っていたものは親戚だか誰かからの贈り物で、もらったときにみんなで見たので、印象に残ったとのことです」

「誰が、なぜ通報したかなんて、どうだっていいんだよ。王洪亮《ワン・ホンリャン》らが強引に踏み込んで見つけたものだったとしても、あとから通報者をでっち上げればいいからな」

駱聞舟《ルオ・ウェンジョウ》は苛立《いらだ》たしげに手を振った。

「それより、その携帯電話だ。被害者のケータイを持ってたというだけで、馬小偉《マー・シャオウェイ》が犯人と決まるわけではない。それだけじゃ証拠としては不十分だ——馬小偉《マー・シャオウェイ》はなにか言っちゃいけないことを喋《しゃべ》ったんじゃないのか？　自白を強要されたとか？」

「アタリです」

郎喬《ラン・チャオ》は用心深く辺りを見回し、近くに誰もいないのを確認してから続けた。

「強要とまでは言えませんが、あの馬小偉《マー・シャオウェイ》って子ははやく働きに出るために年齢を詐称していたんです。昨夜調べてもらったところ、あの子の身分証は細工されていて、本当は十六歳にも満たない子どもでした。ちょっと脅かしたら、なんでも喋っちゃうと思いますよ。それで、そのケータイはどうしたと訊《き》かれた馬小偉《マー・シャオウェイ》は、しばらく口ごもったあとに拾ったと言ったんです」

「拾ったって、犯行現場で？」

郎喬《ラン・チャオ》は困り顔で頷《うなず》いた。

駱聞舟《ルオ・ウェンジョウ》もため息をついてから続けた。

「おまけに、いつ拾ったのかと訊いたら、九時十五分前後に外から言い争う声が聞こえて確認しに行ったときに拾った、とでも答えたのか？」

郎喬《ラン・チャオ》は呆《あき》れたように肩をすくめた。

犯行時刻と犯行現場を裏づける第三者の証言が上がっている状況で、馬小偉《マー・シャオウェイ》はその時間に現場に現れ、携帯電話を「拾った」という。

――で、犯人は？

――それは見てません。

こんな証言、自分が犯人だと言っているようなものだ。

駱聞舟《ルオ・ウェンジョウ》はしばし言葉を失ったあと、顎をさすった。

「こんな正直な〝犯人〟も久しぶりだな」

そこに、意気揚々といった様子の王洪亮《ワン・ホンリャン》がやってきた。

「昨日は地域の安全会議のためにしばらく留守にしていたが、さっそく容疑者を確保してくれたそうだな？いやはや、さすが市局からいらした若き精鋭たち。効率が段違いですな！」

ついさっきまで低気圧気味だった駱聞舟《ルオ・ウェンジョウ》だが、無理やり春のような陽気さを引っ張り出し、王洪亮《ワン・ホンリャン》に完璧な笑顔を向けた。

「無理にお世辞を言わなくてもいいですよ、先輩。本当は功績を横取りされて内心俺たちのことを煙たがってるんじゃありませんか？」

だが心底嬉《うれ》しそうに顔をほころばせた王洪亮《ワン・ホンリャン》は、大きな前歯を口から突き出しながらお決まりのセリフを調子よく繰り出した。

「まさか！　人民に奉仕する者同士、功績だなんてとんでもない」

鼻高々とのたまう王洪亮《ワン・ホンリャン》の言葉に被《かぶ》せるように、郎喬《ラン・チャオ》は無遠慮に割り込んだ。

「ですが王《ワン》局長、この事件の証拠チェーン[22]はまだつながっていませんよね？　凶器もまだ見つかってませんし、馬小偉《マー・シャオウェイ》もまだ容疑を認めていません。ほかにも不審な点がいくつも残っていますし、まだ我々の協力が必要なところもあるのでは？」

郎喬《ラン・チャオ》は文字通り「電球のような目」をしている。

市局法医課の専門家曽広陵《ヅァン・グァンリン》主任直々の鑑識によると、郎喬《ラン・チャオ》の目の大きさは99％の東アジア人を上回っているという。

目が大きいと表情ジワができやすいため、郎喬《ラン・チャオ》は普段めったに笑ったりしない。どうしても笑顔が必要なシチュエーションに遭遇しても、目尻は下げず、口だけで笑顔を作ることが多いくらいだ。

その結果、郎喬《ラン・チャオ》はおのずと目の笑っていない笑顔に練達してしまい、お調子者のくせに近寄りがたいクールビューティのような雰囲気を醸《かも》し出している。

22　犯行の一部始終を矛盾も遺漏もなく証明できる、信頼性のある証拠の連なりのこと。

犯罪者の取り調べなど、相手を怖がらせる役が必要なときにも、郎《ラン》刑事のそういった特質は大いに役立つのだ。

そんな郎喬《ラン・チャオ》の「協力」の申し出は、決して額面通りには受け取られなかった。棘《とげ》のある口調に、底冷えのする視線を放つ大きな目。郎喬《ラン・チャオ》に睨まれた王《ワン》局長は、思わず「人民に奉仕する」などというお決まりのセリフごと、その大きな前歯を口の中へ引っ込めた。

王洪亮《ワン・ホンリャン》の顔色はガラリと変わった。

「郎《ラン》くん、それはどういう意味かね？」

「こら喬《チャオ》ちゃん、先輩に失礼だろ？」

形ばかりの叱責を浴びせながら、駱聞舟《ルオ・ウェンジョウ》は郎喬《ラン・チャオ》を背後に庇《かば》った。

そして背の高さに物を言わせ、相手を見下ろすように心のこもらない作り笑いを王洪亮《ワン・ホンリャン》に向けた。

「すみませんね。こいつは社会に出たばかりで口の利き方すらわかってないんですよ。要するに、大してお役に立てないまま解決してしまったもんですから、残りの業務でお力になるところがあればなんでもご下命あれってことですよ」

駱聞舟《ルオ・ウェンジョウ》の手前、強引に追及するわけにもいかない王洪亮《ワン・ホンリャン》は、その言い分に納得したかのようにぎこちない笑みを浮かべ、そのまま立ち去った。

王洪亮《ワン・ホンリャン》の後ろ姿を眺めながら、郎喬《ラン・チャオ》は両手を腰に当てた。

「あのタヌキ親父《おやじ》への告発状は、靴箱一つ分も溜まってるって聞きましたよ。よくあんな偉そうにしていられますね」

タバコを咥《くわ》えた駱聞舟《ルオ・ウェンジョウ》は、そんな彼女を一瞥《いちべつ》して口を開いた。

「もし今回運悪くやつを失脚させられなかったら、そのうちお前の上官になる可能性だってあるんだぞ。そのときにイビられでもしたらどうする？」

「フンっ！」

郎喬《ランチャオ》はどうってことないと言わんばかりにぐるりと大きな目を回した。

「そうなったら警察をやめるまでです。そのあとは顔で食べていきますから」

「仮にも女の子なのに、どうしてこうも慎みがないんだよ」

おかしそうに笑うも束《つか》の間、駱聞舟《ルオ・ウェンジョウ》はすぐに話を戻した。

「例の馬小偉《マー・シャオウェイ》は犯人である可能性もあるし、ただのマヌケの可能性もある。俺個人的には後者だろうと思う。俺だったら、人を殺したあと、絶対に筋の通った証言を用意するはずだからな。最悪、『うちでテレビを見ていてなにも聞こえませんでした』と答えるだけでも、警察相手に怪談のような話をするよりマシだ。それに、現場からはいまだに犯人が残した痕跡すら見つかってないくらいだから、この犯人は冷静で度胸もある、捜査撹乱《かくらん》意識を持った抜け目のない残酷な人物のはずだ。それがあんな思慮の足りないオコサマだったとはとても思えない」

「俺も同意見だ」

陶然《タオ・ラン》は少し考えてから、昨夜費渡《フェイ・ドゥ》から聞いたことをかいつまんで話した。

「――というわけで、やはり何忠義《ホー・チョンイー》の交友関係から調べるべきだと思うんだ。例えば、あの携帯電話の贈り主について、彼に靴を貸した人物にでも訊いてみるといいかもしれない」

陶然《タオ・ラン》の話を聞いた駱聞舟《ルオ・ウェンジョウ》は、軽く呻《うめ》いたあとためらいがちに口を開いた。

「被害者が履いていた靴は借り物だって？　この見解はなかなか……」

「別に俺の見解じゃないよ」

一瞬あっけに取られた駱聞舟《ルオ・ウェンジョウ》だが、以心伝心で陶然《タオ・ラン》の言わんとしたことを察して眉間にしわを寄せた。

「まさか費渡《フェイ・ドゥ》が？　この手のことには触れさせるなと言ったはずだ」

「わかってるけど、昨夜のは事故だったんだよ」

手短に弁解して、陶然《タオ・ラン》はすぐに話題を戻した。

「それで、この線はどう思う？」

「そうだな。あの靴を手がかりに調べてみるのもありかもしれない」

駱聞舟《ルオ・ウェンジョウ》は一つ頷いてから続けた。

「陶然《タオ・ラン》は引き続き事件の捜査に当たってくれ。郎喬《ラン・チャオ》、お前は馬小偉《マー・シャオウェイ》のそばで目を光らせておけ。あの坊主には不審な点がいくつも残っているし、ほかに知ってることがあるかもしれない。それから、王洪亮《ワン・ホンリャン》の子飼いのやつらが小細工をしないように見張っておけよ。俺はあのずんぐり野郎の裏を探りに行くが、なにかあったら電話してくれ。さて——美男美女のお二人さん、今日は残業確定だ。残業代は出ないけどな」

二人の会話を静かに聞いていた郎喬《ラン・チャオ》の好奇心は、山のように高く積み上がっていた。駱聞舟《ルオ・ウェンジョウ》がその場を離れると、郎喬《ラン・チャオ》はさっそく陶然《タオ・ラン》に追いつき、質問を浴びせた。

「副隊長、さっきのって昨日のイケメンさんのことですよね？　いったい何者なんですか？　事件に触れさせるな、というのはどういうことでしょう？」

「あの子は警察の人間じゃないんだから、事件に触れさせないのは当たり前じゃないか」

郎喬《ラン・チャオ》はなおも食い下がった。

「じゃあ、なんでボスはあの人の見解だと聞いただけで、あっさり納得したんですか？　彼はコナンなんですか？」

そんな彼女を、陶然《タオ・ラン》はため息をついて振り返った。ただでさえ存在感のある大きな目が、パチパチと瞬きながら待ち構えていた。

「そんなに瞬きしたらしわができるぞ」

郎喬《ラン・チャオ》は、慌てて目尻と額を指で押さえた。

陶然《タオ・ラン》は少し逡巡《しゅんじゅん》したあと、手短に説明した。

「むかし、聞舟《ウェンジョウ》と一緒に担当した事件があって、費渡《フェイ・ドゥ》はその通報者だったんだよ。もう七年も前のことだけどね」

七年前、駱聞舟《ルオ・ウェンジョウ》と陶然《タオ・ラン》は公安大学[23]を出たばかりで、嘴《くちばし》の黄色いひよっこだった。

とくに高級官僚の家庭に育った駱聞舟《ルオ・ウェンジョウ》は、当時手がつけられないほどの小生意気な若者で、自分が世界で一番才気に溢《あふ》れていると思い上がっていた。ちなみに――二番手はホームズとかいうイギリス人だ。

銀河系の救い主にでもなったつもりで日々の業務に邁進《まいしん》していた駱聞舟《ルオ・ウェンジョウ》だが、残念ながらその能力は本人の思い込みとは裏腹に、大変お粗末なものだった。派出所で実習していた当初は、住民同士の争い事の仲裁に赴けば、大乱闘になるまでこじらせたこともある。

そんなある日の夕方、駱聞舟《ルオ・ウェンジョウ》らが勤めていた派出所では、彼ら以外の職員は全員出払っていた。地域を跨《また》いで逃走し続けている強盗団を捕らえるための多地域合同作戦で、市局と各分局、さらには派出所にいたるまで、使える人員はすべて動員されたのである。

駱聞舟《ルオ・ウェンジョウ》と陶然《タオ・ラン》の二人だけは、先輩たちに〝役立たずの足手まとい〟だと判断され、留守番をしていた。

23　警察学校に当たる。卒業後は警察官になったり、公安部門の仕事に就いたりする。

「そんなときに、うちの所轄管内から一一〇番通報があったとの連絡が入った。週末に学校から帰ってきた子どもが、自宅で母親の死体を見つけたと。その子どもが費渡《フェイ・ドゥ》で、当時はまだ中学生だったんだ」

郎喬《ラン・チャオ》は言葉を失った。

「現場を検証したところ、あの子の母親はたしかに自殺だった。それを伝えに行ったのは聞舟《ウェンジョウ》だったが、費渡《フェイ・ドゥ》は信じないと言って喧嘩《けんか》になったらしい……。それ以来、あの二人はずっと折り合いが悪いんだ」

話している間に、陶然《タオ・ラン》はもう分局の入り口前まで来ていた。

「見てわかったと思うけど、費渡《フェイ・ドゥ》はかなり裕福な家の生まれだ。父親は仕事一辺倒で、長期出張のために家を空けることも多い。事件当時も何日も経ったあとにやっと戻ってきたくらいだ。昔のあの子は若干非社交的なところがあって、何度家政婦を代えてもうまくやっていけず、母親が自殺しただだっ広い家で一人で過ごすことが多かった。

事件と言える事件を担当したのはそれがはじめてだったから、俺たちにとっても特別な意味があって、ずっとあの子のことを気にかけていたんだ。一人で放置されてるのはさすがにかわいそうだから、時々うちで何日か預かって面倒をみるようにしていた。そうやって一緒に過ごしているうちに、俺たちはあの子に特殊な才能があることに気づいた」

「どんな才能ですか？」

ひと呼吸をおいてから、陶然《タオ・ラン》は小声で答えた。

「犯罪についての」

〝推理〟や〝調査〟ではなく、「犯罪」という表現が使われていることを鋭く聞き分けた郎喬《ラン・チャオ》は、さらに質問しようとしたが、陶然《タオ・ラン》はそれ以上何も言わないとばかりに手を振ってそそくさと歩き去った。

第六章

「たっ……た、陶《タオ》副隊長！」

　振り返ると、分局所属のあのえらく舌の回るメガネくんこと肖海洋《シャオ・ハイヤン》が、ものすごい勢いで走ってくるのが見えた。

　壊れたメガネを交換する余裕もなく、肖海洋《シャオ・ハイヤン》は頬骨の下まで滑り落ちたメガネを傾かせたまま、息も絶え絶えに陶然《タオ・ラン》の前に立ち止まった。

　真剣な顔で何度も深呼吸を繰り返すその姿に、陶然《タオ・ラン》まで息苦しくなりそうだ。

　肖海洋《シャオ・ハイヤン》はフェイスリフトの施術直後のような硬い表情で、手のひらの汗をズボンで拭《ぬぐ》い、今にもバラバラになりそうなメガネを正しい位置へ戻したあと、ポケットから携帯電話を取り出し、メモアプリを開いた。

「陶《タオ》副隊長、ご報告があります」

　陶然《タオ・ラン》は急《せ》かすことなく青年が息を整えるまで待った。

「焦らないで、ゆっくり話せばいいから」

「実は昨日花市西《ホアシー》で聞き込みをしてみたところ、どうやらあの一帯は入居者の入れ替えがかなり激しく、季節的に入居者が入れ替わったり、仕事が変わって転居したりすることは日常茶飯事だとわかりました。安アパートというより、粗末な中長期滞在者用の安宿に近いかもしれません。同郷同士で助け合うことも多いですが、住民間の交流はそれほど多くありません。昨日同僚たちはまる一日聞き込みを続けてくれたのですが、有用な情報はあまり入手できませんでした」

陶然《タオ・ラン》は励ますように頷《うなず》き、先を促した。

「それで？」

「ただ、何忠義《ホー・チョンイー》のルームメイトで同じ省から来た、えっと……」

肖海洋《シャオ・ハイヤン》はメモを確認してから続けた。

「趙玉龍《チャオ・ユーロン》という人物は、被害者ともかなり親しかったようです。何忠義《ホー・チョンイー》が配達員の仕事をしていたのも、彼からの紹介だったとか。ちょうど馬小偉《マー・シャオウェイ》が言っていた訳あって帰省中の人物です」

意表を突かれた陶然《タオ・ラン》は、眉を上げた。彼もちょうどこの人物に連絡しようとしていたのである。

肖海洋《シャオ・ハイヤン》の報告はまだ続く。

「昨夜、例のコーヒーチェーンの配達責任者に連絡して、趙玉龍《チャオ・ユーロン》の連絡先をもらいました。事件のことを趙玉龍《チャオ・ユーロン》に話したら、長距離バスの最終便で今日燕城《イエンチエン》に戻り、会ってくれるそうです」

報告を聞いて、陶然《タオ・ラン》は目の前の青年に含みのある視線を送った。

「分局では今、馬小偉《マー・シャオウェイ》に重きを置いて捜査を進めていると思ってたけど？」

強張《こわば》った表情をいっそう硬くした肖海洋《シャオ・ハイヤン》は、無意識にシャツの裾を引っ張った。

「被害者に携帯電話を贈った謎の人物がどうしても気になりました。この段階で馬小偉《マー・シャオウェイ》を犯人だと断定するには、不審な点があまりにも多いです。一応うちの隊長にも話したのですが……。生意気なことばかり言って、仕事を増やすんじゃない、と一蹴《いっしゅう》されてしまいました」

そこまで聞くと、柔らかな笑みを見せていた陶然《タオ・ラン》の表情がにわかに険しくなった。

「趙玉龍《チャオ・ユーロン》との約束は何時から？」

「あ、はい」

肖海洋《シャオ・ハイヤン》は時計を確認した。

「長距離バスの到着が遅れなければ、一時間後に」

陶然《タオ・ラン》の決断ははやかった。

「俺も同行する。出発しよう！」

＊＊＊

下っ端刑事たちが太陽に照りつけられながら捜査に奔走するなか、費氏《フェイ》グループの会長さまは会長室の柔らかなレザーチェアにだらしなく背中を預けていた。

指を額に当てたまま、費渡《フェイ・ドゥ》は机の上のノートパソコンに表示された何忠義《ホー・チョンイー》の短くも平凡極まる生涯を眺めた。しばし考えたあと、費渡《フェイ・ドゥ》は連絡先からある番号を見つけると発信ボタンを押した。

「あ、常《チャン》さん。私です」

電話の相手に何か言われたようで、費渡《フェイ・ドゥ》は軽くうつむいて笑った。

「いやぁ、お恥ずかしい。実はちょうどお願いしたいことがありまして」

三十分足らずで、費渡《フェイ・ドゥ》はすんなりと目的の物――承光《しょうこう》の館のプレオープンが行われた夜の、周辺に設置されたすべての防犯カメラの記録映像――を手に入れた。

ちょうど昼休みの時間帯。給湯室の電子レンジで甘いミルクを温めた費渡《フェイ・ドゥ》は、女性秘書のスタイルにさらりと賛辞を送ってから会長室へ戻り、内側から鍵をかけた。

イヤホンをつけ、車でもかけていたあの曲をリピートさせながら、費渡《フェイ・ドゥ》はＡ４サイズの紙を一枚取り出し、自分にしかわからないような抽象的なタッチで簡単な地図を描き出した。万年筆を回しながらしばし考えを巡らせたあと、費渡《フェイ・ドゥ》は紙にいくつかのマルと「20時00分~21時30分」という時刻を書き込んだものの、すぐに考えを改めて「20時00分」のほうを「20時30分」に書き換えた。

大量の記録映像の中からいくつかをピックアップして同じ画面に並べ、八時半から九時半までの映像を早送りで再生しはじめた。

椅子の背もたれにだらしなく上体を預けたまま、費渡《フェイ・ドゥ》はその体に残ったわずかな気力を両目に集めたかのように、画面上に並ぶいくつもの映像が目まぐるしく流れるさまを眺めた。

＊＊＊

脇にはブリーフケースを挟み、顔には気障《きざ》ったらしいサングラスをかけた駱聞舟《ルオ・ウェンジョウ》は、花市区《ホアシー》のとあるターミナル駅付近をうろついていた。ときたま近づいてくるタクシーを止めようと手を挙げてみるものの、どれも空車ではないようでなかなか捕まらない。

その様子に、花市区《ホアシー》の名物——連なるように路肩に止まっている違法タクシーのドライバーたちが、一斉にラブコールを送った。

「お客さん、乗っていくかい?」

「お兄さん、どちらまで?」

「タクシーよりスピードを出せるし、安くしとくよ!」

そんな違法タクシー軍団を不満顔で品定めしたあと、駱聞舟《ルオ・ウェンジョウ》はある角刈りの青年の前に足を止めた。

目端の利く青年はすかさず腰をかがめ、ドアを開けた。

「どうぞ、お客さんはどちらまで？」

だが駱聞舟《ルオ・ウェンジョウ》は無言のまま、ひとまず車に乗り込んだ。

角刈りの違法ドライバーは、エアコンをつけると手際よく車を操り、列から抜け出た。

二十代前半と思《おぼ》しきこの若い青年は、如才なく客引きしていた同業者に比べ、まだ青臭くぎこちない物腰をしている。バックミラーで駱聞舟《ルオ・ウェンジョウ》の様子をうかがいながら、青年は丁寧に訊《き》き直した。

「それで、どちらまで行かれますか？」

「適当に走っててくれ」

サングラスを外した駱聞舟《ルオ・ウェンジョウ》の鋭い視線が、バックミラー越しに青年のそれとぶつかった。

一瞬あっけに取られた青年の表情に、不安の色がにじむ。

「ここに、匿名の通報文書があってな」

駱聞舟《ルオ・ウェンジョウ》は悠然とブリーフケースの中からある書類のコピーを取り出し、パラパラとめくった。

それを聞いた青年は瞬時に顔色を変えた。動揺のあまり、危うく隣の車と接触事故を起こしそうになったせいで、数秒にも及ぶクラクションによる抗議を受けた。

「俺はそっちの分局の人間じゃないから、そう慌てるな。このまま運転を続けてくれ」

＊＊＊

一方、陶然《タオ・ラン》と肖海洋《シャオ・ハイヤン》は、何忠義《ホー・チョンイー》と同郷である趙玉龍《チャオ・ユーロン》と無事対面を果たし、三人で麺類専門の大衆食堂にやってきた。

中年すぎの趙玉龍《チャオ・ユーロン》は、長い間燕城《イエンチエン》で食い扶持《ぶち》を稼いできただけあって、地歩を固めたとは言えないまでも、闇雲に突っ走っては壁にぶつかるばかりの若者たちに比べると、明らかに余裕のある雰囲気を醸《かも》し出している。

十数時間にも及ぶ長距離バスでの移動を経て、男は疲れた顔のまま、厚みのある涙袋を震わせながら強く目を瞬《しばたた》かせた。

「あの忠義《チョンイー》がこんなことになるなんて……。あの、タバコを吸っても？」

禁煙推進派のいない店内では、堂々とタバコをくゆらす男たちがそこかしこに見られる。何回か胸いっぱいにタバコを吸い込むと、趙玉龍《チャオ・ユーロン》は手のひらで顔全体をこすった。

「忠義《チョンイー》はきちんとしているいい子でした。暇さえあればビリヤード場や雀荘《ジャンそう》に通うやつも多いけど、あの子は一度も足を運んだことがない。ただ堅実に働いてお金を貯《た》めることしか頭にないんです。それも母親の治療費に充てるために。こんな犯罪も賭博もしない、いざこざも起こさないおとなしい子が殺されるだなんて——。

俺に答えられることならなんでもお話しします。どうぞ遠慮なく訊いてください」

そんな趙玉龍《チャオ・ユーロン》の様子を、陶然《タオ・ラン》はつぶさに観察していた。

箸を使うのは右手だが、タバコを持つのは左手で、コップの取っ手も左側に向いている——食事の際に、隣の腕と〝ケンカ〟しないように、左利きを無理やり〝矯正〟する親も多いため、別段珍しいことでもない。

被害者が履いていた靴の写真を財布から取り出し、陶然《タオ・ラン》は質問を始めた。

「では、この靴を何忠義《ホー・チョンイー》に貸したのはあなたですか？」

差し出された写真を見下ろし、趙玉龍《チャオ・ユーロン》は目が潤むのを堪《こら》えながら、呆然《ぼうぜん》とした様子で頷いた。

「はい、俺の靴です。忠義《チョンイー》は最期に……この靴を履いていたんですね」

陶然《タオ・ラン》は短く肯定すると、さらに問いかけた。

「彼が靴を借りた理由はわかりますか？」

一瞬ぽかんとした趙玉龍《チャオ・ユーロン》だが、しばらく考えてから自信なさそうに答えた。

「たしか……どこか高級そうなところで人と会う予定があるとかで、えっと……なんとかコウ……あ、承光ビルだか承光荘？」

肖海洋《シャオ・ハイヤン》の背筋がピンと伸びた。

「承光の館！」

「そうそう、」

趙玉龍《チャオ・ユーロン》は何度も頷いた。

「そんな名前でした」

「相手は誰ですか？　どんな用事で？」

趙玉龍《チャオ・ユーロン》は頭《かぶり》を振った。

「俺も訊いてみたけど、忠義《チョンイー》はなにも話さなかった。あの子はきちんとした考えを持っているし、口も堅い。靴を借りにきただけの相手に、根掘り葉掘り訊いても無粋でしょう」

肖海洋《シャオ・ハイヤン》はすかさず新たな質問を投げかけた。

「趙《チャオ》さん、何忠義《ホー・チョンイー》は新型の携帯電話を持ってましたよね？」

「ああ、あったな」

と、趙玉龍《チャオ・ユーロン》は答えた。

「白いやつですよね？　使うのがもったいなかったようで、普段は相変わらず古いものを使ってたし、あの携帯は時々取り出して眺めたりするくらいでした。使いもしないのに、保護フィルムだけは何枚も貼ってたっけ」

「その携帯の贈り主が誰か、わかりますか？」

肖海洋《シャオ・ハイヤン》の質問に、趙玉龍《チャオ・ユーロン》の表情は徐々に険しくなった。

陶然《タオ・ラン》はすかさず訊《たず》ねた。

「なにかあったんですか？」

「最初は同郷のやつからもらったと言ってたけど、どうも怪しいと思っていました。燕城《イェンチェン》に昔馴染《なじ》みがいるなんて話は聞いたこともないし、単純なあの子が悪いやつに騙《だま》されでもしたら大変です。理由もなくあんな高いものを渡すなんて、なにか裏があるんじゃないかと勘ぐりたくなりますよね？」

趙玉龍《チャオ・ユーロン》はタバコの灰を落としてから続けた。

「それで問い詰めてみたところ、なんでも配達中にちょっとしたトラブルに遭って、一方的に殴られたことがあったらしい。その相手があとになって後悔したかなんかで、お詫《わ》びにくれたそうです」

陶然《タオ・ラン》と肖海洋《シャオ・ハイヤン》は視線を交わした——近隣住民から聞き込みをしたときには出てこなかった話だ。

だが、奇妙な話でもある。

いざこざのあった相手から謝罪の品をもらっただけのことなのに、なぜ隠す必要がある？　その話が本当だとすれば、何忠義《ホー・チョンイー》はなぜそれをごまかそうとして、同郷の知り合いからもらったなどと嘘《うそ》をついたのだろうか？

何人ものルームメイトと同じアパートに住んでいて誰にも気づかれなかったくらいなのだから、それほど手ひどく殴られたわけでもなかったのだろう。それなのに、相手はなぜ「お詫び」と称し、高価な品まで贈ったのだろうか？

被害者の交友関係さえ明らかにすれば解決できそうに思えたこの殺人事件は、にわかにきな臭くなってきた。

謎の携帯電話の出どころについて、趙玉龍《チャオ・ユーロン》もそれ以上は知らなかった。だが、問題のトラブルがあった大まかな時期は教えてもらえた。その手がかりだけを頼りに、陶然《タオ・ラン》と肖海洋《シャオ・ハイヤン》の二人は何忠義《ホー・チョンイー》が働いていた配達会社へ向かい、少しでもヒントが手に入らないかと捜査を続けた。

＊＊＊

昼が過ぎると、晴れ渡っていた空は予兆もなく顔色を変えた。我が世の春を謳歌《おうか》していた太陽は、どこからともなく現れた雨雲に四方から囲い込まれてしまい、鬱々《うつうつ》とした風の音も湿り気を帯び、通り雨の到来を予感させた。

ある地下鉄駅の入口近くで違法タクシーを降りた駱聞舟《ルオ・ウェンジョウ》は、すぐには立ち去らず、片手でドアを押さえたままぐるりと辺りを見回した。その視線が通りすぎたとき、曲がり角の近くに止まっていたミニバンが急に動き出し、後ろ暗いところでもあるかのようにゆっくりと走り去っていった。

駱聞舟《ルオ・ウェンジョウ》は上体をかがめ、半分ほど下がっていた窓から運転手の耳元に口を寄せた。

「誰かに見張られてるようだから、用心しておけよ。なにかあったら、いつでも連絡してくれ」

運転席の青年は、冷房の効いた車内にいるにもかかわらず、汗まみれになっている頭を素早く上下させた。

そんな青年に意味深な視線を送ってから、駱聞舟《ルオ・ウェンジョウ》は身を翻《ひるがえ》して駅へ向かった。だが手荷物検査[24]を済ませたところで、携帯電話が鳴った。

「陶然《タオ・ラン》、どうだった？」

応答しながらＩＣカードで改札を通った駱聞舟《ルオ・ウェンジョウ》は、ふと足を止めた。

「なんだって？　今の名前をもう一度言ってくれ」

＊＊＊

同じ頃、費《フェイ》氏グループの会長室では、開けっ放しの窓がバンという音とともに突風で閉まり、数枚の紙がひらひらと床に落ちた。同時に、マウスに添えられていた費渡《フェイ・ドゥ》の手も急な動きを見せた。

防犯カメラの記録映像を一時停止させた費渡《フェイ・ドゥ》は、画面を拡大させてから巻き戻しはじめた。

時刻は夜八時五十分前後。

その映像には、承光の館の外縁部にある玉石敷きの道の様子が収められていた。

水辺に近いため、初夏であっても蚊などの羽虫が多く、夜中にここを通る人はめったにいない。いるとしても、足早に通りすぎるものだ——そんな場所で、ずいぶんと長い間街灯の下にとどまっていた人影があった。

映像から見た限り、どこかもっさりとした安っぽいスーツを身に纏《まと》ったその痩せ気味で小柄な人物は、その場に立ったまま何本もタバコを吸っていた。胸にはクラフト紙の袋を大事そうに抱え、時折顔を上げてあ

24　中国では地下鉄などの駅に入る際に、Ｘ線検査機による手荷物検査を受けなければならない。

る方角を見つめていた。しばらくして、電話がかかってきたらしく、その人物は電話の相手と二、三言葉を交わすと、足早に画面の外へ出ていってしまった。

費渡《フェイ・ドゥ》はその映像を何度も確認したものの、画面に映ったその人物が、一度しか顔を合わせていない被害者の青年かどうかを判断できずにいた。彼は車の鍵を掴《つか》むと、ノートパソコンを閉じて会長室を出た。

＊＊＊

四十分後、費渡《フェイ・ドゥ》は花市《ホアシー》区の中心街へやってきた。

ますます陰鬱になった空を見上げ、費渡《フェイ・ドゥ》は車のトランクから傘を取り出し、承光の館周辺にある景観エリアへ向かった。

この辺りにはかなり詳しいため、費渡《フェイ・ドゥ》はほとんど回り道もせずに、まっすぐ問題の防犯カメラの設置場所にたどり着くことができた。

空気中の水分は今にも滴《したた》り落ちそうなほどに存在感を増している。防犯カメラの位置をじっくり観察したあと、費渡《フェイ・ドゥ》は映像の人物が何度も見つめていた方向を思い出しながらくるりと身を翻した――その細い道の先には、ちょうど淡く霞《かす》んだ承光の館が見える。

続いて、費渡《フェイ・ドゥ》の目はすぐ近くのゴミ箱に向けられた――消煙用の小石の上には、いくつかの吸い殻が静かに横たわっている。

この場所は人通りが少なく、ゴミ箱もきれいなものだ。ここでゴミを捨てる人間はめったにいないため、清掃員が回収しに来るのは十日に一度あるかないか程度である。費渡《フェイ・ドゥ》はポケットからシルクのハンカチを取り出し、その吸い殻を慎重に拾い上げた。

ちょうどその時、携帯電話が鳴った。

のんびりと吸い殻をきれいに包み、ようやく携帯電話を取り出した費渡《フェイ・ドゥ》は、画面を見るなり口元をほころばせた。

「陶然《タオ・ラン》さん、急にどうしました？　昨日会ったばかりなのに、もう私のことが恋しくなったのですか？」

だが、陶然《タオ・ラン》の声は険しいものだった。

「一昨日《おととい》の夜、君は承光の館にいたのか？」

「ええ、」

費渡《フェイ・ドゥ》は一旦言葉を切り、訊ねた。

「どうかしましたか？」

「張東来《チャン・ドンライ》という人物と一緒に？」

言葉に詰まった費渡《フェイ・ドゥ》が返事するよりもはやく、前触れもなく轟《とどろ》いた驚雷《きょうらい》とともに、バケツをひっくり返したような激しい雨が空から降り注いだ。

第七章

折り畳み傘を掴《つか》んだまま、郎喬《ラン・チャオ》はものすごい勢いで燕城市《イエンチエン》公安局の庁舎へ駆け込み、廊下に点々と続く濡《ぬ》れた足跡を残した。

階段の途中でうっかり足を滑らせ、つんのめりそうになったが、慌てて手すりに掴まったおかげで事なきを得た。顔を上げると、駱聞舟《ルオ・ウェンジョウ》がちょうど局長室のある階から下りてくるのが見えた。

一瞬目が合ったが、若き刑事隊長は珍しく張り詰めた表情をしていた。

郎喬《ラン・チャオ》は額に張りついた前髪を軽くつまみ、疑問を口にした。

「ボス、いったいなにがあったんですか？　そんな怖い顔をされると身構えちゃうじゃないですか」

「陶然《タオ・ラン》とあの分局のメガネは、何忠義《ホー・チョンイー》のルームメイトから仕入れた手がかりをもとに、彼が生前ある人物と接触したと推測している」

駱聞舟《ルオ・ウェンジョウ》は声を潜《ひそ》めた。

「その人物はなんらかの理由で、勤務中だった何忠義《ホー・チョンイー》とぶつかったことがあるそうだ。問題の携帯は、その詫《わ》びとして何忠義《ホー・チョンイー》に贈られたものだという」

長身で脚も長い駱聞舟《ルオ・ウェンジョウ》は歩幅も大きいため、郎喬《ラン・チャオ》は小走りでもしないととても追いつけない。その口から語られた言葉もまた理解の追いつかないもので、郎喬《ラン・チャオ》は髪に染み込んだ雨水と一緒に自分の脳みそまで蒸発しそうな錯覚を覚えた。

「ぶつかった……？　たったそれだけのことで、携帯電話を贈ったんですか？　私も毎日地下鉄で人とぶつかってますけど、一度だってもらったことありませんよ？」

そんな郎喬《ラン・チャオ》の軽口を、駱聞舟《ルオ・ウェンジョウ》は珍しくスルーした。

「改めて被害者が働いていた営業所を徹底的に調べ、配達ルート上にあった店で聞き込み調査を行った結果、陶然《タオ・ラン》たちはあるチェーン店で目撃者を見つけた。目撃者の証言によると——数日前、配達を終えて店を出た何忠義《ホー・チョンイー》は、入口からそれほど離れていない場所で誰かとひと悶着《もんちゃく》あったそうだ。そいつが乗っていた車のナンバーも、ちょうど店の防犯カメラに映っていた」

話している間に、二人は取調室の前へ到着した。マジックミラーの向こうで、陶然《タオ・ラン》は一人の青年と相対していた。

年の頃は二十歳すぎくらいで、髪は茶色に染められ、色とりどりのブランド品で身を固めている。年齢の割に我慢の利かない性格のようで、今も全身から湧き上がる怒気を必死に抑えながら威勢よく喚《わめ》き立てている最中だ。

「あの野郎を殴ったのはたしかに俺かもしれないけど、だからってなんだって言うんだよ？　俺に殴られたやつなんかいくらでもいるし、この件とは本当に関係ないんだよ。なんなら費渡《フェイ・ドゥ》に訊《き》いてみればいい。その日はあいつも一緒だったんだ。陶《タオ》刑事、俺はな、あんたが費爺《だんな》の知り合いだから大目に見てやってるんだ。そうでもなければ、この俺にこんなことしてタダで済むと……」

ガラスの向こうで威張り散らしている青年を見て、郎喬《ラン・チャオ》は不思議そうに訊《たず》ねた。

「あれが二人目の容疑者ですか？　どうしてわざわざ市局へ？」

「被害者は殺害された夜、〝承光《しょうこう》の館〟という場所に行く予定だったそうだ。その日に、あちらさんもちょうど承光の館にいたんだとさ」

駱聞舟《ルオ・ウェンジョウ》はため息をついた。

「青年の名前は張東来《チャン・ドンライ》、この燕城《イエンチェン》ではそれなりに名の知れた事業家の息子だ」

「あぁ、金持ちのお坊ちゃんですね」

郎喬《ラン・チャオ》は目を瞬《しばた》かせた。

「それで？」

「同時に、張《チャン》局長の甥《おい》でもある」

「……」

郎喬《ラン・チャオ》のフリーズした脳が再起動を果たすより先に、当直の警察官が走ってきて駱聞舟《ルオ・ウェンジョウ》に耳打ちした。

「駱《ルオ》隊長、費《フェイ》さんという方が陶《タオ》副隊長を訪ねてきています」

＊＊＊

飲み物を出してくれた警察官に丁寧に礼を言った費渡《フェイ・ドゥ》は、受け取ったカップに一度口をつけただけで、すぐに脇に避《よ》けた――出されたものはなんと、インスタントのコーヒーで、おまけになぜかゴマ油のような匂いまで混ざっている。

市局の内装をひとしきり観察したあと、費渡《フェイ・ドゥ》は思わず担当者の美的感覚を心配した。そればかりか、工事自体も雑としか言いようがなく、机の角にはペンキのしぶきまでついている。つい最近塗ったばかりなのか、顔を近づけるとかすかな匂いが嗅ぎ取れた。

陶然《タオ・ラン》の代わりに話を聞きにきた駱聞舟《ルオ・ウェンジョウ》は部屋に入るなり、眉間にしわを寄せ陰鬱《いんうつ》そうな目で机のテクスチャに見入っている費渡《フェイ・ドゥ》の姿を目にした――もし机の下が丸見えの作りになっていなかったら、そこに死体でも隠されてるんじゃないかと疑っていただろう。

視線を上げ、彼の姿を認めた費渡《フェイ・ドゥ》は別段驚きもしなかったようで、ただ軽く会釈をして言った。

「椅子へどうぞ」

「……」

呆れた野郎だ。市局を自分ちだとでも思っているらしい。

プラスチック製のスプーンでゴマ油味のコーヒーをかき混ぜながら、費渡《フェイ・ドゥ》は疑問を口にした。

「陶然《タオ・ラン》は？」

「別件で手が塞《ふさ》がってる」

駱聞舟《ルオ・ウェンジョウ》はペンを手に取りノートを広げると、挨拶もなしにまっすぐ本題を切り出した。

「二十日、つまり一昨日《おととい》の夜、お前は張東来《チャン・ドンライ》と一緒にいたのか？　よく考えてから答えろよ」

費渡《フェイ・ドゥ》は椅子の背もたれに背中を預け、仰向《あおむ》け気味にくつろいでいた。派手に両足を組み合わせたその姿勢は見苦しいとまではいかないものの、妙に窮屈そうな印象を見る者に与える。曖昧な笑みを向けながら、費渡《フェイ・ドゥ》は質問に質問を返した。

「駱《ルオ》隊長、私はいつから容疑者になったのですか？」

返ってきたのは、駱聞舟《ルオ・ウェンジョウ》の冷ややかな視線だけだった。

だが費渡《フェイ・ドゥ》はまったく堪《こた》えていないように肩をすくめた。

「容疑者でないなら、少しは態度を改めてもらわないと。この呼び出しも任意ですから、私の機嫌次第でいつ帰ってもいいんですよ」

「あっそ」

と、駱聞舟《ルオ・ウェンジョウ》はペンを置いた。

「お前のご機嫌取りから始めないといけないわけか。それで、なにがご所望かな？　お歌を歌ってあげようか、それともキャンディでも買ってきてやろうか？」

前日の夜、陶《タオ》刑事からお断りのミルクキャンディを食らったばかりの費渡《フェイ・ドゥ》は、思わず言葉に詰まった。

窓枠が激しい雨風に打たれガタガタと音を立てるなか、屋内の二人は気に入らない者同士、無言で向かい合っていた。しばらくして、駱聞舟《ルオ・ウェンジョウ》は自分でも大人げないと思ったのか、自嘲気味《じちょうぎみ》に笑った。取り出したタバコのパッケージを机の端で軽く叩《たた》き、出てきたタバコを口に咥《くわ》えて火を点《つ》けようとしたそのとき――。

「タバコはちょっと……」

訊かれもしないのに、費渡《フェイ・ドゥ》が口を挟んだ。

「この頃、どうも咽頭炎のケがあるようなので」

駱聞舟《ルオ・ウェンジョウ》は嫌みったらしい笑みを浮かべた。

「お前の口がおとなしくなった日にゃ、世界平和も夢じゃなくなるだろうよ」

口ではそう言ったものの、駱聞舟《ルオ・ウェンジョウ》は結局ライターを置いて、火の点いていないタバコを器用に指で回しはじめた。

「張東来《チャン・ドンライ》によると、一昨日は夜八時頃に承光の館の近くであとから来たお前と合流し、お前が帰った真夜中まで一緒にいたそうだな。これはすべて事実か？」

「私が到着したのは八時前で、館を出たのは零時十分です。到着時と帰り際に彼と挨拶を交わしたのはたしかですが、」

費渡《フェイ・ドゥ》は淡々と続けた。

「なにぶんオーナーは、実にイロイロな催しを用意してくれたもので、四時間もの間ずっと互いに目の届く場所にいたというのは合理性に欠けますし、貴方《あなた》も納得しないでしょう」

駱聞舟《ルオ・ウェンジョウ》は手持ち無沙汰にタバコの巻紙を剥《は》がしながら疑問を呈した。

「なぜそう思うんだ？　お前たちはいつもつるんでるじゃないか」

机にひじをついたままの費渡《フェイ・ドゥ》が、わずかに身を乗り出した。雨にさらされて湿り気の加わったコロンの香りが辺りに広がっていく。

「なぜなら向こうはお取り込み中で、私も他人とパートナーをシェアする趣味はありませんから——駱《ルオ》隊長、これ以上こんないい子ぶったくだらない質問を続けるつもりなら、ここでお暇《いとま》することになりますよ」

「そんなコダワリがあったとは意外だな」

駱聞舟《ルオ・ウェンジョウ》は、眉ひとつ動かさないまま事務的に嫌みを吐いただけで質問を続けた。

「要するに、張東来《チャン・ドンライ》が当日の夜ずっと承光の館にいて、人を殺していないという証人にはなれないんだな？」

「私でなくとも、証人ならほかにいくらでもいますよ。なんなら二時間以内に、あの夜あいつと接触のあった人物を全員ここに来させましょうか？　謝礼は人数分のバッグでも配れば十分でしょう」

駱聞舟《ルオ・ウェンジョウ》のペン先が勢いよく机と激突した。

「それは金品で証人を買収するつもりだ、というほのめかしか？」

「ご冗談を。その子たちが嘘《うそ》の証言をしたところで、エリート刑事の皆さんが見抜けないわけないでしょう？」

と、費渡《フェイ・ドゥ》は頭《かぶり》を振る。

「私が言いたいのは、張東来《チャン・ドンライ》が犯人であるはずがないということです」

費渡《フェイ・ドゥ》は再び背もたれに体を預け、駱聞舟《ルオ・ウェンジョウ》と距離を取ると、その特徴的な気だるい口調で説明しはじめた。

「張東来《チャン・ドンライ》が誰かを殺すにしても、自ら手を下すのは明らかに賢明な判断とは言えません。誰かにさらわせてから、不法監禁するなり秘密裏に殺害するなり、いくらでもやりようがあるでしょう。どうせ花市西《ホアシー》の住民はいつ引っ越してもおかしくありませんし、黙っていなくなる人も珍しくありません。人ひとり消えたくらいで誰も気に留めはしませんし、警察に通報したところで無視されるのがオチです」

そんな遵法《じゅんぽう》精神の欠片《かけら》もない発言に、駱聞舟《ルオ・ウェンジョウ》は今すぐこの費某《フェイなにがし》とかいう人間のクズを椅子から引っ張り上げ、ボコボコのギッタギタにしてやりたくなった。すんでのところで堪《こら》えたものの、力の入ったペン先が不意にページを破り、怒気のこもった裂け目を残した。

「殺人犯が人を殺すときはだいたい〝賢明〟ではないものだ」

「あぁ、衝動的な殺人の場合はそうなりますね」

費渡《フェイ・ドゥ》は一旦言葉を切った。

「おかしいですね。被害者のご遺体には気絶させられたときの打撲痕以外にも、鈍器による外傷があったのですか？」

「質問をしているのはこっちだ！」

「なるほど、答えはノーですね」

費渡《フェイ・ドゥ》は極めて冷静な口調で続けた。

「衝動的な殺人の場合、犯人の情念は爆発的に表出されるものです。怒りは一瞬で頂点に達し、その後に続く発散行為も爆発的なものになります。気絶させられ、無抵抗状態となった被害者は、頭部をスイカ割りのようにグチャグチャにされるのが普通です――それなのに絞殺？」

ひじかけにひじをつき、顎を指に乗せた費渡《フェイ・ドゥ》は、くすりと笑った。

「絞殺というのは、じわじわと過程を楽しむサディスティックな殺し方です。からからに喉の渇いた人間が、のんびり椅子に座って〝お茶を楽しむ〟と思いますか？　私には不自然なように思えますけどね」

駱聞舟《ルオ・ウェンジョウ》の表情が険しくなった。

「殺しは〝お茶を楽しむ〟のと一緒だと言うのか？」

「別に、ただの喩《たと》えですよ」

費渡《フェイ・ドゥ》は肩をすくめながらさらりと受け流した。

「張東来《チャン・ドンライ》は人を殺すようなタマじゃありません。殺すにしても、死体を目立つ場所に遺棄するようなことはしませんし、するとしてもまったく馴染《なじ》みのない花市西《ホアシー》の狭い路地を選ぶとは思えません。これらの理屈を抜きにしても、あのなんの取り柄もない腰抜けのことです。頭に血が上って、往来で人を殴ったり怒鳴ったりすることはあっても、殺人を犯すような度胸なんてありませんよ」

最後のひと言だけは、駱聞舟《ルオ・ウェンジョウ》も同意見だった。

張東来《チャン・ドンライ》は市局局長張春久《チャン・チュンジョウ》の兄の息子に当たる。年老いてからようやく授かった待望の子で、家も裕福なため、張東来《チャン・ドンライ》はすっかり甘ったれたボンクラ坊っちゃんに育ってしまった。

以前から何度か顔を合わせたことのある駱聞舟《ルオ・ウェンジョウ》も、彼にそんな強靭《きょうじん》な精神と胆力があるとは思えない。あとのことは、自分たちで調べるしかないだろう。

これ以上費渡《フェイ・ドゥ》と話しても無駄だと判断した駱聞舟《ルオ・ウェンジョウ》はノートをしまい、立ち上がった。

だが立ち去ろうとした彼に、費渡《フェイ・ドゥ》は背後から声をかけた。

「ほら」

振り返ると、手のひらサイズの何かが飛んできた。反射的にキャッチしたそれは、ポータブルハードディスクだった。

「世間に注目されやすい刑事事件には、いくつかのパターンがあります。テロのような大規模な襲撃事件などは、まず確実にニュースになります。そして手口が非常に残忍な事件や、シリアルキラーのような都市伝説めいた事件も、人々の猟奇趣味を煽《あお》りやすいでしょう。さらに、被害者が規則正しい生活を送っている学生や会社員、または慎《つつ》ましやかなミドルクラスなど、とても犯罪に巻き込まれるとは思えないような一般人だった場合、大衆は被害者に感情移入して集団パニックを起こしやすくなります。最後に、公権力や特権、またはモラルの崩壊したエリートが絡んでいる事件も、積もりに積もった階級間の不満を刺激し、話題になりやすい——。ですが今回の事件は、これら四つのパターンのどれにも当てはまらないのに、初動から異常なほどに注目を集めました」

今にも消え入りそうなくぐもった雷鳴が、遠い空の向こうで悶々とした唸《うな》り声を上げ、費渡《フェイ・ドゥ》の言葉に長いながい残響を付け足した。

「そんな異常な注目は長く続かない。普通なら、しばらく経てば世間は興味をなくすはずです。ところがそこを狙ったかのように、張東来《チャン・ドンライ》が巻き込まれた」

立ち上がった費渡《フェイ・ドゥ》は、駱聞舟《ルオ・ウェンジョウ》とすれ違いざまに低くささやいた。

「偶然か、もしくは誰かの陰謀か？」

そのひと言に、駱聞舟《ルオ・ウェンジョウ》の目が鋭くなった。

「お礼は結構ですよ。これも陶然《タオ・ラン》のためですから」

費渡《フェイ・ドゥ》は傘を手にすると、相手に目もくれず、悠然とした足取りでドアのほうへ向かった。

「費渡《フェイ・ドゥ》」

不意に、駱聞舟《ルオ・ウェンジョウ》の声が響いた。

「来週だったよな？　もう七年が経つ、お前もそろそろ歩み出したらどうなんだ」

費渡《フェイ・ドゥ》は沈黙したまま、振り返りもしなかった。

第八章

今が男盛りのはずの王洪亮《ワン・ホンリャン》だが、これまでの放埒《ほうらつ》さがたたって、実年齢に対して容色の衰えがかなり目立つ。両頬はだらしなく顎まで垂れ下がり、人類滅亡を企てるシャーペイ[25]のような第一印象を与えている。

かすかに上体をかがませ、拘留中の馬小偉《マー・シャオウェイ》を観察しながら、王洪亮《ワン・ホンリャン》はぷかぷかとタバコを吹かし、局所的な〝仙境〟を作り出した。

馬小偉《マー・シャオウェイ》は小柄で肉づきも悪く、見るからにかわいそうな子どものような姿をしている。そばに誰もいないにもかかわらず、全身を強張《こわば》らせたまま、目玉だけは今にも飛び出しそうなほど不規則にきょろきょろさせ続けていた。

王洪亮《ワン・ホンリャン》は彼に視線を向けたまま頭を傾かせ、隣にいる人物に話しかけた。

「それで連中はそいつを連れて、すごすごと市局へ逃げ帰ったわけか」

隣に立っていたのは、花市《ホアシー》分局刑事隊隊長である黄敬廉《ホアン・ジンリエン》だった。捜査中はほとんど存在感を示さず、指揮は場の空気頼りで結論は上官の意向ありき、上の言葉を下に伝えるだけのメガホンのような人物である。

ごますり名人でもあるこの黄敬廉《ホアン・ジンリエン》は、近くにあった灰皿を両手で捧《ささ》げ持ち、王洪亮《ワン・ホンリャン》からタバコの吸い殻を受け取ると、媚《こ》びるような口調で答えた。

「肖海洋《シャオ・ハイヤン》はそのように報告しております」

25　中国原産の犬種。針のような短い直毛とだぶだぶに垂れた皮膚が特徴。元は闘犬用に品種改良された犬種だが、現代ではペットとして親しまれている。

「いやはや、実に予想外の展開で、とても現実とは思えない――世の中、偶然というものもあったもんだ！」

王洪亮《ワン・ホンリヤン》は顔いっぱいに口を開いて笑った。

「算命《うらない》でも、今年は障害に直面するだろうが、最終的には貴人の助けを借りて凶を吉に転じさせることができると出ていたしな。平安符《まもりふだ》は三万元[26]もしたけど、少しは効くようだ。あの肖海洋《シャオ・ハイヤン》も足を引っ張るばかりだと思っていたが、案外役に立つこともあるのだな」

黄敬廉《ホアン・ジンリエン》は恭《うやうや》しく伺いを立てた。

「では、次はいかが致しましょうか？」

「駱聞舟《ルオ・ウェンジョウ》に先手を取られたからな、」

王洪亮《ワン・ホンリヤン》は頭上に手を伸ばし、まばらな髪を軽く撫《な》でつけた。

「分局《こっち》に連行できていれば、有力な容疑者が市局局長《そちらの》の親戚だというだけで、あの目障りな連中を追い返せただろうに」

そう言って、王洪亮《ワン・ホンリヤン》はその場で何周もぐるぐると回ったあと、訊《き》かれたわけでもないのにブツブツと喋《しゃべ》りはじめた。

「今のところ、捜査は思ったより順調に進んでいる。新しい容疑者が出てきたおかげで、捜査の重心はおのずと花市西《ホアシー》から離れていくはずだ。殺害現場はもともとそこではなかったのに、周辺住民のミスリーディングな証言のせいで捜査が一時的に間違った方向へ向かってしまっただけだ。彼らが聞いたという騒ぎ声は、本事件とは関係のないものだった。承光《しょうこう》の館でもほかのどこでもいい、〝花市西《ホアシー》〟でさえなければ、好きなだけ調べさせればいいのだ。我々は市局の捜査に全力で協力させていただく。

26　日本円で四十八万円ほど。

どうかね、黄《ホアン》くん。これは連中が自分たちで捜査した結果だ。俺たちがお膳立てするより、よっぽど信憑性《しんぴょうせい》が高いだろ？」

「さすが局長、豪胆でありながら細部にまでよく目を配っていらっしゃる」

黄敬廉《ホァン・ジンリエン》はニコニコと笑いながら続けた。

「おっしゃられた平安符《まもりふだ》もなかなかのご利益《りやく》ですね。ぜひ私にも紹介していただけませんか？」

「いいとも。俺の名前を出せば、割引もしてくれるぞ」

王洪亮《ワン・ホンリャン》は機嫌よく黄敬廉《ホァン・ジンリエン》の肩を叩《たた》きながら、感慨深そうに続けた。

「俺くらいの年にもなると、いろいろと気づくことがあるんだよ。迷信だと言われていても、出世も金儲《かねもう》けも結局運勢次第だ。

そういえば、被害者のご遺族がもうすぐ到着するそうだな。着いたらまっすぐ市局へご案内しろ」

王洪亮《ワン・ホンリャン》はちらりと馬小偉《マー・シャオウェイ》に一瞥《いちべつ》をくれてからしみじみと続ける。

「この坊主もパッとしない顔をしているが、よく見ると運勢の良さそうな人相をしているじゃないか。ほら、額が広く、顎も角張ってるように見える」

言葉の意図がうまく汲《く》み取れず、黄敬廉《ホァン・ジンリエン》はかすかに困惑するような表情を見せた。

「だからね、」

王洪亮《ワン・ホンリャン》は笑って説明した。

「ここで死ぬようなタマじゃないってことだ！」

＊＊＊

花市《ホアシー》分局の二人が算命学について議論していた頃、燕城《イエンチエン》市公安局は重苦しい低気圧に覆われていた。

取調室から出てきた陶然《タオ・ラン》は、壁に手を当て体を支えながら深く息を吐き出した。

噂《うわさ》によると、この張東来《チャン・ドンライ》という若者は幼い頃に高熱のせいで脳に損傷を受けたことがあるらしく、大人になる頃には徹頭徹尾のうつけ者になってしまったそうだ。それも、一分間に八回は怒りを鎮めなければ、とても話を続けられないほどの。

相手をしたのが陶然《タオ・ラン》だからよかったものの、ほかの刑事だったらとっくに机をひっくり返していただろう。

ドアの前で待っていた駱聞舟《ルオ・ウェンジョウ》は、持っていたポータブルハードディスクをなんとなしに片手でもてあそびながら声をかけた。

「どうだった？」

「張東来《チャン・ドンライ》が言うには、当日は酒が入っていたそうで、妹が不審な男に絡まれるのを見て、痴漢だと勘違いしてカッとなって相手を殴ったと。相手が誰だったのかも覚えておらず、被害者の写真を見せても見覚えはあるものの、自分が殴った人物かどうかは確信が持てない。ただ謝罪と携帯電話の贈り物については、身に覚えはないそうだ。

最後の証言は、嘘《うそ》じゃないと思うよ。あいつは今でも人を殴ったことを、悪いとは思ってないようだし」

陶然《タオ・ラン》はどこか疲れたように両目の間を何度かつまんだ。

「そういえば、さっき費渡《フェイ・ドゥ》が来てなかったか？」

「費渡《フェイ・ドゥ》なら、もう帰ったぞ」

さらりと答えたあと、駱聞舟《ルオ・ウェンジョウ》はふと思い出したように、陶然《タオ・ラン》をギロリと睨《にら》みつけた。

「というかあのクソガキ、ますます図に乗ってないか？　お前が甘やかすからこうなるんだ」

「……」

陶然《タオ・ラン》が理不尽な言いがかりに絶句していると、駱聞舟《ルオ・ウェンジョウ》は手に持っていたポータブルハードディスクを彼に向かって放り投げた。

「こいつの中身を確認してみろ、なにか使えるものが入ってるかもしれん」

陶然《タオ・ラン》はわけもわからないままそれを受け取り、訊《たず》ねた。

「これは？」

「さぁ、多分承光の館内部とその周辺にある防犯カメラの映像とかだろう」

駱聞舟《ルオ・ウェンジョウ》はマジックミラー越しにイライラした様子の張東来《チャン・ドンライ》を一瞥した。

「こいつの妹なら俺も会ったことがあるが、普通のおとなしい子だった。彼女に電話して、張東来《チャン・ドンライ》の証言の裏取りをしておけ。俺はもう一度局長室に行ってくる」

＊＊＊

再び局長室を訪れた駱聞舟《ルオ・ウェンジョウ》だが、張春久《チャン・チュンジョウ》との対面は叶《かな》わなかった。

がっしりとした体格の男が顔を上げ、にこやかに会釈した。

「よう、来たか」

男は張《チャン》局長とほぼ同年代で、額には右まぶたの上まで続く大きな古傷が刻まれている。その割には人相に粗暴さがなく、全体的に優しそうな雰囲気を纏《まと》っていた。

駱聞舟《ルオ・ウェンジョウ》は驚きの声を漏らした。

「副局長？」

男の名は陸有良《ルー・ユウリャン》、張《チャン》局長の補佐役で、叩き上げのベテラン刑事だ。あらゆる技術が未発達だった時代から、数々の大事件の捜査に関わり、数えきれない凶悪犯を逮捕してきた燕城《イェンチェン》市公安局のレジェンドの一人でもある。

どんなに締まりのない人間でも、彼の前では思わず背筋が伸びるものだ。

「報告なら俺が聞いてやるよ。張《チャン》ではいろいろと差し障りがあるのでな。お前たちも、こっちに連行するべきじゃなかったんだ。容疑があるのなら、分局に連行するなりあっちで取り調べるなりすればいいものを、市局《こっち》に引っ張ってくるとはどういう了見かね？　身内だからと庇《かば》うつもりか、それともこいつを疑ってくれとアピールしているのか？」

陸有良《ルー・ユウリャン》はため息をつき、人差し指を駱聞舟《ルオ・ウェンジョウ》に向けて小刻みに上下に揺らした。

「聞舟《ウェンジョウ》、お前というやつはなんでもうまくできるが、時々気を回しすぎるきらいがある。まだ若いのに、そんな世渡り上手でどうする」

駱聞舟《ルオ・ウェンジョウ》はそれに動じた様子もなく、チラリと誰もいない廊下に視線を巡らせてから、用心深く後ろ手にドアを閉めた。

「陸叔《おじさん》、実は――」

そのくだけた呼び方に、陸有良《ルー・ユウリャン》は思わず怪訝《けげん》な表情を見せた。

「下に肖海洋《シャオ・ハイヤン》という分局の刑事が来てるんですが、」

駱聞舟《ルオ・ウェンジョウ》は声を潜《ひそ》めて言う。

「最初に捜査状況を報告させたときから、『ここが殺害現場だと立証できるたしかな証拠はありません』などと言ったもんだから、すぐに不自然だと思いました。殺害現場かどうかなんて、検死官の見立てや物的証拠から判断するものです。ひと目でわかるような特徴があるわけでもなく、現場検証もまだ済んでいない段階で、いきなり実際の殺害現場かどうかを問題にする者はめったにいません。王洪亮《ワン・ホンリャン》もすぐにそれに気づき、俺の目の前で彼を叱ったので、そのときは特に気に留めたりしませんでした。ただこの肖海洋《シャオ・ハイヤン》という新人は、普通の人間とは思考回路が違うのかもなと思ったくらいで」

陸有良《ルー・ユウリャン》は重々しく口を開いた。

「言っている意味がよく理解できないのだが」

「張《チャン》局長に言われて、王洪亮《ワン・ホンリャン》の裏を探っていました」

と、駱聞舟《ルオ・ウェンジョウ》は言う。

「さっきタレコミがあり、王洪亮《ワン・ホンリャン》が花市《ホアシー》区の麻薬密売組織とつながっているのではないかと疑っています」

陸有良《ルー・ユウリャン》は眉をひそめた。

「あそこは麻薬取締りの優等生なんだぞ」

「まさにそこなんですよ。なぜ花市《ホアシー》分局にだけいつも正確な情報が入るのか、不思議に思ったことはありませんか？」

駱聞舟《ルオ・ウェンジョウ》は口早に言い立てた。

「情報提供者の話によると、花市《ホアシー》区には〝政府公認〟の麻薬密売ネットワークがあるらしく、組織外の売人は、花市《ホアシー》区に少しでも入るとすぐ警察に突き出されるそうです」

陸有良《ルー・ユウリャン》はすかさず問いを発した。

「証拠はあるのか？」

「まだ探してるところです」

と、駱聞舟《ルオ・ウェンジョウ》は答えた。

「今回の事件に戻りますが、昨日、偶然近隣住民からの証言が入りまして、なんでも夜九時頃に現場の近くで言い争う声が聞こえたそうです。その後、王洪亮《ワン・ホンリャン》はすぐに事件当時現場にいたと思われる少年を確保しました。少年はやせ細っていて、常に何かに怯《おび》えているかのように視線が泳ぎ、証言も支離滅裂で穴だらけです。でもいくら取り調べても、現場では誰も見なかったと言い張っていました――実際、被害者は殺害されたあとにあそこに運ばれたことを裏づける証拠も出ています。

そこで問題なのは――近隣住民が聞いたという口論の声がこの事件とは無関係ならば、殺人の容疑をかけられたその少年は、なぜ最初から本当のことを言わなかったのか？　肖海洋《シャオ・ハイヤン》は、なぜ初手からあんな不自然な発言をした？　彼は、最初からそこが殺害現場でないと知っていたのでは？」

陸有良《ルー・ユウリャン》はたまらず椅子から立ち上がり、その場をぐるぐると歩き回りはじめた。

「陸叔《おじさん》」

駱聞舟《ルオ・ウェンジョウ》は言う。

「今回の件はいくつもの糸が複雑に絡まり合っていて、まだはっきりしないことも多いです。推測ですが、今回の殺人事件は俺のもとに届けられた告発状と関係があるんじゃないかと睨んでいます。陶然《タオ・ラン》とあの肖海洋《シャオ・ハイヤン》が張東来《チャン・ドンライ》にたどり着いたのもどうもできすぎていましたし、あそこで彼の身柄を確保しておかなかったら、王洪亮《ワン・ホンリャン》がこれをダシに張《チャン》局長と我々の介入を突っぱねる可能性もありました。あとは素早く捜査方針を変え、拘留中の少年を〝薬物の過剰摂取〟で死なせ、証言も薬物使用による妄言《もうげん》ということにしてしまえば、すべて闇に葬られてしまいます」

「駱聞舟《ルオ・ウェンジョウ》、自分のその言葉の意味をわかっているのか？」

「わかってます」

駱聞舟《ルオ・ウェンジョウ》は少しも動じなかった。

「俺は今、同じ組織の同志が犯罪に手を染めている疑いがあると告発しました」

陸有良《ルー・ユウリャン》はしばらく逡巡《しゅんじゅん》してから問いかけた。

「これからどうするつもりだ？」

「当分は張東来《チャン・ドンライ》を第一容疑者とします」

駱聞舟《ルオ・ウェンジョウ》は答えた。

「花市西《ホアシー》での捜査はこれで終わったように見せかければ、王洪亮《ワン・ホンリャン》は空気を読んで、事件をこちらに引き継がせてくれるはずです」

＊＊＊

費渡《フェイ・ドゥ》が提供した防犯カメラの映像を確認するため、刑事隊は遅くまで残業する羽目になった。駱聞舟《ルオ・ウェンジョウ》が自宅へ戻る頃には、すでに深夜となっていた。ドアを開けると、「ニャオ」という鳴き声とともに、中華田園猫[27]が一匹頭を覗《のぞ》かせた。

それを見た駱聞舟《ルオ・ウェンジョウ》は足を伸ばし、その猫をそっと室内へ戻した。

「なにがニャオだ、俺だってまだ晩飯食ってないんだよ。……うん？」

27　中国の土着猫の総称。外見は日本猫とほぼ同じで、ほとんどが雑種。

戸口にある郵便受けを覗いてみると、心当たりのない荷物が入っていた。開けてみると、密封された証拠品袋が出てきて、中にはタバコの吸い殻が何本か入っている。駱聞舟《ルオ・ウェンジョウ》は一瞬面食らったものの、すぐに包みを逆さまにしてみたが、ほかには何も出てこなかった。

ちょうどそのとき、携帯電話の振動音とともに、一枚の写真が送られてきた。

写っているのは寂れた玉石敷きの道で、両側には水辺と草木が見て取れる。この静かな小道の真ん中にゴミ箱が一つ、ポツンと立っていた。写真の下を見ると、礼儀の欠片《かけら》もないメッセージが添えられていた。たったひと言〈ついで〉と。

駱聞舟《ルオ・ウェンジョウ》がなおも思案を巡らしながらしばらくその写真を見つめていると、隣の猫爺《ねこさま》が痺《しび》れを切らし、抗議しはじめた。

猫爺のご尊名は「駱一鍋《ルオ・イーグォ》」。御年七歳のこの中高年猫は、丸っこい顔につぶらな瞳を持ち、毛並みもつやつやでとても愛らしい姿をしているが、少々居丈高なところだけが難点である。

前足で駱聞舟《ルオ・ウェンジョウ》の脚をチョンチョンと叩いたあと、駱一鍋《ルオ・イーグォ》はお尻を揺らしながら隅っこのほうへ進み、ブスッとした顔で餌入れの前に座り込んで、お皿がもう空っぽだという事実を下僕に突きつけた。

それなのにあの無駄に図体のデカい下僕ときたら、お皿に一瞥をくれただけで一向に動こうとしない！

哀れにも渾身《こんしん》の訴えを無視されてしまった駱一鍋《ルオ・イーグォ》は、怒りで我を忘れ、怒涛《どとう》の勢いで駱聞舟《ルオ・ウェンジョウ》に突進していった。足元に着くなり二足立ちで脛《すね》に飛びつき、くぐもった鳴き声を上げながらそのズボンにかじりついた。

駱聞舟《ルオ・ウェンジョウ》は上体をかがませ、駱一鍋《ルオ・イーグォ》の首根っこを掴《つか》んで引っぺがすと、そのまま宙吊《ちゅうづ》りになるように持ち上げた。

「お前、死にたいのか？」

前足をぶらぶらとさまよわせながら、駱一鍋《ルオ・イーグォ》は何事かを「うにゃー」と主張し、駱聞舟《ルオ・ウェンジョウ》に向かってぺろりと舌を見せた。

呆《あき》れた駱聞舟《ルオ・ウェンジョウ》が白目を剥《む》いて手を緩《ゆる》めると、猫はするりとそこから抜け出し、空中で優雅に一回転したのち、四本足での着地をきめてみせた。目的だったキャットフードはすぐにたっぷりと補充され、おまけに猫缶まで手に入れた。

駱一鍋《ルオ・イーグォ》は大いに満足した。「孝行息子は棍棒《こんぼう》から生まれる」[28]という言葉は、にゃはり正しかったのだ。言うことを聞かにゃい下僕には、噛撃《ごうげき》あるのみ！

床にしゃがんだ駱聞舟《ルオ・ウェンジョウ》はしばらく乱暴な手つきで駱一鍋《ルオ・イーグォ》を撫で回していたが、不意にそのピンと跳ね上がった大きなしっぽを見下ろし、この毛むくじゃらを飼うことになった経緯を思い返した。

このお荷物さまは昔、朝市で買い物をしていた陶然《タオ・ラン》が当時まだ少年だった費渡《フェイ・ドゥ》のために買ってきたものだ。費渡《フェイ・ドゥ》ももらった当初はそれなりに気に入っていたようだが、数日も経たないうちに飽きてしまったのか、何がなんでも飼いたくないと言ってきた。

地方出身の陶然《タオ・ラン》は仕事を始めたばかりで、燕城《イエンチェン》に家を持てるはずもなく、賃貸を転々としていた。とてもペットを飼えるような状況ではなかったため、仕方なく駱聞舟《ルオ・ウェンジョウ》のところに預けたのである。

駱聞舟《ルオ・ウェンジョウ》は猫も犬も十六歳以下の口やかましいお子様も嫌いだ。

ストレスのあまり頭がおかしくなりそうだった駱聞舟《ルオ・ウェンジョウ》は、断固として陶然《タオ・ラン》に通告した——一ヶ月以内にもらい手を見つけなければ、この四本足の厄介者《やっかいもの》を鍋にぶち込んで猫煮込みにしてやる、と。

ところがそうこうしているうちにあっという間に時が過ぎ、結局七年後の今になってももらい手は見つか

28　子どもへの体罰を推奨する中国の古いことわざ。

らないままだった。

駱聞舟《ルオ・ウェンジョウ》が文句たらたらの肉食愛好家から献身的な下僕へと成り下がる一方で、駱一鍋《ルオ・イーグォ》は保存食から一家の主《あるじ》への華麗なる転身を果たしたのである。諸行無常とはよく言ったものだ。

しばらく猫のことであれこれ思いを巡らせていた駱聞舟《ルオ・ウェンジョウ》だったが、急に立ち上がり、冷蔵庫から食べ残しのパンを探り当てると、身を翻《ひるがえ》してまっすぐ自宅を出た。

＊＊＊

この時間ともなると、道路の渋滞もほぼ解消されていた。時間外労働など一秒たりともしたくないはずの刑事隊長駱聞舟《ルオ・ウェンジョウ》は、大急ぎで市局へ舞い戻ってきた。隊室に入ると、目をこすりながら記録映像を繰り返し確認している人物を発見した。

駱聞舟《ルオ・ウェンジョウ》は思わず足を止め、ため息をついた。

「やっぱりまだいたのか」

陶然《タオ・ラン》は伸びをしながら答えた。

「帰ってもやることないしね——そっちこそどうしたんだよ？」

「こんな夜中にひとりぼっちで残業させるのはさすがにかわいそうだから、付き合ってやろうかと思ってな」

悠々と陶然《タオ・ラン》のそばまでやってきた駱聞舟《ルオ・ウェンジョウ》は、デスクに腰かけた。

「模範警察官殿、なにか見つかったか？」

「承光の館の防犯カメラはすべて屋外に設置されている。二十日夜八時から十二時までの映像は、すでに技術スタッフの力を借りてひと通り確認できた。

　張東来《チャン・ドンライ》の姿がはっきりと屋外の防犯カメラに映った回数は全部で四回。外見的特徴をもとに解析したところ、映像にも姿が映っておらず、館内に入ったわけでもない時間は、およそ四十分間ほどだそうだ。ただし、この四十分間というのは合計時間で、一回当たりの時間はどれもあまり長くはない。張東来《チャン・ドンライ》が意識的に防犯カメラを避けたのはその中の二回だけだ。

　まず十時頃に十数分間ほど。女性と二人連れで、わざわざ顔を上げて防犯カメラの位置を確認して通りすぎた。二回目は十二時手前だけど、敷地内のカメラは十二時までしか稼働してないから、どのくらいいなかったのかは不明だ」

　駱聞舟《ルオ・ウェンジョウ》は顎を撫でた。

「十数分間？」

　陶然《タオ・ラン》は真面目な顔で頷《うなず》く。

「ああ、その女性さえ見つかれば、証人になるはずだ」

　だが駱聞舟《ルオ・ウェンジョウ》は興ざめと言わんばかりに頭《かぶり》を振った。

「こりゃまた、おはやいこって」

「……」

　その下品な軽口へのリアクションも待たずに、駱聞舟《ルオ・ウェンジョウ》は一転していかにも真剣そうな様子で質問した。

「何忠義《ホー・チョンイー》の姿は確認できたか？」

「いや、午後の間に何忠義《ホー・チョンイー》と思《おぼ》しき人物が映った映像を二十箇所以上も洗い出してもらったけど、どれも顔は映ってないし、なかには距離が遠すぎてよく見えないものもあった。さっきから何度も見返してるけど、どれもいまいち似てない気がする。第一、もし何忠義《ホー・チョンイー》が殺害された場所が本当に承光の館だったとしても、それを映像に残すようなミスをこの犯人がすると思うか？」

「どの出入り口でも姿が確認できてないようなら、何忠義《ホー・チョンイー》が意図的に防犯カメラを避けていた可能性もある」

駱聞舟《ルオ・ウェンジョウ》は立ち上がり、陶然《タオ・ラン》の後ろで円を描くようにぐるぐると何周か歩いた。

「だが、本当になにもないなら、費渡《フェイ・ドゥ》がわざわざ持ってくるとは思えない」

「二十四時間以上の映像を、カメラの数だけ確認しなきゃいけないんだぞ。こんなのとても一人で見れるような量じゃない。参考として持ってきただけじゃないか？」

駱聞舟《ルオ・ウェンジョウ》は無言で頭を振った。しばらくして、急に何かを思い出したように声を上げた。

「さっき言ったよな？　敷地内の防犯カメラは十二時までしか稼働してないって」

「ああ、そうだよ。ずっと稼働してるのは駐車場周辺や、外縁部の細い道に設置されたものだけだ」

「カメラを切るのは、酔っぱらいどもの醜態を残したくないからだろう。一方、稼働させておくのは防犯のため――」

駱聞舟《ルオ・ウェンジョウ》は陶然《タオ・ラン》の座った椅子の背もたれに上半身を支えるように手を置いた。

「敷地内のカメラは客から見えるような場所に設置されてるはずだ。その気があれば、誰でも避けられるようにな。だが外縁部の防犯カメラは不審人物を監視し、侵入を防ぐためのものだから、見えないところに設置されることもある……。夜通し稼働していたカメラの映像を確認するんだ」

「ああ、そうだな」

駱聞舟《ルオ・ウェンジョウ》は携帯電話を取り出し、先ほど届いた写真をひと目見た。

「水辺に近い玉石敷きの小道を映した映像はないか？」

「たしかあったはず」

八時ちょうどの映像を呼び出すと、画面は真っ暗なまま静止していた。しばらく早送りしてみたところ、画面いっぱいに広がっていた黒い影がパッと離れ、レンズ前の空間を空けてくれた――どうやら鳥だったようだ。

その後の映像は、四隅は黒いままで中央にだけ物が映っている。時々鳥が出入りしているのが見えるので、この防犯カメラはもしかすると巣箱の中に設置されているのかもしれない。

映像を八時五十分辺りまで早送りさせたところ、どこかフラフラとした人影がカメラの向こうのゴミ箱に近づくのが見えて、陶然《タオ・ラン》はとっさに映像を止めた。

その人物はおそらく、タバコを吸うためにゴミ箱の近くに来たのだろう。近くの木に防犯カメラが設置されていることにまるで気づいていない。

「なぁ、この人って……何忠義《ホー・チョンイー》にちょっと似てないか？」

陶然《タオ・ラン》は画面をじっと観察してから、ため息をついた。

「吸い殻が残ってたらDNA鑑定で確認できただろうに、午後のあの雨じゃね……。今はもう――って、なにニヤニヤしてるんだよ？」

すると駱聞舟《ルオ・ウェンジョウ》は、ポケットから吸い殻の入った証拠品袋を取り出した。

「これを鑑定してみろ」

陶然《タオ・ラン》は愕然《がくぜん》とした。

「こんなの……どうやって……」

「シーっ、こっそり、騒がずにな。正規のルートで入手したわけじゃないから、俺らの推測を裏づける材料にしかならないけど、」

駱聞舟《ルオ・ウェンジョウ》は相手の唇の前に指を一本立てながら、聞こえるか聞こえないかの小さな声でささやいた。

「どこかのいけ好かない若造が送ってきたもんで」

陶然《タオ・ラン》は余計に愕然とした。

「費渡《フェイ・ドゥ》から？　君たちは休戦でもしたのか？」

駱聞舟《ルオ・ウェンジョウ》はそれには答えず、ただ相手の頭を掴んで、無理やり元の向きへ戻した。

「この近くに、ほかの手がかりはないか？」

「ああ、それなら……」

そう言って、陶然《タオ・ラン》は書き込みの入った地図を引っ張り出した。

「この道はわかれ道もなく、一方は承光の館へ、もう一方は公共エリアへつながっている。この何忠義《ホー・チョンイー》と思しき人物はここから立ち去ったあと、明らかに承光の館とは逆の方向へ向かった……。ずっと進んでいくと大通りに出て、ここにバス停がある」

「公共エリアはいいねぇ、」

駱聞舟《ルオ・ウェンジョウ》は笑みを浮かべた。

「いつでも調べられるし、金持ちどもと駄弁を弄《ろう》する必要もない」

手がかりを得た二人は、さっそくバス停近くの交通警察隊へ急行した。

＊＊＊

夜更けの露が今にも降りそうな時分、駱聞舟《ルオ・ウェンジョウ》は車の空調を切り、窓を開けて風を迎え入れた。

「今夜の収穫は、しばらく誰にも漏らすなよ。隊の仲間も含めてだ」

陶然《タオ・ラン》は耳を疑った。

「なんでまた？」

「なんでもだ。恐らく近日中にでも、分局からの引き継ぎ要請がくるだろう。そのあとはほかのことに一切構わず、何忠義《ホー・チョンイー》の事件にだけ集中してほしい。真犯人が見つかるまで、張東来《チャン・ドンライ》の容疑はしばらくそのままにしておけばいいだろう。これで少しはおとなしくなるはずだ」

駱聞舟《ルオ・ウェンジョウ》の言葉から常ならぬ真剣さを感じ取った陶然《タオ・ラン》は、思わず運転席へ顔を向けた。

その反応に、駱聞舟《ルオ・ウェンジョウ》は目元を緩ませた。

「今は二人っきりなんだぞ。そんな目で見られたら、乱暴したくなるだろ？」

「言ってろ。どうせ俺をからかうのはタダなんだし、哀れな独身野郎の戯言《たわごと》なんて聞き逃してやるよ」

陶然《タオ・ラン》は鷹揚《おうよう》に手を振った。

「そういえば、だいぶ長い間誰とも遊びに行ってないようだけど、前に一緒にビリヤードに行ってた人とはどうなってるんだ？」

「あぁ、もう別れたよ。留学したらしい」

「留学？」

「イタリアで中国語の勉強をするんだとさ」

陶然《タオ・ラン》は危うく自分の唾《つば》で窒息しそうになった。

「さすがにいい加減すぎないか？」

片手をステアリングに引っかけ、もう片方の手を半開きの車窓に乗せた駱聞舟《ルオ・ウェンジョウ》は、無表情に肩をすくめた。

「だいたいそんなもんだろ？　それに親父《おやじ》はまだ引退してないし、本人はなにも言ってこないけど、やはりなにかと差し障りがあるんだろう。本格的に誰かと付き合うのは、あと一、二年くらい待って、親父が引退してからにしようと思ってる。独りでいるのも、慣れれば結構オツなもんだしさ。うちのジジイの仕事中毒っぷりは心底理解できないよ。俺なんて、退職できるもんならとっくにしてるのに」

陶然《タオ・ラン》はため息をついた。

「親から急《せ》かされないだけマシじゃないか」

そのボヤキを聞いて、駱聞舟《ルオ・ウェンジョウ》は一瞬で相手の悩みを察した。

「親にはやく結婚しろって言われたのか？　俺は好みが特殊だから仕方ないけど、お前はなんで相手が見つからないんだよ？」

陶然《タオ・ラン》は少し考えてから、短くも説得力のある理由を答えた。

「お金」

駱聞舟《ルオ・ウェンジョウ》はとっさに我慢できずに、笑い出した。

「笑うな。君とは状況が違うんだぞ。あれっぽっちの給料じゃ住宅ローンを払ったらなにも残らない。お金がないのは動かしがたい事実なんだよ」

陶然《タオ・ラン》は気にするふうもなく、その鳥の巣のような頭を軽く引っかいた。

「まあ、最近はなんとか頭金を工面できたから、とりあえず見合いへの参加資格は得られたかな。人生なんてそんなもんだし、なにがなんでも女神《マドンナ》と結婚するんだ、なんて思っちゃいないよ」

ヘッドライトの光を頼りに道路標識を確認してみると、どうやら目的地は近いようだ。落ち着いた視線で前方の路面を見つめながら、駱聞舟《ルオ・ウェンジョウ》は相槌《あいづち》を打った。

「お前に女神なんかいたのか？」

「高校時代、隣のクラスにいた女子だよ。顔は趙雅芝《アンジー・チウ》[29]似だった。長いこと連絡してないけど、もう結婚してるかもしれない。まだ独身だったとしても、俺の出る幕なんてないよ。そろそろ到着だな、まずは当直のやつに電話してみよう」

＊＊＊

五分後、陶然《タオ・ラン》が駐車を終えた車から降りようとしたとき、駱聞舟《ルオ・ウェンジョウ》は急に彼のほうへ向き直り、声をかけた。

「一つ、真剣に答えてほしいことがある」

陶然《タオ・ラン》は困惑した。

「なに？」

「もし——あくまで仮定の話だけど、もしお前が女だったら、」

と、駱聞舟《ルオ・ウェンジョウ》は切り出した。

「費渡《フェイ・ドゥ》と俺と、どっちと結婚したいと思う？」

陶然《タオ・ラン》は心底心配そうに答えた。

「聞舟《ウェンジョウ》、こんな低レベルな質問を聞いたのは、幼稚園の頃以来だよ」

「もしもの話だ」

29　香港生まれの名女優。テレビドラマ『新白娘子伝奇』（一九九二年）では白蛇の精・白素貞役を演じ、伝説的な人気を博した。

陶然《タオ・ラン》は少し考えてから結論を出した。

「もし俺が女だったら、今頃どうやって母さんにカミングアウトしようかと悩みすぎて、君たちに構ってる余裕なんてないと思うよ」

駱聞舟《ルオ・ウェンジョウ》は苛立《いらだ》たしげに付け加えた。

「カミングアウトとかはなしで、世界中の女も、俺たち以外の男も全員死んだとする。俺とあいつ、どっちを選ぶ？」

六十億を超える人類が、駱聞舟《ルオ・ウェンジョウ》のひと言で灰と消えた。陶然《タオ・ラン》は思わず口元を引きつらせたが、やがて観念したように答えた。

「なら君にするよ」

その言葉を聞いた駱聞舟《ルオ・ウェンジョウ》は、なんとか我慢しようと努力してみたものの、ついには堪《こら》えきれずに犯行直後の鶏泥棒のようないやらしい笑みを浮かべた。

「俺でいいんだな？」

陶然《タオ・ラン》は指折り数えてから答えた。

「当たり前だ、お前しかないだろ。費渡《フェイ・ドゥ》はたしか、あと二ヶ月でやっと結婚できる年[30]になるわけだし。

……なぁ、聞いてるか？」

駱聞舟《ルオ・ウェンジョウ》は携帯電話をしまい、一大勝利でも収めたかのように得意げに笑いはじめた。何をそんなに得意がることがあるのか、陶然《タオ・ラン》にはさっぱりわからなかった。先ほどの会話を振り返り、そのあまりの大人げなさに鳥肌が立った彼は、頭を振りながら車から降りていった……。

30　中国での婚姻可能年齢は男子二十二歳以上、女子二十歳以上と定められている。

駱聞舟《ルオ・ウェンジョウ》がこっそり録音していたとも知らずに。

＊＊＊

承光の館のような個人経営の店でもない限り、市局の刑事として防犯カメラの映像を開示請求するのはそれほど手間ではない。

残念ながら、バス停の防犯カメラはその何忠義《ホー・チョンイー》と思しき人物が承光の館近辺に到着した場面を捉えてはいなかった。だが、それとは別に思わぬサプライズをもたらしてくれた——。

夜九時頃、問題の人物が大通りに出て、まっすぐバス停へ向かい、34系統のバスに乗り込む様子が映っていた。その間《かん》、行先案内を見るために顔を上げている場面もあり、その人物が何忠義《ホー・チョンイー》であることがはっきりと確認できた。

第九章

診療終了時刻を迎えたカウンセリングクリニック。本日最後の患者は立ち上がり、担当カウンセラーに丁寧に挨拶をしたあと、見るからに高級そうな小箱を差し出した。

「今日もありがとうございました、白《バイ》先生。このチョコレート、先生のお口に合いそうな味だったので、ぜひ食べてみてください」

白《バイ》は別段驚きもしなかった。この費渡《フェイ・ドゥ》という患者は、とにかく人に好かれることに長《た》けた人間だった。口を開けば人を喜ばせる言葉が流れるように出てくるし、約束の時間もきっちり守り、カウンセリング中に取り乱すこともなく、時々上質でありながら高価すぎもしない手土産まで持ってきてくれる。クリニックの清掃員にまで、顔を覚えられているくらいだ。

白《バイ》が礼を言おうとしたところに、患者の携帯電話のバイブレーションが二度鳴った。

喉まで出かかった言葉を呑《の》み込んだ白《バイ》は、構わずどうぞと、笑顔で促した。

費渡《フェイ・ドゥ》は手振りで謝意を伝えてから画面を確認すると、メッセージが二通届いていた。

一通目はとてもシンプルなもので、〈助かった〉とだけ書いてある。

二通目はボイスメッセージで、〈お返し〉という文面が添えられていた。

費渡《フェイ・ドゥ》は携帯電話を耳元に近づけた。

『もしお前が女だったら、費渡《フェイ・ドゥ》と俺と、どっちと結婚したいと思う？　……俺たち以外の男も全員死んだとする。俺とあいつ、どっちを選ぶ？』

『なら君にするよ』

『俺でいいんだな？』

『費渡《フェイ・ドゥ》はたしか、あと二ヶ月でやっと結婚できる年になるわけだし……』

「……」

費渡《フェイ・ドゥ》をつぶさに観察していた白《バイ》は、ほんの一瞬だけ、この青年の顔に言葉も出ないとばかりの腹立たしい色がよぎったことに気づいた。普段決して見せることのないその若者らしい表情は、彼女に驚嘆にも似た感情を抱かせた。

費渡《フェイ・ドゥ》が白《バイ》のもとにやってきたのは、数年前、青少年期のメンタルケアを専門とする後輩に紹介されてのことだった。それまで何回カウンセラーを変えてきたのかはその後輩を含め誰も把握しておらず、下手すると費渡《フェイ・ドゥ》自身もよく覚えていないかもしれない。そう聞いただけで、これは手のかかる「問題児」だなと、誰もが思うだろう。

患者を引き受けるに当たって、情報の入手は不可欠だ。真っ先に確認しなければならないのは、患者がどんな悩みを抱えていて、なぜカウンセラーを変えなければならなくなったのかである。

「正直、僕にも彼がどんな問題を抱えているのか、さっぱりわからないんです」

と、後輩は言うのだった。

「治療には意外と協力的ですし、こちらが振った話題にも素直に合わせてくれます。幼少期の愛情不足や、母親の急死などについても触れてみたのですが、どの話題も避けることなく、非常に誠実に応対してくれました。時々こちらが言葉に詰まっていると、気を利かせて次の話題を振ってくることもあるくらいです。白《バイ》先輩、もうお気づきでしょう？」

白《バイ》も後輩の言わんとしていることを察した――患者が本心を隠している、と。

カウンセラー歴十年以上の白《バイ》は、様々な非協力的な患者を見てきた。スケーリングクエスチョン[31]で状況をスコア化する段階からデタラメに答える者や、家族に無理やり受診させられたものの、自分にはなんの問題もないと信じて疑わない者、さらには自分のほうが詳しいと勘違いして、カウンセラーをからかって楽しむ者までいた。

31　カウンセリングなどで使われる手法で、例えば「10点満点で考えると今あなたは何点か」というような質問をする。

カウンセリングとは、そんな患者たちとの駆け引きの応酬とも言える。

しかしカウンセラーとて、万能ではない。様々な理由でどうしても信頼関係を築くことができず、有効なカウンセリングを施せないケースも存在する。それらの患者にはほかのカウンセラーを紹介して引き継いでもらうこともあるが、そのまま患者の足が遠のき、カウンセリングをやめてしまうケースもある。

費渡《フェイ・ドゥ》は言うまでもなく、特例中の特例だ。

彼は、スケーリングクエスチョンの段階からデタラメに答えるタイプに分類された。しかも、頭が切れる上にある程度の専門知識も備えているため、完璧に近いデタラメをでっち上げてくるのだ。

カウンセリング中はよく喋《しゃべ》り、質問をはぐらかすようなことはめったにない。白《バイ》の憶測めいた質問にも、理知的な態度ではっきりと不快感を表してくれる。〝人に言えないようなことは何もない〟かのようなオープンな印象すら抱かせるほどだ。

費渡《フェイ・ドゥ》は十代の頃からセルフコントロールに長けていた。デリケートな問題についてどんなに深掘りしても、防衛的な姿勢や攻撃性を見せることなく、ポジティブな反応だけを返してくる。

だが、そのポジティブすぎるところこそが問題なのだ。

どれほど健康で強靭《きょうじん》な精神を持った人間でも、身を切られるような痛みに終始平然としていられるはずがない――電力さえあれば事足りるＡＩさまなら、カウンセリングなど必要ないだろうけど。

カウンセリングが成立しない原因はただ一つ、費渡《フェイ・ドゥ》が頑《かたく》なに本心を隠し続けているからだ。

あらゆる方法を試しても、ついに費渡《フェイ・ドゥ》の心を開かせることができなかった白《バイ》は、ある日素直にそれを伝えることにした。

「どうやら私の技量ではお力になれないようです。まだカウンセリングが必要なようなら、もっといいカウンセラーをご紹介できるよう掛け合ってみましょうか？」

しかし予想外なことに、費渡《フェイ・ドゥ》はその申し出を断った。何ら効果のない治療で一ヶ月以上もの時間を無駄にされたにもかかわらず、〝金持ちでボンクラ〟な費渡《フェイ・ドゥ》は彼女へのカウンセリング料を倍にした上、毎週水曜夜の閉院前の二時間をまるごと買い取ったのである。

おまけに、去り際にはいつも「先生といるのはとても心が安らぎます。おかげで楽になりました」などと調子のいい言葉を残していくものだから、親子くらいの年齢差でもなければ、この女たらしに口説かれているのではないかと勘違いしていたかもしれない。

だが日常とは往々にして代わり映えのしないもので、話題が尽きることもある。そういうときには、費渡《フェイ・ドゥ》はよく白《バイ》から本を数冊借りていき、次の週に返すついでに、その内容について彼女と語り合うようにしていた。カウンセリングを受けにきた患者というより、指導教員の研究室を訪ねてきた院生といったほうがしっくりくるくらいだ。

そうしているうちに、ほんの少しではあるが、費渡《フェイ・ドゥ》は時々本心を見せるようになった。

それでもこちらが少しでも踏み込もうとすると、すぐにのらりくらりとはぐらかされてしまう。

彼はまるで、固く閉ざされたお城にでも住んでいるかのようだ。堅牢《けんろう》な城壁に守られながら、たった一つの窓からじっと外側の人々を観察するだけ。外にいる者は、どこまでも辛抱強く待ち続けなければ、用心深い彼は小さな隙間すら開いてくれないのだ。

そんな費渡《フェイ・ドゥ》の様子を慎重にうかがいながら、白《バイ》は訊《たず》ねた。

「ご友人からですか？」

「いえ、恩知らずな知り合いからのくだらないイタズラでした」

そう言って、軽く歯噛みした費渡《フェイ・ドゥ》は、すぐに携帯電話をポケットにしまい、いつもの表情に戻った。

「では白《バイ》先生、今日はこれで。来週またお願いしますね」

白《バイ》は立ち上がり、いつものようにドアの手前まで付き添った。

費渡《フェイ・ドゥ》は片手でドアを押さえながら、もう片方の手を前にかざし、歩み寄る彼女の動きをそっと制した。続いて、思い出したように口を開く。

「そうでした、来週で多分最後になると思います。ほかの予約も入るかもしれませんし、はやめにお伝えしたほうがよいかと」

白《バイ》は虚を突かれ、つい疑問が口をついて出た。

「問題はもう解決したということですか？　それでもう来る必要がないと？」

費渡《フェイ・ドゥ》は目を細めた。

「ええ、最近は少しずつ前へ進めそうな気がしてきましたし、新しい生き方も模索しはじめています。長い間、本当にお世話になりました」

白《バイ》は苦笑いを浮かべた。

「私には、あなたが立ち止まっていた場所すら把握できませんでしたけどね」

「自分がわかっていれば十分ですよ」

費渡《フェイ・ドゥ》はニコリと笑った。

「では、また今度」

＊＊＊

翌日早朝、燕城《イエンチエン》全域での走行制限はまだ続いていた。

ガタガタと音を立てるオンボロ自転車で出勤してきた駱聞舟《ルオ・ウェンジョウ》は、相変わらず出前配達員のような出《い》で立《た》ちをしており、裾には猫の抜け毛までつけている。

そんなところに——よりによって高級セダンに乗ったライバルと遭遇してしまった。

もっとも、羞恥心《しゅうちしん》の欠片《かけら》もない駱《ルオ》隊長は、このくらいで動じるようなタマではない。航空母艦でも駆っているかのような豪快さで自転車を寄せると、足踏みブレーキで路肩に止まるなり費渡《フェイ・ドゥ》に向かって顎をしゃくった。

「よう、成金。また性懲りもなく交通隊の同志たちを慰労しに来たのか？　あとでＶＩＰ専用の違反切符をたんまり持ってこさせなきゃな」

対する費《フェイ》会長も余裕綽々《しゃくしゃく》と反撃した。

「事情聴取に呼ばれた友人の妹に付き添ってきただけなのに、罰金を取られるんですか？　駱《ルオ》隊長、これでは懐の寂しい市民は貴局に頼っても無駄と言っているようなものですよ」

費渡《フェイ・ドゥ》の後ろに目を向けると、ちょうど若い男女が車から降りてくるのが見えた。女性のほうは目元が赤くなっており、よく見ると張東来《チャン・ドンライ》と目鼻立ちが似ている。

駱聞舟《ルオ・ウェンジョウ》も〝二八型空母〟から降りた。

「張婷《チャン・ティン》？」

張東来《チャン・ドンライ》には妹が一人いて、名前は張婷《チャン・ティン》という。駱聞舟《ルオ・ウェンジョウ》も顔を見たことはあるが、とくに話をしたことはなかった——何しろ違法カーレースでたびたびしょっ引かれていたできの悪い兄と違って、妹のほうは至ってまともな人物だからだ。

　張婷《チャン・ティン》が返事をしようとすると、隣の男がすかさず制止した。男は一歩進み出て駱聞舟《ルオ・ウェンジョウ》に名刺を差し出し、張婷《チャン・ティン》より先に口を開いた。

「はじめまして、刑事さん。私は張東来《チャン・ドンライ》さんの代理人として参りました弁護士の劉《リウ》です。捜査状況についてお伺いしてもよろしいでしょうか」

　駱聞舟《ルオ・ウェンジョウ》は眉をひそめ、男の顔をじろりと睨《ね》めつけた。いつもの陽気さをしまい、口を閉ざしていると、他者を睥睨《へいげい》するような冷たさが眉目からにじみ出てくる。

　目の前の名刺を無視したまま費渡《フェイ・ドゥ》のほうへ視線を向ければ、彼は素知らぬ顔で車のドアに寄りかかり、携帯電話をいじっていた。それで駱聞舟《ルオ・ウェンジョウ》は劉《リウ》の頭越しに、再び張婷《チャン・ティン》に話しかけた。

「弁護士を呼んだことは、ご家族にも伝えてあるのか？　叔父さんはなんと？」

　張婷《チャン・ティン》は戸惑いの表情を見せた。

　駱聞舟《ルオ・ウェンジョウ》は答えも待たずに劉《リウ》からの名刺を受け取り、形だけの笑みを浮かべて言った。

「まだ二十四時間経ってもいないのに、もうお出ましとはな」

「こういうときは、弁護士による介入ははやければはやいほどよいではありませんか？」

　劉《リウ》も負けじと作り笑いを返した。

「これも当事者の基本的な権利を擁護するためですから」

　そこに、弱々しい挨拶が背後から割り込んできた。

「おはようございます、駱《ルオ》隊長」

　振り返ると、書類の束を抱えた肖海洋《シャオ・ハイヤン》が入口のほうに立っていた――昨日、陶然《タオ・ラン》に市局へ連れてこられた彼は、呼ばれたわけでもないのに今日も手伝いに来たようだ。

「あぁ、ちょうどよかった」

その姿を認めた駱聞舟《ルオ・ウェンジョウ》はニヤリと笑って、背後を指さしながら劉《リウ》に振り向いた。

「詳しいことは本件の〝担当者〟に聞いてくれ。――そこの君、相手してさしあげろ」

わけもわからず弁護士の相手を押しつけられた肖海洋《シャオ・ハイヤン》は、状況も呑み込めないまま、怒涛《どとう》の勢いで質問を浴びせられ、頭がフリーズしそうになった。

「あ、あの……陶《タオ》副隊長は？」

駱聞舟《ルオ・ウェンジョウ》は当然と言わんばかりの笑みとともに答えた。

「陶然《タオ・ラン》は家庭の事情で今日一日休みを取っている。肖《シャオ》くん、この事件の捜査権はまだそちらにあるんだろ？　状況をお聞かせするのに君以上の適任者はいないはずだ」

肖海洋《シャオ・ハイヤン》と弁護士を送り出すなり、駱聞舟《ルオ・ウェンジョウ》はブスッとした顔を費渡《フェイ・ドゥ》に向けた。

「これはどういうつもりだ？」

費渡《フェイ・ドゥ》はおどけた表情を返した。

「なんのことでしょうか？　私はただ『婚姻可能年齢にも満たない』しがない運転手として、もののついでに二人を乗せてきただけですが」

費渡《フェイ・ドゥ》に白目を剥《む》いたあと、駱聞舟《ルオ・ウェンジョウ》は彼の隣でおどおどしている張婷《チャン・ティン》に目を向けた。携帯電話を取り出し何回かタップしたのち、何忠義《ホー・チョンイー》の写真を表示させた。

「単刀直入に聞こう。この男に見覚えは？」

いきなり男の顔写真を目の前に突きつけられた張婷《チャン・ティン》は、思わず身をのけぞらせてしまい、本能的に費渡《フェイ・ドゥ》の後ろに隠れた。

費渡《フェイ・ドゥ》は手を挙げて、駱聞舟《ルオ・ウェンジョウ》の腕を押しとどめた。

「女の子にもっと優しくできないですか？」

「張婷《チャン・ティン》」

駱聞舟《ルオ・ウェンジョウ》は張婷《チャン・ティン》を見つめたまま、トーンを落としながらも厳しさのある口調で言い聞かせた。

「この男は二十日の夜、何者かによって殺害された。今、君の兄には重大な容疑がかかっている。これは殺人事件であり、君の証言の一つひとつが重要な意味を持つんだ。無関係な人間の後ろに隠れてどうする？」

張婷《チャン・ティン》はぶるりと体を震わせ、とっさに費渡《フェイ・ドゥ》の袖を掴《つか》んだ。

「大丈夫ですよ」

費渡《フェイ・ドゥ》は軽く腰をかがめ、張婷《チャン・ティン》の耳元でささやいた。

「婷婷《ティンティン》、実は駱《ルオ》隊長も私と同じで、この事件にお兄さんが関与しているはずがないとお考えなのですよ」

その言葉にいくらか慰められたのか、張婷《チャン・ティン》はしばらくためらったのち、差し出された携帯電話を受け取った。それでもなかなか気持ちが落ち着かないようで、親指の爪がボロボロになるまでかじり続けたあと、ようやくためらいがちに頷《うなず》いた。

「この写真だけじゃはっきりとは言えませんが……多分会ったことがあります。私は経貿センターでインターンをしているのですが、ある日会社から出て、ミルクティーを買いに行こうとしたら、わけのわからない人に絡まれたことがありました」

張婷《チャン・ティン》は画面に映った写真を指さし、言った。

「それがこの人だったんです。私を引き止めて、〝馮年哥《フォンニェンゴー》〟を知らないかって訊《き》いてきました」

駱聞舟《ルオ・ウェンジョウ》は彼女の目をじっと見つめながら訊いた。

「馮《フォン》が名字で、フルネームで〝馮年《フォン・ニエン》〟というのか？　それとも〝馮年哥《フォンニエンゴー》〟自体が名前か？」

「そこまでは……なんとなくそう聞こえたというだけで。訛《なま》りが入ってましたし、実際の漢字もわかりません。最後の〝哥《ゴー》〟が名前の一部か、それとも〝お兄さん〟なのかもわかりません」

張婷《チャン・ティン》はおどおどした様子で続けた。

「結構遅い時間でしたし、その人は急に飛び出して媚《こ》びるような笑顔でわけのわからないことを訊いてきて、どこか正気じゃないような雰囲気でした。そのときは一人だったから、少し怖くなってしまって、何度も『知りません』と答えながら通りすぎようと……」

駱聞舟《ルオ・ウェンジョウ》は訊ねた。

「それはいつ頃だったんだ？」

「しばらく前のことです」

と、張婷《チャン・ティン》は答えた。

「あの頃、ちょうど変な露出狂が会社の近くに出没していたらしく、見かけたという人が何人もいたそうです。そのせいで社長は残業禁止令まで出したのですが、その日はたまたま仕事が残っていたので、少しだけ居残りをしてたら、帰る頃には人もまばらになっていました。もとから怖かったんです……そうでもなければ、兄に迎えを頼んだりはしません」

カフェで出会った配達員の様子を思い浮かべ、困惑を覚えた費渡《フェイ・ドゥ》は、思わず会話に割り込んだ。

「知らないと答えたあとも、付きまとわれたのですか？」

張婷《チャン・ティン》は頷いた。

「ちょうど兄の車が来ていたので、その人を振りきって道路を渡ろうとしたのですが、その人もなぜかついてきてしまったのです。私もかなり混乱していたものですから、走りながら大きな声で『なんなんですか、あなた』と叫んでしまいました。それを聞いた兄たちは、その人を痴漢だと思ったようで殴ってしまったのです」

駱聞舟《ルオ・ウェンジョウ》は訊いた。

「何忠義《ホー・チョンイー》――写真の男は反撃したのか？」

「いいえ」

相手を不憫《ふびん》に思ったのか、張婷《チャン・ティン》は一瞬目を伏せた。

「その人はただ頭を庇《かば》いながら逃げ惑っていました。よく見るとかなり若い子だったので、自分の早とちりだったかもしれないと、慌てて兄を止めたのです」

そこで、費渡《フェイ・ドゥ》のまぶたはぴくりと動いた。

「兄……たち？　誰かと一緒だったんですか？」

「兄はあの日、かなりお酒を飲んでしまったので、私の彼氏が運転してきたんです」

費渡《フェイ・ドゥ》は「へぇー」と言って、いかにも落胆したような表情を見せた。

「素敵な女の子はみんな彼氏持ちなんですね。誰なんです、その手のはやい男は？」

こんなときによくそんなくだらない茶々を入れられるなと、眉をひそめた駱聞舟《ルオ・ウェンジョウ》だが、二人の会話に割り込むことはなかった。

費渡《フェイ・ドゥ》の思わせぶりな言葉を聞いて、張婷《チャン・ティン》は頬を染めながら、なんの抵抗もなく白状した。

「栄順《ロンシュン》の趙浩昌《チャオ・ハオチャン》です。費《フェイ》さんもご存知でしょう？」

「栄順《ロンシュン》弁護士事務所の趙《チャオ》先生ですか？」

費渡《フェイ・ドゥ》は張婷《チャン・ティン》の頭上からさり気なく駱聞舟《ルオ・ウェンジョウ》に視線を送ってから、意味ありげに言った。

「そんなつながりがあったとは。どうりで弁護士の動きもはやかったわけですね」

駱聞舟《ルオ・ウェンジョウ》は質問を続けた。

「その後はどうなんだ？　何忠義《ホー・チョンイー》と会ったことはあるか？」

無言で首を横に振ったあと、張婷《チャン・ティン》は駱聞舟《ルオ・ウェンジョウ》に縋《すが》るような視線を向けた。

「駱《ルオ》隊長、兄が人を殺すはずありません」

そんな張婷《チャン・ティン》に、駱聞舟《ルオ・ウェンジョウ》は和らいだ表情を浮かべながら言い聞かせた。

「お兄さんが本当になにもしてないなら、俺たちも濡《ぬ》れ衣を着せたりはしないよ。百歩譲って、誰かに濡れ衣《ぎぬ》を着せてやろうと思ったとしても、わざわざ張《チャン》局長の身内を選ぶわけがないだろ？　お兄さんが人を殺すはずないと信じているのなら、安心して俺たちに任せればいい」

駱聞舟《ルオ・ウェンジョウ》の言葉はもっともだが、それでも張婷《チャン・ティン》は心配せずにはいられない――なんせあのロクデナシの張東来《チャン・ドンライ》のことだ。何をしでかすか、わかったものではない。口では「殺すはずがない」と言ってはみたものの、どうしても不安が残ってしまう。

「とりあえず、なかで調書を取らせてもらおう。郎喬《ラン・チャオ》を呼んでくるから、知ってることを素直に話してくれればいいんだ」

駱聞舟《ルオ・ウェンジョウ》の言葉がまだ終わっていないうちに、費渡《フェイ・ドゥ》は一足先に歩き出していた。そして、後ろにいる張婷《チャン・ティン》へ向かって子どもをあやすように手招きしながら、優しく呼びかけた。

「大丈夫ですよ、私がついててあげますから」

友人の妹に甲斐甲斐《かいがい》しく世話を焼くその姿を見ていると、彼こそが本当の〝義弟〟なのではないかと疑いたくなりそうだ。隙あらば女性に言い寄ろうとするそのブルジョアしぐさに、駱聞舟《ルオ・ウェンジョウ》はげんなりして口元が歪《ゆが》みそうになったが、ようやく落ち着いてくれた張婷《チャン・ティン》をまた怯《おび》えさせるわけにもいかず、仕方なく我慢した。

＊＊＊

市局の中まで張婷《チャン・ティン》をエスコートした費渡《フェイ・ドゥ》は紙コップを手に廊下の椅子に座り、彼女の事情聴取が終わるのを待っていた。

そこへ悠々と歩いてきた駱聞舟《ルオ・ウェンジョウ》が、費渡《フェイ・ドゥ》の隣に腰を下ろした。

「まったく勘弁してもらいたいものだ。なにかあればすぐ弁護士を連れてこられちゃ、やりづらくてしょうがないや」

「弁護士を連れてきたのは、私の提案ではありませんよ」

あの費渡《フェイ・ドゥ》が殊勝にも弁解したことに駱聞舟《ルオ・ウェンジョウ》が衝撃を受けていると、今度は不届き千万な言葉が飛び出てきた。

「張東来《チャン・ドンライ》が本当に人を殺したとしても、それを助けるのにあんな三文弁護士を連れてきたりしませんよ。どうせなら、別の人間を犯人に仕立て上げたほうが、よっぽど確実でしょう」

なんという扱いづらいガキだ、と駱聞舟《ルオ・ウェンジョウ》は思った。陶然《タオ・ラン》の前ではいつだってポジティブで明るい模範市民のように振る舞っているくせに、自分と二人でいるときだけ、ニヒリスティックで憎たらしい問題児に変貌してしまう。どの顔もどことなく真実味に欠けるし、いつでまかせを言って、いつ本心をさらすかを見極めるのも難しい。

「金は万能なりってことか？」

冷ややかな表情を浮かべたまま、駱聞舟《ルオ・ウェンジョウ》はゆったりとした声音《こわね》で、冗談とも本気ともつかない態度で反論した。

「それはあまりにも危うい考えだな」

「貴方《あなた》がそう思うのは、お金の万能さを認識できるほどの財力がないからですよ」

費渡《フェイ・ドゥ》は顔色ひとつ変えずに言い返すと、話題を変えた。

「陶然《タオ・ラン》は？」

「おかげさまで、道が見えてきたもんでね」

と、駱聞舟《ルオ・ウェンジョウ》は言う。

「ただなにぶん、手続きに少々問題があって、証拠としては役に立たないんだよ。それで、あいつには使える証拠を探しに行ってもらっている。でないと、弁護士同伴で容疑者を釈放しろと迫られたら対処に困ってしまうからな」

この暗号のようにキーワードの抜けた言葉を、もし誰かが盗み聞きしていたとしても真意を測りかねるだろう。だが費渡《フェイ・ドゥ》にはタバコの吸い殻のことを言っているのだと、すぐにわかった——あの吸い殻は彼のおかげで回収できたものの、結局は出所不明の代物だ。駱聞舟《ルオ・ウェンジョウ》がその有効性を信じてくれるとしても、裁判所が納得するような証拠品では決してない。そのため、警察はそれを手がかりにほかの痕跡を探すしかないのだ。

「私が手を出さなかったとしても、雨に降られて使い物にならなくなっていたはずです。そうなれば、あの人物が被害者だったかどうかすらわからずじまいでした」

費渡《フェイ・ドゥ》は肩をすくめた。

「誰かさんが言ったように、『この世に起こったどんな出来事でも、必ず痕跡が残るはず』。ただし、それを手に入れられるかどうかは、お互いの運次第です。最近の運気はいかがですか？」

駱聞舟《ルオ・ウェンジョウ》はぴくりと固まった。

さっきまでの探るような、からかうような表情と、その裏に隠れたかすかな対抗意識はたちまち消え去り、ほんの一瞬、口の端が強張《こわば》ってすらいた。気持ちを落ち着かせようと、駱聞舟《ルオ・ウェンジョウ》は無意識にポケットの中のタバコに手を伸ばす。だが最近は喉の調子が悪いという費渡《フェイ・ドゥ》の言葉を思い出し、手を引っ込めた。

二人の間に気まずい沈黙が広がった。互いに視線をそらしたまま、ただ一メートルほどの距離を置いて見知らぬ他人同士のように静かに座っている。

「窓も玄関もロックされていたし、どの部屋にも外部から侵入された痕跡はない。お前の家には、当時最先端のセキュリティシステムが導入されていたが、それが作動した形跡もなかった」

唐突に沈黙を破った駱聞舟《ルオ・ウェンジョウ》は、ぼそぼそと、だが勢いよく語り出した。まるでこの一連の内容を、句読点にいたるまで一字一句間違わずに暗唱できるよう、何度も練習でもしてきたかのように。

「故人は当時化粧をしており、直前に着替えた形跡もある。現場には音楽まで流れていて、どこか儀式めいていた。遺体のすぐ隣の机には遺書が置いてあり、筆跡鑑定の結果、たしかに本人が書いたものだった。遺書の内容からは明らかな抑うつ傾向がうかがえた上に、故人が生前日常的に抗うつ剤を服用していたことも判明している。未成年でもなく、行動の自由を損なうような大きな傷病もない。体内からは人を昏睡《こんすい》させられるような薬物も検出されておらず、体に抵抗の跡も見当たらなかった。

――これが当時の検証結果のすべてだ。通報したのはお前自身なんだから、俺たちより先に現場を見ていただろう。お前がなにか証拠でも隠してない限り、あの事件は疑いようのない自殺だったと断言できる」

費渡《フェイ・ドゥ》は黙り込んだまま、ただくつろいだ様子でそこに座っていた——足を組み、上体をほんの少し前傾させた姿勢で、片手を膝の上に預け、もう片方の手に湯気の立たなくなった紙コップを持っている。形のいい長い指は、ほかの人には聞こえない音楽でもなぞっているかのように、コップの縁を一定のリズムで叩《たた》いていた。

「当時も言ったがな。『この世に起こったどんな出来事でも、それが真実である限り必ず痕跡が残るはず。証拠となる痕跡が見つからなければ、お前にどれほどの確信があろうと、それはただの思い込みによる妄想でしかない』。

費渡《フェイ・ドゥ》、お前には常人離れした直感力があるかもしれないけど、我々は直感で動くわけにはいかない。俺の直感なんて、宝くじを買えば五百万元[32]が当たるぞと毎日のように訴えかけてきてるのにな」

駱聞舟《ルオ・ウェンジョウ》はほんの一瞬費渡《フェイ・ドゥ》の指に目を留めたあと、冷酷とも思えるほどの平坦《へいたん》な口調で続けた。

「それに海外の研究結果によると、自殺しようとしている人間は、その前になんらかの形で家族に心情を吐露することがあるという——その心情を、お前も聞いただろ」

費渡《フェイ・ドゥ》の指はぴくりと宙に止まった。

駱聞舟《ルオ・ウェンジョウ》は手を伸ばし、彼の手から紙コップを取り上げ横に置いた。

「あの事件のことを蒸し返すつもりなら、俺は今でも自分の判断は間違っていないと思っている。それに——誰の判断にしたって、今となってはどうでもいいことだ。

七年も前の出来事だし、彼女もとっくに墓の中。証拠があったとしても、もはや残ってはいないだろう。非科学的なことを言うとな、もし生まれ変わることがあったら、彼女は今頃小学校に上がっていてもおかし

32 日本円で八千万円ほど。

くないくらいだぞ。残された人間が心の拠《よ》り所を求めていつまでも忘れまいとするのは理解できるけど、根拠のない思い込みにいつまでも固執するのはなんの意味もないことだ」

だが費渡《フェイ・ドゥ》は元の姿勢のまま、身じろぎもしなかった。まるで彫像にでもなったかのように。

そこに、張婷《チャン・ティン》と劉《リウ》弁護士が揃《そろ》って取調室から出てきた。視線すら動かさなかった費渡《フェイ・ドゥ》はようやく反応を示し、たちまち生気が宿る。

やがて費渡《フェイ・ドゥ》は口を開いた。

「その結論にはやはり納得できません、駱《ルオ》刑事」

駱聞舟《ルオ・ウェンジョウ》はとくに意外とも思わず、ただ肩をすくめた。

費渡《フェイ・ドゥ》は襟元《えり》を整えると立ち上がり、張婷《チャン・ティン》らのほうを向いた。その顔には笑みなど少しも見当たらず、目はどことなく沈んでいるようにも見える。

「ですが、貴方の忠告には一理あるかもしれません」

驚く駱聞舟《ルオ・ウェンジョウ》をよそに、費渡《フェイ・ドゥ》はそれだけ言うといつもの貴公子然とした仮面を被《かぶ》り、張婷《チャン・ティン》らと一緒に去っていった。

＊＊＊

費渡《フェイ・ドゥ》が張婷《チャン・ティン》のために車のドアを開けていると、市局の前に警察ナンバーの車がやってくるのが見えた。

先に降りた運転手が市局のほうを指さしてから何かを言うと、痩せ細った小柄な中年女性がよろめきながら出てきた。口を開いたまま目の前にある国章のついた建物を見上げる女の表情は、畏《おそ》れと戸惑いが入り交じっている。

指は縋るように上から車のドアを掴んでおり、花柄のズボンは細枝のような両脚を包んだまま、かすかに震えている。

運転手は後ろ手でドアを閉めると、女に手を貸しながら建物の中へ向かった。

女は運転手の手に縋りつき、ふらふらと数歩進んだあと予兆もなくゆっくりとしゃがみ込み、息が詰まったかのような咽《むせ》び声を漏らした。しばらくの間をおいて、今度はヒステリックな大声を上げながら泣き崩れた。その様子を見た通行人たちは思わず足を止め、中には携帯電話をかざす者までいる。

費渡《フェイ・ドゥ》が眉をひそめていると、さっきからずっと張婷《チャン・ティン》をなだめていた弁護士のうっとうしい声がふと耳に入った。

「〝重大な容疑〟とかなんとか言ってましたけど、結局はなんの証拠もなかったんですよ。張《チャン》さん、この私が見張っておりますから、心配いりません。時間になれば、すぐにお兄さんを釈放してもらいますからね！」

このとき、郎喬《ラン・チャオ》と駱聞舟《ルオ・ウェンジョウ》が建物の中から出てきた。

「何忠義《ホー・チョンイー》の母親は重度の尿毒症で、何年も透析治療を続けています。生活費と医療費はすべて何忠義《ホー・チョンイー》の仕送りで賄っていたとか」

郎喬《ラン・チャオ》はちょうど女の素性について駱聞舟《ルオ・ウェンジョウ》に耳打ちしているところだった。建物の中にまでこだましていた女の泣き声に、郎喬《ラン・チャオ》は気の毒そうに眉間にしわを寄せた。

「こんなに泣かれてしまって大丈夫でしょうか？　ただでさえご病気なのに、あとで倒れでもしたら一大事です」

駱聞舟《ルオ・ウェンジョウ》が返事をするよりはやく、別の刑事隊員が小走りで隣へやってきた。

「ボス、花市《ホアシー》分局から報告書が届きました。死体遺棄の疑いがあり、実際の殺人現場は自分たちの所轄外である可能性が高いという理由で、５２０事件を市局《うち》に引き継がせたいと希望しています」

「ボス、燕城《イエンチェン》朝報から電話が来て、容疑者を確保したというのは本当かと訊いています」

「隊長、あの張婷《チャン・ティン》が連れてきた弁護士がずっと拘束手続きについて突《つつ》いてましたけど、張東来《チャン・ドンライ》の拘束って証拠不十分ですし、釈放するしかないでしょうか？」

「駱《ルオ》隊長……」

次から次へと話しかけてくる隊員たちに、駱聞舟《ルオ・ウェンジョウ》は一旦待てというジェスチャーを返した。

続いて何忠義《ホー・チョンイー》の母親のすすり泣く声を背に、電話を取った。

「どうした、陶然《タオ・ラン》？」

「聞舟《ウェンジョウ》、34系統の記録映像が手に入った」

第十章

「何忠義《ホー・チョンイー》は九時十分頃、〝南平《ナンピン》大通り東〟というバス停で34系統のバスに乗車した。およそ二十分後、バスは〝文昌《ウェンチャン》路交差点前〟に到着し、何忠義《ホー・チョンイー》はそこで降車している。近くの防犯カメラにはその後ろ姿が捉えられているけど、数分後にはカメラの撮影範囲から出てしまい、追跡もできなくなってしまった」

燕城《イエンチェン》育ちの駱聞舟《ルオ・ウェンジョウ》は、地名を聞いただけですぐに何忠義《ホー・チョンイー》の移動経路を理解した。

「文昌路《ウェンチャン》」とは、花市《ホアシー》区中心街の南東にある道だ——つまり被害者は承光《しょうこう》の館を離れたあと、自宅には帰らず逆方向へ移動したというわけだ。

「俺は今、文昌路《ウェンチャン》交差点前にいる」

道路沿いで電話している陶然《タオ・ラン》は、周りの騒音に負けないよう大声で続けた。

「要するに、九時から九時半までの間、何忠義《ホー・チョンイー》は花市《ホアシー》西にはいなかった。その間に周辺住民が聞いたという口論の声も事件とはまったくの無関係だったんだろう。馬小偉《マー・シャオウェイ》もとんだとばっちりだったな。王洪亮《ワン・ホンリャン》はなにをそんなに急いでたんだ？　はたから見たら、警察に犯人がいて、慌ててスケープゴートを立てようとしていると勘違いされそうだ」

「隊長」

そこに、郎喬《ラン・チャオ》が大量の書類を渡してきた。

「法医課からの報告書が届きました。被害者何忠義《ホー・チョンイー》の死亡推定時刻は二十日夜九時から十時の間とのことです」

「九時から十時か、」

駱聞舟《ルオ・ウェンジョウ》は陶然《タオ・ラン》の疑問には答えず、報告書を受け取りパラパラとめくった。

「ということは、何忠義《ホー・チョンイー》はバスを降りてからほどなくして殺害された可能性が高いというわけだ」

陶然《タオ・ラン》は静かなところに移動したようで、電話から伝わる雑音がだいぶ小さくなった。

「承光の館での会食は、ちょうど九時頃に終わっている。建物から出てきた張東来《チャン・ドンライ》の顔が、はじめて屋外の防犯カメラに捉えられたのもその時だ。この時は庭園にしばらくとどまったあと、またなかに戻っていった。九時四十五分、彼は再び庭園に現れたが、連れの女性としばらく会話したあと、二人で連れ立って木立のほうへ移動した」

　駱聞舟《ルオ・ウェンジョウ》はため息をついた。

「それだけ充実した夜をお過ごしになっていたのなら、人殺しなんかしてる暇はなさそうだ」

「張東来《チャン・ドンライ》に双子の兄弟でもいなければ、容疑は完全に晴れたと考えていいだろう。もう釈放してやってもいいんじゃないか？」

　質問には答えず、駱聞舟《ルオ・ウェンジョウ》はさらに問いかけた。

「ほかに収穫は？」

「何忠義《ホー・チョンイー》の通話記録も手に入った」

　陶然《タオ・ラン》は続けた。

「聞舟《ウェンジョウ》、今回の件はかなりきな臭いぞ――被害者が承光の館付近の路地で誰かを待っているときに、電話をしていたのを覚えているか？　それで彼のルームメイトから聞き出した電話番号から、使用記録を調べてみたんだ。すると二十日夜、何忠義《ホー・チョンイー》は何度も所有者不明の番号と通話をしていたことがわかった」

「ん？」

　駱聞舟《ルオ・ウェンジョウ》は意外そうに片眉を上げた。

「それのどこが気になるんだ？　もとから被害者と犯人は知り合いだろうと推測してたじゃないか」

「気になるのは、この通話記録じゃない――その日の夜九時五十分頃、何忠義《ホー・チョンイー》の携帯電話に一通のメッセージが届いていた。送り主は通話相手とは違う所有者不明の番号で、内容はこうだ。

〈支払い場所は黄金の三角空地《くうち》に変更　五月二十日〉

　――これはどういう意味だと思う？　支払いって、誰に、なんの支払いをするんだ？　それにこの〝黄金の三角空地〟というのはどういう場所なんだろう？　この名前の付け方はどうも気になる……」

　このとき、駱聞舟《ルオ・ウェンジョウ》が唐突に話題を変えた。

「そんなことより、文昌《ウェンチャン》路といえば旧市街の中心地域で、人通りも多い。九時ならまだそんなに遅くはないから、何忠義《ホー・チョンイー》を見た人間もいるかもしれない。何人かを連れて、その近くで聞き込みをしてみてくれ」

　あっけに取られた陶然《タオ・ラン》が何かを言おうとしたときには、電話はすでに切られたあとだった。

　自分の携帯電話を見下ろしながら、陶然《タオ・ラン》は思わず眉間にしわを寄せた——王洪亮《ワン・ホンリャン》のことは、これまでずっと責任逃れと不作為しか頭にないただの給料泥棒だと思っていた。だから捜査を妨害されないように警戒しつつ、できることなら口実を作って分局局長の座から引きずり下ろすのが自分たちの役目だろう、と。

　だがここにきて、陶然《タオ・ラン》はようやく何かがおかしいと気づいた。この事件の裏には、パワーゲームとは別の何かがあるのかもしれない。

＊＊＊

　市局刑事隊の動きは迅速そのものだった。刑事たちは一時間も経たないうちに現場へ到着し、何忠義《ホー・チョンイー》の鮮明な近影を手に、四班に分かれて聞き込みを開始した。

　聞き込みは捜査の基本と言える。欠かすことのできない重要な仕事だが、とにかく時間がかかるうえ退屈極まりないのである。

　苦痛の度合いで言えば、道端に立ってビラを配るのと大差ないかもしれない。同じことを数えきれない相手に何度も何度も繰り返し説明しなければならないし、有用な手がかりが得られるかどうかはすべて運次第だ。

何しろ人の目は防犯カメラと違って、すれ違った人間を全員覚えられるようにはできていないのだから。

それにこの都市《まち》はあまりにも広く、住民たちは皆自宅と職場を往復するだけの毎日を過ごしている——近所との交流はせいぜい会釈程度で、誰もが手のひらサイズの画面を通して海の向こうの茶番劇を見物したり、極地の神秘を垣間見《かいまみ》たり、この九百六十万平方キロメートルにも及ぶ国土の上に起こった大小様々な出来事について議論したりすることにかまけるあまり、場違いな格好をした出稼ぎの少年を記憶の片隅に留めておくような余裕などないのだ。

彼はどこまでも平凡で面白みがなく、人の目を引くような要素もなければ、誰かにほんの一時でも記憶に留めてもらえるような価値もなかったのだから。

今度こそ運が尽きたか、陶然《タオ・ラン》らは頭上にあった太陽が西へ沈むまで休みなく口を動かし続けたにもかかわらず、なんの手がかりも得られなかった。

「副隊長、我々の班は収穫なしです」

「副隊長、西側の通りを担当しましたが、道路沿いの店舗に設置された防犯カメラの映像を全部確認したところ——なーんも見つかりませんでした」

「こっちは見覚えがあるというジイさんがいたのですが、被害者らしき人物の行き先を訊《き》いたところ、なにか勘違いされたようで、工事現場に連れていかれました」

結局、バスから降りた何忠義《ホー・チョンイー》がどこへ向かい、どこで殺されたか、また足取りが掴《つか》めなくなってしまった。

二十歳にも満たないこの若者は、燕城《イエンチェン》という大都市に来てまだ一年足らず。防犯カメラによるサイレント映画の中で繁華街を半周したのちに行方知れずとなり、どこともわからないこの都市の片隅で殺されてしまった。しかも奇妙なことに、死んだあとも足を止めることなく、不思議な力によってはるばると花市西《ホアシー》まで送り返されたのである——すべてはあるべき場所へ。繁華街の景観は壊さないとでも言うように。

手詰まりになった陶然《タオ・ラン》は仕方なく、日中ずっと太陽に照らされ干からびそうになっていた刑事たちを現地解散させた。そして駱聞舟《ルオ・ウェンジョウ》に連絡して、聞き込みの無成果を手短に報告した。

「これ以上続けても、進展は望めないだろう」

と、陶然《タオ・ラン》は締めくくった。

「あとは局に戻って被害者の分析をやり直すしか……。ところで、今外にいるのか?」

駱聞舟《ルオ・ウェンジョウ》は誰かの車に乗っているようで、電話の向こうから渋滞情報を知らせるカーラジオの音が聞こえた。進行役はちょうど〝完全列挙法〟を使って、「市内に渋滞していない道路は一つもない」夜のラッシュアワーを表現しているところだった。

陶然《タオ・ラン》の質問を曖昧な態度で受け流しながら、駱聞舟《ルオ・ウェンジョウ》はカーラジオを切った。

「張東来《チャン・ドンライ》という線を追ってみるのもありかもしれない」

「張東来《チャン・ドンライ》だって?」

一日中喋《しゃべ》り続けたせいで喉がカラカラになっていた陶然《タオ・ラン》は、頭もうまく回らなくなり思わず目を見開いた。

「彼の容疑はもう、ほぼ完全に晴れてるんだろ?」

「張婷《チャン・ティン》の証言によると、何忠義《ホー・チョンイー》は彼女を呼び止めて〝馮《フォン》〟なんとかという人物について訊《たず》ねたそうだ。何忠義《ホー・チョンイー》の人違いでなければ、その人物は張婷《チャン・ティン》らとなんらかのつながりがある可能性が高い。それに、お前も気づいたかどうかは知らないけど、何忠義《ホー・チョンイー》が承光の館周辺から立ち去ったタイミングは、張東来《チャン・ドンライ》が最初に屋外へ出てきたタイミングとほぼ一致している。その時の張東来《チャン・ドンライ》に承光の館を離れるつもりがなかったのは明らかだ。つまり彼がなかから出てきたのは、外の空気を吸いたかっただけか、もしくは——」

陶然《タオ・ラン》は一瞬面食らったが、すぐにもう一つの可能性に思い至った。

「会食が終わって帰る人がいるから、その見送りのため——要するに、当時会場を出た者のなかに何忠義《ホー・チョンイー》の待ち合わせ相手がいる可能性が高いってこと？」

「陶然《タオ・ラン》に十ポイント。ボーナスは出せないけどな——それに、あの謎の携帯電話のこともある。昨日、俺たちが張東来《チャン・ドンライ》にたどり着けたのは、まさにその携帯電話の話を聞いたからだ。けど、あいつの性格を見る限り〝お詫《わ》び〟なんかするようなタマとはとても思えない。だが、その携帯電話が張東来《チャン・ドンライ》とは無関係だとすれば、いったい誰が彼の名前を騙《かた》って被害者に詫びの品を贈ったのか？　もしくは、被害者が友人に嘘《うそ》でもついたのか？　だとしたら、なぜそんな嘘をつく？」

一気にそこまで話した駱聞舟《ルオ・ウェンジョウ》は、ひと息ついてから改めて指示を出した。

「まあ、今日のところはもう上がっていいぞ。明日ははやめに来て、四十八時間[33]のタイムリミットまでもう一度張東来《チャン・ドンライ》を取り調べてみる必要がある。郎喬《ラン・チャオ》には何人かを連れて何忠義《ホー・チョンイー》について調べてもらう予定だ」

駱聞舟《ルオ・ウェンジョウ》が電話を切ろうとすると、陶然《タオ・ラン》が唐突に質問してきた。

「もしかして今、花市西《ホアシー》にいるのか？」

ちょうど違法タクシーに乗っていた駱聞舟《ルオ・ウェンジョウ》は一瞬答えに詰まったのち、からかうような声で答えた。

「この世で俺の行動を怪しんで現在地を逐一確認していいのは未来の嫁さんだけだ。陶陶《タオタオ》、俺にそんなことを訊くなんて、嫁に来る気にでもなったのか？」

33　中国の警察法の規定では、公安機関が取り調べのため被疑者の身柄を拘束できるのは、公安機関への連行時から二十四時間以内と定められているが、特殊なケースに限り四十八時間まで延長可能。

「王洪亮《ワン・ホンリャン》のことを調べてるんだな？」

陶然《タオ・ラン》は相手の軽口には付き合わず、声を潜《ひそ》めて言った。

「俺は出世なんて望んでないし、張《チャン》局長の思惑にも、次期局長の人選にもなんの興味もない。けど、もし誰かが法に背くようなことをしたとすれば、その人物がどんな肩書きを持っていようと、そいつを捕まえるのが俺たちの仕事だ」

「お前の今の仕事は、何忠義《ホー・チョンイー》を殺した犯人を捕まえることだ」

駱聞舟《ルオ・ウェンジョウ》は笑いながら応えた。

「まったく、お前のその真面目さも困ったものだな。いいか――王洪亮《ワン・ホンリャン》が白か黒かなんて、現時点ではまだはっきりとしたことが言えない状態だ。いくらあいつがカッパみたいな頭をしてるからといって、一通の告発状だけで〝犯罪者〟だと決めつけるのはさすがに軽率すぎるだろ。今俺がしていることはいわば前哨戦《ぜんしょうせん》みたいなものだ。あいつにつながるような証拠さえ見つかれば、お前たちにもとことん残業してもらうからな。俺だけ働かされてたまるか」

＊＊＊

駱聞舟《ルオ・ウェンジョウ》は電話を切ったあと、緊張でガチガチに背筋を伸ばして座っている違法タクシーのドライバーへ顔を向けた。

ドライバーはいまだに本名を明かすことにためらいがあるようで、ただ「振《ジェン》」とだけ名乗った。振《ジェン》は口数が少なく、全身に張り詰めた雰囲気を纏《まと》っている。その様子はまるで世界中のありとあらゆる二本足の生き物に強い不信感を持っているかのようだ。バックミラー越しに駱聞舟《ルオ・ウェンジョウ》と目が合うと、青年はすぐさま視線を外し、さっきの通話相手など何ら関心がない風を装った。

だが駱聞舟《ルオ・ウェンジョウ》は、気にする様子もなく話し出した。

「今のは捜査中の事件でね。捜査が終わったあとならある程度詳細を開示しても構わないけど、今しばらくは内密にしてもらえると助かる」

振《ジェン》は思わず視線を泳がせた。

「そんな大げさな。どうせ俺にはわからない話ですし」

若いドライバーの反応をサングラス越しにじっと観察しながら、駱聞舟《ルオ・ウェンジョウ》は本題を切り出した。

「この前は、王洪亮《ワン・ホンリャン》とその背後にある麻薬密売組織に姉を殺されたと言っていたな？　だが俺の調べによると、お前の姉は売春で捕まった前科があり、のちに薬物の過剰摂取で命を落としている。陳振《チェン・ジェン》、この件は一つの地区の公安局を預かる者だけでなく、その下で働く大勢の警察官たちの名誉もかかっているんだ。お前の証言ひとつで、正式な捜査を始めることはできない」

いきなり本名を呼ばれた青年は、動揺のあまりとっさにブレーキを踏み、車を路肩に停めた。

駱聞舟《ルオ・ウェンジョウ》は顔色ひとつ変えずに他人事のように注意した。

「違法駐車で罰金を取られても知らないぞ」

顔面蒼白《そうはく》になりながらも、陳振《チェン・ジェン》は悔しさと怒りが綯《な》い交ぜになった表情で、駱聞舟《ルオ・ウェンジョウ》をきつく睨《にら》みつけた。

「姉さんはそんな人間じゃない」

駱聞舟《ルオ・ウェンジョウ》は微塵《みじん》も動じた様子はなく、窓ガラスを指の関節で叩《たた》きながら、そのリズムに合わせるように言った。

「必要なのは――証拠なんだよ」

「姉さんはなにも教えてくれなかった」

と、陳振《チェン・ジェン》は続けた。

「あの頃、姉さんは一晩中眠れなくなるほどなにかに怯《おび》えていたようだった。理由を訊いても、『首を突っ込むな』って怒られるばかりで、それで俺は……姉さんが電話してるところを盗み聞きしたんだ」

駱聞舟《ルオ・ウェンジョウ》のまぶたがぴくっと動いた。

「電話の相手は？」

陳振《チェン・ジェン》はうつむき、目元を拭《ふ》いてから首を横に振った。

駱聞舟《ルオ・ウェンジョウ》は車内に備えつけられたティッシュペーパーを一枚取り出し、青年へ差し出す。

「それじゃ、〝黄金の三角空地〟という言葉に聞き覚えはあるか？」

陳振《チェン・ジェン》はぴくりと固まった。

＊＊＊

費《フェイ》氏ビル。会長室のドアがノックののちに開かれた。

「費《フェイ》会長、栄順《ロンシュン》弁護士事務所の趙《チャオ》先生がお見えです。会長とお約束があるのだとか？」

女性秘書の言葉に、費渡《フェイ・ドゥ》は軽く頷《うなず》いた。

「ええ、その通りです。お通しして構いませんよ」

費渡《フェイ・ドゥ》の下で働くようになってから、秘書は一度も残業したことがない。費渡《フェイ・ドゥ》がこんな時間に仕事関係の来客を迎え入れたのもはじめてだったため、どこか新鮮な気分すらあった。

満面の笑みで来客を会長室まで案内し、お茶を出したあと、秘書はこっそりと相手を観察しはじめた。上質な背広を身に纏ったこの趙《チャオ》先生は、背が高くハンサムな顔立ちをしているが、どことなく甘さのにじむ目鼻立ちと相まって、えもいわれぬ純真さを醸《かも》し出している。

費《フェイ》会長の放蕩《ほうとう》さが男女の区別なく発揮されることは、秘書も先刻承知である。さらに好みのタイプが、おしとやかで純情で控えめなタイプであることを考えれば、すべて説明がつく。

「真相」に気づいた秘書があれこれと思いを巡らせていると、意味深な笑みを含んだ費渡《フェイ・ドゥ》の視線と出合った。秘書はいたずらっぽく舌を出したあと、プロらしく神妙な表情で会長室から退出した。

栄順《ロンシュン》弁護士事務所は、費《フェイ》氏グループがいくつかの特殊なプロジェクトのために契約したリーガルアドバイザーだった。費渡《フェイ・ドゥ》は頬杖《ほおづえ》をついたまま、熱心に書類の説明を続ける趙浩昌《チャオ・ハオチャン》の話をひと通り聞いたあと、遠慮なく茶々を入れた。

「そういえば、婷婷《ティンティン》はどうしてますか？」

急な質問に、趙浩昌《チャオ・ハオチャン》は一瞬言葉に詰まった。この無学無才の二代目が真面目に聞くふりすらするつもりがないことに、よほど驚いてしまったのだろう。それでも彼はすぐに気を取り直し、嫌な顔ひとつせずに自分が念入りに準備してきた資料を机に置いた。

「今回の事件は刑法を専門とする大学時代の友人が担当しているのですが、彼の話によると、警察が持っている証拠だけでは逮捕には至らないはずで、張《チャン》社長は明日にも釈放されるだろう、と。婷婷《ティンティン》もかなり気を揉《も》んでいましたが、これでやっと落ち着けるでしょう。気にかけてくださって、ありがとうございます」

「私が気にかけているのは、婷婷《ティンティン》のことだけではありませんよ」

そう言って、費渡《フェイ・ドゥ》はニコリと笑った。余計なことは何ひとつ言っていないのに、その笑みには千の言葉が込められているかのように思われた。

「肝心なときは、やはり趙《チャオ》先生のような若くて有能な知り合いが一番頼りになりますね――どうですか、一緒にお食事でも？」

軽く眉根を寄せ、断ろうとしているように見えた趙浩昌《チャオ・ハオチャン》の返事も待たずに費渡《フェイ・ドゥ》は立ち上がり、先導するポーズを取った。栄順《ロンシュン》にとって、費《フェイ》氏は最大の取引先であり、費渡《フェイ・ドゥ》が会長に就任する前から続く一番のお得意様だ。そんな相手からの誘いを無下にするわけにもいかず、趙浩昌《チャオ・ハオチャン》も渋々席を立った。

「なにか食べられないものはありませんか？　ひとまず適当に用意させておいたのですが」

費渡《フェイ・ドゥ》は前を歩きながら、何気なく質問を投げかけた。

「そういえば、浩昌《ハオチャン》さんはどこのご出身ですか？　もしかして燕城《イエンチエン》生まれ？」

通常であれば、これ以上ないほどの答えやすい話題であるはずなのに、なぜか趙浩昌《チャオ・ハオチャン》は急に言葉に詰まった。不審に思った費渡《フェイ・ドゥ》が怪訝《けげん》そうな顔で振り返ると、趙浩昌《チャオ・ハオチャン》はその視線を避けながらあやふやな相槌《あいづち》を返した。「はい」とも「いいえ」とも言わずに。

第十一章

五月二十四日。何忠義《ホー・チョンイー》という若者が花市西《ホアシー》で殺害されてからすでに四日が経っていた。

駱聞舟《ルオ・ウェンジョウ》は手袋をはめた手で、違法ドライバーの陳振《チェン・ジェン》から預かった古びたアルバムのページをめくっているところだった。

陳振《チェン・ジェン》と陳媛《チェン・ユエン》は双子の姉弟だった。二人は燕城《イェンチェン》に住む祖父母のもとで育てられたが、その祖父母も相次いで世を去ってしまった。陳媛《チェン・ユエン》のほうは無事大学に進学できたものの、成績の振るわない陳振《チェン・ジェン》は早々に学業を諦め、働きに出た。

写真の中の陳媛《チェン・ユエン》は清楚《せいそ》な少女に見えた。どの写真を見てもにっこりと笑っていて、わずかに不揃《ふぞろ》いな左右の八重歯がかわいらしく姿を覗《のぞ》かせている。

このアルバムは不審な死を遂げた彼女が残した唯一の遺品だ。薬物の過剰摂取という不名誉な死に方のせいで、違法薬物の販売目的の所持まで疑われ、何度も警察に私物をあらためられたのだ。その結果、陳媛《チェン・ユエン》が持っていた中古パソコンも携帯電話も何ひとつ残っていない。

アルバムの中身をひと通り確認した駱聞舟《ルオ・ウェンジョウ》は、大学のサークル活動の記念写真と思《おぼ》しき数枚に目を留めた。そこには陳媛《チェン・ユエン》がもう一人の女子学生と親密そうにしている姿が写っており、裏返すと日付とともに鉛筆で書かれたメモが残されていた。

〈崔《ツイ》ちゃんと茶芸サークルへ。そばにいてくれてありがとう〉

「崔《ツイ》ちゃん……」

駱聞舟《ルオ・ウェンジョウ》は入手しておいた通話記録を開いた――陳媛《チェン・ユエン》が亡くなる半月ほど前に、「崔穎《ツイ・イン》」という人物と通話したことがわかっていた。

ちょうどそのとき、執務室の入り口に郎喬《ラン・チャオ》が現れ、ノックとともにくたびれた様子で手を振ってきた。

「ボス、世にも珍しい馬鹿《ちんじゅう》を見物しに行きませんか？　今ならたったの十元でご覧いただけます。お代は見てからで構いませんよ」

＊＊＊

四十八時間の中で、燕城市《イェンチェン》公安局の刑事隊員たちは一人残らず張東来《チャン・ドンライ》の洗礼を受けた。

この若様はただでさえいい加減なことばかりを垂れ流すような人間なのに、市局での長時間拘束は、もとから底を尽きかけていた脳みそをいつしかすっかり涸《か》れ果てさせてしまっていた。からからになった頭蓋の中に何が残っていたのやら、そこから吐き出された言葉の知的レベルの低さには感心させられるほどであった。

「〝馮年哥《フォンニエンゴー》〟だって？　さぁ、聞いたこともないし、知り合いに馮《フォン》ナントカというやつはいないと思うよ。そいつって、男？　女？　どんな顔してんの？　まぁ、何回か寝たくらいじゃ、名前を覚えてない可能性もあるけどな」

「二十日夜、承光《しょうこう》の館に知り合いがいたかだって？　そりゃみんな知ってるけど……はぁ？　名前を教えろだと？　あのな、お巡《まわ》りさん、お巡り様！　あの夜は白酒《バイチュウ》[34]だけで一斤は飲んでるし、ワインとシャンパンも数えきれないくらい飲まされたんだ。そんなチャンポンをやったあとに自分の名前を忘れなかっただけでも大したもんなのに、ほかに誰がいたかなんて覚えてられるわけないだろ」

「最近は誰からも恨みなんか買ってないよ、俺は温和な人間だからね。はぁ？　人を殴るのもダメ？　うーん、それはどうだろう……だいたい、殴られたくらいで俺に仕返しをしようなんてやつがいるわけないじゃん？　俺を誰だと思ってるんだよ！」

34　穀物から作られる中国の蒸留酒で、アルコール度数は二十八〜六十四度ほど。五十三度前後のものがもっとも芳醇（ほうじゅん）で口当たりがよいとされている。飲んだ量を表すときは重量単位である斤（五〇〇グラム）を使うことが多い。

「もう何度も言ってるけど、そのケータイを贈ったのは本当に俺じゃないんだよ。俺が物を贈るのは、付き合ってる相手くらいだし、贈るにしてもケータイなんて貧乏くさいもんを贈るわけないだろ？」

無駄遣いと夜遊びを除けば、この張《チャン》家の若様の日常はまさに混沌《こんとん》のひと言である。事の大小にかかわらず、彼の心に痕跡を残せるものは何ひとつない。その精神状態たるや悟りの境地と言ってもいいくらいだ。

取り調べの様子をしばらく見物していた駱聞舟《ルオ・ウェンジョウ》は、まるでその目で見てきたかのように断言した。

「かわいそうに、小さい頃に親父《おやじ》さんの不注意で頭を打ってしまったんだな」

陶然《タオ・ラン》はこの世の忍耐という忍耐を集結させ、あの手この手で質問を繰り返したものの、張東来《チャン・ドンライ》のそのリセット癖のある記憶力を前に、ついぞ有用な情報を引き出すことができなかった。あっという間に時間切れになり、張婷《チャン・ティン》らが連れてきた弁護士が市局の門前で張東来《チャン・ドンライ》を釈放しろと要求しはじめた。

「俺はもうお手上げだ」

と、陶然《タオ・ラン》は二度もため息をついた。

駱聞舟《ルオ・ウェンジョウ》はほんの少し逡巡《しゅんじゅん》したのち、軽く顎をしゃくった。

「証拠不十分ということで、釈放してやれ」

「隊長！」

「ボス！」

郎喬《ラン・チャオ》はとっさに駱聞舟《ルオ・ウェンジョウ》を引き止めた。

「ボス、昨日何忠義《ホー・チョンイー》のお母さんが市局《うち》の外で泣き叫んでいたところを撮られたばかりなんですよ。それに焚《た》きつけられた野次馬たちが、今も次の燃料投下を首を長くして待ってるんです。ここで張東来《チャン・ドンライ》を釈放なんかしたら、大変なことになりますよ！」

「張東来《チャン・ドンライ》を釈放することに異存はないけど、」

陶然《タオ・ラン》はしばらく考えてから、状況を説明した。

「被害者の死亡推定時刻と死亡直前の足取りから考えて、彼のアリバイはほぼ完璧だから……張東来《チャン・ドンライ》を帰せばいい」

だが駱聞舟《ルオ・ウェンジョウ》は強い口調で遮《さえぎ》った。

「いや、釈放の理由は証拠不十分だと公表するんだ。詳細はいっさい言わないで、ただ」

駱聞舟《ルオ・ウェンジョウ》の強引さに、郎喬《ラン・チャオ》は思わず疑問を呈した。

「ボス、張東来《チャン・ドンライ》のバカでも感染《うつ》ったんですか？　ガラス越しでも感染っちゃうなんて、恐ろしい感染力ですね」

そう言う彼女の頭を、駱聞舟《ルオ・ウェンジョウ》は軽く小突いた。

「無駄口ばかり叩《たた》いて、ほうれい線ができても知らねぇぞ」

陶然《タオ・ラン》はしばらく思いを巡らせてから、ためらいがちに言った。

「それって、もしかして……」

「ああ、これより本件の捜査進捗《しんちょく》と関連情報はいっさい漏らさないように徹底しろ。外部には『証拠不十分のため釈放した。それ以上はノーコメント。今は被害者の人間関係を洗い直しているところ』とだけ答えておけ」

陶然《タオ・ラン》に頷《うなず》き返してから、駱聞舟《ルオ・ウェンジョウ》は平坦《へいたん》な口調で続けた。

「規則に例外はない。情報を漏らしたやつは誰であろうと処分する。わかったら全員持ち場へ戻れ」

出稼ぎ労働者の不審死、市局局長の甥《おい》が容疑者で、もうすぐ〝証拠不十分〟のため釈放されるらしい——この噂《うわさ》は郎喬《ランチャオ》らが心配していた以上に爆発的に広がり、張東来《チャン・ドンライ》の釈放手続きもまだ終わらないうちに、市局の正門前には、すでに多数の取材陣が陣取っていた。

刑事隊のデスクではまるでホットラインを設けたかのように次々と電話が鳴り出し、皆対応に追われている。さらには張《チャン》局長の代わりに局長室に詰めていた陸有良《ルー・ユウリヤン》まで騒ぎを聞きつけ、駱聞舟《ルオ・ウェンジョウ》を呼び出した。

警備室の前に足止めされたメディア関係者たちを窓越しにちらりと眺めてから、陸有良《ルー・ユウリヤン》は厳しい表情で駱聞舟《ルオ・ウェンジョウ》に問いかけた。

「本当にこの事態を収められる自信はあるんだな？」

だが駱聞舟《ルオ・ウェンジョウ》はどうってことないと言わんばかりに笑みを見せた。

「俺が一度でも失望させたことがありましたか？」

そんな彼を、陸有良《ルー・ユウリヤン》はギロリと睨《にら》みつけた。

「相手を泳がせているつもりで、自分が策に溺《おぼ》れないようにな――数日の間は、上から圧力がかかってくるだろう。そっちは俺がなんとかしてやるが、お前もしっかりやれよ」

「はい、助かります」

駱聞舟《ルオ・ウェンジョウ》は少し考えてから、声を潜《ひそ》めて言った。

「王洪亮《ワン・ホンリャン》の件もご心配なく。これまでは誰も調べようとしなかっただけで、やつが完璧に隠蔽《いんぺい》できるはずがありません」

陸有良《ルー・ユウリヤン》は口を引き結び、真剣な顔を向けた。

「告発内容が事実だと確認されたら、やつの勢力がどんなに肥大化し、どんな後ろ盾を持っていようと、俺と張《チャン》がいる限りなにがなんでもやつを処分してやる――お前のほうも、くれぐれも油断するなよ！」

＊＊＊

駱聞舟《ルオ・ウェンジョウ》が階下へ降りていくと、ちょうど張東来《チャン・ドンライ》の〝関係者ご一行〟に出くわした。

といっても、張《チャン》家はこれ以上世間様の注目を集めたくなかったため、迎えに姿を見せたのは張婷《チャン・ティン》だけだった。だが家人の思いとは裏腹に、どこからか噂を聞きつけた張東来《チャン・ドンライ》の遊び仲間たちが、騒ぎ足りないと言わんばかりに大挙して市局へ押しかけてきていた。市局の門前には何台もの高級車が列をなし、色とりどりに着飾った男女たちは周りの視線などお構いなしに、意気揚々と登場したのである。

担当弁護士の劉《リウ》はやる気満々で張東来《チャン・ドンライ》の釈放手続きへ向かった。付き添いでついてきた趙浩昌《チャオ・ハオチャン》はぴったりと張婷《チャン・ティン》のそばに張りついていた――このカップルは、張東来《チャン・ドンライ》のけばけばしい悪友たちのなかにあって、ひときわ爽やかで慎《つつ》ましい雰囲気を漂わせている。

無論、費渡《フェイ・ドゥ》もその場にいた。

このボンクラ集団の首魁《しゅかい》であるはずの彼は、なぜか今日に限って彼らに交じろうともせず、ただ静かに張婷《チャン・ティン》の近くにいた。駱聞舟《ルオ・ウェンジョウ》が費渡《フェイ・ドゥ》の姿を確認したとき、彼はいかにもまともそうな格好で、イヤホンをしたまま旧型の〝ＰＳＰ〟を手にゲームに没頭しているところだった。

駱聞舟《ルオ・ウェンジョウ》はすぐにでもこの有象無象《うぞうむぞう》どもを追い出してやりたかったが、費渡《フェイ・ドゥ》が手に持っている傷だらけの古いゲーム機を見て思わず表情を和らげた。

いつもなら嫌みの一つでも飛び出ていたところだろうに、この日の駱聞舟《ルオ・ウェンジョウ》はほとんど穏やかとも言える心境で費渡《フェイ・ドゥ》に近づいた。手元を覗き込むと、ゲーム機の画面上ではかわいらしい〝大目玉〟たちがパタパタと飛び跳ねていた――この会長様はなんと、リズムアクションゲーム『パタポン』に没頭していたのである。

費渡《フェイ・ドゥ》が次々と敵を倒していると、張東来《チャン・ドンライ》は騒々しい喚《わめ》き声を撒《ま》き散らしながら意気揚々とやってきた。まだ公安局から出ていないというのに、はやくも調子に乗って大声で宣言した。

「今日、この場に集まってくれたのは、みんな俺のダチだ！　今後困ったことがあれば、なんでも俺に言ってほしい。お前らのためなら、一肌も二肌も脱いでやる――全裸になるまでな！」

　これまで順調に勝ち進んでいた費渡《フェイ・ドゥ》の目玉軍団は、そのけたたましい雄叫《おたけ》びのせいでリズムを乱され、またたく間に敗れ去ってしまった。

　費渡《フェイ・ドゥ》がゲームオーバーになるまでじっと黙っていた駱聞舟《ルオ・ウェンジョウ》は、ようやく口を開いた。

「ずっと不思議に思ってたんだけど、お前はなんで張東来《チャン・ドンライ》のようなやつらとつるんでるんだ？」

　費渡《フェイ・ドゥ》はのんびりとゲーム機をポケットにしまいながら答えた。

「あの哲学的な生き方に興味を覚えましてね」

　これでは褒《ほ》めているのか貶《けな》しているのかすらわからない。だが費渡《フェイ・ドゥ》は、走り寄る張東来《チャン・ドンライ》に軽く手を振ったあと駱聞舟《ルオ・ウェンジョウ》のほうへ振り返り、気障《きざ》ったらしい愛想笑いを返しただけで去っていった。

　これだけの坊っちゃん集団が大手を振って市局から出てくるのを見た取材陣が、どんな盛り上がりを見せるかなど足の爪で考えてもわかることだ。今後一週間のトレンドワードが容易に想像できてしまい、郎喬《ラン・チャオ》は思わず目を覆いながら陶然《タオ・ラン》に耳打ちした。

「もう恐ろしくて見てられません」

　陶然《タオ・ラン》はため息をついた。

「だったらここで見てないで、仕事に戻るんだ」

　張東来《チャン・ドンライ》らがちょうど正門から出ようとしたとき、急に飛び出てきた人影が、制止する間もなく一団の中へ突っ込んだ。小柄で痩せ細り、藁《わら》のようなバサバサの髪をしたその人物は、ほかならぬ何忠義《ホー・チョンイー》の母親だった。

　前を歩いていたボンクラたちが、唐突に現れた見慣れない格好をした女と数秒顔を見合わせていると、誰かが小さくつぶやいた。

「このオバサン、誰？」

何忠義《ホー・チョンイー》の母親は充血した目でのろのろと目の前の顔を見回した。やがて唇を激しく震わせてから、仔猫《こねこ》のような不明瞭な声を喉奥から絞り出す。

「息子を殺したのはだれ？」

発音がはっきりしない上にひどく訛《なま》った女の問いは、三、四回も繰り返されてようやく相手の脳に認識された。

気分を害された張東来《チャン・ドンライ》は、若干苛立《いらだ》たしげに答えた。

「俺が知るかよ？　とにかく俺じゃない」

それだけ言うと、張東来《チャン・ドンライ》は相手の視線を避けるように顔をそらし、真っ先に女の脇を通りすぎて出ていった。残りの若者たちもそれに続き、病原菌を遠ざけるかのように女から距離を取り、左右へ分かれながら素通りしていく。

「この人、ちょっと頭いかれてんじゃないの？」

「シーッ、かわいそうじゃないか」

「わけもなくブタ箱にぶち込まれた俺だってかわいそうだろ？　俺は竇娥《とうが》[35]よりもよっぽど無実なんだ。その息子とは知り合いですらないのに……」

女はぼうっと立ち尽くしたまま、自分の横を通りすぎていく無関心な集団をただ眺めた。

「息子を殺したのはだれ？　待って……どこへいくつもり……」

35　元代の戯曲『竇娥冤』において冤罪で処刑された主人公の名。自分の潔白を主張するときのたとえに使われることが多い。

しかし、このまま歩き去ろうとする一行に、女は突如焦り出し、反射的に手を伸ばした。やみくもに振り回した手は意図せず誰かの長い髪と絡まってしまい、次の瞬間、しっぽを踏まれたかのような悲鳴が上がった。運悪く巻き込まれた女の子は、引っ張り戻した髪を胸元に庇《かば》うと、小動物のように仲間たちの後ろに隠れた。近くにいた青年はとっさに腕を伸ばし、女を阻んだ。

「なにするんだよ、頭おかしいんじゃないの！」

青年の力強い腕に弾《はじ》き飛ばされ、尻餅をついた女は、たまたま最後方を歩いていた費渡《フェイ・ドゥ》にぶつかった。費渡《フェイ・ドゥ》はちょうど陶然《タオ・ラン》と別れの挨拶をしていたところだった。急に倒れ込んできた女に驚き、とっさに半歩ほど後ずさったものの、避ける間もなく女に脚を掴《つか》まれてしまった。

枯れ枝のような細い手で青年の高価なズボンにしがみつきながら、女はうわ言のように訴えた。

「ぜったいに、ぜったいに逃さない！　犯人が見つかるまで……だれもいかせない……」

女を引き離そうと、数人の警官たちが集まってくると、先ほど女の子を庇った青年もきまり悪そうに近づいてきた。

「費渡《フェイ・ドゥ》さん、すいません……」

思いがけずとばっちりを受けた費渡《フェイ・ドゥ》は、自分にしがみつく女を困ったように見下ろしてから、ぎこちない手つきでその肩をそっと叩いた。

「とりあえず立ちませんか？」

パッと顔を上げた女の目は、覗き込む費渡《フェイ・ドゥ》の視線とぶつかった。涙と鼻水でぐちゃぐちゃになりながら泣き叫ぶその姿は、とても体面を保てているとは言いがたい。悲しみのあまり、彼女は泥んこのようにくずおれてしまったのだ。

女の眼差《まなざ》しの向こうに誰を見たのか、費渡《フェイ・ドゥ》はほんの一瞬目を見張った。

かがんで女の肩を支えながら優しく立ち上がらせると、張東来《チャン・ドンライ》らに手を振り、先に行くように伝えた。

第十二章

「被害者の分析なんて大嫌い」

郎喬《ラン・チャオ》は口を尖《とが》らせ、唇と鼻の間にペンを挟んだまま言った。

「自業自得ならまだいいんですけど、実際はなんの落ち度もない人たちが被害に遭うケースがほとんどじゃないですか。私、どうしても納得いかないんです。

——どうして？　どうしてこんないい人が、ただ運が悪かっただけであんなひどい仕打ちを受けなきゃならないんですか？　精いっぱい生きて、長い年月苦労してきたのに、どこから出てきたのかもわからないクズ野郎に人生を打ちきられる最期だなんてあんまりじゃないですか！

逆に……被害者もなんらかの悪事を働いていたり、当然の報いを受けただけなら、むしろいい気味って思っちゃいますよね。そんな人のために犯人を突き止めるのはむしろ悪事に加担してるようで、私……あいたっ！」

だらだらと続く郎喬《ラン・チャオ》の長口上は、後頭部への一撃によって幕切れとなった。

郎喬《ラン・チャオ》は頭を押さえながら、筒状に丸めた書類で自分を殴った駱聞舟《ルオ・ウェンジョウ》に抗議した。

「なんで叩《たた》くんですか？　警察官だって人間なんですから、いろいろ葛藤があって当然じゃないですか！」

「給料もボーナスも欲しくないと？」

「欲しいならうだうだ言ってないで、仕事に集中しろ」

そう言って、駱聞舟《ルオ・ウェンジョウ》は片手でホワイトボードを引き寄せ、額に三日月形の傷を持つ少年の写真の下に「何忠義《ホー・チョンイー》、男、十八歳、配達員、H省出身」などの基本情報を書き加えた。それから背の高さを活かして、ホワイトボードの上から廊下へ視線を走らせると、きれいに磨かれた窓ガラスの向こうで、何忠義《ホー・チョンイー》の母親に付き添う費渡《フェイ・ドゥ》の姿がちらりと見えた。

女は誰に何を吹き込まれたのか、市局が張東来《チャン・ドンライ》を釈放したことにひどく絶望していた。こうなっては自分がいくら訴えてもまともに捜査してもらえないのだと思い込み、崩れんばかりに泣いていた。ここまで移動できたのだって、ほとんど費渡《フェイ・ドゥ》に抱えられてきたようなものだ。

藁《わら》をも掴《つか》む思いで本能的に縋《すが》ったのか、それとも費渡《フェイ・ドゥ》が張東来《チャン・ドンライ》らの共犯者に見えて、「逃したらいけない」と思ったのか、女は頭が真っ白になりながらも必死に費渡《フェイ・ドゥ》の服の端にしがみついた。

その結果、費渡《フェイ・ドゥ》は思いがけず足止めされ、現在のような状況となったのである。

いくら荒事に不慣れでも、成人男子である費渡《フェイ・ドゥ》が病弱な女ひとりを振りほどくのは容易《たやす》いはずだが、彼は怒りもせず、ただ静かにこの若くも美しくもない女に寄り添って座っていた。

何忠義《ホー・チョンイー》の母親はすでに精根を使い果たしてもおかしくないくらいのパニック状態を脱し、いくばくかの理性を取り戻していた。ガラスの向こうの費渡《フェイ・ドゥ》は女の手を握りながら顔を覗《のぞ》き込み、何やら小声で話しかけている。どんな手練手管を使ったのか、あれほど取り乱していた女は徐々に落ち着き、頷《うなず》いたり首を振ったりと費渡《フェイ・ドゥ》に応えるようになっていた。

「馬小偉《マー・シャオウェイ》はもう解放されたか？」

駱聞舟《ルオ・ウェンジョウ》は廊下に目を向けたまま質問した。

電話を終えたばかりの陶然《タオ・ラン》は、受話器を置いてそれに答えた。

「いや。分局によると、馬小偉《マー・シャオウェイ》は向こうで麻薬の禁断症状が現れたそうだ。しかも家宅捜索の結果、小分けにされた麻薬が大量に見つかったので、そのまま拘留されたらしい」

「取り調べのためと言って、こっちに移送してもらうことはできそうか？」

陶然《タオ・ラン》は肩をすくめた。

「それも断られた。なんでも容疑者の状態は非常に不安定で、もしものことがあったら責任が取れないからだそうだ。どうしても話がしたいなら、分局へ直接出向けだとさ」

どうやら王洪亮《ワン・ホンリャン》は、何がなんでも馬小偉《マー・シャオウェイ》と接触させたくないようだ——窓越しに眺めさせるだけならともかく、身柄の引き渡しなど論外だと。

そこに、段ボール箱を持った二人の刑事がやってきた。

「ボス、何忠義《ホー・チョンイー》の私物を全部運んできました。調べが済んだらちょうどご家族にお渡しできそうですね。なにか捜査の役に立つものもあるかもしれませんし、ご確認お願いします」

何忠義《ホー・チョンイー》の私物はそれほど多くはなかった。数着しかない衣服のほとんどは、配達所から一律で支給されたような作業着で、ほかには最低限の日用品が数点入っているだけだった。捨てられずに残しておいたと思《おぼ》しき携帯電話の外箱の中には、日記帳が入っていた。

といっても、日記らしい内容はほとんど書かれておらず、もっぱら家計簿とメモ帳代わりに使われていたようだ。

配達員の仕事以外にも、何忠義《ホー・チョンイー》はいくつかの短期バイトを掛け持ちしていたらしく、時々少額の臨時収入が入っていた。あれこれと合算していくと、彼の月収はほぼ若手の会社員並みになっていた。「朝食に二・五元」などという細かい出費まで事細かに記された帳面を何ページかめくったあと、駱聞舟《ルオ・ウェンジョウ》の手が唐突に止まった。

「そういえば、被害者の額に貼られていた紙切れはどんなだっけ？」

すると、近くにいた刑事がすぐさまその紙片の拡大写真を探し出した。

そこに写っている「銭《カネ》」という文字は大変拙《つたな》く、流麗さとはほど遠い〝幼児体〟だった。右側の旁《つくり》にある大きなハネは全体の半分に近いスペースを占めており、見るからにアンバランスな仕上がりになっている――何忠義《ホー・チョンイー》の日記帳にあった「銭」とまったく同じ書き方だ。

「この〝銭〟は被害者が書いたものだったのか」

一緒に見ていた陶然《タオ・ラン》はそう言って、思いを巡らしながら続けた。

「あの夜、承光《しょうこう》の館近辺に現れた何忠義《ホー・チョンイー》は、たしかクラフト紙の袋を持っていたはず。この紙はそのなかに入っていたのかな？　その袋もどこかへ消えたようだけど、なかにはなにが入っていたんだろう？」

駱聞舟《ルオ・ウェンジョウ》は何忠義《ホー・チョンイー》の日記帳にさっと目を通しながら答えた。

「金が入っていた可能性が高いと思う。これを見てみろ――」

そこには十万元[36]の借金が記されていた。

＊＊＊

36 日本円で一六〇万円ほど。

ガラスの向こうで、費渡《フェイ・ドゥ》は何忠義《ホー・チョンイー》の母親と言葉を交わしていた。

「病気の治療で十万元近くもかかったんですか？　なかなかの額ですね。その頃の忠義《チョンイー》くんは燕城《イェンチェン》に来て間もないし、仕事も始まったばかりなんでしょう？　どうやってそれだけのお金を工面したんですか？」

かすれた声で、女は小さく答えた。

「奉公先からお給金を前借りしたとか」

「奉公先？」

聞き慣れない言葉に、費渡《フェイ・ドゥ》の反応が一拍遅れた。

「つまりバイト先からですか？」

病弱で田舎暮らしのため、めったに世間と接しない何忠義《ホー・チョンイー》の母親は、肉体労働を生業とする出稼ぎ労働者と雇い主の間にある儚《はかな》くも世知辛い労使関係をわかっていなかった——労働者も雇い主も相手がいつ行方をくらますかもわからないため、給料はほとんど日払いで、支払いが遅れることはあっても前借りなどできようはずがない。

仮にその雇い主が非常に道義心のある人物で、困っている従業員を助けたいと思ったのだとしても、一、二ヶ月分の給料を前貸しするくらいが限度のはずだ。だが彼女の治療に要した額は、配達員の給料だけなら数年分に匹敵する。

こんなとんでもない借りを、労働力の対価だけで返すのはとても無理な話で、身売りでもしないと到底返しきれないだろう。不謹慎な話だが、カフェで偶然居合わせた何忠義《ホー・チョンイー》の容姿を思い返す限り、とてもそんな高値がつくとは思えない。

ならば十万元もの大金を貸したのはいったい誰なのか？　何忠義《ホー・チョンイー》はなぜ自分の母親にまで嘘《うそ》をついたのだ

ろう？

＊＊＊

謎の借金相手を見つけるため、市局の刑事たちは総出で聞き込みをする羽目となった。半日以上の時間を費やし、何忠義《ホー・チョンイー》の職場の同僚と親しい人間をひと通り当たったが、皆一様にきょとんとした表情で彼にお金を貸していないばかりか、彼が借金していることすら知らなかったと答えた。

駱聞舟《ルオ・ウェンジョウ》と陶然《タオ・ラン》が市局へ戻ると、何忠義《ホー・チョンイー》の母親は数脚並べた椅子の上で丸まって寝ていた。体の上には費渡《フェイ・ドゥ》が誰かからもらってきたのであろう薄い毛布がかけられている。

陶然《タオ・ラン》はそこへ歩み寄り、小声で訊《たず》ねた。

「彼女はなんでこんなところで寝てるんだ？」

「ホテルにお連れしようとしたのですが、犯人が捕まるまで絶対にここを動かない、と言われてしまって」

そう言って顔を上げた費渡《フェイ・ドゥ》は、額に玉の汗を浮かべた陶然《タオ・ラン》を見て、ポケットに入っていたティッシュペーパーを差し出した。

「いつもこんな大変なことをしてるんですか？　見ているだけで胸が痛くなりそうです」

だが陶然《タオ・ラン》が返事するよりもはやく、隣にきた駱聞舟《ルオ・ウェンジョウ》が冷ややかな口調で二人の間に割り込んだ。

「人民警察とはそういうものだ。胸が痛むならせいぜい納税に励み、厄介事《やっかいごと》を起こさぬことだ。それより費《フェイ》会長、世のカリスマ経営者様はみんなご多忙だとばかり思っていたけど、ずいぶんと時間が有り余っているようだな？」

費渡《フェイ・ドゥ》はニコリと笑った。

「うちで雇っているプロフェッショナルマネージャーたちが、口だけの能無しではないということですよ。弊社の経営状況をご心配くださるのは大変ありがたいですが、それは無用の心配というものです。今ある会社の資産をすべて手放しても、ポケットマネーをほんの少し銀行に預ければ、利息だけで貴方《あなた》の生涯賃金を軽く上回ってしまいますからね」

陶然《タオ・ラン》は閉口した。

呆《あき》れた問題児どもだ。停戦して三分と経たずに、また始めやがった。

左右の手で二羽の闘鶏を引き離した陶然《タオ・ラン》は、まず片手で駱聞舟《ルオ・ウェンジョウ》を刑事隊室へ押し込んでから、もう片方の手に警告の意を込めて費渡《フェイ・ドゥ》を指さした。

すっかり火がついた駱聞舟《ルオ・ウェンジョウ》は、なおも喚《わめ》こうとする。

「あの野郎……」

だが陶然《タオ・ラン》はパタンとドアを閉めてしまった。

「はいはい、仕事が終わったら君たちだけで気が済むまでやり合えばいいよ」

引っかかりを覚えた駱聞舟《ルオ・ウェンジョウ》は、言葉の裏にあるメッセージを鋭く読み取った。

「ん？　このあと、お前はなにか用事でもあるのか？」

振り返った陶然《タオ・ラン》は彼をちらりと見て、答えた。

「お見合いに行くんだよ」

「はぁ？」

あっけに取られた駱聞舟《ルオ・ウェンジョウ》の肩を、陶然《タオ・ラン》はポンと叩いた。

「俺もいい年なんだから、いつまでも君に付き合って独身貴族をやってるわけにはいかないんだよ」

長い沈黙ののち、ようやく我に返った駱聞舟《ルオ・ウェンジョウ》はふにゃりと口元をほころばせた。

駱聞舟《ルオ・ウェンジョウ》と陶然《タオ・ラン》は、何年もの間苦楽をともにしてきた古い付き合いだ。迷子捜しも、凶悪犯の確保も一緒に乗り越え、二人で手柄を立てたことも、始末書を書いたこともある。まさに特別な関係といえよう。

陶然《タオ・ラン》はかつかつの暮らしではあるが、とても友だちがいのある優しい男だ。しかもその優しさは少しずつ染み込むようなさりげないものであるため、つるんでいるうちに〝男好きの男〟ならばほのかな好意を寄せてしまうのも無理のないことだろう。

ただ性的指向に関していえば、駱聞舟《ルオ・ウェンジョウ》とは「道同《みちおな》じからざれば、相《あ》い為《た》めに謀《はか》らず」[37]というもので、疑いようのないノンケであった。そんな相手に無理に言い寄るのはさすがに道義にもとるため、駱聞舟《ルオ・ウェンジョウ》は早々に交際を諦め、時折差し障りのない範囲で思わせぶりなことを言ってからかう程度にとどめていた。

それに対する陶然《タオ・ラン》の反応もまた、清々《すがすが》しいほどにあっさりとしたものだった。片想いをこじらせるためには、心の中にしまい込んでじっくり発酵させる過程が必要になる。こんな開けっぴろげに太陽の下にさらせば、あっという間に紫外線消毒されてしまうのだ。

今、陶然《タオ・ラン》は人生の次なる段階へ向かうのだとはっきりと告げた。駱聞舟《ルオ・ウェンジョウ》もまたこの紫外線消毒された無害な想いとの別れをすんなりと受け入れた。ほんの一抹の無念さが燃えかすのように残ったことを除けば、さほど心を乱されることもなく、逆に予想通りの展開に釈然とした気分すら覚えていた。

人心を深く洞察した多くの書き手たちが、「自分の幸せを見せびらかすべきではない、なぜなら周りの人たちがみんなあなたの幸せを望んでいるとは限らないから」という道理を幾度となく説いてきたけれど、

37　孔子『論語』衛霊公 第十五より。「進む道の違う相手とは、一緒に何かを成すことはできない」といった意味。

駱聞舟《ルオ・ウェンジョウ》には「その人の幸せこそが自分の喜び」だと思う相手が周りに何人も存在している――たとえその相手が成り上がった結果、自分と二度と交わることがなくなろうとも。

もっとも、陶然《タオ・ラン》のような人間が成り上がるには、宝くじに当たるくらいしか道がないかもしれない。

駱聞舟《ルオ・ウェンジョウ》は陶然《タオ・ラン》を指さしながら冗談っぽく言い放つ。

「この裏切り者め。なんの断りもなく組織を出奔しようとは大した度胸だな。そんな裏切りを断じて許さないぞ」

陶然《タオ・ラン》は少し考えてから言った。

「じゃあ、将来子どもができたら君のことをお義父《とう》さんと呼ばせてやるから、ここはひとつ見逃してくれ」

「おっと、そういうのは勘弁だ！」

駱聞舟《ルオ・ウェンジョウ》はげんなりとした様子で手を振った。

「駱一鍋《ルオ・イーグオ》だけでも手いっぱいなのに、誰彼構わず父親面をするような趣味はない。国の未来は、お前らノンケ野郎にかかっている――とにかく、用事があるなら先に上がってしまえ。ここで定時まで待ったところで、新しい手がかりが出てくるわけでもないし、真犯人が張東来《チャン・ドンライ》のそばで捜査状況を注視しているのなら、ここ一両日中になんらかの動きを見せるはずだ。俺たちは捜査を続けながら待っていればいい」

それに頷いた陶然《タオ・ラン》が、テキパキと荷物をまとめて立ち去ろうとしたとき、駱聞舟《ルオ・ウェンジョウ》は後ろから彼を呼び止めた。

「お前に出奔されちまうと、なんだか本当に〝失恋〟でもしたような気分になるな」

ぼそりとつぶやいた駱聞舟《ルオ・ウェンジョウ》は、不意にトーンを転じた。

「なぁ、スカンピン。見合いには、どうやって行くんだ？　車でも貸してやろうか？」

「余計なお世話だ！」

＊＊＊

廊下に出ると、費渡《フェイ・ドゥ》がポケットに手を突っ込んだままドアの前で待っているのが見えた。

市局の門前でギャーギャーと騒いでいた〝キツツキ《マスコミ》〟たちもまだ粘っていた――市局は今日、怪しさ満点の金持ちの坊っちゃんをやむなく釈放したばかりで、刑事隊に漂う緊張感は費渡《フェイ・ドゥ》にも見て取れた。それゆえ今日はいつまでも陶然《タオ・ラン》を待ち続ける覚悟でいたのに、思いがけずはやく出てきた彼を見て、ほんの一瞬反応が遅れた。

先に口を開いたのは陶然《タオ・ラン》だった。

「俺はもう上がるけど、君はどうする？」

費渡《フェイ・ドゥ》は目を瞬《しばたた》かせてから、椅子の上に縮こまっている女を見やった。

「この人はどうするんですか？」

目の前に突きつけられた難問に、陶然《タオ・ラン》は困ってしまった。

「大丈夫だ」

続いて出てきた駱聞舟《ルオ・ウェンジョウ》が、ドア枠に寄りかかったまま言った。

「目を覚ましたら俺が話してみるよ。すぐ近くに宿泊所もあるし、そこなら安くて安全だ。普段はもっぱら職員の出張用に使われてるところだけど、彼女が泊められるように手配してやるよ。どうしてもここを離れたくないようなら、当直のやつらに簡易ベッドを用意させてもいいしな」

「それは規則違反だろ？」

陶然《タオ・ラン》はためらいがちに指摘する。

「規則は人間のためにあるんだ。ちゃんと話を通しておけば問題ない」

そう言って、駱聞舟《ルオ・ウェンジョウ》は手を振った。

「あれこれ心配してないで、さっさと行け」

何かを察した費渡《フェイ・ドゥ》は訝《いぶか》しげに訊ねた。

「陶然《タオ・ラン》、今夜はなにかご予定でも？」

陶然《タオ・ラン》はそれには答えず、「ちょっとこっちへ」とだけ言って、費渡《フェイ・ドゥ》を少し離れた場所へ引っ張っていった。

その様子を、駱聞舟《ルオ・ウェンジョウ》はただ眺めた。ついさっきやりあったせいで、あのぬくもりに満ちたゲーム機のことは一時的に忘却の彼方《かなた》へ追いやられている。

あらを探すような目つきで費渡《フェイ・ドゥ》の後ろ姿をひと通り見回した駱聞舟《ルオ・ウェンジョウ》は、その頭のてっぺんから足の爪先まで溢《あふ》れ出ているような〝たらし〟オーラにげんなりとした。これがスパイドラマだったら、化粧いらずで典型的なインテリ売国奴を演じられそうなくらいだ。

だが、どんなたらしだろうと、所詮は振られる運命なのだ。

駱聞舟《ルオ・ウェンジョウ》は不意にこの自分と同じ結末をたどるであろう相手に、胸のすくような気分を覚えた。このいけ好かない二代目が断られる一部始終を至近距離から見物してやろうと、うきうき気分でその場にとどまり、精いっぱい首を伸ばした。

費渡《フェイ・ドゥ》には不思議な鋭さがある。大抵の場合、目を合わせただけで相手がどんな話をしようとしているのかは、だいたい察しがつく。陶然《タオ・ラン》に引っ張られるがままついていった費渡《フェイ・ドゥ》は、急に何かを予感したように背筋を伸ばし、その色っぽくあちこちをかすめていた切れ長の目までおとなしくなった。そうしてみると、意外とただの好青年に見えなくもない。

「えーっと、」

陶然《タオ・ラン》はしばらく考えをまとめてから、正直に言った。

「この間やっと頭金が揃《そろ》って、小さな中古マンションを買ったんだ。これでようやくマイホームが手に入ったわけだし、今夜は親戚から紹介された同郷の人と会うことになっている」

その「同郷の人」というのは、言うまでもなく女性なのだろう。

費渡《フェイ・ドゥ》は十四、五のときから、新年や大きな祝祭日にひとりぼっちになると、いつも陶然《タオ・ラン》の家で過ごすようにしてきた。独身の青年と、寄る辺のない少年。そんな二人がひとところに集まったからといって誰の迷惑にもならないし、適当に乾麺でも茹《ゆ》でればその日の食事くらい簡単に済ませられる。

だが陶然《タオ・ラン》に〝家庭〟ができるなら、話が変わってくる。

費渡《フェイ・ドゥ》のまつ毛がかすかに上下した。

あのいじらしかった少年は、今や見違えるようないっぱしのエリートになっていた。今の費渡《フェイ・ドゥ》は聡明《そうめい》で自由気ままで、人脈があり要領もよく……おまけに膨大な資産まで持っている。ただの刑事でしかないちっぽけな陶然《タオ・ラン》よりよっぽどすごくて、面倒を見てやる必要などとっくにないのだ。

陶然《タオ・ラン》は手で高さを示しながら、費渡《フェイ・ドゥ》に語りかけた。

「はじめて会ったとき、君はまだこんなに小さくて、通学カバンをぎゅっと抱きしめながらうちの車のなかで小さくなっていたな。お父さんに三回も電話をかけたのに、ずっと話中でつながらなかったんだよね……あのとき、見上げてきた君を見て、このままにはしておけないと思ったんだ。あの小さかった子どもが、気づいたらこんな大きくなっていたなんて」

不意に、費渡《フェイ・ドゥ》の口から「兄さん」という懐かしいひと言が飛び出た——彼が成人してからこのかた、久しく聞かなかった呼び方に、陶然《タオ・ラン》は思わずハッとした。続けて費渡《フェイ・ドゥ》はぽつりと言った。

「僕のことは、ご迷惑でしたか？」

「そんなわけないだろ？」

費渡《フェイ・ドゥ》は言葉を探すように、ほんの少し考えてから思いやりたっぷりに言った。

「ちょうど考えていたんです。一、二年後、もし陶然《タオ・ラン》さんが結婚して子どもができたら、今のようにしょっちゅう会いにくるわけにはいかなくなるんだろうな、と——カウンセリングの先生が言うには、友人が家庭を持ったり遠くへ引っ越したりすることも、家族が年老いたり亡くなったりすることも、どれも特殊な事柄などではなく、天気の移り変わりと同じ自然の摂理のようなものだそうです。個人の力では変えられないし、果てしなく続いていく。一つひとつの出来事自体には、なんら特別な意味があるわけでもないのだと。そういったものに囚《とら》われすぎるのは、季節の移り変わりを嘆き悲しむのと同じ、無意味なものなんだそうです。世界も人間も自分も変わり続けているのだから、変化や別離を拒むことは非論理的だ、と。

——それに、前にも言ったように、陶然《タオ・ラン》さんとどうこうなろうと考えているわけではありません。今後何があっても、陶然《タオ・ラン》さんが僕の兄さんであることに変わりはありませんよ」

話そうとしていたことが句読点も含めて全部相手に取られてしまった。陶然《タオ・ラン》は補足する言葉すら見つからず、苦しまぎれに疑問を口にした。

「……カウンセリングを受けていたのか？」

費渡《フェイ・ドゥ》はおどけたように眉を上げた。

「私のような〝ブルジョア〟が定期的にカウンセリングを受けるのは、大勢で集まって八二年もののミネラルウォーター[38]を嗜《たしな》むのと同じくらいトレンディなことでは？」

そう返された陶然《タオ・ラン》は、費渡《フェイ・ドゥ》の軽口を聞いた女性社員と同様に――冗談だと知りつつも、すっかり気分が軽くなってしまうのだった。

費渡《フェイ・ドゥ》の口調もまた軽くなっていく。

「それで、今日は元カノとの再会ですか？　それともお見合い？」

「お見合いだよ」

費渡《フェイ・ドゥ》はぴくりと動きそうになった口元を引き結び、口から出かかった「ダサっ」を呑《の》み込んで、ため息をつきながら言った。

「そうだったんですね。それで、どうやって行くんですか？　まさかこの格好のまま、歩いていくわけじゃありませんよね？　車でも貸しましょうか？」

マイホームを優先したばかりに、十分以内に二度も同じことでいじられた陶然《タオ・ラン》は、さすがに呆れかえった。

「聞舟《ウェンジョウ》も君もどうして同じことを言うんだよ！　二人で示し合わせて俺をからかってるのか？」

予想外の反応に思わず顔を上げた費渡《フェイ・ドゥ》は、ちょうどこちらの様子をうかがっていた駱聞舟《ルオ・ウェンジョウ》と目が合った。

一拍遅れて二人の表情は同時に形容しがたいものとなり、今度は揃って視線をそらした。


退庁する陶然《タオ・ラン》とともに退散するだろうと思われた費渡《フェイ・ドゥ》は、意外にもその場にとどまった。駱聞舟《ルオ・ウェンジョウ》が当直の警察官を呼びつけ、何忠義《ホー・チョンイー》の母親の寝床を手配するのを見届けたあと、費渡《フェイ・ドゥ》はそっと自分の名刺を女に握ら

38　もっとも貴重で高価なワインとされる一九八二年もののシャトー・ラフィット・ロートシルトを元に作られたネットスラング。高価なミネラルウォーターの売り文句や、普通のミネラルウォーターをさも高そうなもののように見せる際に使われることが多い。

せ、ようやくその場を立ち去ろうとした。

何をどう間違えたか——身を翻《ひるがえ》す費渡《フェイ・ドゥ》の後ろ姿から漂うもの寂しさに当てられてか、はたまた失恋仲間になったことで、この放蕩児《ほうとうじ》相手に同情交じりの絆《きずな》でも芽生えてしまったのか——駱聞舟《ルオ・ウェンジョウ》はとっさに費渡《フェイ・ドゥ》を呼び止めた。

「なぁ、今夜はひとり飯なんだろ?」

振り返った費渡《フェイ・ドゥ》からは、さっきまでの世捨て人のような虚像はきれいさっぱりと消えていた。

「ええ、珍しく貴方のような一人暮らしのお年寄りと同じ状況になりましたね。こんなことは百年に一度あるかないかのものですけど」

その憎らしさ満点のセリフに、駱聞舟《ルオ・ウェンジョウ》の右手がまた疼《うず》きはじめた——今すぐ五秒前に戻って、余計なことを口走った自分をひっぱたいてやりたくなったのである。

だがすでに言ってしまったことを引っ込めるのも格好悪い。そのため駱聞舟《ルオ・ウェンジョウ》は、ただ無表情に続けた。

「今日、お前が落ち着かせてくれなかったら、あの母親がマスコミの前でなにを言い出すかわからないところだった。助けてくれたお礼に、刑事隊の代表として夕飯に招待してやってもいいぞ」

費渡《フェイ・ドゥ》はぴたりと立ち止まり、かすかに驚きの色を見せた。

＊＊＊

駱聞舟《ルオ・ウェンジョウ》はほんの社交辞令のつもりで誘ってみただけで、天下の費《フェイ》会長ともあろうお方がこんなつまやかな招待に応じてくださるとは思っていなかった……一方、費渡《フェイ・ドゥ》のほうもまた駱《ルオ》隊長の言う「夕飯に招待する」

が文字通り——市局の職員食堂への招待を意味していたとは夢にも思わなかった。

入り口の前で思わず立ち尽くした費《フェイ》会長は、食堂の中に漂う謎の香りに神経を尖らせながら、赤や緑などのドギツい色で構成された天井を見上げ、油でギトギトになった床のタイルと、赤・黄・青という直視しがたい色のプラスチック椅子を順番に眺めてから、壁に飾られた一枚の装飾画に目を留めた。

題字曰《いわ》く——『食《いい》は精《しらげ》を厭《いと》わず[39]、膾《なます》は細きを厭わず』。

このあまりの大言壮語に、費渡《フェイ・ドゥ》は愕然《がくぜん》とした。さすがは市局の職員食堂。その厚顔無恥さたるや駱聞舟《ルオ・ウェンジョウ》にそっくりではないか。

自炊したくない日によく食堂でテイクアウトする駱聞舟《ルオ・ウェンジョウ》は、勝手知ったる様子でカウンターへ向かいながら、また儀礼的に確認をした。

「食べられないものはあるか？」

だが返ってきたのは、費渡《フェイ・ドゥ》の遠慮の欠片《かけら》もない注文だった。

「ありますよ——生のネギと火の通ったニンニク、それからショウガは生でも調理済みでも食べられません。酸っぱいものと辛いもの、そして動物性の油を使ったものも苦手です。植物の茎と、皮のついたナスやトマトもダメですし、動物の肉は膝から下と首から上、さらには内臓も含めてNGです」

「……」

言葉を失った駱聞舟《ルオ・ウェンジョウ》を、費渡《フェイ・ドゥ》はこともなげにまっすぐ見つめ返した。それからしばし考えたあと、追い打ちをかけるようにさらに付け加えた。

39　孔子『論語』郷党 第十より。「穀物はよくつき、肉や魚は細かく切って食べるべし」という意味。ここでは料理へのこだわりと味をアピールするために使われている。

「そうそう、ゆで卵の黄身と、にがりで固めた豆腐もダメでした……あ、石膏《せっこう》豆腐[40]ならなんとか食べられますよ」

駱一鍋《ルオ・イーグォ》よりも好き嫌いの激しい哺乳類なんてはじめてだ。駱聞舟《ルオ・ウェンジョウ》は思わず「そんなに嫌ならクソでも食っとけ」と怒鳴ってやりたくなったが、なけなしの自制心を総動員してどうにか我慢した。息を大きく吸って今後五十年分の忍耐力を前借りすることで、どうにか炒《いた》めものカウンターの担当者に注文を伝えた。くそったれな〝費一鍋《フェイ・イーグォ》〟を食わせるため、あれもこれも抜くようにと注意しながら。

テーブルに並んだ料理を見て、費渡《フェイ・ドゥ》は消去法で黒糖の饅頭《まんじゅう》[41]を手に取り、抜糸《バースー》リンゴ[42]をおかずにノロノロとかじりはじめた。

駱聞舟《ルオ・ウェンジョウ》はこめかみをひくつかせながら言った。

「海産物も食べないとは聞いてないが？」

「食べないわけではありません」

費渡《フェイ・ドゥ》は視線すら合わせずに答えた。

「ただ殻を剥《む》くのが面倒なだけです」

呆れかえった駱聞舟《ルオ・ウェンジョウ》は、陶然《タオ・ラン》のお人好《ひとよ》し加減を改めて思い知った――こんなやつの面倒を七年も見てきて、途中カッとなって絞め殺さなかっただけでも大したものだ。

40　にがりの代わりに石膏（硫酸カルシウム）を使って固めた豆腐。にがりを使った豆腐より白くて柔らかい。

41　肉や野菜などの代わりに、黒糖を具とする中華饅頭。噛むとトロトロの黒糖が溢れ出す。

42　軽く揚げたリンゴを、溶かした砂糖で包ませたもの。砂糖が固まりきらないうちに箸で持ち上げると、チーズのように糸を引くことから、抜糸という名前がついた。リンゴのほかにサツマイモやバナナなどが使われることも多い。

駱聞舟《ルオ・ウェンジョウ》は指先でテーブルを叩きながら訊《き》いた。

「さっき陶然《タオ・ラン》に言ったことは本心だったのか？」

その問いに、費渡《フェイ・ドゥ》は黙ったまま「なにをバカなことを」と言わんばかりに皮肉交じりの一瞥《いちべつ》を返した。

「なんだ、その態度は。この俺が、失恋したお前を憐《あわ》れんでわざわざ飯に連れてきてやってんだぞ」

イライラしながら使い捨てのビニール手袋を取り出した駱聞舟《ルオ・ウェンジョウ》は、猫に餌《え》づけするつもりで油燜大蝦《ヨウメンダーシア》[43]のエビを剥きはじめた。

「まったく、陶然《タオ・ラン》が甘やかすからこうなるんだ――それで、今日はなんで何忠義《ホー・チョンイー》の母親とあれだけ話し込んでいたんだ？」

箸先をほんの一瞬迷わせた費渡《フェイ・ドゥ》だったが、結局箸を伸ばしエビのむき身を挟み取った。等価交換とばかりに、駱聞舟《ルオ・ウェンジョウ》の質問には突っかからずに答える。

「別に――刑事隊は犯人が張東来《チャン・ドンライ》の周りにいる人間だと当たりをつけてるんでしょう？　しかもその人物は、張東来《チャン・ドンライ》を通じて警察の動きを注視している可能性が高い。だから彼を釈放して、犯人をおびき出そうとしているのでは？」

駱聞舟《ルオ・ウェンジョウ》は手を拭《ふ》いた。

「なにかご意見でも？」

「私もほぼ同じ考えです。ただ、もし最初から被害者について掘り下げていれば、その人物にたどり着くのもそれほど難しくなかったかもしれません」

駱聞舟《ルオ・ウェンジョウ》のまぶたがぴくりと動いた。

43　殻付きのエビを炒め煮した甘口料理。殻付きのまま調理されるため、少し剥きにくい。

「犯人は被害者と旧知の仲だったはずです。名前は変えているかもしれませんが、この誰もが身分証によって管理されている社会で、なんの痕跡もなく名前を変えることは不可能に等しい。これまで誰も調べなかったからよかったものの、警察の権限をもってすればあっという間にバレてしまうでしょう。だから犯人は必死に警察の目をそらそうとしてるんですよ」

駱聞舟《ルオ・ウェンジョウ》は声を低めた。

「何忠義《ホー・チョンイー》は燕城《イエンチエン》に来る前から犯人を知っていたと言うのか？　こっちで誰かに雇われて、後ろ暗いことをやっていた可能性もあるだろ？」

「それはどうでしょう。母親の治療費にあてた十万元は、彼が燕城《イエンチエン》に来てから一ヶ月も経っていない時期に送金されています。そんな素性もわからない新顔に犯罪の片棒を担《かつ》がせるなんて、私だったら絶対に安心できませんね。これほど実入りのいい犯罪組織なら、貴局に入るための公務員試験よりよっぽど狭き門だと思いますよ」

さりげなく混ぜ込まれた嫌みをスルーした駱聞舟《ルオ・ウェンジョウ》は、さらに問いかけた。

「ならこういう可能性はないか？　何忠義《ホー・チョンイー》が金に困ってることを知った同郷の誰かが、彼をある犯罪組織に引き入れた。この仲介人と犯人は、同一人物とも限らない」

「お母さんから聞いたところによると、何忠義《ホー・チョンイー》は配達員の仕事を紹介してくれた兄貴分以外、同郷の人物について触れたことはとくになかったそうです。この兄貴分は〝趙玉龍《チャオ・ユーロン》〟という名前ですが、そちらもすでに調査済みなのでは？　出稼ぎ先で気心の知れた同郷の人と再会したのなら、家族になにも話さないほうがおかしいでしょう？」

「そいつと一緒に犯罪に加担していたから、後ろめたくて家族に言えなかったという可能性もあるだろ？」

「それはないでしょう」

と、費渡《フェイ・ドゥ》は首を横に振りながら言った。

「犯罪に手を染めていたのなら、なおさら話していたはずです。いつ警察に捕まるかもわからないという不安に苛《さいな》まれている人間は、無意識のうちに安心感を求めるものです。だから余計に『誰それのお世話になっている』とアピールするなどの補償行為を通じて、自分は大丈夫だと言い聞かせようとするはず――駱《ルオ》隊長、貴方はなぜそんなありもしない〝組織〟にこだわるのですか？」

やはり、費渡《フェイ・ドゥ》は鋭すぎる。

箸を止めた駱聞舟《ルオ・ウェンジョウ》は、自分の茶碗《ちゃわん》の縁を見つめながらしばらく思案を巡らせた。

「詳しくは教えられないが――何忠義《ホー・チョンイー》が殺害された夜、携帯電話に隠語を使った不審なメッセージが届いていたんだ。加えてこちらの調べで、彼が殺害された場所は東府門《ドンフーメン》区である可能性が高いと今は見ている。ところが遺体が見つかったのは、そこから車で三十分以上もかかる花市《ホアシー》区の西側だった。おまけにその花市《ホアシー》西については、偶然にも興味深いタレコミが……」

眉をひそめた費渡《フェイ・ドゥ》は、ここにきてようやく意外そうな表情を見せた。

ちょうどそのとき、駱聞舟《ルオ・ウェンジョウ》の携帯電話が鳴った。未登録の番号からかかってきたその電話に、駱聞舟《ルオ・ウェンジョウ》は応答した。

「もしもし？」

電話の向こうから、かすかなノイズと誰かの荒々しい喘《あえ》ぎ声が聞こえた。

「どちらさまで？」

迷惑電話を疑いながらも声をかけると、切羽詰まったような絶叫が前触れもなく耳をつんざいた。

「助けてくれ！　今……」

電話はぷつりと切れた。

一瞬で途切れてしまった叫びは、携帯電話の向こうから静かだった食堂を貫き、向かいの席にいる費渡《フェイ・ドゥ》の耳にまで届いた。駱聞舟《ルオ・ウェンジョウ》はもう一度通話を試みたものの、もうつながらなかった。

ひと言しか聞こえなかったが、あれは明らかに違法タクシーのドライバー、陳振《チェン・ジェン》の声だった。

王洪亮《ワン・ホンリャン》に対する告発は、陳媛《チェン・ユエン》の電話を盗み聞きした陳振《チェン・ジェン》の不たしかな推測によるものだった。話を聞いた限りでは、陳振《チェン・ジェン》はただ状況証拠をもとに王洪亮《ワン・ホンリャン》の仕業《しわざ》だと決めつけただけで、物的証拠は何ひとつ持っていなかった。

家族を巻き込みたくなかった陳媛《チェン・ユエン》が何も残さなかったのか、それとも王洪亮《ワン・ホンリャン》が彼女を始末したあと、〝麻薬取締り〟と称して手がかりとなるものをすべて回収してしまったのかはわからないが、駱聞舟《ルオ・ウェンジョウ》が陳振《チェン・ジェン》から得た唯一の手がかりは、陳媛《チェン・ユエン》のアルバムだけだった。

別れ際に、陳振《チェン・ジェン》が明らかに悔しそうにしているのを見て、先走った行動に出るのではないかと心配した駱聞舟《ルオ・ウェンジョウ》はわざわざ青年に言い聞かせた。

「まだ証拠もなにもないのに、よそでぺらぺらと喋《しゃべ》るなよ。それから自分ひとりで調査するのも絶対にダメだ。なにか思い出したらすぐ俺に電話しろ――お前が危険を冒して証拠を手に入れたところで役に立たないかもしれないし、有効な証拠として認められるとも限らないからな」、と。

これだけ懇切丁寧に言い聞かせれば、あの彼もおとなしくしてくれるだろうと思っていたのに、まさか一日も経たずにこんな状況に陥るとは予想外だった。駱聞舟《ルオ・ウェンジョウ》は慌ててエビのむき身の入った皿を費渡《フェイ・ドゥ》の前へ動かした。

「悪いけど、あとは一人で食べてくれ。食べ終わったら皿の片づけも忘れないように。ちょっと急用ができたから、今すぐ行かないと」

費渡《フェイ・ドゥ》はのんびりと紙パックのレモンティーにストローを通してからひと口飲んでみた。こんな酸っぱくて苦い飲み物は、とても人間に飲ませるような代物ではない。そう思った彼は、すぐにレモンティーを横へ避《よ》けて、慌ただしく去っていく駱聞舟《ルオ・ウェンジョウ》の後ろ姿を思案げな表情で見送った。

＊＊＊

妹の張婷《チャン・ティン》から今回の身柄拘束騒動の一部始終を聞かされた張東来《チャン・ドンライ》は、自分が出てこられたのは弁護士の働きによるところが大きいと判断した。一度自宅へ戻り、ゆずの葉で全身を洗い清めた[44]彼は、その日のうちに担当弁護士のために一席設けた。

金持ちのクライアントたちから訴訟外の顧問業務などを請け負う同業者たちに比べて、刑事事件を専門とする刑事弁護士はリスクが高く、プレッシャーも大きい割に、リターンの少ない仕事である。今回のような当事者の金払いもよく、案件自体もそれほど難しくないのはかなりのレアケースだ。趙浩昌《チャオ・ハオチャン》という学友の紹介でもなければ、こんなおいしい仕事に当たることはめったにない。そのため劉《リウ》は、喜んで張東来《チャン・ドンライ》の招待に応じた。

店を出る前、張東来《チャン・ドンライ》は丁重に礼を述べながらずっしりと重みのある謝礼を持たせてくれて、自ら車で家に送るとまで言い出した。ところが外へ出た二人は、九頭身の美女にばったり出くわした。彼女は張東来《チャン・ドンライ》と親

44　中国南方では悪運を落とすため、または幸運を呼び込むためにゆずの葉で体を洗う習慣がある。

しげに挨拶を交わすと、さも当たり前のように彼の車に同乗してきたのだ。

お邪魔虫の自覚のある劉《リウ》は、空気を読んで後部座席に乗り込み、最寄りの地下鉄駅で降ろしてほしいと申し出た。

道中、美女と張《チャン》公子の間では、聞いているほうが恥ずかしくなるようなハレンチな会話が絶えず交わされていた。そんな空間に平然といられるほどの図太さを持ち合わせていない劉《リウ》は、仕方なく空気にでもなったつもりで背もたれに寄りかかり、携帯電話の画面に集中した。

ところがある交差点を通過するとき、張東来《チャン・ドンライ》がたまたま急ブレーキをかけたため、後部座席の劉《リウ》は前のめりになった。すると、隅のほうに何かが落ちているのが視界に入った。

急ブレーキのせいで、座席に置いてあったものが落ちてしまったのだろうと思った彼は、とっさにそれを拾い上げようとした。だが体をかがめた途端、びくっと固まってしまった――そこにあったのは、シルバーとグレーのストライプネクタイだった。

作りがよく、テールのほうにはとある高級ブランドのラベルも入っているそのネクタイは、誰かにもみくちゃにでもされたのか、すっかりよれよれの干物のようになっていた上に、丸められた状態で後部座席の隙間に挟まっていた。

ふと、市局で刑事の誰かが言っていた言葉が脳裏をよぎった。

『被害者の後頭部に打撲痕がありますが、死因は窒息死です。凶器は紐《ひも》状の柔らかい布だと推測され、スカーフやネクタイ、柔らかいロープなどの可能性が……』

ネクタイ!?

その瞬間、ほろ酔いだった劉《リウ》は、体内のアルコールが全身の毛穴から一気に吹き出るのを感じた。

ちょうどそのとき、ようやく後部座席にも誰かが乗っていることを思い出した張東来《チャン・ドンライ》は、車を発進させながらちらりと振り返った。

「劉《リウ》先生、うつむいてどうしたんですか？　もしかして飲みすぎ？　それとも腹の調子が悪いとか？」

その声に慌てて体を起こした劉《リウ》は、全身の血が一気に頭へ上ったせいで、手足が冷たくなり虫の羽音のような音が鳴り出すのを感じた。体中の演技力を絞り出し、どうにか笑顔を作る。

「いえ……少し、めまいが……」

バックミラー越しに様子をうかがってくる張東来《チャン・ドンライ》の表情は、光の当たり方が悪かったのか、どことなく酷薄そうな色がよぎる。幸い、張東来《チャン・ドンライ》は大して気にすることなく、ひと目様子を確認しただけで助手席の美女とのいちゃつきを再開した。

劉《リウ》はガチガチになりながら、なんとか姿勢をそのままに携帯電話のカメラでネクタイの発見場所を撮影した。続いて少しずつ伸ばしたつま先でネクタイを持ち上げ、カバンの陰に隠しながら袖越しにつまみ上げ、素早くカバンの中に押し込んだ。

しかし手を引こうとしたタイミングで、張東来《チャン・ドンライ》の視線が予兆もなしにバックミラーから向けられた。

「劉《リウ》先生、この先の駅で大丈夫ですか？」

驚きのあまり心臓が止まりそうになった劉《リウ》は、とっさに言葉に詰まり、口をもごもごさせながらこくりと頷いた。

その様子に、張東来《チャン・ドンライ》は片眉を上げた。

「顔が汗まみれじゃないですか、エアコンの設定が高かったですかね？」

するとと助手席の彼女がすかさず抗議した。

「これ以上下げるのはイヤ、あたし寒がりなのよ」

それを聞いた張東来《チャン・ドンライ》は、すぐに緩《ゆる》んだ顔を横へ向けた。

「俺がそばにいるのに、寒いわけないだろ？」

からかわれた女の子はポカポカと張東来《チャン・ドンライ》を叩き、二人はそのままふざけ合いながらいちゃつきはじめた。

この何も知らない娘が割り込んでくれなかったら、劉《リウ》は恐怖のあまり正気を失っていたかもしれない。車が停止すると、脚をもつれさせながらほぼ本能的に降りた彼に、張東来《チャン・ドンライ》はさも心配そうに窓から顔を覗かせた。

「劉《リウ》先生、本当に酔っぱらってませんか？　よければ家まで送りますよ？」

劉《リウ》は無理やり顔の筋肉を動かしながら答えた。

「本当に平気ですから」

幸いなことに、色ボケした張東来《チャン・ドンライ》はただ儀礼的に訊いてみただけで、本気で送ってやろうとは思っていなかった。返事を聞いた途端、すぐにアクセルを踏んで猛スピードで去っていった。

不意に夜風が吹いた。背中がすっかり汗に濡《ぬ》れていたことに、劉《リウ》はようやく気づいた。

第十三章

陳振《チェン・ジェン》の連絡先を駱聞舟《ルオ・ウェンジョウ》は知っていた。だが、先ほどの番号はまったく見覚えのないものだった。

車をかっ飛ばして花市区《ホアシー》へ急ぎながら、駱聞舟《ルオ・ウェンジョウ》は市局の副局長である陸有良《ルー・ユウリャン》に電話した。

「陸叔《おじさん》、緊急事態です。今手続きを踏んでいる時間もないんだけど、どうにか追跡してほしい番号がある」

陸有良《ルー・ユウリャン》の反応も速かった。

「何番だ？　今どこにいる？」

駱聞舟《ルオ・ウェンジョウ》はさっそく陳振《チェン・ジェン》の連絡先とさっきかかってきた番号を伝えた。

素早くそれをメモしたあと、陸有良《ルー・ユウリャン》は改めて状況を確認した。

「今どういう状況だ？　自分の身の安全は確保できそうか？」

「俺は安全そのものですよ」

そう答えながら駱聞舟《ルオ・ウェンジョウ》はステアリングを大きく回し、南平《ナンピン》大通りのジャンクションを通って花市西《ホアシー》へ急行した。

この夜、燕城《イェンチェン》は急に蒸し暑さが増し、夏の気配をじりじりと感じさせた。ひしめき合う車の間を縫うようにして、時折地面すれすれを飛ぶ鳥の存在が、大雨の襲来を予兆している。

金曜日夜のラッシュアワーは普段以上に長時間になるのが通例だ。中心街では週末に向けてのPRとばかりに、広場に面した巨大な〝天幕《ザ・ビジョン》〟一面にLEDライトによる華麗な絵巻物語が次々と流れ、行き交う人々をどこまでも追っていく夜の灯火《あかり》は、広い道路を跨《また》いで駱聞舟《ルオ・ウェンジョウ》の車にまで差し込んできた。やがて車が西側の入り組んだ道へ曲がると、辺りはようやく静かになった。

陸有良《ルー・ユウリャン》の迅速で確実な対応のおかげで、ほどなくして駱聞舟《ルオ・ウェンジョウ》のもとに調査結果が知らされた——電波の発信源によると、陳振《チェン・ジェン》の携帯電話は花市西《ホアシー》の観景《グアンジン》西通り付近にあり、例の見知らぬ番号の携帯電話もそのすぐ近くにあるという。さらにその番号は所有者登録済みで、「呉雪春《ウー・シュエチュン》」という女性のものだったらしい。

「呉雪春《ウー・シュエチュン》？」

駱聞舟《ルオ・ウェンジョウ》は少し拍子抜けしたように訊《き》き返した。

「実在の人物なのか？」

「はい、たしかです」

連絡を入れた技術スタッフははっきりと肯定した。

「身分証の記載情報は後ほどそちらの携帯電話にお送りします」

＊＊＊

「観景西通り《グアンジン》」に到着したというナビゲーションの知らせに従い、駱聞舟《ルオ・ウェンジョウ》は速度を落とした。

こんなところに単身で出向いたのは、王洪亮《ワン・ホンリャン》が自分に手を出すはずがないと確信しているからだ。

王洪亮《ワン・ホンリャン》のようなゲスは、人間を平等に見ることはなく、虐《しいた》げてもいい相手と、媚《こ》びへつらうべき相手をはっきりと区別している。無価値の虫けらならひねりつぶしたところでなんともないが、どんなに恨めしく思っていても我慢して取り入らなければならない相手も存在する。

駱聞舟《ルオ・ウェンジョウ》自身は取るに足らない小物だが、幸運なことに父親はいまだ現役だ。

陳振《チェン・ジェン》が電話で助けを求める最中に襲われたとすれば、通話相手が駱聞舟《ルオ・ウェンジョウ》であることはすでに襲撃者に知られているに違いない。陳振《チェン・ジェン》に渡した番号は所有者登録済みのものだから、すぐに特定され、自分が現場へ向かっていることも王洪亮《ワン・ホンリャン》に伝わっているはずだ。

普段ならば、王洪亮《ワン・ホンリャン》は直ちに連絡してきて、穏便に解決できないかと探りを入れているところだろう。

それなのに、いまだ電話の一本もない。

ということは――今夜何が起こったにせよ、王洪亮《ワン・ホンリャン》にはまだ知らされておらず、手下が勝手に動いているだけの可能性が高い。

危険だが、これはチャンスでもある。

このタイミングで、駱聞舟《ルオ・ウェンジョウ》の携帯電話がピコンと鳴り、呉雪春《ウー・シュエチュン》の身分証データが届いた。観景西《グァンジン》通りの外側に車を停め、駱聞舟《ルオ・ウェンジョウ》は徒歩に切り替えた。

観景西《グァンジン》通りとは串焼き屋台などが林立する夜市に〝マッサージサロン〟も加わった〝歩行者天国〟である――もっとも、ちゃんとした歩行者専用道とは違って、自動車の乗り入れは禁止されておらず、ただ道路を不法占拠している屋台が多すぎるせいで三輪以上の車両が入れなくなっているだけのことである。

辺り一帯は炙《あぶ》り焼きの熱と肉の焼ける匂いが充満しており、上半身裸の大男が鉄鍋でジャリジャリと音を立てながらタニシを炒《いた》めていた。街角には厚化粧をした特殊な〝サービス業者〟が立ち並び、客引きの傍ら串焼きまで楽しんでいる。時折、下水の臭いが漂ってくることもあったが、すぐそばでは人目もはばからずに下水溝から油脂を掬《すく》っている輩《やから》がいるのだった。

駱聞舟《ルオ・ウェンジョウ》はぐるりと辺りを見回し、しばらく考え込んだあと、違法ドライバーのたまり場へ向かった。

早々に「店じまい」した違法ドライバーたちは、ちょうど集まって〝賭博《とばく》〟を楽しんでいるところだった。ノリにノッた一人の中年ドライバーは、汚い言葉を叫びながらボンネットにカードを叩《たた》きつけ、黄ばんだデコボコな歯をさらして笑った。

「これでどうよ、ぐうの音も出ねぇだろ？　全員とっとと出すもんを出しやがれ！」

そう言いながら男は手のひらを広げ、仲間にタバコを要求した。だが仲間からの上納よりもはやく、後ろから伸びてきた手がタバコを一本差し出し、火まで点《つ》けた。

違法ドライバーたちが一斉に振り返ると、そこに立っていたのは肩幅が広く脚の長い美形な男だった。

「邪魔して悪いね。ちょいとお兄さんたちに訊きたいことがあってさ」

ほかのドライバーたちにもタバコを配りながら、駱聞舟《ルオ・ウェンジョウ》は人の好《よ》さそうな笑顔で続けた。

「昨日、走行制限に引っかかっちまって、仕方なく若い兄ちゃんの車に乗ったんだが、サインをもらったばかりの契約書をうっかり車内に置き忘れてしまったんだよ。あんな紙切れ、拾ったところでビタ一文にもならないけど、はやく見つけないと俺は社長の前で腹を掻《か》っ切って罪を償うハメになっちまう――もちろん、タダでとは言わない。あの兄ちゃんの居場所さえ教えてくれたら、礼はたっぷりするよ」

口だけのやつらとの違いを見せつけるかのように、駱聞舟《ルオ・ウェンジョウ》は一度言葉を切り、依頼に移る前にまず財布を広げて一人一枚ずつ赤色の百元札[45]を配った。

「これで情報を広めてほしい。約束した謝礼もきっちり払うよ」

駱聞舟《ルオ・ウェンジョウ》は見事なまでにペテンの達人だった。

ドライバーたちには、車の車種と特徴だけを伝え、ナンバーはわざとぼかした。考え込むふりをしたあと、アルファベット二文字と末尾の数字をようやくひねり出した風を装いつつ、ドライバーの外見だけは手振りを交じえながら詳しく説明した。

ただの一般人が、他人の車のナンバーを覚えていたらさすがに不審に思われかねない。それに違法ドライバーには彼らなりの組織と縄張りがあるため、この程度の情報だけでも口々に話し合って結論を出すのには十分だった。

45　日本円で約千六百円。

「それって、陳振《チェン・ジェン》のやつなんじゃないか？」

話が期待通りに展開しているのを見て、駱聞舟《ルオ・ウェンジョウ》はすぐに黙った。視線を水平に保ったまま、ドライバーたちの様子をうかがうように彷徨《さまよ》わせている。はたから見れば、まるで本当に戸惑っているようだ。

当たりがついたことで、謝礼欲しさの違法ドライバーたちは即刻ポーカーをやめて、音もなく迷路のような路地へ散っていった。

残された駱聞舟《ルオ・ウェンジョウ》がタバコに火を点け待っていると、一本目も吸いきらないうちに目当ての情報が上がってきた——道路脇に停まっている陳振《チェン・ジェン》の車を見たという人間が見つかり、その場所と陳振《チェン・ジェン》の電話番号を教えてくれた。

今陳振《チェン・ジェン》に電話をかけたところで、つながるわけがない。駱聞舟《ルオ・ウェンジョウ》はさっそく謝礼を渡し、陳振《チェン・ジェン》の車のところまで案内してもらうことにした——。

そこは観景西《グァンジン》通りの先にある駐車スペースだった。枠線は引かれているものの、管理人はとくに見当たらない。陳振《チェン・ジェン》の中古セダンだけがぽつんと停まっており、人通りの多い場所だが、持ち主の姿はどこにもなかった。

近くに設置された唯一の防犯カメラも、悪ガキにでもやられたのか半分砕けていて、すでにご臨終の様子だった。

情報を提供した男はこの程度のことで謝礼をもらってしまったことを申し訳ないと思ったのか、陳振《チェン・ジェン》の行方を訊いてくると言ってまた飛び出した。

再び一人になった駱聞舟《ルオ・ウェンジョウ》は陳振《チェン・ジェン》の車をぐるっと一周し、運転席のすぐ外にタバコの吸い殻が大量に落ちていることに気づいた。ここに立っていた人物はよほど苛立《いらだ》っていたのだろう。火を消すときの足跡にもその心情が表れていた。

駱聞舟《ルオ・ウェンジョウ》はその足跡のところに立つと、ドアを背にして辺りを見回した。

自分の警告を無視して勝手な行動に出た陳振《チェン・ジェン》は、おそらく相当気が急《せ》いていたはず。では、こんなところに突っ立ったまま、一人で何本もタバコを吸っていた理由は？

急に迷いでも生じたのか？

それとも……誰かを待っていた？

そこへ、先ほど謝礼を受け取った男が小走りで戻ってきて、駱聞舟《ルオ・ウェンジョウ》に耳打ちをした。

「メッセージを書いた紙を車に貼って、向こうからの連絡を待ったほうがいいかもしれない。あっちで服とかを売ってる姉ちゃんの話によると、陳振《チェン・ジェン》のやつはだいぶ長い間ここで突っ立っていたけど、そのあと〝鴻福大観《ホンフーパラダイス》〟に入っちまったらしい」

「鴻福大観《ホンフーパラダイス》？」

「ほら、あそこ！」

男の指すほうへ目を向けると、そこはちょうど駐車スペースの向かい側にあるネオンきらめく娯楽施設だった。

入り口には「ビリヤード・テーブルゲーム・マッサージ・カラオケ」と書かれた大きな看板が張り出されており、何台もの車が列をなすように停まっている。

こっそり陸有良《ルー・ユウリャン》宛てに〈花市《ホアシー》西観景西《グアンジン》通り東の鴻福大観《ホンフーパラダイス》、応援を求む〉というメッセージを送り、男を帰した。駱聞舟《ルオ・ウェンジョウ》は鴻福大観《ホンフーパラダイス》の周りを素早く一周し、おおよその周辺確認を済ませると、片手で髪型を崩し、堂々と乗り込んだ。

エントランスホールに入ると、格式張った大理石の床と、頭上に吊《つ》り下がっている洋風のシャンデリアが真っ先に目に入った。電球がいくつか切れているせいで、室内は幾分か仄暗《ほのぐら》くなっている。数人のチンピラ風の若者が、タバコを吸いながらホール内を巡回しており、駱聞舟《ルオ・ウェンジョウ》が入ってくるのに気づくと値踏みするような視線を投げてきた。

駱聞舟《ルオ・ウェンジョウ》はそれに気づかないふりをして、まっすぐフロントへ向かい、カウンターをトントンと叩きながら言った。

「個室を一つ用意してくれ。あとで連れも来る予定だ」

続いて駱聞舟《ルオ・ウェンジョウ》は脇にあったドリンクメニューを手に取り、市場価格より五割増しのアルコール類の値段をサッと眺めながら、それにも気づいていないかのように次々と注文しはじめた。急に現れたばかな太客に、フロント係の女性スタッフは慌てて注文票に書き込みながら応対した。

「すみません、もう少しゆっくりとお願いします……」

だが駱聞舟《ルオ・ウェンジョウ》は、なぜか急に黙り込んだ。

困惑したフロント係が顔を上げると、その〝客〟はじっと彼女を見つめ、声を潜《ひそ》めて訊いた。

「この店は、いくらから〝接客係《キャスト》〟を指名できるんだ?」

フロント係は一瞬面食らったのち、〝心得た〟ような笑みを浮かべ、カウンターの下から一冊のファイルを取り出した。それをスッと差し出しながら、同じく声を潜めて言った。

「まずは写真をご覧になってください」

ファイルの中は、芸術性の欠片《かけら》もない〝芸術写真〟がたくさん並んでいた。どれも厚化粧をした女狐《めぎつね》みたいな顔のオンパレードで、いかにも前時代的な毒々しさを漂わせている。駱聞舟《ルオ・ウェンジョウ》は最初から最後まで二回もめくってから、わざと苛立たしげに口を開いた。

「こんないじりまくった写真で選んでも意味ないだろ。もっと自然な写真はないのか？」

フロント係が答えようとすると、駱聞舟《ルオ・ウェンジョウ》はそれを遮《さえぎ》り、ほんの少し上体を乗り出して、まどろっこしい芝居はここまでとばかりに、〝開き直って〟言った。

「単刀直入に訊こう。ここに呉雪春《ウー・シュエチュン》という女はいないか？」

「えっと……呉雪春《ウー・シュエチュン》、ですか？」

フロント係の笑顔はぴくりと凍りついた。

自らが作り出した色ボケした虚像を鋭い眼光で切り裂きながら、駱聞舟《ルオ・ウェンジョウ》は低い声を発した。

「答えられない理由でもあるのか？」

フロント係はその視線に怯《おび》えてとっさに目を背けたものの、すぐに落ち着いた態度を装って砂糖でも含んだかのような笑みを見せた。

「当店の接客係《キャスト》はいつも英語名で呼び合っているものですから、急に中国名をおっしゃられて、一瞬考えてしまいました。えっと……呉雪春《ウー・シュエチュン》でしたね。それなら〝リンダ〟のことかと」

予想外の理由に、駱聞舟《ルオ・ウェンジョウ》は敵地にいるにもかかわらず、つい余計なツッコミを入れたくなった。

「洒落《しゃれ》た企業文化を持ってるんだな」

フロント係は少し目を泳がせたあと、駱聞舟《ルオ・ウェンジョウ》にもう一度ファイルを差し出した。

「残念ながらリンダは本日体調不良でして、ほかの接客係《キャスト》をお選びになっては？　それとも、リンダとはお知り合いですか？」

駱聞舟《ルオ・ウェンジョウ》は偉そうに上体をのけぞらせ、黙ったままじっと彼女を見下ろしたあと、冷ややかに訊き返した。

「なんだ、接客係《キャスト》を指名するのに、そんなことまで答えなきゃならないのか？」

すると女性は慌てて小声で謝罪し、テキパキと個室を手配して、案内係をつけた。気のせいか、駱聞舟《ルオ・ウェンジョウ》は自分へ向けられた視線が増えたように感じた。

駱聞舟《ルオ・ウェンジョウ》の姿が見えなくなると、フロント係はようやく止めていた息を吐き出し、手元から取り出した無線機に向かって声を潜めて報告した。

「例のお客様が入ります、〝芙蓉城《ふようじょう》〟へご案内しました」

ガヤガヤとした音が少し続いたあと、男の声が問いかけた。

「人数は？」

「い、一名様です」

そう答えた彼女は、不安そうに唇を引き結んだ。手のひらが冷や汗でびっしょりなせいで、無骨な無線機を危うく取り落としそうになった。

「あの、こんなこと、もう勘弁してください。私……」

だが、無線の相手はとうに聞いておらず、かすかな罵声だけが向こうから伝わってきた。

「一人だと？　そいつはとんだ命知らずだな！　だったら入り口で待ち伏せして、手っ取り早くシバいちまえばよかった！」

汚い罵《ののし》りが十数秒続いたのち、通信はぷつりと切れた。

しばらくすると、白いワンピース姿の若い女が二人のスタッフにぐいぐい押されながら現れた。胸元の名札には「リンダ」と記されており、まさしく呉雪春《ウー・シュエチュン》その人である。

フロントの前を通りすぎるとき、呉雪春《ウー・シュエチュン》はフロント係の女性に不安げな視線を向けたが、ほんの一瞬目が合うと互いに目を背けた。

＊＊＊

駱聞舟《ルオ・ウェンジョウ》に置いていかれた費渡《フェイ・ドゥ》は、数分後には食事の手を止め、市局の食堂を出た。ちょうど何忠義《ホー・チョンイー》の母親が目を覚ましたようで、彼女を宿に行かせようと当直の警官が必死で説得しているのが見える。

パンパンに腫《は》れた目に、不健康そうな黄色い肌、両手はきつく服の裾を掴《つか》んでいて、何も答えず頷《うなず》きもしない。外の世界はわからないことだらけで、誰もが自分を騙《だま》そうとしているような気がして、心細くて仕方がないのだ。

長年閉じた世界の中で生きてきた人間は、往々にしてこういった無知ゆえの臆病さと愚かさが身に染みついてしまう。何年も病床に臥《ふ》してきた彼女にとって、息子は唯一の拠《よ》り所であり、自分とこの喧々囂々《けんけんごうごう》とした世界との間におけるただ一つの防壁と架け橋でもあった。

窓越しにしばらく女を観察していた費渡《フェイ・ドゥ》は、まるで殻をなくした蝸牛《かたつむり》でも見ているような印象を覚えた。

結局彼は、何忠義《ホー・チョンイー》の母親の前に顔を出すことなく、足早に市局を出ると、一人で花市西《ホアシー》へ向かった。

＊＊＊

「芙蓉城」は奥のほうにある個室だった。

中に入った駱聞舟《ルオ・ウェンジョウ》は、すぐに違和感を覚えた——この個室はほかよりいくらか明るい。室内をぐるりと見回すと、隅に興味深いものを見つけた。

先ほど鴻福大観《ホンフーパラダイス》の周りを歩いたときから気づいていたが、この建物の窓は構造上、四隅にあるいくつかの窓だけがつぶされずに残っている——そのうちの一つがこの個室にあるようだ。

締めきられた窓は、内側から遮光性のある布で覆われていたが、経年劣化のせいか、壁に貼りつけていた部分が少し剥《は》がれている。その隙間から、街灯の光がわずかに入り込んでいた。

駱聞舟《ルオ・ウェンジョウ》はさり気なく一瞥《いちべつ》しただけで、すぐに視線を戻し音楽をかけた。続けて火災報知器を探す素振りで天井を見回し、何もないのを確認するとタバコを取り出した。

おもむろに一本咥《くわ》えてライターに火を点ける一方、火を囲うように添えられたもう片方の手の内側では、こっそりと手書きのメモを広げていた。

このメモはフロント係の女性スタッフが二度目にファイルを差し出したとき、手元で隠しながら渡してきたものだった。ボールペンで走り書きされたメモにはこうあった——〈襲撃に気をつけて〉、と。

内容を確認した駱聞舟《ルオ・ウェンジョウ》は少し意外に思った。

誰かが自分を待ち構えているのは、もちろん予想していた。陳振《チェン・ジェン》が電話で助けを求めた時点で、自分がやってくることくらい、相手には筒抜けだ。

だからこそ駱聞舟《ルオ・ウェンジョウ》は、わざとフロントで「呉雪春《ウー・シュエチュン》」の名前を出した上、堂々と乗り込むことで、場慣れた様子と隙を同時に見せるという演技をしてみせた。全力で神経を尖《とが》らせてはいるものの、事の全貌はまるで掴めていないと思わせるために。

そうやって相手を油断させておけば、いきなり過激な行動に出られる可能性が低くなる。うまくごまかせる相手だと思い込んでくれたら、こちらの駆け引きに付き合ってくれるかもしれない。

駱聞舟《ルオ・ウェンジョウ》はもとから自分を餌にして相手をおびき出し、そこを援軍に襲わせるつもりだった。まさかたった今出会ったばかりのフロント係に、こっそり注意してもらえるとは。

今にしてみればこの窓のある「芙蓉城」という個室へ通されたのも、彼女の計らいだろう――万が一危険な状況に陥っても、窓から逃げられるように。

駱聞舟《ルオ・ウェンジョウ》は顎をさすりながら、しみじみと感じ入ってしまった――。

「顔がいいとやっぱトクだよな」、と。

ちょうどそのとき、個室のドアが外から押し開かれた。駱聞舟《ルオ・ウェンジョウ》は何事もなかったかのようにライターを下げ、メモを手のひらに隠しながら顔を向けた。

入ってきたのは白いワンピースを身に纏《まと》った若い娘だった。カラーリングされた長い髪はどことなくくすんでおり、顔には不自然なほどの厚化粧が施されている。娘はニコリと笑って、甘ったるい声で挨拶した。

「はじめまして、リンダです」

「……」

なんという化粧技術だ。目も鼻も一度塗りつぶされてから化粧品で描き直されているかのような仕上がりで、経験豊富な刑事をもってしても、彼女を呉雪春《ウー・シュエチュン》と断定するのにためらいを覚えるほどだ。

続いて数人のウェイターが入ってきて、先ほど注文したアルコール類をローテーブルの上に置いていった。

駱聞舟《ルオ・ウェンジョウ》は少し考えてから、娘に向かって軽く頷いた。

「とりあえず座ろうか」

リンダはかなりの働き者のようで、部屋に入るなり駱聞舟《ルオ・ウェンジョウ》にあれこれと話を振りながら、テキパキと酒とグラスを並べはじめた。駱聞舟《ルオ・ウェンジョウ》のタバコの灰が長くなると、リンダはすぐさま立派なガラス製の灰皿を差し出し、愛嬌《あいきょう》たっぷりに訊《たず》ねた。

「お酒をずいぶんとたくさん注文されましたけど、お連れ様も大勢いらっしゃいますよね？　ほかにも何人か女の子を呼んできましょうか？」

口調はどこまでも愛らしく人懐っこいものだったが、どことなく鼻の詰まったような声をしている。近くで見ると、その両目は明らかに充血していた――どうやら彼女は、ついさっきまで泣いていたようだ。化粧が濃いのも、赤くなった鼻頭と目元を隠すためだろう。

一拍遅れて、駱聞舟《ルオ・ウェンジョウ》はそっと娘の顎を持ち上げ、角度を変えながらじっと観察した。やっていることは限りなく好色漢に近いが、表情は真剣そのもの。どうにかこの顔と身分証の写真との共通点を見つけようとしているだけであった。

しばらくして何か知見を得たのか、駱聞舟《ルオ・ウェンジョウ》は手を引っ込め、話しかけようとした。だが次の瞬間、いきなり動いたリンダに腕を掴まれた。

駱聞舟《ルオ・ウェンジョウ》が興味深く目を細めていると、リンダは彼の腕を掴んだまま、言い寄る男を拒もうと押し返すかのような体勢を作った。

「困ります、お客様。今日は月のものが来ていまして、お酒以外お相手できませんよ」

やんわり拒否しながらも、リンダは体を弱々しく後ろへ倒していく。その途中、テーブルの上にあったボトルに腕が当たり、ぐらついた。今にも倒れそうなボトルを見て、厚化粧の下に隠れた顔にほんの一瞬緊張の色がよぎる。

次の瞬間、駱聞舟《ルオ・ウェンジョウ》はとっさに手を伸ばして、彼女の肩越しにしっかりとボトルを掴んだ。中に入っている酒を、一滴もこぼさずに。

　予想外の展開に、リンダはあっけに取られた。

　駱聞舟《ルオ・ウェンジョウ》は声なきため息を漏らした。

　この部屋に盗聴器があることは無論想定済みだ。場所はテーブルの下か、ソファーの下かのどちらかだろうと思っていたが——先ほどのリンダの行動からすると、テーブルの下にあったようだ。事故を装い、わざと酒をこぼして盗聴器を壊そうとしていたようだが、あの動きではあからさますぎる。

　リンダに視線を戻しながら、駱聞舟《ルオ・ウェンジョウ》は二重の意味を込めて言った。

「女の子なんだから、もっと気をつけなきゃダメだろ？」

　自分の意図が伝わらなかったと思ったリンダは、すぐにその嘘《うそ》のつけない顔に焦りの色をにじませたが、当の駱聞舟《ルオ・ウェンジョウ》は落ち着き払った様子でボトルをもとに戻すと、軽い雑談のように声をかけた。

「ここは長いのか？　彼氏とかいる？」

　リンダは呆然《ぼうぜん》と駱聞舟《ルオ・ウェンジョウ》に目を向けたまま、反射的に答えた。

「まだ一年ちょっとです。彼氏はいません」

　駱聞舟《ルオ・ウェンジョウ》はじっと彼女の目を見つめながら、さらに質問を続ける。

「彼氏を作らなかったのか？」

　リンダはこくりと頷いた。

「まあ、時間の問題だろう」

　そう言って笑う駱聞舟《ルオ・ウェンジョウ》は、テーブルの縁を指先で叩きながら声を低めた。

「それじゃ、仲のいい男友達は？」

均整の取れた長い指が、すぐ隣でトントントンとリズミカルに音を立てていたら、誰だって気になってしまうだろう。

本能的にそこへ目を向けると、リンダは男の指がずっと同じ場所を叩いているのではなく、点を打ちながら上下左右に動いていることに気づいた……点が示す文字は「陳《チェン》」！

この男は、部屋に監視カメラと盗聴器が仕掛けられていることを知っていたんだ！

リンダ——呉雪春《ウー・シュエチュン》の目はあっという間に涙に覆われた。それでも彼女は渦巻く感情をグッと堪《こら》え、言葉を選びつつ答えた。

「一人だけ……います。昔、近所に住んでいた子で、仕事帰りに絡まれていた私を助けてくれたことがありましたし、普段もよくしてもらってます。でも……だからといって、なんになるんですか？　ここの人間である私を、彼はさぞ恨んでいるでしょうに」

「君を恨む？」

呉雪春《ウー・シュエチュン》は「軽蔑する」ではなく、「恨む」と言った。この言葉に、彼女と陳振《チェン・ジェン》との関係がうかがえる。また、彼女が「ここの人間」だと名乗るからには、「ここ」の秘密もある程度知っているということだろう。もしかすると、陳媛《チェン・ユエン》の死と関係があるのかもしれない。

駱聞舟《ルオ・ウェンジョウ》は少し考えてからそっと訊《たず》ねた。

「その男友達は、まだ〝こっち〟にいるのか？」

呉雪春《ウー・シュエチュン》は静かに頷いた。

「はい、まだこっちにいます。彼に合わせる顔もないですが、無事でいてくれるだけで充分です」

その答えに、駱聞舟《ルオ・ウェンジョウ》はホッと息をついた。

呉雪春《ウー・シュエチュン》の言葉から察するに、陳振《チェン・ジェン》はただ一時的に拘束されているだけで、命に別状はないということだろう。

この娘は、思っていたより頭が回るようだ。

軽くソファーに背中を預けながら、駱聞舟《ルオ・ウェンジョウ》はさらに質問した。

「その友達は今なにをしてるんだ？」

様々な客に接してきた呉雪春《ウー・シュエチュン》は、おのずと察しの良さを身につけていた。駱聞舟《ルオ・ウェンジョウ》がわずかに姿勢を崩したのを見て、すぐに自分の意図が相手に伝わったのだと理解した。

この質問はおそらく、陳振《チェン・ジェン》が鴻福大観《ホンフーパラダイス》へ来た目的を訊いているのだろう。

監視カメラのある方向を見ないようにグッと我慢しながら、呉雪春《ウー・シュエチュン》は組み立てた言葉を柔らかな口調に乗せて語りはじめた。

「いつも忙しそうにしてますが、詳しくは……そういえばこの間、彼の身内の〝子ども〟が家出してしまったらしく、家族は今も必死に捜し回ってるそうです。その子は放課後、この辺りに来たこともあって、ろくでもない男と付き合っていたとか。ついこの間も、そのことについて話を訊かれたばかりでした」

「未成年の失踪事件か」

駱聞舟《ルオ・ウェンジョウ》は噛《か》み締めるように一文字ずつつぶやいてから、疑問を口にした。

「警察には届け出ていないのか？」

「届け出ても無駄です。誰も取り合ってくれませんから」

警察という言葉に思わず体を強張《こわば》らせた呉雪春《ウー・シュエチュン》は、歯切れ悪そうに答えたが、続いて思い出したように付け加えた。

「その子のノートには、ある地名が書いてあったのですが、それがちょうどこの近くでした。友達の住んでいるところからは結構遠かったので、それで私に訊いてきたんです」

駱聞舟《ルオ・ウェンジョウ》の眉間にしわが寄った。

陳振《チェン・ジェン》がここへ来たのは〝黄金の三角空地《くうち》〟について調べるためだった！

＊＊＊

監視カメラと盗聴器を通して、そんなだらだらとした〝雑談〟の一部始終をじっと見守っている者たちがいた。

鴻福大観《ホンフーパラダイス》二階のとあるＶＩＰルーム。アルコールと奇妙な匂いが充満した部屋の中で、とっくに正体を失った数人の男女がドラッグの力に突き動かされるまま乱痴気騒ぎを繰り広げている。

そんななか、何人かの正気な男たちがテーブルを囲むようにソファーに座り、モニターとイヤホン越しに駱聞舟《ルオ・ウェンジョウ》の一挙一動に注視していた。その中心にいる人物こそが、花市《ホアシー》分局刑事隊隊長の黄敬廉《ホアン・ジンリエン》だった。

この一団は一度もドラッグに手を出したこともなく、今日もほんの少し酒を飲んだくらいで、背後の狂宴には目もくれないでいる。

そのうちの一人が、モニターを指さしながら黄敬廉《ホアン・ジンリエン》に話しかけた。

「この野郎、入ってから十分以上も女と駄弁《だべ》ってるけど、まだ動きがないんすか？」

黄敬廉《ホアン・ジンリエン》は冷静に答えた。

「わからないのか？　こいつは遠回しにあの小僧の居場所を訊いてるんだ。今は小僧がまだ生きていると知って、うかつに動けなくなっている」

「さすが黄《ホァン》隊長、よくおわかりになりましたね！」

「この様子では、小僧からなにも聞いていなかったのだろう」

黄敬廉《ホァン・ジンリェン》は余裕綽々《しゃくしゃく》といった様子で足を組んだ。

「ここがどういうところかを少しでも知っていれば、無防備に一人で乗り込んでくるはずがないからな……それより、この女はよくも情報を漏らしてくれたな。頃合いを見て始末したほうがいい」

「では、この駱聞舟《ルオ・ウェンジョウ》という野郎はどうなさるおつもりで？　すぐ王《ワン》局長に報告しなくて大丈夫ですか？」

「王《ワン》局長？　局長はお年のせいか、ずいぶんと手ぬるくなっている。今知らせようものなら、日付を跨がないうちに現金を引っさげてこいつに頭を下げに行くに違いない——たとえこいつが利口にもこっち側につくことを選んだとしても、かなりの額の〝上納金〟を払い続ける羽目になるだろう。そうなるぐらいなら、後腐れなく始末したほうがマシだ」

黄敬廉《ホァン・ジンリェン》は酷薄な笑みを浮かべながら続けた。

「だが、今ここで始末するのはまずい。花市西《ホアシー》で事件があった直後ではリスクが高すぎる。もっと慎重にことを運ぶ必要があるだろう」

「と、おっしゃいますと……？」

「あの陳振《チェン・ジェン》という小僧は、当分生かしておこう。ほとぼりが冷めたら、そいつを餌にして駱聞舟《ルオ・ウェンジョウ》をおびき出すんだ」

黄敬廉《ホァン・ジンリェン》は唇を湿らせてから続けた。

「その移動中に、昔やつが刑務所送りにした犯罪者とばったり……なんてこともあるだろ？　この仕事は、もとから危険が付きものだからな——もっとも、それも陳振《チェン・ジェン》の小僧がおとなしくしてくれればの話だ。薬はもう打ったのか？」

すると、別の一人がすぐさま立ち上がり、答えた。

「もちろん抜かりなく。そろそろ様子を見てきます」

黄敬廉《ホアン・ジンリエン》はモニターの前から顔を上げ、ドラッグで恍惚《こうこつ》としている娘の腕をうっとうしそうに避《よ》けながら、内心得意気に考えた――。

――市局の〝エリート様〟も結局この程度か。のこのこと乗り込んできて、二、三探りを入れただけで丸裸にされ、一挙一動もすべて筒抜けではないか。結局どの業界も同じ、出世できるかどうかは父親次第ってことだ。

苦々しい表情でひと口酒を啜《すす》り、モニターの向こうであの〝夜鷹《よたか》〟とスパイごっこをしている駱聞舟《ルオ・ウェンジョウ》を凝視したまま、黄敬廉《ホアン・ジンリエン》は言葉にならない憤りを感じた。

次の瞬間、陳振《チェン・ジェン》の様子を見に行ったばかりの男が慌ただしく駆け込んできた。

「ほ、黄《ホアン》隊長！　あ……あ、あいつ……」

黄敬廉《ホアン・ジンリエン》が苛立たしげに顔を上げると、その部下は雷にでも打たれたかのように、真っ青な顔で舌をもつれさせながら続けた。

「し……死んでました！」

黄敬廉《ホアン・ジンリエン》は顔をしかめた。

「報告ぐらいきちんとできないのか、このアホが！　それで、誰が死んだって？」

「あの……あいつが……」

舌が固結びにでもされたのか、部下はただ陳振《チェン・ジェン》が拘束されている部屋のほうを指さした。

その様子にハッとした黄敬廉《ホアン・ジンリエン》は、頭皮全体が粟立《あわだ》つのを感じた。タンっとソファーから立ち上がると、手に持っていたグラスを部下の顔面に投げつけ、声を荒らげた。

「死んだだと？　誰が手出ししていいと言った⁉」

部下は泣きそうな顔で訴えた。

「だ……誰も手を出してなんかいません。ご指示通りほんの少し薬を打ってやっただけなんです。本当に大した量じゃないんですよ、黄《ホアン》隊長。ここにいるやつらだったら、なにも感じない程度の量しか打ってないのに、こんなあっさり死ぬなんて誰も思わないじゃないですか⁉　なんで死んだのか、こっちが訊きたいくらいですよ！」

薬物の過剰摂取は命に関わる。

だがどの程度摂取したら「過剰」になるかは、人による——ピーナッツを一粒、牛乳をひと口摂取しただけでアレルギーを起こして死ぬ人もいるのだから、麻薬をほんの少し摂取しただけで命を落とす人間がいてもおかしくはない。

ただしそういった極端な例は、あくまでレアケースだ。陳振《チェン・ジェン》のような健康そうな若者が、こうもあっけなく死んでしまうとは誰が予想できただろう。

急すぎる展開に頭の中がブンブンと鳴りはじめた黄敬廉《ホアン・ジンリエン》は、パッと振り返り、モニターの中の駱聞舟《ルオ・ウェンジョウ》をきつく睨みながら、独り言のようにつぶやいた。

「大変なことになった。こうなってはこいつを帰すわけにはいかないな」

第十四章

あまりの爆弾発言に、モニターを囲んでいた正気な一同は思わずあんぐりと黄敬廉《ホァン・ジンリエン》を見つめた。

黄敬廉《ホァン・ジンリエン》が苛立《いらだ》たしげに部屋の中をぐるぐると歩き回っていると、誰かがぼそりと言った。

「しかし、相手は市局の……」

私利私欲のために法を曲げ、犯罪行為に目をつぶっているとはいえ、この部屋に集まっている面々は〝実務〟に関与したことのない者が大多数だった。

彼らはただ見て見ぬふりをしていれば、口止め料が手に入った。普段はごく普通の警察官と変わらず、普通に仕事をして普通に給料をもらっている。ただ時々〝グレーな収入〟がポケットに入ったり、付き合いで〝娯楽施設〟に出入りしたりすることがあるだけで……。

そんな自分たちを極悪非道な犯罪者だと思ったこともない――長らく王洪亮《ワン・ホンリャン》の影響を受けてきた彼らは皆、売春婦やチンピラが何人死のうと構わないが、同業者を手にかけるのはやりすぎだ、と考えている。

額の下に目が二つ。それが正面や上を向いている間は、まだ相手を人間だと認識しているが、見下ろしてみた途端、人はつい錯覚してしまいそうになる。そこにいるのはただの獣、家畜でしかないのだと――。

権力を持たぬ者、時勢に逆らえぬ者、生に喘《あえ》ぐ者、弱者と数えられる者、それらは総じて家畜に分類されてしまうのだ。

人間の立場からすれば、獣にも暑さ寒さやひもじさを感じることくらいわかっている。だが、それだけだ。獣が死んだくらいじゃなんとも思わない。なんせ「人の命はなによりも尊い」とはいうけれど、ほかの命までいちいち構ってはいられないのだ。

そういうわけで、陳振《チェン・ジェン》の死はただの事故として片づけられても、駱聞舟《ルオ・ウェンジョウ》を殺すのは大問題だ——と、皆多かれ少なかれ思っていた。

だが黄敬廉《ホァン・ジンリェン》だけは生まれつきとんでもない胆力の持ち主なのか、突拍子もないことを言い出したのだ。

「黄《ホァン》隊長、それはいくらなんでもまずいですよ」

一人がおずおずと口を開いた。

「俺が思うに、死んでしまったものは仕方ないですけど、死体さえきれいに片づければ済むことでしょう？　陳振《チェン・ジェン》が見つからない以上、あの駱聞舟《ルオ・ウェンジョウ》だって、証拠も令状もなしではじきに手詰まりになるのでは？」

「手詰まりだと？　陳振《チェン・ジェン》がここで消息を絶ったのは、はっきりしてるんだぞ」

歯を噛《か》み締めるあまり、黄敬廉《ホァン・ジンリェン》の言葉はまるで歯と歯の間から絞り出されたかのようだった。

「今日のところは諦めて帰ってくれるかもしれない。だが明日は？　明後日《あさって》は？　お前らは仕事をほっぽり出して、二十四時間ここに詰めているつもりか？　ここのやつらが全員、ひと言も漏らさない保証がどこにある？

ただの取引とは違って、今回は死人まで出てるんだ。今こいつを帰したら、あとで報告を受けた王《ワン》局長が本当に庇《かば》ってくれるとは限らないんだぞ！」

男は、口ごもりながら弱々しく反論した。

「それでも……身内じゃないですか……」

「身内だから余計まずいんだ！　二十日の夜、なぜよりによって〝あの場所〟に死体が現れた？　お前らも全員その場にいたはずだが、誰か見たやつはいるか？　偶然だなどと言うなよ。誰かが人を殺して死体を遺棄しようと思っても、あんなところにたまたま捨てるわけないだろ？　今回の件はまるで……意図的に俺たちを〝マーク〟しているようではないか！」

黄敬廉《ホァン・ジンリエン》はそんな陰謀論を語りながら、ぶるりと身を震わせた。

「それに陳振《チェン・ジェン》だってそうだ。いきなりここへ現れて〝あの場所〟について探りはじめたんだぞ。誰から聞いたんだと思う？　たまたま監視役の耳に入って、たまたま俺がここにいたからよかったものの、一歩間違えばそのポケットに入ってる手錠が明日誰の手にかけられていたかもわからないところだったんだぞ！　単なる違法タクシーのドライバーが、いつ、どうやって市局刑事隊とつながったんだ？　誰か知っているやつはいるか？　お前らはなんにもわかっちゃいないんだよ！」

ずっと流れていた音楽がいつの間にか止まっていた。

薬をキメていた者たちはまだぼんやりしているが、意識がはっきりしている者たちも静まり返っていた。

「今日の一件と〝520〟の間には必ずなんらかのつながりがあり、俺たちのなかに必ず内通者がいる」

黄敬廉《ホァン・ジンリエン》は腹の底から絞り出すように、一文字ずつ吐き出した。

「陳振《チェン・ジェン》を捕まえて、〝いい思い〟をさせてやってからいろいろ聞き出そうと思っていたが……仕方ない。こうなった以上、俺たちに残された道は実力行使だけだ。お前たちはどうする、覚悟はあるのか？」

その問いへの答えは、すぐには返ってこなかった。

黄敬廉《ホァン・ジンリエン》は深いため息をついた。

「結構だ。お前ら役立たずどもは、好きにすればいい。なんなら今すぐ自首しに行ってもいいぞ。もしかしたら減刑してもらえるかもな」

そこで、先ほど顔面に酒をかぶった部下が口を開いた。

「あいつに注射を打ったのは俺です」

黄敬廉《ホァン・ジンリエン》は振り返り、部下を睨《ね》めつけた。

「ひ、人を殺した以上……ほかに選択肢なんてありません。俺はやります！」

「注射を打ったのがお前だとして、さっきあいつとやりあったのは誰だったかな？　あいつが逃げ惑っていたとき、物陰から棒でぶん殴って気絶させたやつは？」

黄敬廉《ホァン・ジンリエン》はニヤリと口元を歪《ゆが》ませながら一同を見回していく。

「あいつを縛り上げたのは？　ドアの前で見張りをしていたのは？　あぁ、見張りといえば……宋《ソン》はほんの少ししか打ってないと言ったが、死因は本当にそれだけか？　ああ？」

部下たちは次々と顔を伏せ、息を潜《ひそ》めた。

「自分とは関係ないと思ってるやつは、今すぐ帰っていいぞ」

黄敬廉《ホァン・ジンリエン》は酷薄な笑みを浮かべながら、自分の口元を指先でトントンと叩《たた》いた。

「ただし、ここを出たら口には重々気をつけることだな」

口は誰にだってついている。口のある者が一度この部屋を出てしまえば、たちまち内通者の疑いがかかるのだ。

黄敬廉《ホァン・ジンリエン》のような残忍で悪辣《あくらつ》な人間の前で、〝内通者〟として名乗り出るのは誰だって避けたいだろう。

今度こそ反論は出なかった。

「くれぐれもしくじるなよ」

黄敬廉《ホァン・ジンリエン》は無表情に言った。

「いいか、駱隊長《ルオ》は花市西《ホアシー》で520殺人事件の捜査中に、運悪く気がふれた麻薬中毒者と出くわし殉職されたのだ」

＊＊＊

ちらりと時計を確認すると、応援を呼んでからすでに二十分以上経っていた。

壁には息苦しいほどの防音材が貼られているものの、隣の部屋からは壁を崩さんばかりの爆音が容赦なく響いてくる。

そんななか、駱聞舟《ルオ・ウェンジョウ》はいささか外聞のよろしくない仕事をしている若い娘と向かい合って座り、脇のテーブルには給料半月分以上をはたいて注文した飲み物がずらりと並んでいた。

冷房が強すぎたのか、ふと冷たい風が首元をかすめた気がした。

駱聞舟《ルオ・ウェンジョウ》はなんとなく嫌な予感を覚え、テーブルにあったあのずっしりとした大きな灰皿を手に取り、興味深く観察するような素振りで会話を続けた。

「君さ、まだ若そうだし、働くあてなんていくらでもあるだろ？　仕事を変える気はないのか？」

リンダこと呉雪春《ウー・シュエチュン》は静かに頭を振り、ワンピースの袖をそっと捲《ま》くり上げた。

長袖の下に隠れた細腕には、いくつもの注射の痕と、下手な処置によって生じた青あざが残っている。肌が白いだけに、そのあざが余計に痛々しく、禍々《まがまが》しいもののように思えた。

駱聞舟《ルオ・ウェンジョウ》は言葉に窮した。

こういうとき、頼れるお兄さんのように優しく彼女を慰め、励ますのがスマートだろう。だが相手の境遇があまりにも過酷で、たとえ自分が同じ立場に置かれたとしても、並の人より賢く立ち回れる気がしないと、駱聞舟《ルオ・ウェンジョウ》は思った。

そんな相手にありきたりな言葉をかけたところで、不治の病に苦しむ患者に「水分摂取が大事だよ」とアドバイスするようなものでしかなく、どうしても虚《むな》しく響いてしまう。

言葉が見つからず、駱聞舟《ルオ・ウェンジョウ》は口をつぐんだ。

ちょうどそのタイミングで、お隣の〝爆音へビーメタル〟に曲の切れ目のごく短い空白時間が訪れた。

聴覚を取り戻した耳が、廊下を伝う慌ただしい足音をキャッチした瞬間、駱聞舟《ルオ・ウェンジョウ》は考える間もなくとっさに呉雪春《ウー・シュエチュン》に訊《たず》ねた。

「陳振《チェン・ジェン》はどこにいる？」

突然の質問に、呉雪春《ウー・シュエチュン》も虚を突かれて反射的に答えていた。

「二階西側の備品室です」

その途端、彼女は駱聞舟《ルオ・ウェンジョウ》に片手で引っ張り上げられたかと思うと、窓のほうへ突き飛ばされた。

「そこから逃げろ」

よろめきながら何歩も後ずさった呉雪春《ウー・シュエチュン》は、ハイヒールのせいで軽く足をひねってしまった。状況が呑み込めないまま、壁に手をかけてバランスを取ると、ためらいがちに口を開く。

「私……」

呉雪春《ウー・シュエチュン》は「私なら大丈夫です。一応ここの人間ですから、どうこうされる心配はありません」と言うつもりだったが、この長いセリフはひと言目で駱聞舟《ルオ・ウェンジョウ》にスパッと断ち切られた。

「つべこべ言わずに言う通りにするんだ。靴も脱いどけよ」

次の瞬間、個室のドアはドカッという音とともに蹴り開けられた。

派手派手しい色をした数人の青年が、むせ返るような酒気と独特な臭気を漂わせて室内へなだれ込み、問答無用で襲いかかってきた。

後ろ手であの立派な灰皿をひっつかみながら、駱聞舟《ルオ・ウェンジョウ》は目の端に鋭い一閃《いっせん》がよぎるのを捉えた。すかさず灰皿を突き出すと、キキィという金属がガラスを引っかく音とともに、灰皿の底へぴったりと突き出されたスイカ切り包丁は軌道をそらされ横へ流れていった。

そのまま灰皿を襲撃者の手首めがけて思いきり振り下ろした駱聞舟《ルオ・ウェンジョウ》は、今度は相手の腕を斜め後ろへ引っ張りながら、下腹部へ膝蹴りを入れた。

あまりの衝撃に胆汁まで逆流しそうになった襲撃者は、思わず包丁を取り落とした。駱聞舟《ルオ・ウェンジョウ》は流れるようにそれを奪い取ってから、相手の金髪を鷲掴《わしづか》みにすると、容赦なく壁へ叩きつけた。

立て続けに襲い来るもう一人をかがんで避《よ》けたあと、駱聞舟《ルオ・ウェンジョウ》はテーブルにあった本物かどうかもわからないレミーマルタンを掴んで、相手に思いきり叩きつけた。

押し入ってきた襲撃者たちは皆どこから引っ張られてきたかもわからないチンピラで、どいつもこいつもゾンビみたいな顔をしており、見るからにヤク中揃《ぞろ》いだ。

翻《ひるがえ》って駱聞舟《ルオ・ウェンジョウ》は、街なかでの取っ組み合いはお手のもので、年も若く力が溢《あふ》れている。普段からトレーニングを欠かさず、毎日の煎餅果子《ジェンビングオズー》[46]にも卵を追加で入れてもらっているくらいだ。

そのため大して時間もかからずにヤク中どもを蹴散らすことができた。

ちらりと後ろを確認すると、さっき怒鳴られた呉雪春《ウーシュエチュン》はおとなしく靴を脱いで窓から逃げ出してくれたようだ。そのことに安心した駱聞舟《ルオ・ウェンジョウ》は、大きく息を吸い込んでから廊下に出て二階の備品室を目指した。

46 薄く伸ばした小麦粉の生地に卵、ソーセージ、揚げパンなどを乗せて焼き、薬味やソースをかけて巻いた中国式クレープ。

ずっと静かにしていたのに、なぜ急に仕掛けてきたのだろう？

今の駱聞舟《ルオ・ウェンジョウ》にはゆっくり考える暇もなく、数歩で二階へ駆け上がった。重苦しい不安が胸中へと広がる。

ふとある考えが脳裏をよぎった――陳振《チェン・ジェン》の身に何かあったのか？

一方、さっき蹴散らされたばかりのチンピラたちもすぐに仲間を呼び集め、武器を振り回しながら追ってきた。

その光景に、ドリンクを運んでいたウェイターが悲鳴を上げ、とっさに壁にへばりついた。ウェイターを押しのけながら進んでいくと、駱聞舟《ルオ・ウェンジョウ》はついに備品室を示す目印を見つけた――「従業員以外立入禁止」と書かれた古びたプレート。

後ろへ半歩ほど下がってから、駱聞舟《ルオ・ウェンジョウ》はそのドアに飛び蹴りを入れた。木製のドアは大きな音を立てたが動きはせず、脛《すね》に激痛が走る。

すぐさまもう片方の脚に切り替え、同じ箇所を再び強く蹴りつけると、今度は脚が奥まではまってしまった――ドアに穴が空いていた。

無理やりドアを壊し、中を確認してみると、ぴくりとも動かない人間がそこに横たわっていた。

「陳振《チェン・ジェン》！」

駱聞舟《ルオ・ウェンジョウ》は急いで駆け寄って様子を確認しようとしたが、痺《しび》れた脚のせいでその動きが一拍遅れた。

そのわずか数秒の間に、さっきまでの大立ち回りで過熱していた脳は荒くなった呼吸とともにクールダウンしていき、この状況に疑問を抱かせた――さっき、呉雪春《ウー・シュエチュン》から陳振《チェン・ジェン》の監禁場所を聞き出したことは、監視カメラの向こうにいる相手にもバレているはず。やつらはなぜ陳振《チェン・ジェン》を移動させなかったんだ？

その考えがよぎった瞬間、駱聞舟《ルオ・ウェンジョウ》は本能的に後ろへ退《さ》がった。

同時に、地面に寝転がっていた人物が予兆もなく飛び起き、駱聞舟《ルオ・ウェンジョウ》の首元をめがけてナイフを突き出した。

完全警戒状態だった駱聞舟《ルオ・ウェンジョウ》は、すぐさま下で奪ってきたスイカ切り包丁をかざして相手の腕をそらし、そのまま肩を掴んで横の収納棚に力いっぱい叩きつけた。

相手もまた相当の手練《てだれ》のようで、肩を内側に縮めて衝撃を和らげると、ぶつかった反動を利用して駱聞舟《ルオ・ウェンジョウ》の脇腹にパンチを繰り出した。

駱聞舟《ルオ・ウェンジョウ》は息が詰まり、危うく武器を取り落としそうになる。

体を捩《よじ》り、こちらを押さえつけようとする相手の手をぎりぎりのところで躱《かわ》すと、今度はその腕をひねり上げながら、相手の膝の裏を蹴りつけた。

男は悲鳴とともに地面に膝を着いた。

廊下から光が差し込み、駱聞舟《ルオ・ウェンジョウ》はようやく自分が押さえつけた人間の正体を知った——名前までは知らないが、いつか王洪亮《ワン・ホンリャン》に付き従っていた男だ。

男の髪を掴み、顔を上げさせながら駱聞舟《ルオ・ウェンジョウ》は問うた。

「陳振《チェン・ジェン》はどこだ？」

膝の裏を押さえられ無理やり跪《ひざまず》かされたその人物——黄敬廉《ホァン・ジンリエン》は、微塵《みじん》も悔いる様子はなく、目を吊《つ》り上げ駱聞舟《ルオ・ウェンジョウ》を睨《にら》みつけながら不敵な笑みを浮かべた。

「陳振《チェン・ジェン》なら、向こうで待ってるぞ」

相手の言わんとしていることを察した駱聞舟《ルオ・ウェンジョウ》の瞳孔《どうこう》が瞬時に縮んだ。

ちょうどそのとき、後ろから風切り音がして、駱聞舟《ルオ・ウェンジョウ》は反射的に体をひねり、頭部と顔を腕で庇った。

すると「ガシャーン」という音とともに、酒の瓶が駱聞舟《ルオ・ウェンジョウ》の左腕に直撃して派手に割れた。

後ろに控えていた襲撃者たちも一斉に中へなだれ込み、刃物が、酒瓶が、棍棒《こんぼう》が、鎖が、全方位から襲いかかってくる。

駱聞舟《ルオ・ウェンジョウ》は必死に躱し続けたものの、それでもあっという間に負傷してしまった。

市局を出る際、拳銃の携帯許可は取っておいた。

だが生きるか死ぬかの瀬戸際まで、銃はできる限り隠しておきたかった――王洪亮《ワン・ホンリャン》の手下どもが、「五カ条の禁令」[47]をおとなしく守ってくれる保証などないから。

自分がなんの準備もなく乗り込んできたと思われているからこそ、この連中も刃物だけでケリをつけようとしているはず。彼らだって市街地のど真ん中で発砲騒ぎを起こしたくないから、こうやって殴り合いの喧嘩《けんか》に付き合ってくれているのだ。

単独行動中の駱聞舟《ルオ・ウェンジョウ》にとって、銃撃戦になるくらいなら肉弾戦のほうがだいぶマシだ。ましてや鴻福大観《ホンフーパラダイス》のすぐ近くには、賑《にぎ》やかな屋台通りもある。流れ弾が無関係な人に当たりでもしたら一大事だ。

あれこれ考えていると、鋭いサイレンの音が唐突に鳴り響いた。

その場にいた面々は思わずぴたっと動きを止めたが、駱聞舟《ルオ・ウェンジョウ》だけは立ち止まらなかった。行き先を塞《ふさ》いでいた一人の顔面を押さえつけながら、鼻の軟骨をめがけて下からまず一打。続けてナイフと蹴りを素早く躱すと、駱聞舟《ルオ・ウェンジョウ》は数歩で廊下へ出た。

――あのサイレンは間違いなく偽物だ。花市西《ホアシー》の道路はかなりのくせ者で、まだ三十分も経っていないの

47　二〇〇三年二月一日より施行された公安組織の綱紀粛正を目的とする一連の禁止令。うち第一条が銃器管理規定の徹底、第二条が銃器を携帯しての飲酒を禁じる条文となっている。

に応援が到着するはずがない。

敵が待ち構えているであろう階段には向かわず、駱聞舟《ルオ・ウェンジョウ》は曲がり角にあるトイレへ駆け込むと、窓を開いてそのまま二階から飛び降りた。

背中は刃物で切り裂かれ、左の前腕は骨でも折れたのか微妙に動かしづらくなっている。その他大小諸々の切り傷や打ち身は数えきれず。

つい二時間ほど前まで、520事件の犯人が張東来《チャン・ドンライ》釈放という餌に食いつくのを待ちながら、食堂でのんびり「猫の餌やり」をしていたはずなのに、たった二時間でアクション映画の中へ迷い込むことになろうとは。

人生というものは、駱一鍋《ルオ・イーグォ》の機嫌並みに予測不可能なようだ。

唐突に、後ろから誰かの呼ぶ声がした。

「お兄さん、こっちです！」

振り返ると、裸足の呉雪春《ウー・シュエチュン》が必死に手を振っているのが見えて、駱聞舟《ルオ・ウェンジョウ》は頭が痛くなった。

「あれほど逃げろと言ったのに、どうしてこんなところにいるんだ!?」

「さっき、サイレンの音を鳴らしたのも私ですよ」

と、呉雪春《ウー・シュエチュン》はけろりと答えた。

「この辺りのことは私のほうが詳しいので、外までご案内します。それで、陳振《チェン・ジェン》は見つかりました？」

駱聞舟《ルオ・ウェンジョウ》が答えるよりもはやく、追手が現れた。

「そこにいるぞ、はやく捕まえろ！」

駱聞舟《ルオ・ウェンジョウ》は仕方なく呉雪春《ウー・シュエチュン》の腕を掴み、そのあたふたとしたナビゲーションに導かれるまま、鴻福大観《ホンフーパラダイス》の裏にある低い塀の前にたどり着いた。

スリムな体型の呉雪春《ウー・シュエチュン》は、駱聞舟《ルオ・ウェンジョウ》が軽く手を貸しただけで簡単に塀を乗り越え、続いて彼自身も素早く飛び上がった。

着地したとき、無理やり動かしていた左腕はすでに痺れるような鈍痛から、きりきりとした痛みに変わっていた。その痛みに、駱聞舟《ルオ・ウェンジョウ》は思わず眉根を寄せて小さく息を吸い込んだ。

すっかり血に染まり背中に張りついたシャツも、冷たい夜風のせいで凍《こご》えるほどに感じる。

街灯の明かりでようやく駱聞舟《ルオ・ウェンジョウ》が血まみれだったことに気づき、呉雪春《ウー・シュエチュン》は危うく悲鳴を上げそうになった。

駱聞舟《ルオ・ウェンジョウ》は振り返って訊《き》いた。

「どっちへ逃げればいい？」

呉雪春《ウー・シュエチュン》がぶるぶると震えながら方向を指し示すと、次の瞬間にはもう腕を引っ張られ再び走らされていた。

「心配いらないよ」

全力疾走を続けながら、駱聞舟《ルオ・ウェンジョウ》は何気なしに娘を元気づける言葉までかけた。

「顔は無事なんだからさ」

「……」

＊＊＊

右へ左へと何度も角を曲がりながらいくつもの路地を突っ切った二人は、ついに大きな通りへ出た。

ようやく人心地ついた駱聞舟《ルオ・ウェンジョウ》は、息も絶え絶えの呉雪春《ウー・シュエチュン》に声をかけた。

「いったん市局まで同行してほしい。そのあとは……」

駱聞舟《ルオ・ウェンジョウ》の声は唐突に途切れた——通りの両側を埋め尽くしていたはずの屋台はすべて遠くへどかされ、通行人にいたっては一人も見当たらなくなっていた。

交差点の近くでは数台のオートバイが轟音《ごうおん》を上げながら道を塞いでおり、どうやらだいぶ前からここで待ち構えていたようだ。

ちらりと時計を確認すると、あと少し時間を稼げば応援が到着しそうな時刻だった。

そのことにわずかばかりの安堵《あんど》を覚えた駱聞舟《ルオ・ウェンジョウ》は、呉雪春《ウー・シュエチュン》を背後に庇いながら、向こうのリーダーと思《おぼ》しき人物に明るい調子で笑いかけた。

「いやぁ、なにか誤解があったようだね。バイクから降りて、少し話をしないか？」

だが不幸なことに、相手は〝おしゃべりな悪役〟を演じるような趣味はないらしく、ただヘルメットの奥から底冷えのする視線で駱聞舟《ルオ・ウェンジョウ》を睨みつけている。

次の瞬間、そのライダーがブンとアクセルを回すと、バイクは軽く地面から飛び上がりながら二人めがけて突進してきた。

いよいよ窮地へ追い詰められた駱聞舟《ルオ・ウェンジョウ》は、ついにポケットの中にある拳銃へ手を伸ばす。

だがそれを抜き出した瞬間、オートバイ程度では及びもつかないほどの派手なエンジン音が、凄《すさ》まじいスピードで近づいてくるのが聞こえた。

まさかこんなところで走り屋をやるような非常識野郎が存在するとは思わなかったライダーたちは、蜘蛛《くも》の子を散らすように四散していき、通りの封鎖はまたたく間に瓦解した。

そこへ、毒蛇を思わせる鮮やかな色をした四人乗りのスポーツカーが、稲妻のごとく現れた。

その場で見事なドリフトをキメると、逃げ遅れたバイクの後輪にたまたまかすってしまい、バイクはライダーともども吹き飛ばされていった。

スポーツカーの窓が半分ほど開き、長い髪に覆われた横顔が覗《のぞ》いた。

その人物は駱聞舟《ルオ・ウェンジョウ》に目もくれぬまま、ただ短く言い放った。

「はやく乗ってください」

第十五章

唐突に乱入してきた費渡《フェイ・ドゥ》を見て、駱聞舟《ルオ・ウェンジョウ》は暴徒たちと同じくらい愕然《がくぜん》とした。

だがこの差し迫った状況で無駄話に興じるようなばかにはなりたくなかったため、すぐさま呉雪春《ウー・シュエチュン》を後部座席に押し込むと、自らも助手席へ乗り込んだ。

体勢を整える間もなく、開け放たれていた四つのドアはぴたりと閉じられ、スポーツカーは甲高い轟音《ごうおん》とともに目にも留まらぬ速さで駆け出した。

背もたれに叩《たた》きつぶされそうになった駱聞舟《ルオ・ウェンジョウ》は、すかさず抗議した。

「お前、ちょっとおかしくないか……って、おい！」

費渡《フェイ・ドゥ》は隣を見ないようにしているものの、血の匂いは見ないからといって消えるようなものではなく、今もとどまることなく漂っている。

ただでさえスポーツカーの加速度で目が回りそうになっているところに、人間の形をした血袋が隣に乗ってきたせいで余計に頭がぐらぐらしてしまった。

その相乗効果の結果、血液恐怖症持ちの費《フェイ》会長は華麗にドリフトをキメた直後、無様にも電柱に向かって突進しはじめた。

駱聞舟《ルオ・ウェンジョウ》が裏返った声を漏らすなか、こめかみに青筋を立てた費渡《フェイ・ドゥ》は間一髪でどうにか方向転換に成功した。すんでのところで難を逃れた電柱は、息をつく間もなく、自分にぶつかりかけたその車がぐんと跳ね上がる光景を目にする羽目となった——。

費《フェイ》会長の車は路肩に乗り上げていた。

すっかり肝を冷やされた駱聞舟《ルオ・ウェンジョウ》は、今のうちにとばかりに全速力でシートベルトを締めた。敵地から脱出したかと思ったら、今度は絶叫マシンに乗せられることになろうとは——暴徒たちの凶刃《きょうじん》にも倒れなかったのに、このままでは費渡《フェイ・ドゥ》という自殺志願者《ロードスーサイダー》に殺されかねない。

駱聞舟《ルオ・ウェンジョウ》はたまらず怒鳴りつけた。

「こんなグネグネと運転するやつがいるか！」

血の匂いをシャットアウトするため、費渡《フェイ・ドゥ》は必死に息を止めながら抗議した。

「貴方《あなた》が助手席に座るからでしょう。おかげで今にも吐きそうですよ！」

駱聞舟《ルオ・ウェンジョウ》は絶句した。

こんな眉目秀麗《びもくしゅうれい》な美男子に向かって、吐きそうとは何だ⁉

次から次へと冷や汗が吹き出ている費渡《フェイ・ドゥ》は、道すら見えなくなりそうだった。

話の通じない駱聞舟《ルオ・ウェンジョウ》にいよいよ痺《しび》れを切らし、普段の上品さをかなぐり捨てて荒々しく怒鳴りつけた。

「血液恐怖症なんだから仕方ないだろ！　せめてなにか被《かぶ》せておけ！」

駱聞舟《ルオ・ウェンジョウ》は目を見開いた——費渡《フェイ・ドゥ》の言う「血液恐怖症」は、ただの冗談だとばかり思っていた。なんせ出会った頃の彼にそんな症状がまったく出ていなかったことを、よく覚えているからだ。

気の利く呉雪春《ウー・シュエチュン》は、すかさず後部座席からコートを差し出した。駱聞舟《ルオ・ウェンジョウ》は受け取ったコートをパッと広げると、さっそく裏返して背中に被せた。

「ケッ、俺だって車酔いするんだぞ。お前は……って、あいつら頭いかれてんのか⁉」

「お前はどうしてこんなところに？」と訊《き》こうとした駱聞舟《ルオ・ウェンジョウ》だが、ふとバックミラーに目を走らせると、何台ものオートバイが後ろから追ってきていることに気づいた。

〝白昼堂々〟とは言えない時間帯であるにせよ、仮にも法治社会の往来でこんな暴挙に出るとは、怖いもの知らずにもほどがある。

黄敬廉《ホアン・ジンリエン》らもまさかあれだけの人数を動員しながら、自分たちの根城から駱聞舟《ルオ・ウェンジョウ》を取り逃がすことになろうとは思わなかった。

だがことここに至っては、もはや後戻りはできない。こうなったらなりふり構わず、最後までやりきるしかないのだ。

〝平凡〟を自認する一般人が、〝現実に妥協〟して、〝命知らずな無法者〟に転落するのは、かくも簡単なことだった。

通常であれば、最高級のスポーツカーがオートバイの群れに負けるはずがない。だが実際の道路事情によっては、そうとも限らない。

とくに都会と農村の境界エリアのような花市西《ホアシー》の道路は極めて複雑で、「道阻《そ》にして且《か》つ長し」[48]のため、

48　中国の古典的表現で、「道が遠く険しい」という意味。

一部の道に至ってはロケットすら「孫の送り迎え専用」のシニアカーを追い抜けないくらいだ。ただでさえ土地勘がなく、カーナビに頼る余裕もない上、外は真っ暗だ。もはや己の直感しか頼れるものがない費渡《フェイ・ドゥ》だが——隣に大きな〝汚染源〟が座っているせいで、感覚の大半を奪われているに等しく、終始綱渡りの状態だった。

血の匂いに当てられた費渡《フェイ・ドゥ》は、手足が氷のように冷えて、心拍も大いに乱れ、胃袋にいたっては反逆の機をうかがうかのようにむくむくと蠢《うごめ》いていた。

血の気の引いた手でステアリングにしがみつきながら、苛立《いらだ》たしげに確認した。

「まさか、たった一人で来たわけじゃないでしょうね？」

出血多量の駱聞舟《ルオ・ウェンジョウ》は本当に車酔いしそうになっていた。いまいち本調子でない運転手を刺激しないように、彼は迷わず答えた。

「ああ、一人じゃないとも。応援も呼んであるぞ……ところで、車の修理費は市局持《うちも》ちになったりしないよな？」

そんなやり取りをしていると、呉雪春《ウー・シュエチュン》が急に悲鳴を上げた。

至近距離まで追いついてきたオートバイの男が、窓ガラス目がけて思いっきり鉄パイプを振り下ろしたのだ。

窓はどうにか割れずに持ちこたえてくれたものの、蜘蛛《くも》の巣のようなひびが一面に広がった。

このままではまずいとみた駱聞舟《ルオ・ウェンジョウ》は、思わず費渡《フェイ・ドゥ》に喚《わめ》き立てた。

「とんだ見かけ倒しだな。こんなハリボテを買う金があるなら、防弾車でも買っとけよ」

バックミラーをちらりと確認しながら、費渡《フェイ・ドゥ》はステアリングをグワーッと回し、鉄パイプを振り回していたオートバイの男を路肩に追い込んだ。男は反応できずに縁石に乗り上げ、そのままバイクもろともひっくり返った。

費渡《フェイ・ドゥ》は苦虫を噛《か》みつぶしたような顔で言い返した。

「大統領でもあるまいに、誰からの銃弾を防ぐんですか！」

二人のどちらかに厄病神《やくびょうがみ》の素質でもあるらしく、その言葉が終わるやリアガラスからタンッという音が聞こえた。

真っ先に事態を察した駱聞舟《ルオ・ウェンジョウ》はぞっと鳥肌が立った。

「嬢ちゃん、伏せろ！　あのゲスども、本気で銃を撃ってきやがったぞ！」

呉雪春《ウー・シュエチュン》は指示を聞いて、すぐさま頭を庇《かば》いながら体を丸めた。それと同時に、もう一台のオートバイが横へ並び、黒々とした銃口を突き出すと問答無用で撃ちはじめた。

幸いなことに、この世に何でも上手にこなせる悪党はめったにおらず、この男も銃を持ってはいるものの、射撃の腕がお粗末すぎてただ闇雲に撃ち続けているだけだった。

——だが、下手な鉄砲も数撃ちゃ当たる。

助手席側の窓に銃弾が放たれたのと同時に、駱聞舟《ルオ・ウェンジョウ》はとっさに身を捩《よじ》り、隣の費渡《フェイ・ドゥ》を庇いながら下へ押さえつけた。銃弾はぎりぎりのところで駱聞舟《ルオ・ウェンジョウ》の肩をかすり、フロントガラスに当たった。

一歩間違えれば命を落としていたかもしれなかったのに、当の費《フェイ》会長はまるで他人事のように感謝の気持ちすら湧かなかった。

血の匂いで今にもフリーズしそうになっていた彼は、ついに我慢の限界を超え、片手で運転しながらもう片方の手でカーフレグランスを引っ掴《つか》み、前を向いたまま駱聞舟《ルオ・ウェンジョウ》の顔面を目がけて何度もプッシュした。

いきなりフローラルな香りにされた駱聞舟《ルオ・ウェンジョウ》はがっくりと膝が崩れそうになった。こんなときまで細かいことを気にするとは、とんだ怖いもの知らずだ！

続いて費渡《フェイ・ドゥ》は、誰もいない路地に狙いを定め、アクセルを踏み込みながらハンドルを回した。ぎりぎりまで右へ寄せることで、先ほど銃撃してきたオートバイを減速させる狙いである。

だが角を曲がった瞬間、費渡《フェイ・ドゥ》は慌てて急ブレーキを踏んだ。

――路地の先では三、四台ほどのオートバイが待ち構えていた。

後ろのほうからもエンジン音が迫ってきており、どうやらこの狭い路地で前後から挟まれてしまったようだ。

費渡《フェイ・ドゥ》は無表情のまま辺りを見回した。その眼差《まなざ》しはゾッとするほど冷たく、血色のない指はパドルシフトにかけられた。

エンジンは今も雄叫《おたけ》びを上げ続けており、満身創痍《そうい》になったスポーツカーはまるで激昂《げきこう》した猛獣のごとく、うずくまったまま、敵の喉笛《のどぶえ》を食い千切ろうと機会をうかがっているかのようだ。

費渡《フェイ・ドゥ》はぼそりとつぶやいた。

「彼らを一人ずつ轢《ひ》き殺したら、過剰防衛になるかな？」

轟音が鳴り響くなか、駱聞舟《ルオ・ウェンジョウ》は何ひとつ聞き取れず、ただその血色の悪い唇が動くのが見えただけだった。

だがなぜか費渡《フェイ・ドゥ》の表情から伝わるものがあり、心臓がドキリと跳ねたのを感じながら、駱聞舟《ルオ・ウェンジョウ》はとっさにシフトにかけられた手を掴んだ。

冷たく強張《こわば》ったその手は、さながらくすんだ色をした金属のように、びくともしなかった。

その矢先、本日二回目のサイレンの音が鳴り響き、赤と青の回転灯が空を明るく染め上げた。

応援がようやく到着した。

＊＊＊

駱聞舟《ルオ・ウェンジョウ》は全身の力をかき集め、なんとか費渡《フェイ・ドゥ》の手をパドルシフトから引き離すことに成功した。

スポーツカーのエンジン音も徐々に静まり、穴と傷だらけになった車の中はふと静寂に包まれた。

頼もしい援軍の登場により、あっという間に現場は警察の制御下に置かれ、〝暴走族たち〟が持っていた武器もひとつ残らず押収された。

しかも用意周到なことに——救急車まで連れてきてくれていた。

真っ先に走り寄ってきた郎喬《ラン・チャオ》は、パッとドアに張りつくと息を切らしながら状況を確認した。

『ボス、大丈夫でしたか？　おかげで心臓が止まりそうになりましたよ」

駱聞舟《ルオ・ウェンジョウ》が笑って返事をしようとしたところで、隣に座っていた費渡《フェイ・ドゥ》はふらふらと道端のほうへ向かうと、何やらかがみ込んでしまった。

その後、駱聞舟《ルオ・ウェンジョウ》はしばらく郎喬《ラン・チャオ》にあれこれ指示を出していたが、わざわざ様子を見に来た陸有良《ルー・ユウリャン》に制止され、救急車に押し込まれた。

年寄りが大げさに騒いでいるだけで、自分の怪我《けが》は大したことないと思っている駱聞舟《ルオ・ウェンジョウ》は、救急車に連行されたあともドアにしがみつきながら指示を飛ばし続けた。

「すぐに陳振《チェン・ジェン》を殺さなきゃならない理由はないはずだから、まだ生きている可能性がある。鴻福大観《ホンフーパラダイス》のなかをくまなく捜してみろ。それと、今すぐ馬小偉《マー・シャオウェイ》を分局から連れ出す必要がある。王洪亮《ワン・ホンリャン》に報告される前に、なんとしても身柄を確保するんだ。くそっ、こうしてるうちにも情報が伝わっているかもしれない……あぁ、先生、すぐ終わりますんで、あとひと言だけ……」

やかましく喋《しゃべ》り続ける駱聞舟《ルオ・ウェンジョウ》とは対照的に、もう一人の〝患者〟はずっとおとなしかった――。

かすり傷ひとつなかった費《フェイ》会長だが、ことが終わったあとになって盛大に吐いてしまい、脱水症状まで起こしたため、二人揃《そろ》って救急車へ乗せられたのである。

＊＊＊

この日の夜は、一世紀にも感じられるほど長かった。また、一部の人間にとっては、一秒一秒が無限に引き伸ばされているかのような心地だった。

静けさが漂う花市《ホアシー》分局の一室、当直中の肖海洋《シャオ・ハイヤン》は携帯電話をきつく握りしめた。

ぐうすか眠っている相棒を横目に、肖海洋《シャオ・ハイヤン》は細心の注意を払いながらこっそりと馬小偉《マー・シャオウェイ》の留置場所へ向かった。

その携帯電話には、一通のメッセージが届いていた。

〈緊急事態だ！　こっちは捕まってしまった。すぐに王《ワン》局長にお知らせして、馬小偉《マー・シャオウェイ》を始末する必要がある！〉

馬小偉《マー・シャオウェイ》は全身を丸めて眠っていた。どんな悪夢を見ているのか、時々ぴくぴくと体を引きつらせている。

幼さの残る顔はひどく痩せこけており、小猿に見紛《みまが》うほどだ。

肖海洋《シャオ・ハイヤン》は室内へ体を滑り込ませると、用心深く背後を確認してから少年の肩を掴んだ。

寝ているところを急に起こされた馬小偉《マー・シャオウェイ》は、驚いた拍子に悲鳴を上げそうになったが、開いた口はすぐさま肖海洋《シャオ・ハイヤン》の手によって塞《ふさ》がれ、恐怖に目を見開いた――。

＊＊＊

病院でひと通りの処置を受けた駱聞舟《ルオ・ウェンジョウ》は、はやくも全快した気になって、今からでもサッカーチーム一つ分くらいのチンピラを張り倒せそうな気分だった。

〝命の恩人〟でも見舞ってやろうと足取り軽く費渡《フェイ・ドゥ》のところへ向かったところ、か弱い費《フェイ》会長は点滴を受けながら後ろへもたれかかり、目を閉じたまま休んでいるところだった。

息も絶え絶えな弱りようを見ていると、刃物で切られたのがこいつだったのではないかと疑いたくなる。

駱聞舟《ルオ・ウェンジョウ》はそこへ歩いていくと、費渡《フェイ・ドゥ》の足をトンと蹴りながら口を開いた。

「血液恐怖症って、血を見たら即失神するもんだろ？　お前のその症状は、どう見ても妊娠しているみたいじゃないか」

費渡《フェイ・ドゥ》は目を閉じたまま、不機嫌そうに言った。

「目の前に来ないでください」

「血ならもうついてないぞ」

そう言って、駱聞舟《ルオ・ウェンジョウ》はドカッと費渡《フェイ・ドゥ》の隣に座った。

「せっかく飯を奢《おご》ってやったのに、全部吐いちまったな」

費渡《フェイ・ドゥ》は無表情に答えた。

「別に惜しむべき要素はどこにもないと思いますが」

職場の食堂のボロさを考えれば、その言い分もごもっとものように思える。

駱聞舟《ルオ・ウェンジョウ》は仕方なく話題を変えた。

「そういえば、お前はどうしてあの場所がわかったんだ?」

けれどその質問を聞いた費渡《フェイ・ドゥ》は、なぜか死んだふりをして押し黙った。

駱聞舟《ルオ・ウェンジョウ》は、もう一度足を蹴ってやった。

「まさかずっと俺を尾行してたのか? なにが目的だ?」

こんな程度の低い挑発に、いつもの費渡《フェイ・ドゥ》なら氷の貴公子よろしく「バカの戯言《たわごと》には付き合いきれませんよ」と言わんばかりの視線を返すだけで、スマートに立ち去っていくところだろうが、今の彼は体調があまりにも悪すぎた。

何度もひっくり返された胃袋はいまだにきりきりと痛み、鼻の先には今も血の匂いが漂っているような気がして、目を開いただけで頭がくらくらする。おまけに隣から口うるさい〝更年期〟野郎がしきりに話しかけてくるものだから、費渡《フェイ・ドゥ》はたまりかねて冷笑を漏らした。

駱聞舟《ルオ・ウェンジョウ》はここぞとばかりに探りを入れた。

「俺を尾行してなかったなら、お前のようなお坊ちゃんがあんな貧民街になんの用があるっていうんだよ?」

病院の真っ白な枕に寄りかかっている費渡《フェイ・ドゥ》は、眉間に深いしわを寄せながらありったけの自制心を総動員して悪態をつくのを我慢した。

「何忠義《ホー・チョンイー》が普段暮らしていたところを見に行ってたんですよ」

何忠義《ホー・チョンイー》の住処《すみか》は、たしかに鴻福大観《ホンフーパラダイス》の通りからほど近いところにあるし、周囲の雰囲気もどことなく似ている。

しばらく待っても続きの説明がなされないことに疑問を覚えた駱聞舟《ルオ・ウェンジョウ》は、ちらりと費渡《フェイ・ドゥ》の様子をうかがい、ある可能性に思い至った。

「まさかそのあと、道に迷ったとか？」

費渡《フェイ・ドゥ》はぷいっと横を向いて、聞こえなかったふりをした。

恥ずかしさのあまりムスッとしているかのような費渡《フェイ・ドゥ》に、駱聞舟《ルオ・ウェンジョウ》は意外そうな目を向けた。彼が珍しく見せたわずかばかりの人間らしさのおかげで、この青年からはじめて親しみやすさを覚えた。

そのため駱聞舟《ルオ・ウェンジョウ》は、慌てていつもの軽薄さをしまい、この〝人間らしさ〟が冷めないうちに続けて質問した。

「あのお母さんのために、何忠義《ホー・チョンイー》が生前住んでいた場所を見に行ったんだな？」

費渡《フェイ・ドゥ》はしばらく沈黙したのち、低い声で答えた。

「あの辺りは建物も古ければ立地も悪く、素性不明な人間も多く出入りしています。近くには公衆トイレもあって、曇りの日には通り全体に悪臭が広がり、ほかのエリアより明らかに居住環境が劣っていました。あそこに住んでいる人間にとって、一番重要なのは安さでしょう。家族を食べさせるためだとか、家に老人や子どもがいたり、病人を抱えていたり——そういった者たちは家族への仕送りのために、自分の生活費を限界まで切り詰めてしまうものです。

お金を使い果たしたギャンブラーやジャンキーが、仕方なくそこに住んでいるケースもありますけどね」

「何忠義《ホー・チョンイー》はドラッグとは無縁だし、友人の話によると賭博《とばく》にも一切手を出さず、無駄使いもしないらしい」

駱聞舟《ルオ・ウェンジョウ》は顎を撫《な》でながら続けた。

「家計簿は毎日細かすぎるほどつけていて、収入の前には全部マイナス記号が書いてあった……」

「借金を返すためにお金を貯《た》めていたのでしょう」

費渡《フェイ・ドゥ》はようやく目を開いた。

「しかもその謎の借金相手から、『金は貸すけど、自分のことは誰にも話すな』と言われていたかもしれません」

駱聞舟《ルオ・ウェンジョウ》は眉根を寄せた。

何忠義《ホー・チョンイー》の素行を調べれば調べるほど、この純粋な若者が麻薬密売ネットワークなどと関わるはずがないと思えてくる。ここまで捜査を進めてきたのに、事の経緯《いきさつ》が浮かび上がるどころか、ますますこんがらがる一方だ。眉間を揉《も》みほぐしながら、駱聞舟《ルオ・ウェンジョウ》は話を切り上げた。

「ここまでにしよう。ネズミも捕まえたことだし、関連の有無は取り調べをしてみればわかることだ」

費渡《フェイ・ドゥ》も「ん」という曖昧な反応を示しただけで、再び目を閉じ、相手をしなくなった。

しばらく沈黙が続いたのち、駱聞舟《ルオ・ウェンジョウ》はふと鼻をこすり、ともに危機を乗り越えた〝友好的な〟雰囲気がまだ残っているうちに疑問を口にした。

「そういえばずっと気になってたんだけど――七年前の事件は俺、陶然《タオ・ラン》、検死官……念を入れてベテランの検死官と刑事にも見てもらい、全員で結論を出した。なのにお前はなぜ、俺にだけ突っかかるんだ？」

だが返ってきたのは冷笑だけだった。

「思ったまま話してくれていいんだぞ」

相手を安心させようと、駱聞舟《ルオ・ウェンジョウ》は心にもない決まり文句を付け加えた。

「なにを言われても怒ったりしないから」

ならばと費渡《フェイ・ドゥ》は、遠慮なく言ってやった。

「貴方のその、周りの人間はばかばっかりで、自分だけは有能で、自分だけはX線並みの目を持っていてなんでもお見通し、と言わんばかりの態度が気に入らなかったからですよ」

「……」

やっぱり怒らないのは無理なようだ。

ちょうどそのとき、駱聞舟《ルオ・ウェンジョウ》の携帯電話が震えた。

画面を確認すると、顔色が急におかしくなり、ついさっきまでの苛立ちも嘘《うそ》のように霧散した。

長い逡巡《しゅんじゅん》のすえ、駱聞舟《ルオ・ウェンジョウ》はようやく弱々しく声を絞り出した。

「あー……あのさ……」

その不審な態度に、費渡《フェイ・ドゥ》は困惑の視線を向けた。

「うちのやつらが言うには、お前の車……結構派手にやられたらしくて、しかも台数限定の輸入車だから、国内で修理できるかも微妙だとか」

「ええ、それがなにか？」

駱聞舟《ルオ・ウェンジョウ》は深く息を吸い込むと、羞恥心《しゅうちしん》をかなぐり捨てて続く言葉を一気にぶちまけた。

「修理をしようとすると新品を買うのと同じくらいの費用がかかるから、数年分もの見義勇為基金[49]と指名手配懸賞金を足しても全然足りないらしい――感謝の印として錦旗《ジンチー》[50]を贈らせてもらうから、それで手を打ってもらえないか？」

「……」

49　犯罪や事故などに居合わせた際に、勇気を持って善行を行った個人や団体を表彰し、報償金を出すための基金。
50　多くは感謝の印として医師や教師などに贈られる、赤地に金色の縁取りがついた縦長の長方形の旗。メッセージが見えるように両手で広げて贈ることが多いため、横幅一メートル未満のものが主流。

言ったそばから後悔しはじめた駱聞舟《ルオ・ウェンジョウ》は、今すぐメッセージを送ってきたやつをとっちめてやりたくなった――何をどう間違えればこんなばかげた案が出てくるんだ！

だが費渡《フェイ・ドゥ》のほうはあっけに取られたあとに、笑い出した――しかも今回は嘘偽りのない、おかしくてしょうがないといった笑い方である。

気まずさを残したままの駱聞舟《ルオ・ウェンジョウ》は、反応に困ってしまった。

駱聞舟《ルオ・ウェンジョウ》が〝百面相〟をしていると、また連絡が入り、今度は郎喬《ラン・チャオ》からの電話だった。

郎喬《ラン・チャオ》の声が重々しく響く。

「隊長、陳振《チェン・ジェン》が死体で見つかりました」

緩《ゆる》んでいた駱聞舟《ルオ・ウェンジョウ》の表情が一瞬で曇り、背筋も反射的に伸びた。

「なんだって？」

「それから、容疑者の一人が捕まる直前に馬小偉《マー・シャオウェイ》を始末しろというメッセージを誰かに送信したようです。今うちの隊員が分局へ向かってるところですが、間に合うかどうか……」

郎喬《ラン・チャオ》は二言三言のうちに最悪な知らせを二つも報告してきた。

通話が切れた直後、もう一本電話が入った――珍しく早退した陶然《タオ・ラン》からである。

今はそれどころじゃない駱聞舟《ルオ・ウェンジョウ》は、すぐに切ろうとした。

「陶然《タオ・ラン》、今はちょっと立て込んでるから、あとでまた……」

「隊長、さっき張東来《チャン・ドンライ》の弁護士から連絡があった」

陶然《タオ・ラン》は続けた。

「張東来《チャン・ドンライ》の車で、怪しいネクタイを見つけたらしい」

第十六章

「陶《タオ》刑事、もし鑑識の結果、私が神経質になりすぎただけであったなら、このことは秘密にしてもらえませんか？」

張東来《チャン・ドンライ》の弁護士から電話がかかってきたのは、これで三度目となる。

内容を要約すると、さっきと同じで「今すぐ三十分前に戻って、あなたに電話しようとした自分の手を切り落としてやりたい」というものだった。

陶然《タオ・ラン》は呆《あき》れてため息を漏らす。この弁護士は本当に神経質なのかもしれない。

電話の向こうの劉《リウ》はなおもくどくどと念を押している。

「はぁ、私はなぜあんなことをしたんでしょう！　もし誰かに知られでもしたら、もうこの業界ではやっていけません。だからくれぐれもご内密にお願いしますよ、陶《タオ》刑事。私にとっては生きるか死ぬかの一大事ですからね！」

そんな劉《リウ》に、陶然《タオ・ラン》は仕方なく本日三度目の約束をした。

これ以上は、天に誓いを立てるなり、誓約書にサインするなりが必要かもしれない。

幸い、ずっとあれこれ悩んでいた劉《リウ》はようやく納得したようで、ネクタイをすぐに市局へ届けることに同意してくれた。やっとひと息ついた陶然《タオ・ラン》は、後部座席の女性に申し訳なさそうに振り返った。

「いろいろと悪いね」

陶然《タオ・ラン》は哀れにも映画を観ている最中に、弁護士からの連絡を受けたのである。しかもちょうど映画の中の恋人たちが言い争いをしはじめたタイミングで――。

おかげで一緒にいた彼女まで、涙ながらに互いを責め合う男女の声をバックに退出する羽目になってしまった。せっかくのお見合いだったのに、なんとも縁起の悪い幕引きだ。

彼女はとくに何も言わなかった――内心ボロクソに思っていても、表に出さないようにしているだけかもしれない。そのうえ気遣いの言葉までかけてくれた。

「忙しいなら私のことは送らなくてもいいわよ。運転手さん、私はこの先の地下鉄の入り口で降りますので、そのあとは彼を送ってあげてください」

それを聞いて、陶然《タオ・ラン》の耳がうっすらと赤くなった――ほかでもない、気まずさから。

「いや……そういうわけには……」

「気にしないで。週末に残業させられるのはうちの会社でもよくあることだから」

女性はあっけらかんと言った。

「それに、私たち会社員が残業をするのは給料のためだけど、あなたたち警察は治安を守るために働いてるんでしょう――金持ちの息子が人を殺したという事件、私もネットで見た。捜査、頑張ってね」

陶然《タオ・ラン》は思わず口ごもってしまった。

「い、いやぁ、別にその人がやったと決まったわけじゃ……は、犯人はまだ特定できてないんだよ」

などと話しているうちに、タクシーは地下鉄の入り口近くへ到着した。運転手はニコニコしながら車を停め、二人が別れの挨拶を済ますのを待った。

別れ際に、女性はもう一度振り返った。

「陶然《タオ・ラン》、地元以外で昔の同級生と出会えて本当に嬉《うれ》しかった。お見合いの場でというのは、ちょっと気まずかったけど」

地面に割れ目があったら、陶然《タオ・ラン》は振り向きもせず飛び込んでいたことだろう。

故郷から離れた先で、お見合いでたまたま高校時代の同級生に当たる確率はどのくらいだろうか？　その同級生がたまたま当時の片思い相手だったという確率は？

けど、そんな幸運に恵まれても、今はちっとも喜べない。

たとえ今日の見合い相手がオードリー・ヘプバーンだったとしても、こうなった以上は女の子を置いて、職場へ向かうしかないのだ。

彼女が地下鉄の入り口に入っていくのを見送ったあと、大幅に損なわれていた陶然《タオ・ラン》の知能はようやく平均値へ戻ってきた。

大きく息を吐き、力いっぱい頭を振ることで、粥《かゆ》のようにくたくたになっていた脳みそをどうにか正常に戻し、事件へ集中させていく。

傍《はた》で見ていた運転手は、他人の立場からの結論を述べた。

「お客さん、あのお嬢ちゃんにかなり気に入られてるみたいじゃないか。これは脈アリだね」

陶然《タオ・ラン》は苦笑いをこぼした。

「運転手さん、この先でUターンして市公安局へ向かってください」

このオッサン運転手はたいそうな野次馬根性の持ち主で、男女のもつれについても〝金持ちの息子による殺人事件〟についても一家言あり、しきりに話しかけてきた。

その様子に、陶然《タオ・ラン》はようやく二人の悪友からの申し出を断り、車を借りてこなかったことを後悔した。

滔々《とうとう》と話し続けるお隣さんを黙らせるため、陶然《タオ・ラン》は仕方なく眠たそうなふりをしてイヤホンをつけ、音声の流れるアプリを適当に起動した。

オーディオブックの朗読が、ゆったりとしたＢＧＭに乗って流れてくる。

「……ジュリアンはそれに冷ややかにこたえた。「もしわたしが、自分を軽蔑しなければならぬ羽目になれば、いったいわたしに何が残りますか――」……」

このアプリは、大変マイナーなオーディオブック配信プラットフォームだった。

――近年のベストセラーはほとんど扱っておらず、あるのはカビの生えた古典作品だけ。普段は眠気を誘うようなエッセイがランダムに流れており、〝読書案内人〟に選ばれたユーザーのみコンテンツをリクエストできる仕組みだ。

読書案内人になるにはまず長文のオリジナル書評を投稿する必要がある。投稿した書評が編集者に選ばれると、ようやく希望のオーディオブックがプラットフォーム上で配信されるのだ。そして、全編終了後には書評もリスナーに届けられる。

陶然《タオ・ラン》はアプリを開いたものの、内容自体はあまり聞いておらず、ただバックの音楽で外部の騒音をシャットアウトし、考えを整理したかっただけだった。

しばらくすると、タクシーは側道に入り、目的地である市局が近づいてきた。

アプリを閉じようとした陶然《タオ・ラン》の耳に、ちょうどオーディオブックの終了を告げるナレーションが流れた。

「フランスの著名作家スタンダールによる『赤と黒』は以上となります。続いて本作の読書案内人、ＩＤ・朗読者さんによる書評をお楽しみください」

そのＩＤを聞いた瞬間、陶然《タオ・ラン》は雷にでも打たれたかのようにその場で固まってしまった。

＊＊＊

金曜日の夜とは本来、幸福と安息の時間だったはず。誰もが週末を前に心を躍らせるなか、燕城市《イエンチエン》公安局の刑事たちは一人残らず残業中か、時間外労働へ向かう途中にあった。

立て続けに郎喬《ランチヤオ》と陶然《タオ・ラン》からの電話を受けた駱聞舟《ルオ・ウエンジョウ》は、すぐに病院でじっとしていられなくなったが、費渡《フエイ・ドウ》もまた同じ思いだった——もっとも費《フエイ》会長の場合、とくに用事があるわけではなく、ただ公立病院の混雑と居心地の悪さに嫌気が差しただけである。

珍しく意気投合したことで、二人の行動力は倍にも跳ね上がり、費渡《フエイ・ドウ》はさっそく会長補佐に電話して車を手配してもらい、駱聞舟《ルオ・ウエンジョウ》もまた図々しく費渡《フエイ・ドウ》の車に便乗した。

時間はすでに夜十時を回っている。

郎喬《ラン・チヤオ》が送ってきた進捗《しんちょく》報告を確認した駱聞舟《ルオ・ウエンジョウ》は、しばらく沈黙したあと、唐突に口を開いた。

「検死官の見立てによると、陳振《チエン・ジエン》の死因は薬物の過剰摂取だそうだ」

病院で一方的に〝雑談〟されたことで、費渡《フエイ・ドウ》は自分の愛車が廃車に至った経緯をおおよそ把握できていた。

今はむせ返るような血の匂いが隣から漂ってくることもなく、車内も過ごしやすい温度が保たれているため、会長補佐が届けてくれた夜食を平らげたばかりの費渡《フエイ・ドウ》は、停止線の手前で危なげなく車を停めた。

赤信号を待ちながら、脇に置いてあったバナナミルクに手を伸ばす。甘いドリンクを飲んで気分が落ち着いた彼は、駱聞舟《ルオ・ウエンジョウ》の言葉に素直に反応した。

「それは少し不自然ですね——思慮に欠けるといいますか」

費渡《フエイ・ドウ》の口から飛び出た「思慮」という言葉に、駱聞舟《ルオ・ウエンジョウ》は呆れて白目を剥《む》いた。

「犯罪者にそんなものを求めるのは、さすがに高望みしすぎだろ」

だが費渡《フェイ・ドゥ》は構わず説明を続けた。

「そういう意味ではありませんよ。どれほど落ちぶれた人間でも、いつも好き好んで危ない橋を渡っているわけではありません。先ほど貴方《あなた》を殺そうと躍起になっていた人たちだって、往来で銃を撃つような暴挙に出たのは、貴方に正体を知られた以上、確実に始末しなければ自分たちの命がないから——そんな最悪な結果を恐れているからこそ、あそこまでなりふり構わず襲ってきたんです。

この因果関係は、そうそう崩れることはありませんし、本当にイカれている人間なんて、社会のなかでそう長くはやっていけませんよ」

この点に関しては、駱聞舟《ルオ・ウェンジョウ》も同意見だった。

なぜなら陳振《チェン・ジェン》の「無事」は、呉雪春《ウー・シュエチュン》からも確認できていた。あの言葉が嘘《うそ》でなければ、少なくとも彼女が見聞きした限りでは、黄敬廉《ホアン・ジンリエン》らに殺す意思はなかったはず。

それにもし最初から陳振《チェン・ジェン》と自分を殺すつもりだったのなら、呉雪春《ウー・シュエチュン》とあんな長話をさせてくれるとは思えない。

しかし、陳振《チェン・ジェン》の死は薬物の過剰摂取によるものだという。不慮の事故として考えるにはかなり無理がある。

「ドラッグを使うのはああいう連中がやりそうなことではありますが、長年ドラッグを取り扱ってきた人間が、投与量を間違えて人を死なせてしまうというのは、どうも腑《ふ》に落ちませんね」

費渡《フェイ・ドゥ》は淡々と分析を続けた。

「もし麻薬密売組織への幇助《ほうじょ》が疑われているのが私だったら、確信もなしにやってきて探られたくないことばかり質問してくる素性のわからない人物を、考えなしに殺すようなことは絶対にしないでしょう」

天気の話でもしているかのようなその口ぶりに、駱聞舟《ルオ・ウェンジョウ》は頭皮が粟立《あわだ》つのを感じた。

だが費渡《フェイ・ドゥ》の意見は毎回参考になるため、ぞわぞわとした感覚に耐えながら続きを促した。

「じゃあ、お前ならどうするんだ？」

「まず最初に、その人物を捕まえて、素性を確かめるのです。その人物の握っている情報と背後関係を明らかにしたあと、薬物や暴力、恫喝《どうかつ》に脅迫など、あらゆる方法を使ってその意志を瓦解させます。彼が貴方と接触を持ったのがつい最近で、正式な連絡員でもない、人間関係に不審な点はなく、親類縁者もいないとわかれば、第二段階に移ります」

費渡《フェイ・ドゥ》はバナナミルク風味の口調で説明を続けた。

「第二段階では、ごく少量のドラッグを使って相手を麻薬中毒にさせるのです。頭がぼんやりしているときに、『お前は駱聞舟《ルオ・ウェンジョウ》に裏切られたのだ』と何度も吹き込んで、貴方と彼らは同じ穴の狢《むじな》なのだと信じ込ませていく。そうすれば彼は絶望に囚《とら》われ、この世に正義など存在しないと考えるようになるでしょう。自分のような人間が生きていくには妥協を覚えるしかない、と」

駱聞舟《ルオ・ウェンジョウ》はしばらく費渡《フェイ・ドゥ》を見つめてから、こう評した。

「お前って、本当にろくでもないやつだな」

費渡《フェイ・ドゥ》は気にせず続けた。

「第三段階では、すでにドラッグなしでは生きていけなくなった彼に、ほどよく温情を与えてやればいい。自分たちはそんなに恐ろしくない、むしろ人情味に溢《あふ》れている、と——そうすれば高い確率でストックホルム症候群[51]を引き起こし、彼は精神的にも肉体的にもこちらに逆らえなくなります。

51　監禁等をされた人質が、一緒にいる犯人に対し共感や好意などを抱く現象。

貴方がたが苦労のすえに彼を助け出すことができたとしても、今度はこっそり彼に接触して、耳元にささやけばいい。『市局とは利益配分について揉《も》めていて、あいつらがお前を助け出したのはあくまで利用するためだ』と。すると彼は自分を裏切った貴方に恨みを抱き、自ら進んでそちらの組織内に打ち込まれた釘《スパイ》となるでしょう」

二人の距離がほんの少し縮んだためか、それとも車内に漂うバナナミルクの香りで空気が緩《ゆる》み切っているせいか、駱聞舟《ルオ・ウェンジョウ》は費渡《フェイ・ドゥ》のトンデモ発言に、はじめて激昂《げきこう》することなく耳を傾けた。

しばらく黙り込んだあと、駱聞舟《ルオ・ウェンジョウ》はふと口を開いた。

「お前がいつか犯罪に手を染めるようなことになったら、警察の手に負えなくなってしまうかもしれないな」

費渡《フェイ・ドゥ》は何も言わずに形だけの笑みを浮かべた。

だが次の瞬間、駱聞舟《ルオ・ウェンジョウ》はトーンを転じた。

「といっても、今のお前は口で言ってるだけだし、聞いているのは俺だけだ。実行に移したわけでも、世界中で〝完全犯罪セミナー〟を開いてるわけでもない。そのおかげで、俺たちは仕事の傍ら休暇を取ったり、恋を楽しんだりできるわけだ。組織を代表して、お前に感謝しなきゃな」

普段とはまるで違う反応を示す駱聞舟《ルオ・ウェンジョウ》に、費渡《フェイ・ドゥ》は訝《いぶか》しげな視線を向けた。

駱聞舟《ルオ・ウェンジョウ》はうんうんと頷《うなず》いてから、なぜか慈愛に満ちた声で続けた。

「お前には追加でもう一枚、錦旗《ジンチー》を贈ってやろう。ほかになにか希望があれば、遠慮なく言っていいぞ?」

呆れ返った費渡《フェイ・ドゥ》はそれっきり口を閉ざしてしまい、市局に到着するまで言葉どころか句読点の一つすら発しなかった。

＊＊＊

燕城市《イエンチエン》公安局、正門前。

車から降りたばかりの駱聞舟《ルオ・ウエンジョウ》の隣に、一台のパトカーが急停止した。慌てた様子で降りてきた郎喬《ラン・チヤオ》は、大声で報告した。

「ボス、馬小偉《マー・シヤオウエイ》がいなくなってしまいました！」

「騒ぐな」

背中の傷は縫合されたばかりで、片腕もまだ使い物にならないため、駱聞舟《ルオ・ウエンジョウ》は片手だけでタバコを取り出し、一本咥《くわ》えてから悠々と続けた。

「いなくなったのはいいことじゃないか」

その反応に、ただでさえ並外れてぱっちりとした郎喬《ラン・チヤオ》の目は、さらに二回りほど大きく見開かれた。

口を開こうとしたところで、その視線はふと駱聞舟《ルオ・ウエンジョウ》を飛び越え、少し離れた先に向けられた。

「あれは……」

振り返ると、通りの向こうにびくびくとした小柄な人影が現れ、市局のほうをちらちらと覗《のぞ》いていた。さらにもう一人がやってきて、その人物と一緒に道路を渡ってきた。

予想外の展開に、郎喬《ラン・チヤオ》は愕然《がくぜん》とした。

「馬小偉《マー・シヤオウエイ》と分局のよれよれメガネ！」

ようやくメガネを新調した肖海洋《シヤオ・ハイヤン》は、堅苦しそうなスクエアフレームのせいで何歳か年取って見えた。

馬小偉《マー・シヤオウエイ》を先導して駱聞舟《ルオ・ウエンジョウ》の前へやってくると、肖海洋《シヤオ・ハイヤン》は言葉少なに挨拶した。

「駱《ルオ》隊長」

二人の姿に、駱聞舟《ルオ・ウェンジョウ》は少しも驚いていないようで、ただにこやかに頷いた。

「来たか。まあなかへ入ろう」

＊＊＊

市局の中は週末らしさの欠片《かけら》もない雰囲気に支配されていた。

死体の検分やネクタイの鑑識、目撃者からの聞き取りに容疑者への取り調べ——法医課も刑事隊も慌ただしく走り回っている。当直室を間借りしていた何忠義《ホー・チョンイー》の母親まで落ち着かなくなり、少しでも動きがあるたびについ様子を確認したくなってしまう。

駱聞舟《ルオ・ウェンジョウ》らが馬小偉《マー・シャオウェイ》を連れて入ってきたとき、何忠義《ホー・チョンイー》の母親はちょうど廊下で所在なげにしていた。彼女は駱聞舟《ルオ・ウェンジョウ》の姿を認めると立ち上がり、やがてその物問いたげな目を馬小偉《マー・シャオウェイ》の上に留めた。

駱聞舟《ルオ・ウェンジョウ》は馬小偉《マー・シャオウェイ》に紹介した。

「こちらは何忠義《ホー・チョンイー》のお母さんだ」

のろのろと歩いていた馬小偉《マー・シャオウェイ》は、その言葉にぴたりと足を止め、驚きと恐怖に染まった表情で女に視線を向けた。

痩せ細った女とやつれ切った少年は、ただ無言で顔を見合わせた。しばらくして、少年の姿を見て息子を思い出したのか、何忠義《ホー・チョンイー》の母親はためらいがちに馬小偉《マー・シャオウェイ》に問いかけた。

「あんた……息子を知っているのかい？」

しかし馬小偉《マー・シャオウェイ》は、反射的に半歩ほど後ずさった。

「うちの忠義《チョンイー》は優しい子だったよ。あんたも息子を知ってるんだね？」

女は体を震わせながら一歩進み、縋《すが》るような目で馬小偉《マー・シャオウェイ》を見つめた。その目からはみるみる滂沱《ぼうだ》と涙が溢れ出し、首をまっすぐ伸ばしたまま細く長い息を吸い込んだ。

「いったい、誰が殺したんだい？　ねえ坊や、おばさんに教えて。うちの子を殺したのは誰？」

目を真っ赤に染めた馬小偉《マー・シャオウェイ》は、前触れもなくトンと地面に両膝を着いた。

「お、俺です！」

少年は号泣しながら懺悔《ざんげ》した。

「ごめんなさい、忠義《チョンイー》さん。全部俺が悪いんです……ごめんなさい……」

第十七章

分局から連れ出されたばかりの馬小偉《マー・シャオウェイ》は、市局に到着するなり殺人容疑を認めてしまった。

唐突すぎる自供で一同を唖然《あぜん》とさせたこの少年は、被害者の母親以上に取り乱し、ついには頭を床に叩《たた》きつけようとしたが、すんでのところでその場にいた警察官たちに取り押さえられ、女の悲しげな叫び声を背に奥へ連れていかれた。

ひと言紹介しただけでこんな大事になるとは思わなかった駱聞舟《ルオ・ウェンジョウ》は、頭が爆発しそうになった。今夜は眠れぬ夜になりそうだと予感した彼は、直ちにマンションの管理人に連絡し、家でお腹《なか》を空《す》かせている駱一鍋《ルオ・イーグオ》のフードを足してもらうよう懇願した。

顔を上げると、ちょうど郎喬《ラン・チャオ》が費渡《フェイ・ドゥ》を連れて聴取に入ろうとしているのが見えて、駱聞舟《ルオ・ウェンジョウ》はとっさに声をかけた。

「おい、」

続いて主語も目的語も省略したまま、ぶっきらぼうに言った。

「ありがとよ」

まさか駱聞舟《ルオ・ウェンジョウ》の口からこんな殊勝な言葉が出てくるとは思わなかった費渡《フェイ・ドゥ》は意表を突かれ、足を止めた。だがすぐに就任演説に臨む大統領のような風格を漂わせ、神妙に頷《うなず》いた。

「どういたしまして」

駱聞舟《ルオ・ウェンジョウ》は片眉を上げ、そのモデルのような後ろ姿を見送りながら、ふとふんぞり返った貴賓犬《プードル》を彼に重ね、今すぐ追いかけてお似合いのステッキでも持たせてやりたくなった。

だが、七年も続いた費渡《フェイ・ドゥ》との泥仕合《どろじあい》も、最近になってようやく休戦の兆しが見えてきたばかりである。ここで余計なことをして台無しにするわけにもいかず、駱聞舟《ルオ・ウェンジョウ》は次々と溢《あふ》れ出る天才的なアイデアをやむなくしまい込み、近くにいた肖海洋《シャオ・ハイヤン》の肩をぽんと叩いた。

「お前はこっちだ」

離れたところにある取調室まで無言でついていった肖海洋《シャオ・ハイヤン》は、神経質そうにメガネの位置を直してから、まっすぐ駱聞舟《ルオ・ウェンジョウ》を見つめて言った。

「今の僕は、捜査に協力するいち警察官としてここにいるわけではないのですね？」

肖海洋《シャオ・ハイヤン》に椅子を勧めつつ、駱聞舟《ルオ・ウェンジョウ》は訊《き》き返した。

「お前自身、自分がどういう立場にあると思う？」

おとなしく椅子に座った肖海洋《シャオ・ハイヤン》は、ぴんと背筋を伸ばしたまま答えた。

「容疑者、もしくは証人でしょうか？」

駱聞舟《ルオ・ウェンジョウ》はふっと笑い、いつも通り脚を組んで後ろへ寄りかかろうとしたが、背中の傷口がすぐさま感覚神経に対して抗議の悲鳴を上げ、激痛をもって彼を懲《こ》らしめた。顔が歪《ゆが》みそうになる痛みに耐えながら、駱聞舟《ルオ・ウェンジョウ》はどうにか姿勢を正し、自分のイメージを死守した。続いてこっそりと息を整えてから、肖海洋《シャオ・ハイヤン》に問いかけた。

「警察官になって何年になるんだ？」

「二年……いや、一年半くらいです」

「なるほど。実習を終えたばかりか」

そう言って頷いた駱聞舟《ルオ・ウェンジョウ》は、記憶をたどるように口を開いた。

「俺は昔、父親に国防生[52]の道を勧められたけど、ちょうど反抗期だったもんでえらく反発してな。それで『サハラ砂漠でミサイルの研究をさせられてたまるか』と言って、勝手に志望先を決めちまったんだよ。当時は香港《ホンコン》の警察映画の影響で、警察官はみんな梁朝偉《トニー・レオン》[53]や古天樂《ルイス・クー》[54]みたいになれると勘違いしてたもんだから、うっ

52　大学に在籍しながら予備軍人や警察官として訓練を受ける学生。国防生制度は二〇一七年に廃止された。
53　香港の俳優・歌手。代表作に、『インファナル・アフェア』（二〇〇二年）等。
54　香港の俳優。代表作に、『レクイエム 最後の銃弾』（二〇一三年）等。

かりこの業界に入っちまったというわけだ」

だが肖海洋《シャオ・ハイヤン》は真面目くさった表情で指摘した。

「サハラ砂漠はアフリカですよ」

「……」

肖海洋《シャオ・ハイヤン》も自分の失言に気づいたのか、姿勢が余計に硬くなってしまった。

「すみません、続きをどうぞ」

こいつの辞書には「リラックス」という言葉が載っていないらしい。そう悟った駱聞舟《ルオ・ウェンジョウ》は、早々に努力の方向を変えるべく表情を引き締め、ストレートに言った。

「お前が今回の功労者や証人になるか、それとも容疑者になるかは、すべてこの取り調べの結果によって決まる——心の準備はもうできているようだし、知っていることを洗いざらい話す覚悟もあるんだろうな？」

肖海洋《シャオ・ハイヤン》はこくりと頷いた。

「よしっ。それじゃあ、とりあえず直近の出来事から始めよう。今夜はなぜ馬小偉《マー・シャオウェイ》を連れてきてくれたんだ？」

「口封じのために彼を殺そうとしている人間がいるからです」

迷わずそう答えた肖海洋《シャオ・ハイヤン》は、ポケットから一台の携帯電話を取り出し、駱聞舟《ルオ・ウェンジョウ》に手渡した。しかも、きちんと証拠品袋に入れた状態で。

「今夜はたまたま、僕ともう一人の同僚が当直でした。この携帯電話はその同僚のもので、メッセージが届いたとき、彼はちょうど居眠りをしていました」

袋越しにさっとメッセージに目を通し、郎喬《ラン・チャオ》が報告した通りの内容であることを確認した駱聞舟《ルオ・ウェンジョウ》は、すぐにその携帯電話を横に置いた。

「なんで他人宛てのメッセージなんかを覗《のぞ》こうと思ったんだ？」

「その同僚をずっと監視していたからです」

肖海洋《シャオ・ハイヤン》は大変早口で、めったに笑わない青年だ。人と話すときはいつも気を張っているようで、メガネの位置を直したり、拳を握りしめたりといった癖が度々出てくる。その姿は「一人前の」社会人というより、手足ばかり伸びすぎた男子中学生に近い。

費渡《フェイ・ドゥ》のあのずる賢さの半分でもこの青年に分けてやれたら、二人ともちょうどいい具合になるだろうにと、駱聞舟《ルオ・ウェンジョウ》は思った。

「監視していた？　なぜそんなことを？」

肖海洋《シャオ・ハイヤン》は一度口を引き結んでから訊いた。

「最初からお話ししても？」

駱聞舟《ルオ・ウェンジョウ》が頷くのを確認すると、肖海洋《シャオ・ハイヤン》は大きく息を吸い、少し考えてから筋道を立てて説明しはじめた。

「分局《うち》の雰囲気は、市局とはかなり違います。よほど重要な行事や重大な事件でもなければ、王《ワン》局長の顔を見ることもありません。王《ワン》局長からの指示は、いつも黄《ホアン》隊長——つまり、花市《ホアシー》分局刑事隊の隊長、黄敬廉《ホアン・ジンリエン》——を通して伝達されてきます。

黄敬廉《ホアン・ジンリエン》は副隊長とそれほど親しくなくて、部署内に何人かの腹心や〝幹部候補〟を抱えていました。なにかあるといつもそういう子飼いたちに直接指示を出していたので、ほかの隊員には彼らがなにをしているかすらわからないときもあります。そんなわけで、副隊長もお飾りのようなもので、ほとんどなんの権限も持っていません。

最初は、自分の好みでコアメンバーを選んでいるのだろうと思い、大して気に留めませんでした。僕は昔からそういった仲良しグループとは無縁でしたから。ところがあの日の夕方、管内の派出所から事件の報告が上がりました――女性の死体を発見した、と。

その日はちょうど、僕が当直だったので、完全に自分が向かうつもりでいました。ですが出発直前に同僚……つまりこの携帯電話の持ち主に引き止められ、翌日に家の用事が入り当直できなくなったから代わってほしいと言われました。当番は持ち回りですから、用事があるときに誰かに代わってもらうのも珍しいことではありませんので、僕は深く考えずにその日の当番を彼に任せ、黄敬廉《ホアン・ジンリエン》はその同僚と一緒に現場へ向かいました」

「黄敬廉《ホアン・ジンリエン》も一緒だったんだな」

駱聞舟《ルオ・ウェンジョウ》は一拍置いてからさらに質問した。

「死者の名前は？」

「陳媛《チェン・ユエン》です」

駱聞舟《ルオ・ウェンジョウ》はかすかに目を細めた。

「よく覚えているな。その陳媛《チェン・ユエン》はお前にとって、なにか特別なところでもあったのか？」

肖海洋《シャオ・ハイヤン》は平坦《へいたん》な口調で答えた。

「一度目にしたものはだいたい覚えていますよ。お疑いなら今ここで５２０事件当日、お三方が現場まで乗ってきたパトカーのナンバーでも言いましょうか」

その返答に、駱聞舟《ルオ・ウェンジョウ》は呆《あき》れ顔になった。このメガネくんは花市《ホアシー》分局の連中とはまるで水と油ではないか。

心の中でツッコミを入れながら、駱聞舟《ルオ・ウェンジョウ》は慌てて手を振った。

「あー、信じるから言わなくていい。それより事件の話を続けてくれ」

「陳媛《チェン・ユエン》に特別なところがあったのもたしかです」

肖海洋《シャオ・ハイヤン》はすぐさま説明を再開した。

「現場の写真を確認してみたところ、彼女は死亡当時シースルーのトップスにミニスカートという装いで、顔には濃い化粧が施されていたのですが、そのトップスは後ろ前になっていました。婦人服のなかにはボタンが後ろにくるものもあり、特に襟《えり》なしの場合、パッと見では前後に迷うことがあります。しかし実際着てみれば首元と脇の下に違和感を覚えるでしょうから、故人が自分で袖を通したのなら、すぐに後ろ前になっていることに気づくはずです。

なので僕はその写真を見て、この服は死亡したあとに何者かによって着せられた可能性が高いと、すぐに思い至りました。そうであったなら、これは殺人事件になるかもしれない。ですからその同僚が出発する前にこのことを伝えておいたんです」

駱聞舟《ルオ・ウェンジョウ》は口も挟まずに、ただ指先でトントンと机を叩きながら肖海洋《シャオ・ハイヤン》の説明に耳を傾けた。

陳媛《チェン・ユエン》の死亡事件についての資料は、もちろん確認済みだ。だが自分が見た写真では、死体の服装に不審な点はとくに見られなかったし、問題のトップスも後ろ前になどなっていなかった。

「その事件の捜査結果を知ったのは、数日後のことでした。黄《ホァン》隊長たちは『売春婦の薬物の過剰摂取による死亡』だと結論づけたんです。それではあの後ろ前になっていた服はどう説明するんですかと例の同僚に訊いてみたところ、あれこれとはぐらかされたあと、僕の見間違いだったと言われました」

そこで肖海洋《シャオ・ハイヤン》は、長い間を置いた。

「その写真は手元に残っているわけではありませんし、当時もちらりと見ただけで見間違いだった可能性もあるでしょう――でもその日の午後、給料の受け取り口座になぜか二千元[55]振り込まれたんです。銀行からの通知には、〝ボーナス〟と記載されていました。警察の給料なんてたかが知れてますし、みんな家族を養うのに苦労してます。だからごくたまに臨時ボーナスが出るときには、いつも口頭での通達やお祝いがあり、隊の雰囲気もどこか浮ついたものになります。なのにあの日、誰もそのことに触れませんでした。ただ定時前になって、黄《ホアン》隊長からわざわざお呼び出しがかかり、いくつかの日常業務での丁寧な働きぶりを褒《ほ》められました。それで王《ワン》局長に掛け合って、社会に出たばかりの〝優秀な若者〟を激励するためにボーナスを出してもらったと説明を受けました。そんな理由ではとうてい納得できませんので、あのお金には手をつけていません。あれは〝口止め料〟だったのではないかと疑っています」

駱聞舟《ルオ・ウエンジョウ》はすぐにわかった。これは明らかに口止め料なのだと。

「だが、お前はなんの証拠も持っていない。陳媛《チエン・ユエン》事件の捜査資料は不審なところなどなにひとつない、完璧なものだった」

そう指摘された肖海洋《シャオ・ハイヤン》は、頬をぴくりと強張《こわば》らせ悔しそうに頷いた。

駱聞舟《ルオ・ウエンジョウ》は一つ息をつき、先を促した。

「そのあとは？　花市西《ホアシー》の事件現場で、なぜ殺害現場がほかにあるかのような物言いをしたんだ？」

「陳媛《チエン・ユエン》の一件を経て、僕は黄敬廉《ホアン・ジンリエン》らに不信の念を抱くようになりましたが、いろいろ考えた結果、ボーナスの件は黙っておくことにしたんです」

肖海洋《シャオ・ハイヤン》は少し顎を上げ、証拠品袋に入った携帯電話を指し示した。

「その後、僕は隙を見てあの同僚の携帯電話にウイルスを仕込み、気づかれないようにＧＰＳをオンにして

55　日本円で約三万二千円。

毎日動向を見張っていました」

「……」

言葉を失った駱聞舟《ルオ・ウェンジョウ》を見て、肖海洋《シャオ・ハイヤン》は慌てて説明した。

「違法なのはわかっています。でも僕は実技実習でも赤点すれすれの科目が多かったので、彼らを実際に尾行するのは現実的ではありません。そんなことしたらすぐ気づかれるだろうから、こうするしかなかったんです」

「いや、不覚にも感心してしまってな」

駱聞舟《ルオ・ウェンジョウ》は軽く笑ってから話題を戻した。

「それでなにかわかったのか？」

「その同僚はよく退勤後に特定の娯楽施設に出入りしていました。おまけに毎月五と十のつく日は、当直でさえなければ、決まって特定の場所で活動していました。何忠義《ホー・チョンイー》の死体が発見された空き地もその一つで、ほかにも何箇所か人通りの少ない場所があります。

　連中にバレないように、こっそりそのうちの数箇所に行ってみたのですが、なにも見つかりませんでした。ただあるとき、よそ者のふりをして道を訊いてみたところ、近くに住んでいるというおばあさんから、〝白い粉を吸うやつら〟が時々そこに出入りしているから、暗くなったあとは近づかないほうがいいと注意されました」

「要するに五月二十日の夜、お前はGPSを通じてその同僚がたまたま何忠義《ホー・チョンイー》の死体があった場所にいたことを把握していたわけか」

「退庁したときは黄敬廉《ホァン・ジンリェン》らと一緒だったので、彼らもそこにいたのではないかと推測しています。その日は十一時近くまでそこにいたようです」

と、肖海洋《シャオ・ハイヤン》は答えた。

「駱《ルオ》隊長、警察《うち》の人間が犯人なら、もっと手際よくやれるでしょうし、あんな目立つ場所に死体を放置して翌日大騒ぎになるようなこともなかったはずです。

馬小偉《マー・シャオウェイ》の存在はちょうど僕の推測を部分的に裏づけてくれました――あの夜、死体の発見場所でなにか後ろ暗いことをしていた黄敬廉《ホァン・ジンリェン》らは、たまたま口論になった。近隣住民が聞いたという言い争う声は彼らのもので、その現場には馬小偉《マー・シャオウェイ》もいた。ですが、死体がどのようにしてそこへ運ばれたのかは彼らも知らなかったと思います」

駱聞舟《ルオ・ウェンジョウ》はその推測に同意も異議も示さず、ただ頷いて次の質問をした。

「二十日夜、お前はどこにいた？」

「分局内で一晩中夜勤をしていました。当直記録と防犯カメラの映像を確かめていただければ証明できます」

顔色ひとつ変えずに答えた肖海洋《シャオ・ハイヤン》は、駱聞舟《ルオ・ウェンジョウ》の無遠慮とも取れる質問に不快感を示すことなく、極めて冷静かつ客観的に語った。

「あそこに死体を置いたのが僕だとお疑いですか？　それは違います。花市西《ホアシー》は道が非常に入り組んでいますから、誰にも気づかれずに死体を遺棄するには周辺環境を熟知している必要がありますし、私的な運搬手段も必要です。僕には不可能なことです」

その言い分を信じたかどうかも読み取れない淡々とした表情のまま、駱聞舟《ルオ・ウェンジョウ》は続けて質問した。

「では、〝黄金の三角空地《くうち》〟という言葉を聞いたことはあるか？」

＊＊＊

「馬小偉《マー・シャオウェイ》が言うには、〝黄金の三角空地〟とは何忠義《ホー・チョンイー》の死体が発見されたあの空き地のことで、彼らがよく使っている麻薬取引場所の一つだそうだ。この呼び名は、よく取引に参加している常連しか知らないもので、口外厳禁だったらしい——一つの分局が、トップから末端の刑事にいたるまで、組織ぐるみで麻薬取引に関わっていたとは……！」

取調室から足早に戻ってきた陶然《タオ・ラン》は、調書を机に放り投げるなり郎喬《ラン・チャオ》にぶちまけた。

「駱聞舟《あいつ》め、こんな大事件をみんなに黙って一人で調べていたなんて。キャプテン・アメリカにでもなったつもりか！」

郎喬《ラン・チャオ》はずっと知りたかったことを訊《たず》ねた。

「それで、何忠義《ホー・チョンイー》を殺したのは本当に馬小偉《マー・シャオウェイ》だったんですか？」

「それは違うだろう。馬小偉《マー・シャオウェイ》によれば、彼は麻薬中毒になってからよく金欠に陥るようになった。彼の手癖の悪さは結構知られているから、ルームメイトはみんな部屋に現金を置かないようにしていた。それで馬小偉《マー・シャオウェイ》は、何忠義《ホー・チョンイー》の新しい携帯電話に目をつけ、盗んだ。だが、それを取引場所に持っていこうとしたところに、仕事から帰ってきた何忠義《ホー・チョンイー》がなぜかその携帯のことを思い出し、なくなっていることに気づいた。携帯のありかを詰問された馬小偉《マー・シャオウェイ》は頑として知らないと言い張り、そのまま喧嘩《けんか》別れしてしまった、と——悪いけど、そこの水を一本取ってくれ。ずっと喋《しゃべ》り続けて喉がからからだ」

郎喬《ラン・チャオ》から渡されたペットボトルを一気に半分くらい流し込むと、陶然《タオ・ラン》はやっとひと息ついた。

「その日の夜、馬小偉《マー・シャオウェイ》はさっそく盗んだ携帯を麻薬と交換した。部屋に戻った馬小偉《マー・シャオウェイ》は、あとで何忠義《ホー・チョンイー》に所持品検査をさせて鼻を明かしてやろうと思い、得意気に彼を待った。けど何忠義《ホー・チョンイー》はいつまでも帰らず、よりによってあの場所で死んでいた」

「要するに、馬小偉《マー・シャオウェイ》は自分が携帯で取引しているところをたまたま何忠義《ホー・チョンイー》に見られてしまい、それを取り返そうとして売人たちに殴り殺されたんだと思ってるんですか？」

陶然《タオ・ラン》の説明を聞いてすぐピンときた郎喬《ラン・チャオ》は、大きな目をぐるりと動かしながら続けた。

「その後、馬小偉《マー・シャオウェイ》の窃盗騒ぎをきっかけにあんな証言が出てしまったから、王洪亮《ワン・ホンリャン》は真実を隠蔽《いんぺい》しようとあの携帯で馬小偉《マー・シャオウェイ》に濡《ぬ》れ衣《ぎぬ》を着せたってわけですね？　そういうことなら説明がつきます。でも……結局何忠義《ホー・チョンイー》を殺したのは誰なんでしょう？」

陶然《タオ・ラン》が口を開くより先に、携帯電話の着信音が鳴った。法医課の固定電話の番号であることを確認すると、すぐに応答した。

「もしもし、結果は？」

近くで見ている郎喬《ラン・チャオ》には電話相手の声は聞こえていなかったが、ただ陶然《タオ・ラン》の顔色がだんだん険しくなっていくのがわかった。

しばらくして陶然《タオ・ラン》は電話を切り、郎喬《ラン・チャオ》に訊ねた。

「費渡《フェイ・ドゥ》はもう帰ったのか？」

そこに、肖海洋《シャオ・ハイヤン》と話し終えた駱聞舟《ルオ・ウェンジョウ》がドアを開けて入ってきた。唐突に耳に飛び込んできた名前に、駱聞舟《ルオ・ウェンジョウ》は反射的に顔を上げた。

「費渡《フェイ・ドゥ》がまたどうしたって？」

この〝キャプテン・チャイナ〟気取りにみっちり説教してやるつもりだった陶然《タオ・ラン》だが、もはやそれどころではなくなり、眉間にしわを寄せつつも答えた。

「張東来《チャン・ドンライ》の弁護士が持ってきたネクタイの鑑識結果が出た。張東来《チャン・ドンライ》の指紋が検出されたほか、被害者の首にあった絞め痕とも概《おおむ》ね一致するそうだ。また、少量ながら血痕もついている――遺体の首には擦り傷があった。DNA鑑定の結果は急げば明日中に出せるらしいけど、法医課の見立てではあのネクタイが凶器である可能性が極めて高いとのことだ」

駱聞舟《ルオ・ウェンジョウ》は黙ったまま最後まで聞いてから、壁にある時計を確認した。時間は零時に差しかかっている。

「すぐに追いかけよう」

さらに駱聞舟《ルオ・ウェンジョウ》は続けた。

「費渡《フェイ・ドゥ》はまだ残っているはずだ。市局を出たとしても、今ならまだ追いつける」

＊＊＊

駱聞舟《ルオ・ウェンジョウ》の予想通り、費渡《フェイ・ドゥ》はまだ帰っていなかった。

事情聴取のあと、彼は何忠義《ホー・チョンイー》の母親に付き添って座っていた。

一緒にいてくれる人がいるおかげか、もしくは深夜なのにいまだ明るいままの市局を見て希望が芽生えてきたのか、女はだいぶ落ち着きを取り戻したようで、費渡《フェイ・ドゥ》に話しかける余裕まで出てきた。

「あんたたちが戻ってくる前に、午後にも来ていたあの……なんとかっていう人がまた顔を出したみたいだけど……」

彼女が言いたかったのは弁護士の劉《リウ》のことだったが、「弁護士」という言葉がどうしても思い出せなかった。

しばらく口ごもって考えてみたものの、グチャグチャな頭からは何も見つからず、仕方なくスキップした。

「もしかして、新しい証拠でも見つかったのかい？」

市局の椅子は何忠義《ホーチョンイー》の母親にとってはちょうどいいかもしれないが、費《フェイ》会長にとってもそうであるとは言いがたかった。

長い脚を置くスペースがないため、まっすぐ座っていることもできなかったが、かっこ悪く体を丸めるわけにもいかず、費渡《フェイ・ドゥ》は仕方なく両脚をきちっと揃《そろ》え、横へ流すようにして座っている。若干強引な姿勢を取っているせいで、すぐに脚が痺《しび》れてしまった。

痺れた脚をポンポンと叩きながら、費渡《フェイ・ドゥ》は答えた。

「そうかもしれませんね。それより――犯人が見つかったあとはどうするのですか？　地元へ帰られますか？」

女はまぶたを伏せ、答えなかった。ただつらそうに脚を叩いている費渡《フェイ・ドゥ》の手にちらりと視線を向けてから言った。

「あんたは警察の人じゃないんだろ？　もう遅いから、はやくうちへお帰り」

脚が痺れていること以外、費渡《フェイ・ドゥ》はとくに疲れを感じていなかった。彼のような遊び慣れた放蕩児《ほうとうじ》にとって、夜はまだ始まったばかりで、今が一番元気になる時間帯ですらある。残念ながら今夜は美人の連れはなく、隣りにいるのは干からびた貧相な中年女性だったが。

だが相手が中年女性だろうと美人だろうと、費渡《フェイ・ドゥ》が態度を変えることはない。数多《あまた》の花々に接してきた彼は、おのずと外見に惑わされにくくなっていたのだ。

「私なら平気ですから、もう少しご一緒させてください」

費渡《フェイ・ドゥ》は優しく語りかけた。

「私は子どもの頃に母を亡くしたんです。病気だった母は、ずっと薬を飲んでいて外で働くこともできませんでした。父は仕事が忙しく、めったに家に帰ってきません。遠方の学校に通っていた私は、お手伝いさんと一緒に学校の近くに住んでいて、母のもとへ帰れるのは週末だけでした」

何忠義《ホー・チョンイー》の母親は遠慮気味に費渡《フェイ・ドゥ》を眺めながら言った。

「あんたのようなきれいな子は、お母さんもさぞ恋しがって、毎日帰りを楽しみにしていただろうね。なにかしらの取り柄でもあればいいけど、なにもできない母親にとって、我が子だけが日々の生き甲斐《がい》だから」

その言葉に、費渡《フェイ・ドゥ》は顔色も変えずににこやかに相槌《あいづち》を打った。

「そうですね」

顔を上げると、駱聞舟《ルオ・ウェンジョウ》と陶然《タオ・ラン》が揃ってくたびれた残業顔で歩いてくるのが見えた。数歩手前のところで立ち止まり手を振っている陶然《タオ・ラン》に、費渡《フェイ・ドゥ》はのんびりと近づいていき満面の笑みを見せた。

「兄さん、お見合いはうまくいきましたか？」

実に節度のある態度だった。変化を受け入れると宣言したそばから、費渡《フェイ・ドゥ》は呼び方から立ち居振る舞いまですべて改めた。陶然《タオ・ラン》に迷惑をかけまいと、彼は一夜のうちにほどよい距離感を持った良き弟分へと変容を遂げた。

「その話はよしてくれ」

げんなりとした顔で手を振った陶然《タオ・ラン》は、期待のこもった眼差《まなざ》しを向けてくる何忠義《ホー・チョンイー》の母親を一瞥《いちべつ》してから、費渡《フェイ・ドゥ》についてくるように言った。

「ちょっといいか。いくつか確認しておきたいことがあってね」

「どうしたんですか？」

費渡《フェイ・ドゥ》は歩きながらのんびりとした口調で続けた。

「もしかして、やっと警察の仕事に見切りをつけたとか？　だから前から言ってるんですよ。弊社《うち》の食堂で油条《ユウティアオ》[56]を売ってるスタッフだって、貴局の隊長さんより高い給料をもらってるって」

ずっと黙っていたのに、いわれなき当てこすりを受けた駱《ルオ》隊長は、不服のあまり小腹まで減ってきた。ムスッとした顔で当直の者を呼びつけると、小銭を握らせながら苛立《いらだ》たしげに命じた。

「そこのコンビニで油条《ユウティアオ》を買ってこい」

＊＊＊

その場から去っていく三人を、何忠義《ホー・チョンイー》の母親はずっと隅に座ったまま、首を伸ばして見送った。とうに乾いてしまった涙は透明な膜となって眼球に張りつき、この冷え冷えとした都市の冷え冷えとした夜を映している。

不意に、携帯電話の着信音が鳴った。彼女が持っているのは、とっくの昔に色とりどりのスマートフォンによって市場から追いやられた、通話機能しかない旧式のものだった。

女はぴくりと身を震わせ、あたふたと通話ボタンを押した。

「もしもし？」

56　発酵させた小麦粉の生地を細く伸ばし、油で揚げたもの。中には大きな空洞があり、サクサクとした食感。熱々の豆乳とセットで朝食の定番メニューの一つとされている。

しばらくノイズが続いたあと、電話の向こうから不気味な声が流れた。

「弁護士を見たでしょう？　彼は金と引き換えにああいうボンクラどもの味方をするのが仕事なのに、良心の呵責《かしゃく》に耐えかねてこんな夜中に告発しに戻ったんです。おかげで犯人が明らかとなり、警察は今頃大騒ぎになっているのでは？　たしかな証拠が出たのに、なおも犯人を庇《かば》い立てるのはさぞ大変でしょうからね

――これで信じていただけましたか？」

ひび割れた唇を震わせながら、女は消え入りそうな声で訊ねた。

「あんたはいったい……誰なんだい？」

「あなたの味方ですよ」

そう、不気味な声が言った。

「この世の中はあなたが思っている以上に複雑なものです。彼らが優しくしてくれるのは、あなたに余計なことを喋られたら困るからです。この犯人は出自が特殊なので、警察も手が出せないのですよ」

その言葉に、女の目がゆっくりと見開かれる。

不気味な声はさらに問いかけた。

「覚悟はいいですね？」

＊＊＊

一方、費渡《フェイ・ドゥ》を連れて刑事隊室へ戻った陶然《タオ・ラン》は、数枚の写真を取り出すと、そこに写っているシルバーとグレーのストライプ柄のネクタイを指さしながら単刀直入に訊ねた。

「このネクタイに見覚えは？」

費渡《フェイ・ドゥ》はひと目見ただけで答えた。

「こういったデザインは定番中の定番ですから、みんな持ってますよ」

「張東来《チャン・ドンライ》も？」

不意を突かれた費渡《フェイ・ドゥ》は、思わずそのからかうような笑みを引っ込めた。

「それはどういう意味ですか？」

さすがの鋭さだが、それをいつも真っ当な方向へ向けてくれればいいのにと、ずっと横で様子を見ていた駱聞舟《ルオ・ウェンジョウ》はしみじみと思いながら答えた。

「お前が思った通りの意味だ」

費渡《フェイ・ドゥ》は少しためらったあと、写真を手に取りじっくり眺めはじめた。

「このブランドのものは、たしかに一本持っているはずです。私の記憶が正しければ、それは張婷《チャン・ティン》からのプレゼントで、普段は親の会社で給料泥棒をする日にしか使わないようでした。前に一度、このネクタイをつけているところを遊び仲間に見られて、さんざんからかわれたこともありましたけど、あいつはああ見えて妹思いなところがあるから、文句を言いながらも妹からのプレゼントを大切にしていました――このネクタイになにか問題でも？」

「これは張東来《チャン・ドンライ》の車のシートの隙間から発見されたもので、彼の指紋も検出されている。何忠義《ホー・チョンイー》を殺した凶器である可能性が高い」

陶然《タオ・ラン》は声を低くした。

「だから、思い返してみてくれないか――五月二十日の夜、承光《しょうこう》の館で張東来《チャン・ドンライ》がこのネクタイを身につけていたかどうか」

「つけていませんでしたよ」

費渡《フェイ・ドゥ》はすぐに答えた。

「防犯カメラの映像を確認すればわかるはずです」

陶然《タオ・ラン》は続けて質問した。

「二十日は平日だ。昼間はネクタイをしていたけど、そのあとは外して車のなかやポケットに入れていた可能性は？」

「そこまではさすがに……」

軽く眉をひそめながら答えた費渡《フェイ・ドゥ》は、ふと思いついたように訊ねた。

「そのネクタイからは、張東来《チャン・ドンライ》の指紋しか見つからなかったのですか？」

一瞬強張った陶然《タオ・ラン》の表情を見ただけで、費渡《フェイ・ドゥ》は答えを察した。顔の一部のように常時浮かべていた笑みは凍りつき、長い沈黙が流れた。

やがて費渡《フェイ・ドゥ》はゆっくりと口を開く。

「張東来《チャン・ドンライ》が犯人のはずがありません。そのネクタイにあいつの指紋しかついていなかったとしても、それは犯人がネクタイを手に入れたときから彼に罪をなすりつける算段を立てていたからでしょう。盗んだのか拾ったのかはわかりませんけどね」

のんびりとした口調も言葉遣いも普段と少しも変わらないのに、陶然《タオ・ラン》はなぜかその下に潜《ひそ》む怒気のようなものを感じた。

張東来《チャン・ドンライ》のアリバイを確かめるために電話したときから、費渡《フェイ・ドゥ》はずっと無関係だと言わんばかりのあっさりとした態度を見せてきた。その後、二度も張婷《チャン・ティン》の付き添いで市局へやってきたものの、終始他人事《ひとごと》のように振る舞っていたため、完全に張東来《チャン・ドンライ》をただの〝悪友〟としか考えていないようにうかがえた。

費渡《フェイ・ドゥ》は顔を真っ青にして張東来《チャン・ドンライ》を弁護したこともなければ、捜査状況を聞き出そうとしたこともない。張東来《チャン・ドンライ》の容疑が完全に晴れたかどうかすら訊いてこなかった。

「君が張東来《チャン・ドンライ》のために怒るとは思わなかったよ。てっきり彼とは……」

意表を突かれた陶然《タオ・ラン》はしばし言いよどみ、慎重に言葉を選んだ。

「そこまでの仲でもないと思っていたんだ。今までは関心なさそうにしていたから」

「怒ってなんかいません。ただ、そこまでするのかと呆れているだけです」

費渡《フェイ・ドゥ》は陶然《タオ・ラン》に顔を向け、ニコリと笑った。一見、穏やかで落ち着いているように見えるが、続く言葉でボロが出た。

「気つけに、コーヒー味のゴマ油を一杯いただけませんか？」

「……」

怒ってなんかいない費《フェイ》会長はいかにも平然とした表情をしており、自分が何を言い間違えたのかに少しも気づいていないようだ。

顔をしかめ、毒でも口にしたかのような表情でインスタントコーヒーを飲み干すと、費渡《フェイ・ドゥ》はようやくふっと息をついた。

「張東来《チャン・ドンライ》を釈放したときに証拠不十分だと公表してましたけど、本当はあいつがシロだという証拠をとっくに掴《つか》んでいたのでは？」

あっけに取られた陶然《タオ・ラン》を横目に、駱聞舟《ルオ・ウェンジョウ》はこくりと頷いた。

「その通り――お前が送ってきたタバコの吸い殻からDNAを調べたところ、たしかに何忠義《ホー・チョンイー》のものと一致した。さらに防犯カメラの映像で足取りをたどった結果、何忠義《ホー・チョンイー》はその後バスに乗って承光の館から離れたことが判明し、その先で殺害されたとみている。同じ時刻に、張東来《チャン・ドンライ》はまだ承光の館でお楽しみ中だったから、アリバイはほぼ完璧だ。

このことを伏せたまま彼を釈放したのは、真犯人がどこかで捜査状況を注視している可能性が高いと睨《にら》んでいるからだ。証拠不十分を理由に張東来《チャン・ドンライ》を釈放すれば、真犯人は必ず次の手に出るはず。そしたら案の定、このネクタイが出てきたんだ」

「捜査状況に強い関心があり、疑われることなくこっそり張東来《チャン・ドンライ》の車に凶器を隠せる人物が犯人だとすれば、今日あいつを迎えに来た人間のうちの誰かということになりますね。しかも張婷《チャン・ティン》と担当弁護士を除けば、残りの者たちはあの夜全員承光の館にいた……」

費渡《フェイ・ドゥ》は長い脚をまっすぐに伸ばしたまま、陶然《タオ・ラン》の机に浅く腰かけた。

「そのなかで最も事件に対する関心があり、関わりを多く持っているのはおそらく私ということになるかと思いますが、もしや私をお疑いですか？」

「いいや、」

駱聞舟《ルオ・ウェンジョウ》は一瞬のためらいもなく答えた。

「ついさっきも花市西《ホアシー》の路地で右往左往していたお前では、あの場所に死体を置いてくるのはちょっとばかりハードルが高そうだ」

「……」

黙り込んでしまった費渡《フェイ・ドゥ》を、駱聞舟《ルオ・ウェンジョウ》はなだめた。

「まあまあ、費《フェイ》会長ほど財徳兼備なお方なら、油条《ユウティアオ》くらいいつでも食べられるし、錦旗《ジンチー》も今作らせてるところだから、拗《す》ねてないで普通に会話してくれ」

費渡《フェイ・ドゥ》はしばらくの間、無言で駱聞舟《ルオ・ウェンジョウ》を睨み続けた。心の中で相手を八つ裂きにすることでようやく怒りを収めることに成功したのか、改まった表情で口を開く。

「私を除けば、一番捜査状況を詳しく把握しているのは張東来《チャン・ドンライ》の弁護士になるでしょう。ネクタイ云々《うんぬん》もすべて彼の自作自演だった可能性があります。ですが私の知る限り、過去に彼が張東来《チャン・ドンライ》と接触したことはなかったはず。となれば犯行前にネクタイを入手しておくのも難しいでしょう。

それから、あの弁護士の実質的な依頼人である張婷《チャン・ティン》は、彼以上に条件に合致しています。張婷《チャン・ティン》なら被害者何忠義《ホー・チョンイー》とも接触したことがありますしね。実の兄を陥《おとし》れる動機はないと思いますが、念のため、事件当時の張婷《チャン・ティン》のアリバイを確認しておいたほうがいいかもしれません」

費渡《フェイ・ドゥ》は一度言葉を止めてから説明を続けた。

「この二人以外にも、張婷《チャン・ティン》の恋人である趙浩昌《チャオ・ハオチャン》という第四の可能性もあります。趙浩昌《チャオ・ハオチャン》はM&Aを専門とするリーガルアドバイザーで、業界内ではそれなりに名前が知られています。張婷《チャン・ティン》に今回の弁護士を紹介したのも彼でしたし、今日も張東来《チャン・ドンライ》を迎えに来た張婷《チャン・ティン》の付き添いで市局まで同行しています。事件の夜、趙浩昌《チャオ・ハオチャン》も承光の館にいたはずですが、会食が終わったあとは早々に館を出て――」

駱聞舟《ルオ・ウェンジョウ》がいきなり割り込んだ。

「趙浩昌《チャオ・ハオチャン》が会食後すぐに館を出たというのは間違いないのか？」

すると費渡《フェイ・ドゥ》は意味深な笑みを浮かべた。

「それはそうでしょう。未来のお義兄《にい》さんが見ている前で、そこに残って〝夜の部〟に参加できると思いますか？」

その挑発的な態度に、駱聞舟《ルオ・ウェンジョウ》は思わず歯ぎしりした。

費渡《フェイ・ドゥ》はしばし考えを巡らせてから訊ねた。

「承光の館を離れた何忠義《ホー・チョンイー》がどの辺りへ向かったのか、教えていただけませんか？」

隣の駱聞舟《ルオ・ウェンジョウ》と顔を見合わせ、相棒がかすかに頷くのを確認してから、陶然《タオ・ラン》はようやく口を開いた。

「文昌路《ウェンチャン》交差点前でバスを降りたところまではわかっているけど、その後の行方は確認できていない」

それを聞いた費渡《フェイ・ドゥ》は、ポケットから革製の名刺入れを取り出し、一枚の名刺を探し出した——。

栄順《ロンシュン》弁護士事務所（燕城《イエンチエン》）
趙浩昌《チャオ・ハオチャン》（シニアパートナー）
事務所：燕城《イエンチエン》市安平《アンピン》区文昌《ウェンチャン》路103番金隆《ジンロン》センター3階

陶然《タオ・ラン》はすっと立ち上がった。

「こいつで間違いない！」

だが駱聞舟《ルオ・ウェンジョウ》は軽く顎をさすりながら、事は一筋縄ではいかないだろうと予感した。

「まだ決まったわけではない。証拠もなにも不十分だからな。何忠義《ホー・チョンイー》が文昌《ウェンチャン》路交差点前でバスを降りたからといって、職場が文昌《ウェンチャン》路にある弁護士が犯人だと決めつけるのは飛躍がすぎる——ほかに思い当たることはないのか？」

「何忠義《ホー・チョンイー》が燕城《イエンチエン》に来て間もない頃、謎の人物から十万元を借りたことがありました」

と、費渡《フェイ・ドゥ》は答えた。

「その人物が趙浩昌《チャオ・ハオチャン》だとすれば、二人は以前からなんらかのつながりがあったはず。何忠義《ホー・チョンイー》が出稼ぎに出たのは今回がはじめてですから、趙浩昌《チャオ・ハオチャン》と知り合ったのは故郷にいたときかもしれません。彼の写真を何忠義《ホー・チョンイー》のお母さんに見せてみては？」

駱聞舟《ルオ・ウェンジョウ》はすぐに携帯電話で郎喬《ラン・チャオ》に連絡した。

「喬《チャオ》ちゃん、何忠義《ホー・チョンイー》の母親は今もそこで待ってるのか？　まだ寝ていないのなら、今から刑事隊室に来てもらってほしい」

承諾の答えがすぐに返ってきた。

十五分後、現状の整理もひと通り終わったのに、何忠義《ホー・チョンイー》の母親は一向に現れない。駱聞舟《ルオ・ウェンジョウ》は顔を上げ、まぶたが小刻みに跳ねるのを感じた。

直後、郎喬《ラン・チャオ》が息を切らしながら部屋に飛び込んできた。

「ボス、大変です。何忠義《ホー・チョンイー》のお母さんが局内のどこにもいません！」

第十八章

「いったいどこに消えたんでしょう。トイレも全部確認しましたし、周りに訊《き》いてもいつついなくなったかすらわかりませんでした……って、ボス、どうしたんですか？」

「防犯カメラの記録映像を取ってくるんだ」

まだ考えもまとまっていないものの、駱聞舟《ルオ・ウェンジョウ》は直感的な寒気が背筋から這《は》い上がってくるのを感じた。

「はやくっ！」

一瞬あっけに取られた郎喬《ランチャオ》だが、駱聞舟《ルオ・ウェンジョウ》の怒鳴り声を聞いてすぐに身を翻《ひるがえ》して走っていった。

記録映像はほどなくして届いた。費渡《フェイ・ドゥ》が離れたあと、何忠義《ホー・チョンイー》の母親が電話に出ている様子がはっきりと映っている。電話の相手から何を言われたのか、女はみるみる石のように固まってしまっていた。

およそ二分間続いた通話が終わったあと、何忠義《ホー・チョンイー》の母親はしばらく呆然《ぼうぜん》としていたが、やがて立ち上がると何やらためらうような素振りを見せた。その間、何度も費渡《フェイ・ドゥ》が去っていった方向に目をやったものの、待ち人は現れない。

女はどこか落胆した様子で顔を伏せたのち、決心を固めたようにひっそりと市局をあとにした。

防犯カメラの映像を追っていくと、正門から出た女は迷いのない足取りで素早く道路を渡り、少し行った先で角を曲がって見えなくなってしまった。

駱聞舟《ルオ・ウェンジョウ》に言われるまでもなく、郎喬《ランチャオ》はさっそく何人かを連れて彼女が消えた先を手分けして捜索しに行った。

「今、肖海洋《シャオ・ハイヤン》から話を聞いてきた」

足早に戻ってきた陶然《タオ・ラン》が説明を始めた。

「今朝、分局は駅で何忠義《ホー・チョンイー》の母親を迎えたあと、すぐに王洪亮《ワン・ホンリャン》の指示通り市局《こっち》へ送ってきたそうだ。うちに来てからは一度も外に出ていないし、彼女が燕城《イエンチェン》の地理に通じているはずもない。なのに正門前の映像には、門を出たあとに左右を見回すことすらせず、まっすぐ道路を渡り横道へ入っていく彼女の姿が捉えられている。誰かがすぐそこで待っていた可能性が高いと思う」

「ここ一帯に設置されている街頭カメラの記録映像を全部確かめろ。この前後に通った車両も通行人も片っ端から調べるぞ」

「今は走行制限が敷かれているし、そう簡単には見つからないよ」

駱聞舟《ルオ・ウェンジョウ》の指示に、陶然《タオ・ラン》はため息をついた。

「制限対象の一般車両は零時から三時までの間にしか走行できないから、ここぞとばかりに夜中に移動していることも多い。通行車両はいつもの深夜帯よりだいぶ多くなっているから、かなり時間がかかるだろう。何事もなければいいけど、万が一……」

駱聞舟《ルオ・ウェンジョウ》は黙ったままその場でぐるぐると歩きはじめた。何周か回ったあと、ふと足が止まり、記憶が一拍遅れて体に追いついた——さっき自分があれほど強烈な不安に襲われたそのわけ、費渡《フェイ・ドゥ》が市局への道中で話してくれたこと——。

『……貴方《あなた》と彼らは同じ穴の狢《むじな》なのだと信じ込ませていく』

『彼は絶望に囚《とら》われ、この世に正義など存在しないと考えるようになるでしょう』

『精神的にも肉体的にもこちらに逆らえなくなります』

何忠義《ホー・チョンイー》の母親に電話をかけた人物は、いったいどうやってあの内気で臆病な女を説得して、安全な市局から夜の街へ誘い出したのか？

市局の刑事より、その人物のほうが信用できると彼女は考えたのだろうか？

それとも彼女は……はなから警察を信用していなかった？

何忠義《ホー・チョンイー》の母親もこの世に〝正義〟など存在しないと思ったから、失意とともにここを去り、自分なりのやり方で納得のいく結果を求めようとしているのか？

駱聞舟《ルオ・ウェンジョウ》はふと費渡《フェイ・ドゥ》を振り返った。

下を向いているせいで、費渡《フェイ・ドゥ》の顔は髪に隠れている。黒いシャツを着ているため、露出している肌は余計に青白く感じられ、一度も日の光を浴びたことのない吸血鬼のように見えた。不意に、ある疑問が駱聞舟《ルオ・ウェンジョウ》の脳裏をよぎる。

こいつはなぜ連中のやり口にこれほど通じているのだろうか、と。

あの自由奔放なお坊ちゃん集団から離れ、一人でいるとき、費渡《フェイ・ドゥ》はいったい何を考えていた？

唐突に、費渡《フェイ・ドゥ》が独り言のようにぽつりとつぶやいた。

「どうして気づかなかったんだろう」

あっけに取られた駱聞舟《ルオ・ウェンジョウ》は反射的に訊《たず》ねた。

「なにを？」

「犯人が見つかったあとのことについて訊いたとき、彼女はただ『はやくうちへお帰り』と返しただけでした――」

そして、「なにもできない母親にとって、我が子だけが日々の生き甲斐《がい》だから」、とも。

ならば同じく労働能力を持たず、病気でボロボロになった彼女もまた、我が子だけが生き甲斐だったのではないのだろうか？

そのたった一人の息子を亡くした今、彼女はどうやって生きていけばいい――？

答えなど、訊くまでもない。

費渡《フェイ・ドゥ》は自嘲《じちょう》じみた所作で眉尻から眉間へ向かって指を滑らせ、頭を傾けた拍子に自虐と悲哀の交じったぎこちない笑みを浮かべた。

「それなのに私は……その本当の意味にすら気づけなかったなんて」

どこか様子がおかしいことに気づいた陶然《タオ・ラン》は慌てて声をかけた。

「おい、大丈夫か？」

だが費渡《フェイ・ドゥ》はなんともないかのように彼に視線を向け、訊き返した。

「ええ、なぜそんなことを訊くんですか？」

「事件が起こると被害者や容疑者に注目するあまり、被害者のご家族のことまで気が回らなくなるのはよくあることだ。忙しいときなんかは余計に忘れがちになる。でも、今一番大事なのは彼女を見つけることだろ？」

陶然《タオ・ラン》の言葉に、費渡《フェイ・ドゥ》は静かに頷《うなず》いた。

「そうですね」

「局長の甥《おい》だから解放されたのであって、張東来《チャン・ドンライ》が真犯人に違いないと彼女は思い込んでいる可能性があるんじゃないか？」

と、陶然《タオ・ラン》は自分の推測を述べた。

「だとすれば、張東来《チャン・ドンライ》のところに行っているのかもしれない。張《チャン》家に電話してみるのは？」

「張東来《チャン・ドンライ》には気をつけるよう伝えておいたほうがいいとは思うが、そっちに向かう可能性は低いだろう」

駱聞舟《ルオ・ウェンジョウ》は片手でこめかみを揉《も》みながら答えた。揉んでいるうちにうっかり額のあざに触れてしまい、痛みに思わず息を吸い込んだ。

「だいたい、張東来《チャン・ドンライ》に会いに行ったところでなんになる？　そいつを殺して罪を償わせるのか？　張東来《チャン・ドンライ》の体格を考えてみろ。無抵抗で刺されてやろうと思っても、ナイフがしっかり刺さるかどうかも怪しいだろう。

やるだけ無駄だ。それより、犯人の立場から考えてみろ。こんな真夜中にわざわざ何忠義《ホー・チョンイー》の母親を連れ出したのは、ただ夜の散歩をするためとは思えない」

費渡《フェイ・ドゥ》はボールペンを手に取り、口を開いた。

「彼女を連れ出したのが犯人だとするなら、」

五月二十日という日付を書きながら、費渡《フェイ・ドゥ》は続けた。

「まず、何忠義《ホー・チョンイー》の死が計画的な犯行によるものかどうかについて考える必要があります」

二人の反応も待たずに、費渡《フェイ・ドゥ》は自分で答えを出した。

「まあ、これは違うでしょう――なぜなら何忠義《ホー・チョンイー》は殺害された当日の夕方、〝承光《しょうこう》の館〟の場所を知り合いに訊ねていたくらいですからね」

駱聞舟《ルオ・ウェンジョウ》は思わず疑問を呈した。

「なぜそんなことがわかるんだ？」

「何忠義《ホー・チョンイー》の配達先のカフェで、たまたま居合わせたんです。お伝えするのが遅くなってすみません。わざと隠していたわけではなく、これまでは重要性のない情報だと思っていたので」

それ以上追及をせず、駱聞舟《ルオ・ウェンジョウ》は頷いた。

「そうだな。もし犯人がその日の夜に何忠義《ホー・チョンイー》を殺そうと計画していたのなら、場所はきちんと伝えておくものだろう」

当たり前のように犯人について話しはじめた二人に、陶然《タオ・ラン》はわけもわからず戸惑ってしまった。口を挟もうとすると、駱聞舟《ルオ・ウェンジョウ》は手を振ってそれを遮《さえぎ》った。

「まずは犯人の心理から分析してみよう」

「防犯カメラの映像によれば、何忠義《ホー・チョンイー》は電話に出たあと承光の館を離れ、文昌路《ウェンチャン》へ向かった。これはそう指示されたと考えるのが妥当でしょう。当時彼が館の外にいるのは、犯人も知っていたはず。二人の間にどんな会話が交わされたのでしょう？」

そう言って費渡《フェイ・ドゥ》はまぶたを伏せ、ペンの軸で机を軽く叩《たた》いてから続けた。

「誰にも見られず、防犯カメラにも撮られていないから、少しだけ話をさせてほしい――」

「だがなんらかの理由で、犯人は何忠義《ホー・チョンイー》の言葉を聞いて、彼を殺害する決意を固めた」

と、駱聞舟《ルオ・ウェンジョウ》は続けた。

「さっきの推測通り、これが計画的な犯行でなかったのなら凶器を前もって用意していたとは考えにくい――張東来《チャン・ドンライ》の阿呆《あほう》がその辺に放置したネクタイがたまたま犯人の目に入り、それでやつに罪をなすりつける妙策を思いついたと考えるのが適当だろう。次の問題は、犯人がなぜ被害者との待ち合わせ場所に文昌路《ウェンチャン》を選んだのか、だ」

陶然《タオ・ラン》は少し考えてから答えた。

「趙浩昌《チャオ・ハオチャン》が犯人だとすれば、職場のある文昌路《ウェンチャン》はよく知っている場所だから、そのほうがやりやすかったとか？」

「彼のよく知っている場所なら、文昌路《ウェンチャン》のほかにもあるはずだ。安心感が欲しかっただけなら自宅周辺を選んだほうがよっぽどいい」

ゆっくりと腕を組んだ駱聞舟《ルオ・ウェンジョウ》は、ふと費渡《フェイ・ドゥ》と目が合った。その目は異常なほど冷たく、まるで無機物の塊のように見えた。

「費渡《フェイ・ドゥ》、お前はなぜだと思う？」

「罠《わな》を張り、そこにスケープゴートを用意したのなら、あとは自分が疑われないようにするだけ——やはり、アリバイ作りのためでしょう」

斬りつけられるほど活《い》きがよくなるキャプテン・チャイナや、昼夜逆転の生活に適応している遊び人と違い、零時過ぎにもなるとさすがの陶然《タオ・ラン》も疲労困憊《こんぱい》だった。そんなときに大量の情報を浴びせられ、頭が完全にぐちゃぐちゃになっていた。

「ちょっと待ってくれ、どうしてそれがアリバイ作りになるんだ？　何忠義《ホー・チョンイー》が文昌路《ウェンチャン》へ向かったことは、防犯カメラの映像からすぐわかってしまうんじゃ……」

タバコに火を点《つ》けた駱聞舟《ルオ・ウェンジョウ》は後ろを向き、何度か深く吸い込んだあと、煙が外へ逃げるようにドアから片手を突き出しながら、ややくぐもった声で言った。

「忘れたのか、陶然《タオ・ラン》。俺たちがあの映像にたどり着けたのは、あくまで〝偶然〟だっただろ」

陶然《タオ・ラン》はハッとした。

そうだった。あの夜、何忠義《ホー・チョンイー》はずっと防犯カメラに映らないように行動していた。だが金持ち連中の用心深さを甘く見たせいで、知らないうちに痕跡を残す結果となった。目に見える防犯カメラ以外にも、承光の館近辺の路地にはいくつかの隠しカメラが設置されており、彼の姿を捉えたのも、巣箱に見せかけたそのうちの一つだったのである。

そのため、当時の様子がこんなふうに永久保存されていたことは何忠義《ホー・チョンイー》にとっても犯人にとっても予想外であり、警察がバス停という手がかりにたどり着き、さらに何忠義《ホー・チョンイー》の行き先まで掴《つか》めたのはまさにこの〝偶然〟のおかげだった。

花市東《ホアシー》には数えきれないほどの防犯カメラが設置されている。公共施設、道路、商業施設、自家用……目当ての人物がいつ、どこを通ったかもわからない状況では、とても確認しきれない。

つまり犯人は、何忠義《ホー・チョンイー》が文昌路《ウェンチャン》へ向かった事実が警察に突き止められるとは夢にも思っていないはず。

「犯人はまず『酒を飲んでしまったから』などと言い訳をして、誰かに事務所まで送ってもらい、急ぎの仕事をでっち上げて一人、または複数の部下に連絡し、事務所に来させればいいでしょう――こういった突発的な業務は弁護士事務所ではよくあることですから、不審に思われる心配はない。

シニアパートナーである趙浩昌《チャオ・ハオチャン》は自分の執務室を持っているから、部下たちが仕事をしている間にこっそり抜け出すことができます。言われた通り会いに来た何忠義《ホー・チョンイー》を張東来《チャン・ドンライ》のネクタイで絞め殺し死体を隠したあと、トイレにでも行ってきたふうを装って席へ戻ればアリバイ成立です」

そう言って、費渡《フェイ・ドゥ》は紙に大きな丸を描いた。

「すなわち、『事件があった夜、趙浩昌《チャオ・ハオチャン》は承光の館を出てから、知り合いの車で事務所へ戻った。そのあとはずっと自席で仕事をしていて何忠義《ホー・チョンイー》とは会っていない』、と。警察がたまたま何忠義《ホー・チョンイー》の足取りを掴んでいなかったら、このアリバイはほぼ完璧と言えたでしょう」

「何忠義《ホー・チョンイー》の死体が花市区《ホアシー》の西側で見つかり、第一容疑者である張東来《チャン・ドンライ》はその夜東側にいた」

すぐに費渡《フェイ・ドゥ》の意図を察した駱聞舟《ルオ・ウェンジョウ》は、説明を引き継いだ。

「ネクタイという切り札を切った犯人がその〝完璧な〟アリバイを守るために次に考えるのは、何忠義《ホー・チョンイー》の母親という自分の正体を暴露しかねない人物を始末すると同時に、『殺害現場は花市区《ホアシー》である』と我々に強く印象づけること――犯人は彼女を現場の近くへ連れていく可能性が高い！」

その推測を聞いた陶然《タオ・ラン》は、すぐさま捜索に当たっていた警官たちに連絡した。

「各班へ通達。これより花市区《ホアシー》を中心に捜索を続けるように。――費渡《フェイ・ドゥ》、西側と東側、どっちだと思う？」

ほんの少し考えてから費渡《フェイ・ドゥ》は答えた。

「東です」

駱聞舟《ルオ・ウェンジョウ》は視線を向けて質問した。

「その理由は？」

「そのほうが視覚的なインパクトがありますから、張東来《チャン・ドンライ》の再逮捕を迫るのに有効です。それから……」

一拍置いて、費渡《フェイ・ドゥ》はぽつりとつぶやいた。

「ただの勘です」

駱聞舟《ルオ・ウェンジョウ》と陶然《タオ・ラン》は同時に立ち上がると、費渡《フェイ・ドゥ》もゆっくりと視線を上げ、訊ねた。

「私もご一緒しても？」

第十九章

王秀絹《ワン・シウジュエン》、性別：女、民族：漢、年齢：四十八歳、学歴：小学校中退、520事件の被害者何忠義《ホー・チョンイー》の母親である。十年前に事故で夫を亡くし、本人も重病のため労働能力はほとんどない。普段は手編みのカゴの売上と二畝《ムー》[57]の耕地の借地料で生活しており、燕城《イエンチェン》[58]に来るまで省都の病院より遠い場所へ訪れたこともなかった。

57　約一三三三平方メートル。一畝当たりの借地料は地域によってばらつきがあり、だいたい年間一万円〜四万円前後になると言われる。
58　中国等における行政区分としての省の首都（省の政府の所在する都市）のこと。

生まれてはじめての燕城《イェンチェン》で彼女を待っていたのが、一人息子との永遠の別れだったのである。

この女性について語れることといえば、せいぜいこの程度のものだ。彼女が経験してきた喜怒哀楽や、そのどこまでも地味な人生にどんな夢と希望を抱いていたかなんて、いまや誰にもわからない。


「引き続き市局周辺を通過した怪しい車両を調べろ——携帯電話の追跡はできたか？」

「はい、その携帯電話ですが、たった今正門のすぐ近くにあるゴミ箱から見つかりました」

無線機を手に、駱聞舟《ルオ・ウェンジョウ》は思わず言葉を詰まらせた。

当然といえば当然だ。燕城《イェンチェン》広しといえど、何忠義《ホー・チョンイー》の母親に電話しそうな者は彼女を呼び出した人物を除けば、詐欺師とセールスマンくらいなものなのだから、携帯電話を持っていても意味がないだろう。

苛立《いらだ》たしげにアクセルを踏み込みながら、駱聞舟《ルオ・ウェンジョウ》はまくし立てた。

「なぜだ？　犯人の動機はいったいなんだというのだ？　計画的犯行じゃないならなぜこうも用意周到なんだ？　費渡《フェイ・ドゥ》、正直お前の推測に確信が持てなくなってきたぞ。

それに——もしあの趙浩昌《チャオ・ハオチャン》が本当に犯人なら、やつはなぜ死体遺棄の場所に花市西《ホアシー》を選んだ？　張東来《チャン・ドンライ》に罪をなすりつけるつもりなら、承光《しょうこう》の館の門前にでも置いてくれればよかっただろ？」

だが返事は返ってこなかった。不思議に思った駱聞舟《ルオ・ウェンジョウ》がちらりと視線を投げると、助手席の費渡《フェイ・ドゥ》はぼうっとしたままフロントガラスの向こうにある路面をじっと見つめていた。４／４拍子で膝を叩《たた》き続けている指以外、身じろぎひとつせずに。

駱聞舟《ルオ・ウェンジョウ》は遠慮なくその頭をぐいっと揺すってやった。

「おい、聞いてるのか！」

「……」

　生まれてはじめて頭に触れられた費《フェイ》会長は声も出せずに驚いた――ただ触れられただけならまだしも、あろうことかペシッと叩かれるように触れられたのである。どう反応すればいいかを決めかねた費渡《フェイ・ドゥ》は、ただ隣の不届き者に顔を向け、ぞっとするような視線で睨《にら》みつけた。

　だが駱聞舟《ルオ・ウェンジョウ》は駱一鍋《ルオ・イーグォ》の下僕として、毎日のように殺意のこもった視線にさらされてきたため、そんな微弱な〝レーザー光線〟などお構いなしに質問した。

「死体を花市西《ホアシー》に遺棄した人物と、何忠義《ホー・チョンイー》を殺した犯人が別人だという可能性はないか？」

　費渡《フェイ・ドゥ》はぴくりと眉尻を跳ねさせたきり再び動かなくなった。また物思いにふけりはじめたのかと駱聞舟《ルオ・ウェンジョウ》が思っていると、そっけない返事が返ってきた。

「ありますよ」

「どっちの可能性が高いと思う？」

「ほかの手がかり次第ですね」

　昼夜逆転した体内時計が急に正されでもしたのか、費渡《フェイ・ドゥ》はようやく眠気を覚えたかのように顔を伏せ、眉間を強く揉《も》みはじめた。

「現時点での情報から判断する限り、どちらの可能性も否定できません」

「死体遺棄と殺人が同一人物による犯行でなかったとすれば、状況が一気にややこしくなる」

　駱聞舟《ルオ・ウェンジョウ》は一拍置いてから続けた。

「この可能性はひとまずおいとくとして、すべて一人による犯行だと考えるなら、犯人が花市西《ホアシー》に死体を遺棄した理由はなんだと思う？」

費渡《フェイ・ドゥ》は目を開いた。ほどよく両目を覆っていた二重まぶたはもみくちゃにされて四重くらいになり、眼球の上にずっしりと鎮座している。

「さっきも言いましたけど、犯人と何忠義《ホー・チョンイー》はもとから知り合いだったと考えています。警察の捜査では真っ先に被害者の人間関係を調べるはずですから、犯人も調べを受ける可能性が高い。そうなれば犯人が用心深く隠してきたものが動機と一緒に浮かび上がってくるかもしれません。

では、犯人はなぜ花市西《ホアシー》に死体を遺棄したのでしょう？　これについては逆転の発想が必要です。もし死体の第一発見者のチンピラたちがあのふざけた自撮り写真を公開してなかったら……何忠義《ホー・チョンイー》の死はどう扱われていたでしょう？」

駱聞舟《ルオ・ウェンジョウ》の瞳孔《どうこう》がすっと細まった。費渡《フェイ・ドゥ》の言わんとしていることが瞬時に理解できた——何忠義《ホー・チョンイー》の死も陳媛《チェン・ユエン》のときと同じように、死体が衆目にさらされてなお有耶無耶《うやむや》に片づけられていたかもしれない。

費渡《フェイ・ドゥ》はさらに続けた。

「万が一、第一の〝防壁〟が用をなさずに死体のことが公になり、警察が通常通りの手順で捜査を進めることになっても、第二の〝防壁〟——張東来《チャン・ドンライ》を利用すればいい。

張東来《チャン・ドンライ》はつい最近被害者と揉め事を起こしたばかりで、軽く調べればすぐに出てくる〝表層的人間関係〟に当たります。そんな人物に重大な容疑がかかれば、捜査の中心もおのずとそちらへ移ることになる。そうすれば被害者の人間関係についてのさらなる調査は自然と打ち切り、または先延ばしになるでしょう。おまけに張東来《チャン・ドンライ》は立場が特殊ですから、取り調べるにしろ隠蔽《いんぺい》するにしろトラブルになりやすい。警察がそんなゴタゴタの対処に忙殺されるようになれば、ぽっと出の若者にどんな知り合いがいたかなんて、調べている場合ではなくなるでしょう」

駱聞舟《ルオ・ウェンジョウ》は沈黙した――自分たちの捜査方針がまんまと言い当てられたのである。

じっと座っているのがつらくなったのか、費渡《フェイ・ドゥ》は少し身じろぎしてから高速で後ろに流れていく景色をぼんやりと眺めた。螺旋状《らせんじょう》のジャンクションは一定間隔で立ち並ぶ街灯に縁取られ、その巨龍のごとき全容を優雅に浮かび上がらせている。遠くに望む花市東《ホアシー》もすでにそのきらびやかな不夜城としての一端を覗《のぞ》かせていた。気のせいか、縦長に伸びる〝天幕《ザ・ビジョン》〟のＬＥＤスクリーンはいつにも増して明るく輝いているように見える。

やぶから棒に、駱聞舟《ルオ・ウェンジョウ》が助手席をちらりと一瞥《いちべつ》して、声をかけた。

「お前、大丈夫なのか？」

費渡《フェイ・ドゥ》は無表情に訊《き》き返した。

「大丈夫とは？」

駱聞舟《ルオ・ウェンジョウ》は少し考えてからストレートに指摘した。

「ほら、俺への態度が急に優しくなっただろ？」

費渡《フェイ・ドゥ》はしばし言葉を失ったものの、すぐに反撃した。

「これは失礼、まさか刑事隊長殿は乱暴に扱われるのがお好みだったとは」

この言葉が出た途端、言ったほうも聞いたほうも奇妙な違和感に襲われ、同時に黙り込んでしまった。

費渡《フェイ・ドゥ》が余計なことを口走った自分に心の中でツッコミを入れる一方、一拍遅れてからセクハラされたことに気づいた駱聞舟《ルオ・ウェンジョウ》は大いに憤慨した――よりによって、あんな嫌みっぽい言い方をされるとは！

「コホン……。捜査方針への的確な読みといい、市局からターゲットを誘い出す度胸といい、組織犯罪の可能性を考慮に入れずに言うなら、この犯人にはなんらかの犯罪歴があるはずです」

わざとらしい咳払《せきばら》いとともに費渡《フェイ・ドゥ》は窓のほうへ顔を向け、近づきつつある花市東《ホアシー》の街並みをじっと見つめながら、直前の記憶を失ったふりをして平然と話題を変えた。

「犯罪歴って、どんな？」

「いまだ闇に包まれているもの――これほど自己陶酔的で狂気に満ちた傲慢《ごうまん》さは、地中に埋められた罪からしか芽生えませんから」

＊＊＊

大挙して中心街に押しかけたパトカーの列は、あっという間に四方へ散らばり、承光の館近辺、中央広場、そして何忠義《ホー・チョンイー》が配達を担当していたエリアを中心に捜索を始めた。

「なんなんですか、ここ！」

郎喬《ラン・チャオ》の声がひどいノイズに混じって無線機から流れた。

「会長さんも一緒ですよね？　この辺りって、深夜はいつもこんなに賑《にぎ》わってるんですか？　とっくに寝る時間なのに、広場に人がいっぱい集まってるんですけど⁉」

費渡《フェイ・ドゥ》にもどういう状況なのかさっぱりわからなかった。奥にある飲み屋街と会員制クラブが集まっているエリアを除けば、この時間にもなるとさすがに静かになるものだ。週末でもこんなに賑わうことはめったにない。

「聞舟《ウェンジョウ》、」

そこに、陶然《タオ・ラン》からの通信が割り込んできた。

「街頭カメラの映像を確認している班から、怪しい車を発見したとの知らせが入った。車体に貼られたステッカーから、個人経営の小規模なレンタカー会社が所有するものだとわかったという。そこの責任者に話を聞いてみたところ、どうもかなりずさんな管理をしているらしくて、車を借りるのに使われた身分証が本人のものじゃなかったことにも気づかな――」

「その身分証の主は？」

「何忠義《ホー・チョンイー》」

陶然《タオ・ラン》はため息をついた。

「十五分ほど前、そのレンタカーは花市《ホアシー》東の中心街へ入ったと――」

いきなり湧き上がった騒がしい声が、陶然《タオ・ラン》の報告を中断させた。

路肩に車を止めて降りてみると、〝天幕《ザ・ビジョン》〟から一段とまばゆいばかりの光が溢《あふ》れ出していた。直後、巨大なデジタル時計が表示され、何かのカウントダウンが始まった。

残り時間は――五分。

この〝天幕〟というのは巨大なＬＥＤスクリーンで、上半分は布のように高層ビルから垂れ下がっている。三階ほどの高さから地面と平行するように通路の上を覆い、巨大なアーケードを作り出している。表も裏もスクリーンとなっているため、中央広場からも周りの高層ビルの上からもこの巨大な絵巻物を鑑賞することができるのだ。

無線機の向こうから誰かが説明してくれた。

「ボス、聞いた話によれば、今夜は例の国際会議の会場で閉会式のリハーサルがあるらしく、経貿センターの展望台が見物のベストポジションだそうです。広場周辺にある大型ＬＥＤスクリーンにもライブ映像が同時中継されるとか」

「まったく呑気《のんき》なこった。それより、捜索の進捗《しんちょく》は？」

「承光の館近辺は収穫なしです。何人かの警備員に訊いてみたんですが、誰も見かけなかったとのことでした。防犯カメラの記録映像を確認させてほしいと言っても、プライバシーに関わるから令状がないと……。令状を取ってる余裕なんてないのに！」

「ボス、広場のほうは人が多すぎて、まだ訊いて回ってるところです」

「駱《ルオ》隊長、カフェはどこも閉まってて、辺りに誰もいませんでした――今から何忠義《ホー・チョンイー》がいつも回っていた配達経路をたどってみます」

「隊長、車のほうはまだ見つかっていません。捜索範囲を広めてみます」

各班からの報告を聞きながら、駱聞舟《ルオ・ウェンジョウ》は素早く優先度を判断してそれぞれへの指示を決めた。だが口を開こうとした矢先に、急に車から降りてきた費渡《フェイ・ドゥ》が恐ろしい目で天幕のカウントダウンをじっと見つめているのが見えた――表示は四分四十秒。

駱聞舟《ルオ・ウェンジョウ》はぎくりとして声をかけた。

「どうかしたのか？」

「自殺で人目を引くためには派手さが必要ですから、なにか象徴的なスポットか人通りの多い場所を選ぶのが普通です」

費渡《フェイ・ドゥ》の声は重々しく響いた。

「大勢の人に注目されながら、誰にも止められずに自殺するにはどうしたらいいと思いますか？」

駱聞舟《ルオ・ウェンジョウ》はハッとして頭上を見上げた。花市東《ホアシー》の中心街には天に届かんばかりの高層ビルが群れをなすように立ち並んでいるため、真下から見上げていると目が回りそうになる。カウントダウンの周りには何度も咲いては散る花火の映像が映し出され、残り少ない時間をじりじりと削り取っていく。

「超高層ビルだけでも七、八棟ほど、普通の建物だって数えきれないくらい並んでいる……」

費渡《フェイ・ドゥ》の肩をガッと掴《つか》み、駱聞舟《ルオ・ウェンジョウ》は反射的に質問した。

「何忠義《ホー・チョンイー》の母親はどの屋上にいるんだ？」

だが、費渡《フェイ・ドゥ》の顔は白いペンキでも塗られたかのように、ひどく青ざめていた。駱聞舟《ルオ・ウェンジョウ》はすぐに自分が無茶な質問をしてしまったことに気づいた——費渡《フェイ・ドゥ》は何でもわかる神さまではない。

次の瞬間、駱聞舟《ルオ・ウェンジョウ》は無線機を手に、一番目立つ経貿センターのビルに向かって走り出した。

「各班に通達、今から建物の屋上をしらみつぶしに確認しろ」

残された費渡《フェイ・ドゥ》は、ある強烈な予感に襲われた。目の前のカウントダウンがゼロになったとき、恐ろしいことが起こるに違いない、と。

そう思うと頭が真っ白になり、呆然《ぼうぜん》とその場に立ち尽くした。

駱聞舟《ルオ・ウェンジョウ》は車のドアを閉める余裕もなく走り去っていった。だがたった五分の間に、彼らに何ができるだろう？

気づけば、涙と微笑《ほほえ》みをたたえた女の顔が何度も脳裏をかすめては消えていった。そのぼやけた残像がだんだんと引き伸ばされ、時の彼方《かなた》にあった記憶を容赦なく引きずり出してくる。

あの夏の日の、豪華で物寂しい邸宅へ——。

不意に、耳をつんざくようなブレーキ音が費渡《フェイ・ドゥ》の意識を引き戻した。承光の館近辺で捜索をしていた班が到着し、副隊長である陶然《タオ・ラン》を先頭に大勢の刑事たちが車から降りてきた。無線機に向かって何かをまくし立ながら、陶然《タオ・ラン》は手分けして捜索するよう刑事たちに指示していく。

カウントダウンは今も続いている。四分、三分五十九秒――。

はっとして我に返った費渡《フェイ・ドゥ》は急いで携帯電話を取り出し、ある番号を呼び出した。

「私です。〝天幕〟は経貿センター所有でしたね？　今すぐそこの李《リー》社長に連絡してください、大至急で！」

無数の灯《あか》りに照らされた飲み屋街は真昼のように明るい。夜を楽しみにきた客たちは、特別なライトショーが行われると聞いて、カラフルなカクテルを手にぞろぞろと中央広場へ集まり、辺りの熱気に乗じてカウントダウンに加わった。

きらびやかな光の下で、警察官たちだけが脇目もふらずに次々とビルを駆け上がっていく――エレベーターを待っていてはとても間に合わないため、非常階段を使って。

屋上へ出ると、息も絶え絶えに懐中電灯で辺りを照らし、誰もいないことを確認して、また次のビルへ……。

＊＊＊

女は一人高い場所に立っていた。

彼女をここへ連れてきた人物はすでに立ち去り、どこかで様子を見ているのだろう。対面した人物にどことなく懐かしさを覚えたものの、今の彼女には相手の正体について追及する余裕などなく、むしろその懐かしさに心を落ち着かされたくらいだ。

初夏とはいえ、深夜の屋上に吹く風は意外と冷たかった。眼下に広がる中心街を見下ろすと、キラキラと明滅を繰り返すＬＥＤスクリーンとレーザー光で目が回りそうになる。

電気代はいくらかかるんだろう。

と、女はぼんやりと考えた。

故郷では電気代を節約するため、夜になると庭で過ごすようにしていたし、洗面や歯磨きをするときもなるべく灯《つ》りを点けず、月の光だけを頼って手探りで済ませていた。こんな派手な夜景を見るのははじめてだった。

巨大スクリーンに映ったカウントダウンにもう一度視線を向ける。

一分五秒、一分四秒……。

時間が迫っていることを確認した女はのろのろと腰を曲げ、床から大きなプレートを拾い上げた。

プレートの表側には彼女の〝告発〟がびっしりと書かれており、裏側には丈夫な布紐《ぬのひも》が二本取りつけられている。この紐に両腕を通せば、翼を背負うようにプレートを背中に固定できるわけだ。

こんな高い場所から落ちたら、プレートも壊れるかもしれないから、ポケットの中には遺書も入っている――どちらも女を連れてきた人物が、印刷して持たせてくれたものだった。そこに書かれている内容を、彼女はなんとなくしかわからない。子どものときに覚えた読み書きは、もうほとんど忘れてしまったから。

カウントダウンはあっという間に一分を切り、秒だけとなった数字も目に見えて減り続けている。

女は意を決し、裁きの〝翼〟を背に防護柵を跨《また》いだ――。

第二十章

カウントダウン終了まであと四十五秒。

不意に、〝天幕《ザ・ビジョン》〟がフリーズした。呆然《ぼうぜん》と画面を見つめる人々の前に、突然ある若者の写真が映し出された。年の頃は十八、九くらいで、顔立ちにこれといった個性はなく、肌は黒っぽい色をしている。カメラの前に立たされた若者は見るからにぎこちないが、顔いっぱいに笑みを浮かべ、健康的で真っ白な歯を惜しみなくさらけ出していた。

屋上の女は不意打ちのように目の前に飛び込んできた在りし日の我が子の姿に、思わず固まってしまった。片方だけ防護柵に足をかけたまま、背中の〝翼〟は夜風に煽《あお》られパタパタと音を立てている。

彼女だけでなく、中継を見ようと中央広場に集まっていた全員がその写真を見ていた。ちょうど屋上の捜索を終えたビルから出ようとしていた駱聞舟《ルオ・ウェンジョウ》も、目を疑うような光景に度肝を抜かれ、危うく足を滑らせて入り口の階段から転げ落ちそうになった。

一緒にいた刑事も思わず息を呑《の》む。

「隊長、こういう中継って、高い金を積んで中継権を買ってるんですよね？　こんな土壇場に割り込めるものなんですか？」

「無駄口を叩《たた》くな！」

駱聞舟《ルオ・ウェンジョウ》は足も止めずに無線機を口元に当てた。

「一班の状況は？　例の車はまだ見つからないのか？　この一帯の交差点に全部目を光らせておけ。ターゲットが現れたらすぐに身柄を確保しろ。あと、車種とナンバーは費渡《フェイ・ドゥ》に送って、ついでにあの大型スクリーンに載せてもらえ。この車を見かけたら通報してくれってな」

一方、経貿センターのコントロールルームでは、スタッフたちが忙《せわ》しなく走り回っていた。

「カメラの接続はできたのか？」

「ビデオプロセッサは？」

「ライトは……おい、そこのケーブルに気をつけろ！」

様々な声が飛び交うなか、費渡《フェイ・ドゥ》は歩き回りたい衝動をぐっと抑え、壁を背にじっと待機していた。

いつの間にか汚れのついた革靴はずっとリズムを取るように床を叩いており、周囲がどれほどの喧騒《けんそう》に包まれていても、彼の世界だけは緩《ゆる》やかな4／4拍子の曲が流れているかのようだった。

不意に、目の前がパッと明るくなり、費渡《フェイ・ドゥ》は顔を上げた。

「費《フェイ》会長、スタンバイオッケーです！」

屋上の女は時間をも忘れ、スクリーンに映し出された若者の写真を食い入るように見つめていた。

若者の顔立ちは平凡そのもので、街を歩いていても誰も気にかけたりしないだろう。だが不思議なことに、彼女にとっては言葉では言い表せない愛らしさがあった。

角張った顎も、離れすぎた両目も、うっすらとした眉も、間が広く空いている二本の前歯まで、何もかもが愛《いと》おしくて、一万年だって見つめていられる。

けれどそれはもう、叶《かな》わなくなった。

そう思うと、無数の思い出が潮のように押し寄せ、少しずつ、だが否応なしに充満しはじめた。女の目に灯《とも》った光は、頑として動かない小さな岩礁のようにじわじわと呑み込まれていく。

女は天を仰《あお》ぎ、目元を拭《ぬぐ》った——忠義《チョンイー》はもう、どこにもいないのだ。

現実へ立ち戻った女は覚悟を決め、もう片方の足も持ち上げようとした。

向こうへ行けば、息子とも再会できるかもしれない。

次の瞬間、〝天幕《ザ・ビジョン》〟に映し出されていた写真がパッと消えてしまい、今度は映像が流れはじめた。

急ごしらえのスタジオだったらしく、背景はただの真っ白な壁で、周りを囲む何台ものライトの光で目がくらみそうなほどに眩《まぶ》しく照らされている。画面の真ん中には黒いシャツを身に纏《まと》った青年が佇《たたず》んでいるが、アスペクト比の調整まで手が回らなかったようで、青年の姿は不自然に引き伸ばされている。

公安局を出る前に別れを告げようと待ってみたものの、ついには戻ってこなかったあの青年だ。

〝天幕〟の青年はそっとマイクの角度を直してから口を開いた。

「阿姨《おかあさん》、聞こえていますか？　まだなんの知らせも入ってきていませんが、それ自体をいい知らせだと考えて、この場を借りて少しお話ししようと思います。もし聞こえているなら、どうか二分間だけその場にとどまって、話を聞いてください」

唐突に切り替わった画面に少し及び腰になってしまった王秀絹《ワン・シウジュエン》は、どうすればいいかもわからず反射的に頷《うなず》いたものの、すぐにこちらの様子が向こうには見えていないことに気づいた。

同じ頃、駱聞舟《ルオ・ウェンジョウ》は中央広場を横断していた。左耳のイヤホンで各班から上がってきた報告を聞きながら、右耳では周囲の様子に気を配り、並行して指示を出していく。

「中央広場に何人か回して、秩序の維持に努めてくれ。人手が足りないなら現場の警備員にも協力してもらえ。見物客の心ない発言で彼女が刺激されたらまずい——」

巨大スクリーンの費渡《フェイ・ドゥ》は続けて話しかけた。

「私の母ももし生きていたら、阿姨《おかあさん》と同じくらいの年になっていたはずです」

この言葉を聞いて、駱聞舟《ルオ・ウェンジョウ》は反射的にスクリーンを見上げたが、それでも足を止めることなく次の建物を目指した。

「三班は大通り沿いのビルの屋上にある防犯カメラの映像を確認しに行ってくれ。今は緊急事態だ、一秒一秒を無駄にするな。陶然《タオ・ラン》は避難経路を確保してくれ。四班は俺と一緒にツインタワーへ向かう。工事中の階がいくつかあったはずだから、直接確認しに行くぞ」

慌ただしく動き続ける駱聞舟《ルオ・ウェンジョウ》の背中を、どこか沈んで聞こえる費渡《フェイ・ドゥ》の声がなおも追いかけてくる。

「……忠義《チョンイー》くんに比べれば、私はよくうちに帰っていたほうですが、お母さんのために治療費を稼いでいた忠義《チョンイー》くんと違って、当時の私はただの学生だったし、時間はいくらでもありましたからね。

週末になると、母はいつも花瓶に新しい花を飾り、元気を振り絞って私の好物を用意してくれて、私の部屋を片づけたり布団を干したりして帰りを待ってくれました。母は家にお手伝いさんを住まわせるのを嫌がっていたので、すべて自分の手で整えていたのです――阿姨《おかあさん》も忠義《チョンイー》くんのために布団を干していましたか？」

堪《こら》えきれなくなった王秀絹《ワン・シウジュエン》の口から長い長い咽《むせ》び声がこぼれ、そのまま夜風にさらわれた。

悲痛を乗せた風は渦巻きながら高層ビルの屋上から広場へ舞い降り、汗のにじんだ駱聞舟《ルオ・ウェンジョウ》の耳元をかすめていった。

「けれどある日、母との再会を楽しみに自宅へ帰ると、玄関の花は枯れ果て、カーテンはすべて閉まったままで、家のなかにはどんよりとした空気が充満していることに気づきました。恐る恐る母の部屋に入った私を待っていたのは、干したばかりの布団ではなく、母の死体でした」

費渡《フェイ・ドゥ》は一度言葉を切り、視線を上げた。

「さっき言ってくれましたよね。母はきっと毎日私の帰りを楽しみにしていただろう、と。でも当時の担当刑事が言うには、母はその前日の夜に自らの命を絶ったそうです――翌日には私がいつもと同じように帰ってくると、母も知っていたはずなのに」

「ずっとお母さんに訊《き》きたかったことがあります。我が子が帰ってくるタイミングを見計らって、自分の死体を置いていく母親はどこにいるのですか、と。

毎日考えていました。どうすればお母さんに気に入ってもらい、喜んでもらえるだろうか――どうすればお母さんの治療費を貯《た》め、貸してもらった手術代を返せるだろう、と……。

そのお金もまだ返せていないのに、ひとりぼっちで冷たい霊安室に放置されて、うちに帰れなくなってしまった。このままぼくを霊安室に置いていくつもりですか？　こんな残酷な仕打ちを平然とできるくらいなら、どうしてさもぼくたちを気にかけているかのように振る舞うのですか？」

王秀絹《ワン・シウジュエン》は息もできないほど涙に咽び、防護柵に跨《また》ったままうずくまった。

しばし間を置いたあと、費渡《フェイ・ドゥ》はもう一度マイクに手を添え、心の中で五つ数えた。

それと同時に、画面の隅に例の不審なレンタカーの車種とナンバーがテロップで表示された。ほとんど教育を受けてこなかった王秀絹《ワン・シウジュエン》はとくに気に留めなかったが、広場に集まっている見物客たちはすぐに気づき、携帯電話で情報を拡散しはじめた。

「隊長、工事業者によると、ツインタワーは週末の時間を利用して建物全体の電力システムをメンテナンスするため、一時間以上前から電力供給を止めていたそうです」

ずっと走り回っているせいで、負傷した背中がびっしょりと汗に濡《ぬ》れ、駱聞舟《ルオ・ウェンジョウ》は謝罪のために自ら荊《いばら》を背負った廉頗《れんぱ》[59]の気持ちを、身をもって味わう羽目となった。あまりの痛みに、いますぐ背中に五臓六腑《ごぞうろっぷ》をくるんでもらい、自分の体から出ていってほしいくらいである。それでも彼は、頭上にそびえるツインタワーを見上げ、歯を食いしばりながら命じた。

「全員、上るぞ」

費渡《フェイ・ドゥ》は語気を緩め、意図的に何忠義《ホー・チョンイー》と混ぜ合わせていた語り口をもとに戻した。

「阿姨《おかあさん》、犯人はまだ捕まっていませんし、事件の真相だってまだ解明されていません。なにもわからないいま向こうに行ってしまったら、忠義《チョンイー》くんになんと説明するつもりですか？　どうかお願いです。貴女《あなた》が今どこにいるとしても、いますぐ広場に来てもらえませんか？　みんな貴女のことを捜しています。一緒に犯人を捕まえて、忠義《チョンイー》くんを故郷《うち》へ帰してあげましょう？　私ももう少しご一緒したいです――」

「もう一度だけ……お母さんといる夢を見させてくれませんか？」

王秀絹《ワン・シウジュエン》はついに泣き崩れた。

精も根も尽きそうなほどに号泣したせいで、この都市《まち》の向こうっ面《つら》に我が身を叩きつけてやろうとした勇気まで涙と一緒に流され、燕城《イエンチエン》に到着した当初のようなおどおどした臆病な女に戻ってしまった。

改めて下を覗《のぞ》き込んでみると、いまさらながら足がすくみそうになる。慌てて視線を戻したものの、すぐには立ち上がれなかった。

防護柵を掴《つか》み、跨いだ脚を中へ戻そうとしたそのとき、状況が急転した――強固に見えた防護柵は実は緩

59　中国戦国時代の国、趙（ちょう）の武将。勇猛果敢な軍人として知られている。

く固定されていただけで、王秀絹《ワン・シウジュエン》がそれに気づかず強く掴んだため、防護柵ごとぐらっと空中へ投げ出されてしまったのである。

王秀絹《ワン・シウジュエン》の目は大きく見開かれ、頭が真っ白になった。

間一髪のところで、急に飛び出てきた何者かが取れかけた防護柵に引っかかっていた彼女の足を掴んだ。

だが、女が本能的に身体《からだ》をばたつかせているため、そのほっそりとした足首は今にもするりと抜けてしまいそうだ。

人ひとりの全体重で勢いよく両腕を引っ張られたせいで、縫い合わせたばかりの背中の傷は瞬時に開き、駱聞舟《ルオ・ウェンジョウ》は体を真っ二つに引き裂かれたかのような痛みに襲われた。

それでもありったけの根性で女を掴んだまま叫んだ。

「じっとしてくれ！」

幸い、屋上へ向かったのは駱聞舟《ルオ・ウェンジョウ》だけではなかった。遅れて到着した部下たちもすぐに駆けつけ、次々と手を差し伸べた。

三分後、王秀絹《ワン・シウジュエン》は気絶した状態で屋上へ引き上げられた。

日頃から、いつでも空へ飛び上がり、孫悟空《そんごくう》と互角の大立ち回りを演じられるつもりでいる駱聞舟《ルオ・ウェンジョウ》だが、今回ばかりは足元がふらつきそうなほどに力尽きた。よろめきながら数歩ほど後ずさったあと、ついにはドカッと地面に座り込み、荒い呼吸を繰り返した。

ほどなくして、誰かが声を上げた。

「隊長、命に別状はなさそうです！」

そのひと言で、強張《こわば》ったままだった駱聞舟《ルオ・ウェンジョウ》の体からようやく力が抜けた。

緊張を緩めた途端、血と汗にまみれた背中の痛みが再び押し寄せ、息が詰まりそうになった。

「ツーっ……くそっ、今度こそ逝《い》っちまったな……」

そこに、無線機の向こうから郎喬《ラン・チャオ》の声が届いた。

「ボス、今しがた若いカップルから通報が入りました。景観公園で例の怪しい車を見かけたとのことです。車内の灯《あか》りが点《つ》いていて、誰かなかにいるかもしれないと思い、近寄らずに連絡してくれたそうです！」

「なんだって？　どこの公園だ？」

「中央広場から一キロくらい離れたところです。夜は人も少なく、人目につきたくないカップルくらいしか近づきません」

「いや、犯人がそんな人気《ひとけ》のない場所にいるとは思えない」

駱聞舟《ルオ・ウェンジョウ》は痛みに耐えきれず、ぐっと目を閉じた。

「ツインタワーの工事業者とメンテナンスの責任者に連絡して、予備電源を使って防犯システムを稼働させてもらえ。防犯カメラの死角には人員を配置しろ——この犯人は、弁護士を送り込んで捜査状況を探らせ、市局から被害者の母親を連れ去るような人間だ。狙った結果を己の目で確かめずに、人気のない場所に引っ込んでるようなやつとは思えない」

第二十一章

高層ビルというものは概して無機質な外装と、まっすぐに空へと伸びる威圧感たっぷりの造形をしている。エントランスホールの床は鏡のように磨き抜かれており、そこに足を踏み入れた者は、否応《いやおう》なしに受付係と警備員の注目を浴びることになる。

エレベーターもかなりのくせ者だ——高層ビルのエレベーターは配置が建物によって異なるうえ、それぞれのルールに則って動いている。一方通行のもの、奇数階か偶数階にしか止まらないもの、カードキーが必要なもの……独自のルールを持つエレベーターもまたよそ者を悩ませ、この不親切な〝マイクロ国家〟に苦手意識を覚えてしまう一因だ。

だがツインタワーだけは特別だった。

何度改装や改修が行われようと、すべてを知り尽くした彼には関係ない——本採用には至らなかったものの、彼はこのツインタワーで半年ほどインターンシップに参加したことがあったからだ。残念ながらやつらが選んだのは彼ではなく、欧米の法体系しかわからない留学帰りの〝名門校〟出身者だったが。

しかし、それもすべて過去の話だ。

学歴だけで選ばれた法務スタッフたちは、ごく一般的な契約書をチェックするのが精いっぱいで、専門性の高い案件に遭遇すると結局彼に相談するしかないのだから。

ただのインターンでしかなかった「趙《チャオ》くん」は、今や「趙《チャオ》先生」と呼ばれるようになった。だがツインタワーでの経歴のおかげで、建物内の通路も、バックヤードの階段室の場所も、今でも手に取るように把握している。たとえ電気が通っていたとしても、防犯カメラに映らずに移動できる自信があった。

今夜は天の時、地の利、人の和をすべて味方につけたはずなのに、最後の最後で邪魔が入ってしまった。

見物客に紛れ、華麗な〝ジョー〟が〝天幕《ザ・ビジョン》〟の上で始まるのを待っていた彼は、いきなり割り込んできた費渡《フェイ・ドゥ》を見て、腸《はらわた》が煮えくり返る思いだった。こんなお涙頂戴な三文芝居に台無しにされてたまるか、と――大方お仲間のための援護射撃か、何らかの商業的な狙いでもあるに決まっている。

このボンクラどもは、一人ひとりが自分には想像もつかないほどの財産と社会的資源を握っている。当人になんの取り柄もなく、たかがＤＤ《デューデリジェンス》レポート[60]の説明すら理解できずに眠気を催すような能無しであっても――無数のプロフェッショナルのお膳立てのもと、もっともらしくわかりきった結論を述べただけで、たちまち〝若き俊英〟としてもてはやされるのだ。

やがて警察が見物客を広場外へ誘導しはじめると、色白の上品そうな男は人知れず闇の中へ紛れた。

警察が来たのに、あのばか女はまだ飛び降りてこない。土壇場で怖くなったにせよ、あの顔だけの軟派男の安っぽいパフォーマンスにほだされたにせよ、こうなることを見込んで事前に手を打っておいた――Ａ棟の屋上で中央広場に面した方向はただ一つ、そこの防護柵に細工をしたのである。

いざというときに迷いが生じたとしても、緩《ゆる》んだ防護柵が代わりに決断を下すだろう。

これで万に一つも失敗するわけがないはずなのに、いったい何が起こっている？

今すぐ確かめに行かなければ。

男は少し考えてから、念のため遠回りすることにした。まっすぐＡ棟に入るのではなく、まずＢ棟へ回って一階にあるカフェの通用口を目指す。そこからＢ棟へ入ると、勝手知ったる様子で郵便物やデリバリーの

60　投資や買収を行う前に、その企業の事業や財務状況などを調査してまとめたレポート。

配達員専用非常階段を伝い、一気に八階まで駆け上がる——A棟とB棟をつなぐ渡り廊下が八階に、しかもこの非常階段のすぐ近くにあったのだ。

渡り廊下の両端には防犯カメラがあるが、大した問題ではない。廊下の片側には、つる植物が屋内用のグリーンカーテンとなって壁のように広がっており、その裏にはちょうど人が一人通れる程度の隙間が空いていて、防犯カメラの死角となっている。

今のツインタワーは電源が落ちているため、防犯カメラはすべて飾りと化しているのは承知の上だが、それでも最大限用心することにした。

この停電はまさに運命、天からの贈り物だ。

調子に乗った男は、足取り軽くグリーンカーテンの裏側を突き進み、自分が通る際に起こした風が葉を揺らしたことにも気づかなかった。

延々と続く緑の壁は男の姿を隠すと同時に、防犯カメラの挙動も見えなくした。葉が揺れたあと、ずっと沈黙していた防犯カメラがかすかに向きを変えたとも知らずに、男はひたすら屋上を目指した——。

＊＊＊

十五分後、救急隊員とともに屋上から降りてきた駱聞舟《ルオ・ウェンジョウ》は、王秀絹《ワン・シウジュエン》を救急車へ乗せた。

振り返ると、ちょうど陶然《タオ・ラン》と数人の刑事たちが眉目秀麗《びもくしゅうれい》な男をパトカーに連行してくるところだった。一度だけ顔を合わせたことのあるその男は駱聞舟《ルオ・ウェンジョウ》の視線に気づき、怒りと憎悪のこもった目で睨《にら》んできた。

タバコを口に咥《くわ》えながら、駱聞舟《ルオ・ウェンジョウ》は囚《とら》われの身となったその男をしげしげと観察した。

男は怒りに震え、喚《わめ》き散らした。

「書類を取りに入っただけの私を拘束するとはどういうことだ！　どうせ証拠もなにもないだろ？　犯人が見つからないからって、無実な人間に罪を被《かぶ》せていいと思ってるのか？　放せ、この野蛮人ども！　スーツが型崩れでもしたら弁償してもらうからな！」

「さすがエリート様は言うことが違うねぇ」

駱聞舟《ルオ・ウェンジョウ》はタバコを咥えたまま嫌みを返した。

「我々のような貧乏人ではとても弁償できそうにないから、今のうちに費《フェイ》パパから金でも借りておこうかな」

男がパトカーに押し込まれていくのを見守りながら、駱聞舟《ルオ・ウェンジョウ》は投げキッスを送った。

「いってらっしゃ～い」

その直後、どこからともなく伸びてきた手が、駱聞舟《ルオ・ウェンジョウ》の口から問答無用でタバコを抜き取った。

化粧がとっくに崩れ、くまも隠せなくなった郎喬《ラン・チャオ》が、顔中を目に占領されたかのようなパンダ顔で現れた。数歩先のゴミ箱に吸い殻を捨てると、今度は後ろの救急車を指さし、不届き千万に言い放った。

「あんたも乗るんだよ！」

「……」

「自分が今、どんなナリしてるかわかってますか？」

郎喬《ラン・チャオ》はカンカンになって上司を責め立てた。

「さぁ、乗って！　明日も来なくていいから、おとなしく病院で休んでてください」

駱聞舟《ルオ・ウェンジョウ》はわざとらしく嘆いた。

「まだ子どもだと思っていた娘に謀反《むほん》を起こされてしまうとは、父皇《おとうさま》は悲しいぞ」

激怒した郎喬《ラン・チャオ》は、ほっそりとした指先で駱聞舟《ルオ・ウェンジョウ》を突《つつ》きはじめた。

「また適当なことを……！」

「おっと、冗談はこのくらいにして、費《フェイ》会長がどこへ行ったか、わかるか？」

急な質問にぎょっとした郎喬《ラン・チャオ》は、反射的に〝天幕〟を見上げた。

当初の予定通り閉会式の公開リハーサルを中継しはじめた〝天幕〟には、目がくらむばかりのきらびやかなライトショーが映し出されているが、先ほどの刑事ドラマさながらの一幕に比べるといささか刺激に欠けたようで、ほとんどの見物客はライトショーそっちのけで熱心にＳＮＳを覗《のぞ》いている。

「さあ、私は全然見かけませんでしたけど、どうかしました……」

そう言いながら郎喬《ラン・チャオ》は首をひねり、ぐるりと辺りを見回した。再び正面へ向き直ったとき、ついさっきまで目の前にいた人物はいつのまにか消えていた。

＊＊＊

あちこちからしみ出た血を隠すため、駱聞舟《ルオ・ウェンジョウ》は近くのパトカーから誰のものかもわからないジャケットを拝借し、適当に羽織った。電話で費渡《フェイ・ドゥ》に連絡しようとしたものの、呼び出し音が鳴るばかりで一向につながらない。

そこで駱聞舟《ルオ・ウェンジョウ》は大股で経貿センターへ向かい、コントロールルームを覗いてみることにした。だが入ってみると、スタッフたちがちょうど夜食を食べているところだった。費渡《フェイ・ドゥ》はひと足先に帰ってしまったという。

スタッフの話から費渡《フェイ・ドゥ》のおおよその行き先を掴《つか》んだ駱聞舟《ルオ・ウェンジョウ》は、すぐに電話をかけながらあとを追った。

　外に出ると、『You Raise Me Up』の着信メロディーが建物の裏からかすかに聞こえてきた。音楽をたどっていった先には、低木に囲まれた小さな公園があり、石で作られたテーブルと腰かけがいくつか並んでいた。辺りに街灯は設置されておらず、顔を上げるとちょうど〝天幕〟の一角が見えた。

　その腰かけの一つに、費渡《フェイ・ドゥ》が座っていた。シャツが汚れるのも気にせず、テーブルにもたれかかっている。そばに置かれた携帯電話はすっかりミュージックプレイヤーと化していた。

　駱聞舟《ルオ・ウェンジョウ》は電話を切り、そこへ近づいた。

「着信メロディーに聞き入ってないで電話に出たらどうなんだ？」

　だが費渡《フェイ・ドゥ》はなんの反応も見せず、まるで眠っているかのように目を閉じていた。

　駱聞舟《ルオ・ウェンジョウ》は極力上半身を動かさずに少し離れたところに腰かけた。

「様子を見に行かなくていいのか？」

　すると今度は、費渡《フェイ・ドゥ》の気だるげな声が返ってきた。

「もう助かったんでしょう？」

「屋上の防護柵に細工がされていたんだ。あと少しで手遅れになるところだった」

　ずっと拍子を取っていた費渡《フェイ・ドゥ》の手がぴたりと止まり、見開かれた目は駱聞舟《ルオ・ウェンジョウ》の視線とぶつかった。

　駱聞舟《ルオ・ウェンジョウ》の顔色はひどいものだった。そこに座っているだけなのに、背中が不自然に強張《こわば》っているせいでどこか半身不随のような印象を受ける。

　だがその両目には小さな光が映し出されており、ほどよいぬくもりを放ちながらかすかに揺れていた。

　不意に費渡《フェイ・ドゥ》は、それなりに馴染《なじ》みがあったはずの目の前の男が知らない人間にでもなったかのような錯覚を覚えた。

駱聞舟《ルオ・ウェンジョウ》は目鼻立ちが整っているうえ、スタイルは少しも崩れておらず、年齢を推測するのが難しい外見をしている。二十歳《はたち》と言っても三十路《みそじ》と言っても通用しそうだが、長年の知り合いである費渡《フェイ・ドゥ》は知っている――二十代前半の駱聞舟《ルオ・ウェンジョウ》は、今とはまったく違う人間だった。

あの頃の彼は正真正銘のお坊ちゃんで、まさに生意気ざかりだった。舌の滑らかさの割に、吐き出される言葉は無駄に刺々《とげとげ》しく、内面から染み出た未熟さと相まっていつもわがまま放題な乳臭さを漂わせていた。

翻《ひるがえ》って今の駱聞舟《ルオ・ウェンジョウ》は、まるで歳月によって磨き上げられた石像のように、ぼやけていた輪郭がくっきりと浮かび上がり、浮ついていた魂が奥深くへ沈み込んでいった。その深みの奥から差し向けられた眼差《まなざ》しは、驚くほどに優しい色を帯びている。

駱聞舟《ルオ・ウェンジョウ》は少しだけ姿勢を変えてから口を開いた。

「さっき天幕で言ったことは、本心なのか？」

だが費渡《フェイ・ドゥ》は軽く眉を上げながらあっさりと否定した。

「そんなわけないでしょう？　あれは彼女と心理的なつながりを確立するために、わざとお互いの境遇を混淆《こんこう》させただけですよ」

駱聞舟《ルオ・ウェンジョウ》はしばらく逡巡《しゅんじゅん》した――これまでの経験からいって、費渡《フェイ・ドゥ》と心穏やかに会話することはひどく難しい。少しでも気を抜けば、すぐに人身攻撃の応酬が始まってしまうのだ。けれどいくら探しても適切な言い方が見つからず、駱聞舟《ルオ・ウェンジョウ》は仕方なく普段通りストレートに切り出した。

「昔、親父《おやじ》さんについて調べたことがあるんだ」

意外でも何でもない話だった。

自宅でひっそりと息を引き取った女。その一人息子が絶対に自殺ではないと主張している。念のためにも、法医学的証拠だけで判断せず、故人と関係のある人物についてもある程度調べておくのは、ごく当たり前の判断と言える。

そのため、費渡《フェイ・ドゥ》はさっさと本題に入れと言わんばかりに、どこかうんざりとした様子で駱聞舟《ルオ・ウェンジョウ》を一瞥《いちべつ》した。

「その過程で、警察のほかにも親父さんを尾行し、調査していた一団の存在に気づいた。そいつらを捕まえて話を聞いてみたところ、〝私立探偵〟を自称するフリーターの集まりだった。あれはお前が雇ったんじゃないのか？」

費渡《フェイ・ドゥ》はいよいよ痺《しび》れを切らし、無言で立ち上がった。

「それだけじゃない。昔、陶然《タオ・ラン》のアパートで宿題をしていたお前が、未使用の計算用紙を何枚か置き忘れたことがあった。文字のあとが残っていたから鉛筆でこすってみたところ、出てきたのは親父さんのスケジュール表だった。当時、お母さんが死んでから二年以上も経っていた。二年もの間、お前がずっと父親の動向を探っていたかと思うとゾッとしたよ」

今にも立ち去ろうとする費渡《フェイ・ドゥ》の動きに構わず、駱聞舟《ルオ・ウェンジョウ》は淡々と続けた。

「しかもその数年後、親父さんも事故に遭って……」

費渡《フェイ・ドゥ》の足がぴたりと止まった。ちょうど駱聞舟《ルオ・ウェンジョウ》のそばを通りすぎようとしていた彼は、ふと静かに笑みを浮かべた。男を見下ろすその目は、うっすらと危険な色をはらんでいる。

「すべて、私が仕組んだことだとでも？」

次の瞬間にも人を誘惑しかねない費渡《フェイ・ドゥ》の目を真正面から見つめ返しながら、駱聞舟《ルオ・ウェンジョウ》は思わず感慨を覚えた——顔だけは文句なしの一級品だな、と。

やがて費渡《フェイ・ドゥ》は腰をかがめて唇の前に人差し指を立て、駱聞舟《ルオ・ウェンジョウ》の耳元でささやいた。

「たしかに、その可能性は高いですね。駱《ルオ》隊長、こう考えたことはありませんか？　あの人が死ぬにせよ植物状態になるにせよ、残された莫大《ばくだい》な財産を継げる人間は一人息子である私だけ。となれば……」

思わせぶりな言葉を並べていた費渡《フェイ・ドゥ》だが、突然襟元《えりもと》を掴まれたせいであえなく中断させられた。駱聞舟《ルオ・ウェンジョウ》は費渡《フェイ・ドゥ》の体を引き寄せると、その額にバシンと平手打ちをくらわせた。

その手のひらはあまりにも熱く、費渡《フェイ・ドゥ》は焼きごてを当てられたかのような心地で愕然《がくぜん》としたまま半歩ほど後ずさった。

「今真面目な話をしてるのに、なんでそんなふざけたことを言うんだ？」

我に返った費渡《フェイ・ドゥ》は、怒りをたぎらせながら襟を掴んでいた手を振り払った──ふざけてるのはどっちだ！

だが続く駱聞舟《ルオ・ウェンジョウ》の言葉は、予想外のものだった。

「けど今日のことで、急に考え直したんだ。縁もゆかりもない女ひとりを救うために、大勢の前で自分の胸の内をさらけ出せるような人間が、危険人物であるはずがない、と。だから、これまでお前に偏見と疑いの目を向けてきたことについて謝罪しようと思う」

意表を突かれた費渡《フェイ・ドゥ》が冷笑を浮かべるより先に、いきなりずしんとした重みが肩にかかり、前のめりに倒れた駱聞舟《ルオ・ウェンジョウ》がちょうど彼に覆い被さるようにしてのしかかってきた。

その瞬間、費渡《フェイ・ドゥ》は異常に熱い電気毛布にくるまれたかのような錯覚を覚えた。我に返り男の額に手の甲を当ててみると、そこは焼けるような高熱を発していた。

費渡《フェイ・ドゥ》は恐る恐る男の上着をつまんで軽くめくってみたが、すぐに顔を背けた──ジャケットの下は血まみれで、ひと目見ただけでまた吐き気が込み上げてくる。

そんな奇妙な姿勢のまま、どうにか大暴れする胃袋をなだめすかしたあと、費渡《フェイ・ドゥ》は能面のような顔で

駱聞舟《ルオ・ウェンジョウ》をじっと睨みつけた。目の前のバラ肉を煮るべきか焼くべきかとでも考えているかのように。

しばらくして、こんな年季の入った硬い肉はとても食べられたものではないと考え直し、費渡《フェイ・ドゥ》はうんざりと舌打ちをした。

腰を落としあれこれと試行錯誤をしてみたものの、背負うのも抱きかかえるのも気に入らず、ついにはベルトを掴んで肩に担《かつ》ごうともしてみたが、思ったよりも重くて持ち上げられなかった。

結局、気を失った駱聞舟《ルオ・ウェンジョウ》を腰かけに置いたまま、バッテリーの切れかかっている携帯で陶然《タオ・ラン》に連絡した。

「もしもし、一一〇番？」

費渡《フェイ・ドゥ》は苛立《いらだ》たしげに言い放った。

「死にかけのおじいさんを拾ったんですけど、どこに届け出ればよろしいので？」

第二十二章

うつ伏せの状態で病院のベッドに寝かされている駱聞舟《ルオ・ウェンジョウ》は、大いに退屈していた。脱走した前科があるため、彼は要注意人物として厳しく見張られている。ドアの外からは陶然《タオ・ラン》と医師の会話がかすかに聞こえており、しばらくして医師が立ち去ると、蝶番《ちょうつがい》の軋《きし》む音とともに柔らかい靴音がした。

駱聞舟《ルオ・ウェンジョウ》は顔も向けずに芝居を始めた。

「俺はもう助からないだろう。俺が死んだあとは……はやくいい男を見つけてそいつと再婚するんだ。ほかの男と結婚しても、どうか一鍋《イーグオ》のことを大事にしてやってくれ……あの子は幼くして母親を亡くしたかわいそうな子だから……」

それを聞いた陶然《タオ・ラン》は、うっかりニワトリの羽根でも口に入れたかのように激しく咳込《せきこ》んだ。

何やら様子がおかしいと気づいた駱聞舟《ルオ・ウェンジョウ》が慌てて顔を向ければ、市局副局長の陸有良《ルー・ユウリャン》が知らない間に様子を見に来ていたようで、両手を後ろで組んだまま陶然《タオ・ラン》の隣に立っていた。

陸有良《ルー・ユウリャン》は和《なご》やかに口を開いた。

「俺もそうしたいのは山々だが、いかんせんトウが立ちすぎてるからな。いまさらもらい手なんか見つからんだろう！」

「……」

一瞬あっけにとられたのち、駱聞舟《ルオ・ウェンジョウ》は慌ててベッドから体を起こした。

「これは、副局長……」

持ってきたブリーフケースを脇に置くと、陸有良《ルー・ユウリャン》は威厳たっぷりに椅子へ腰かけ、丸刈りの頭をひと撫《な》でしてから頭上を指さして言った。

「この頭を見ろ、子猿ども。お前らのせいで、たったひと晩で半分近く白髪になってしまったではないか」

駱聞舟《ルオ・ウェンジョウ》と陶然《タオ・ラン》は硬直したまま、ひと言も発せなかった。

「今朝、上からの呼び出しを受けたあと、急いで王洪亮《ワン・ホンリャン》に会ってきた」

陸有良《ルー・ユウリャン》はため息をつきながら続けた。

「あいつめ、顔を見るなり俺の袖に縋《すが》りついて、やれ自分の監督不行き届きだったただの、やれ分局長として多大なる責任を感じているから厳罰に処してくれだのと、心にもないことを懇願してきやがって、いい年して——」

危うく上官にふさわしからぬ罵倒語を吐きそうになった陸有良《ルー・ユウリヤン》だが、若い部下の手前、すんでのところで続く言葉を呑《の》み込んだ。

陸有良《ルー・ユウリヤン》は歯がゆそうに頭《かぶり》を振りながら訊《たず》ねた。

「そういえば、黄敬廉《ホァン・ジンリエン》らの取り調べはどうなっている？」

「二班交替で進行中です」

答えたのは陶然《タオ・ラン》だった。

「この先は、根比べになるでしょう。それから、王洪亮《ワン・ホンリャン》の個人資産に対する調査申請も出しておきました。ただ現状から推測するに、おそらく資産はすでにほかへ移され、なにも見つからないように偽装されているでしょう」

「なにがなんでもやつのしっぽを掴《つか》まねばならん。文句のつけようもないくらい徹底的に調べ上げ、説得力のある動かぬ証拠を見つけなければ誰も納得しないだろう」

陸有良《ルー・ユウリヤン》の言葉を聞いて、駱聞舟《ルオ・ウェンジョウ》はあることを思い出した。

「陸叔《おじさん》、張《チャン》局長は……？」

分局が起こしたとんでもない不祥事に対し、真っ先に監督責任を問われるべきは張春久《チャン・チュンジョウ》にほかならない。おまけに甥《おい》の張東来《チャン・ドンライ》も殺人への関与が疑われている状況だ。張春久《チャン・チュンジョウ》の進退など言うまでもないだろう。

陸有良《ルー・ユウリヤン》は何も答えず、ただため息をついて駱聞舟《ルオ・ウェンジョウ》の肩をそっと叩《たた》いた。続いて陶然《タオ・ラン》へ振り向き、質問した。

「それはそうと、５２０事件のほうはなにかわかったか？　分局の一件との関係は？」

陸有良《ルー・ユウリヤン》の前でも平気で軽口を叩ける駱聞舟《ルオ・ウェンジョウ》とは違い、陶然《タオ・ラン》はどこか緊張した様子で無意識に壁にぴったりと背中をくっつけ、〝気をつけ〟の姿勢を取った。

「本日未明に確保した容疑者趙浩昌《チャオ・ハオチャン》のポケットから押収した手袋から、鉄粉とペンキとみられる塗料片が検出されました。ツインタワー屋上の防護柵に細工した際に着用したものと推測されます。ただ本人が言うには、防護柵を緩《ゆる》めたのはほんの〝悪戯心《いたずらごころ》〟によるもので、それ以外の容疑についてはまったく心当たりがないそうです。また、五月二十日夜にはアリバイがあると主張しています」

「二十日夜、被害者が文昌《ウェンチャン》路へ向かったという証拠は掴んでいるのだろう？」

「防犯カメラの映像で判明したのは、被害者が文昌《ウェンチャン》路交差点前でバスを降りたという事実だけで、そのあとどこへ向かったかまでは不明です」

陶然《タオ・ラン》はさらに説明を続けた。

「事件の夜、趙浩昌《チャオ・ハオチャン》はずっと職場で仕事していたと、同じ事務所の同僚が証言しました。被害者が職場の近くを通ったというだけで、彼を殺人犯と断じるのは無理があります。また、こちらが防犯カメラの映像を手に入れていることは、趙浩昌《チャオ・ハオチャン》にはまだ伝えていません――専門が刑事事件ではないとはいえ、彼はひどく頭の回る弁護士ですから、こちらの切り札がそれだけだと悟られては不利です」

さすがは人間の皮を被《かぶ》ったロクデナシ同士、趙浩昌《チャオ・ハオチャン》のアリバイ作りの手法を費渡《フェイ・ドゥ》は見事に言い当てていた。

駱聞舟《ルオ・ウェンジョウ》は苦笑いを浮かべつつ、口を挟んだ。

「王秀絹《ワン・シウジュエン》に証言してもらうのは？」

「被害者王秀絹《ワン・シウジュエン》によると、昨夜彼女を呼び出した人物はサングラスとマスク、それにカツラまでつけていたそうで、服装も今の趙浩昌《チャオ・ハオチャン》とは違うものでした。外見から同一人物かどうかを判断するのは難しいと思われます」

陶然《タオ・ラン》は一度言葉を切り、また続けた。

「趙浩昌《チャオ・ハオチャン》の写真も見せましたが、とくに見覚えはないとのこと。また、レンタカー会社のほうもだいたい同じで、犯人が身につけていたカツラとコートは例の車から発見されたものの、指紋は検出できていません。この犯人はかなり慎重な人物かと。——聞舟《ウェンジョウ》、次はどうする、〝嘘発見器《ポリグラフ》〟でも使うか？」

「手配だけしておいてもいいが、」

駱聞舟《ルオ・ウェンジョウ》は少し考えを巡らせてから口を開いた。

「まだ急ぐ必要はないだろう。それより、どうしてもわからないことがある。何忠義《ホー・チョンイー》の死と分局の一件との間に、いったいどんな関係があるんだ？」

陶然《タオ・ラン》が口を開こうとした矢先に、携帯電話が二度振動した。

同時に視線を向けてきた陸有良《ルー・ユウリャン》と駱聞舟《ルオ・ウェンジョウ》に、陶然《タオ・ラン》は画面から顔を上げ報告した。

「悪い知らせと役に立つかどうかわからない手がかりが一つずつです——悪い知らせは、張東来《チャン・ドンライ》のネクタイに付着していた血痕から、被害者何忠義《ホー・チョンイー》のＤＮＡが検出されたとのこと」

陸有良《ルー・ユウリャン》は険しさをはらんだ表情で立ち上がった。

駱聞舟《ルオ・ウェンジョウ》はすかさず先を促した。

「手がかりのほうは？」

「ついさっき、王秀絹《ワン・シウジュエン》が趙浩昌《チャオ・ハオチャン》のことを思い出したそうです。昔、同じ村にいた〝趙豊年《チャオ・フォンニエン》〟という男の子の面影があるとか。雰囲気が変わりすぎて、とっさに思い出せなかったようで」

趙豊年《チャオ・フォンニエン》——「馮年《フォンニエン》」哥《さん》。

そのことに思い至った駱聞舟《ルオ・ウェンジョウ》はとっさに立ち上がろうとしたが、すぐに激しい痛みに襲われ、よろめいた。

「つーッ……あ、ある人が言うには、この犯人は過去にも犯罪歴がある可能性が高いそうだ。今すぐこの〝趙豊年《チャオ・フォンニエン》〟が〝趙浩昌《チャオ・ハオチャン》〟に名を変えた経緯を調べてくれ。彼の周囲に真相不明な変死がないか、重点的に調べてみる必要がある！」

陸有良《ルー・ユウリャン》は「ある人」というキーワードを舌で転がしながら、眉をひそめた。

「そういえば、昨夜『表彰ものの活躍を見せた』あのスポーツカーの青年が、今度は閉会式の公開リハーサル中継権の全額相当の大金をはたいて、五分間だけ〝天幕《ザ・ビジョン》〟を使って王秀絹《ワン・シウジュエン》の自殺を阻止してくれたそうだな？　この中継権というのは、いくらくらいするんだ？」

「本人曰《いわ》く、リハーサルの中継権はそんなに高くないらしく、」

陶然《タオ・ラン》は至って真面目に答えた。

「車よりは安かったそうです」

その答えに、陸有良《ルー・ユウリャン》はせっかく残っていたわずかな黒髪まで〝美白〟されそうな予感を覚えた。

「刑事隊《おまえたち》はいったい……」

昨日聞かされたばかりの金額が頭をよぎり、苦労の絶えない副局長は血圧が上がるのを感じ、探るような口調で訊《き》いた。

「その、なにか聞いてないか？　女性隊員の誰かと〝プライベートな交流〟があったとか……？　そうでもなければ、あの青年はなぜこんな大金を出してまで助けてくれたのだ？　ただの人助けだとでも言うのか？」

駱聞舟《ルオ・ウェンジョウ》と陶然《タオ・ラン》は何も答えられず、無言で顔を見合わせた。

刑事隊の女性隊員を一人ひとり思い浮かべながら、陸有良《ルー・ユウリャン》は自信なさげにぽつりとつぶやいた。

「もしや郎《ラン》くん目当てか？」

だが、陸有良《ルー・ユウリヤン》は言ったそばから頭を振った。郎喬《ランチャオ》のような能天気娘にお金持ちの会長様が興味を持つとは思えない。続いて隣で何やら気まずそうに目をきょろきょろさせている駱聞舟《ルオ・ウェンジョウ》を見て、この若者がずっと彼女を作らなかったことに関する様々な〝風聞〟を思い出した。

陸有良《ルー・ユウリヤン》はカッと目を見開いて、駱聞舟《ルオ・ウェンジョウ》を指さした。

「まさかお前目当てじゃないだろうな？」

駱聞舟《ルオ・ウェンジョウ》はすぐさま抗議した。

「とんだ誹謗中傷《ひぼうちゅうしょう》ですよ！　あんなクソ野郎と一緒になったら、一日に八回は憤死させられるに決まっています。俺とはなんの関係もありませんから！」

駱聞舟《ルオ・ウェンジョウ》のふざけた態度に、陸有良《ルー・ユウリヤン》の血圧は一瞬で一八〇まで跳ね上がった。言葉に窮した陸有良《ルー・ユウリヤン》は、駱聞舟《ルオ・ウェンジョウ》を指さしながら念を押した。

「とにかく、この件は早急に片づけねばならん。こんな大事なときに、くれぐれもこれ以上厄介事《やっかいごと》を起こしてくれるなよ！」

かんかんに怒った上官を送り出した陶然《タオ・ラン》が再び病室へ戻ると、駱聞舟《ルオ・ウェンジョウ》は窓を開けてこっそりタバコを吸っているところだった。

「そんなもの、どこから手に入れたんだ？」

「副局長《じじい》のポケットからくすねた」

駱聞舟《ルオ・ウェンジョウ》は続けて言った。

「なぁ、俺たち、ダチだよな？　ぼちぼちここをお暇《いとま》しなきゃいけないから、うまいことごまかしてくれよ」

陶然《タオ・ラン》はこめかみをぴくぴくさせながら訊ねた。

「今度はなにをする気だ？」

「陳媛《チェン・ユエン》――つまり、違法タクシードライバーの死んだ姉だけど、彼女は急死する半月前に、それまでずっと連絡を取り合っていなかったある女友だちに電話をしていただろ。その電話のことがどうしても気になるから、相手の子に話を訊いてみようと思う」

陶然《タオ・ラン》は呆《あき》れたように言った。

「それって、どうしても今日じゃなきゃダメなのか？」

駱聞舟《ルオ・ウェンジョウ》はタバコの灰を落としながら答えた。

「なるべくならはやいほうがいい。のんびりしていられるような状況じゃないからな」

陶然《タオ・ラン》は眉をひそめ、満身創痍《まんしんそうい》の刑事隊長様をちらりと一瞥《いちべつ》した。あまりの悲惨さに軽く説教してやりたくなったが、どうせ無駄だと思い、仕方なく折れることにした。

「わかったよ。それで、その子の名前は？　今なにしてるんだ？」

「名前は崔穎《ツイ・イン》、燕西《イエンシー》政法大学の院生で、修士二年だ」

陶然《タオ・ラン》はぎくりとした。

「燕西《イエンシー》政法大だって？　もしかして急死したという陳媛《チェン・ユエン》って子も、燕西《イエンシー》政法大の学生だったのか？」

「それがどうかしたのか？」

「趙浩昌《チャオ・ハオチャン》の出身校も、その燕西《イエンシー》政法大なんだよ！」

陶然《タオ・ラン》は口早に説明した。

「しかも去年、指導教員からの誘いで何ヶ月か実践演習とかいう科目を担当していたらしい！」

それを聞いた駱聞舟《ルオ・ウェンジョウ》は、すぐに窓枠にタバコを押しつけ火を消した。

「くそっ、今すぐ向かうぞ！」

＊＊＊

同じ頃、他の病室にいた郎喬《ラン・チャオ》は、瞬きもせずに何忠義《ホー・チョンイー》の母親である王秀絹《ワン・シウジュエン》から話を聞いていた。

隣では、使い捨ての手袋をつけた費渡《フェイ・ドゥ》がりんごを剥《む》いているところだった――本来なら、費渡《フェイ・ドゥ》に同席させるのはあまり望ましくない。だが、王秀絹《ワン・シウジュエン》はついさっき自殺しようとしていた上、恐ろしい目にも遭ったせいで、目が覚めてからもずっと不安定な状態にあった。結果、すっかり〝保護者〟がいないとまともに会話すらできない「大きな子ども」になってしまっていた。

そのため費渡《フェイ・ドゥ》は、一時的に〝保護者〟の役目を担う羽目となったのである。

郎喬《ラン・チャオ》は優しく声をかけた。

「次に、燕城《イエンチエン》で趙豊年《チャオ・フォンニエン》と再会したという話を、息子さんから聞いたことはありますか？」

王秀絹《ワン・シウジュエン》は小さく頭を振った。

「では、趙豊年《チャオ・フォンニエン》について、ほかに思い出したことはありませんか？　写真を見てすぐにわからなかったのは、彼が何年も村に帰ってなかったからでしょうか？」

女はちらりと費渡《フェイ・ドゥ》に視線を向けた。

励ますような笑みを返しながら、費渡《フェイ・ドゥ》は剥き終わったりんごを小さく切り分け、使い捨ての紙皿に並べたあと、爪楊枝《つまようじ》を刺して二人の女性の間に置いた。

「今の季節は乾燥しやすいので、もっとビタミンをとったほうがいいですよ」

ややあって、女はかすれた声でぼそぼそと語り出した。

「帰る家がないの。あの子の家族はもう誰もいないから。脚の悪い父親と、口のきけない母親でね。子どもは豊年《フォンニエン》のほかに、女の子が二人と小さい男の子が一人いて、かなり苦しい生活をしていた。だからあの子が大学に入れると知ったとき、あの一家にもようやくツキが回ってきたんだって、みんな喜んでいたよ。

だけどある冬の夜、村に住む傻子《シャーズー》[61]が家から締め出され、行く当てもなくあちこちをさまよいながら火を起こしていたら、いつの間にかその火が趙《チャオ》さん家《ち》の門前にあった大きな木に燃え移ってしまった。あの夜はたまたま風が強くて、みんな寝静まったあとだったから、誰も気づかなかった。唯一その場にいた傻子《シャーズー》はなにが起こってるかもわからないありさまで、助けなんて呼べやしない……。火のついた木はすぐに真ん中辺りから折れてそのまま倒れてしまった。下敷きになった家はつぶれて、一家もろとも……長男の豊年《フォンニエン》だけはちょうど家にいなかったから難を逃れたけど、家族をいっぺんに亡くしてしまって、本当にかわいそうだった」

小さい頃、学校の〝農業体験イベント〟に参加したときを除けば、郎喬《ラン・チャオ》は一度も農村に行ったことがない。王秀絹《ワン・シウジュエン》の話に理解が追いつかず、つい質問を挟んでしまった。

「えっと……つまり、趙豊年《チャオ・フォンニエン》の家の前にあった木が燃えて、家屋の上に倒れたせいで一家全員が火事で亡くなったってことですか？　家族がみんな同じ部屋で寝ていたってこと？」

「古い家だったからね」

何忠義《ホー・チョンイー》の母親はか細い声で説明した。

「うちの村はかなり遅れているんだよ。たしか……忠義《チョンイー》を身ごもったあとに、レンガと瓦の家への建て替えがようやく始まったくらいだった。趙《チャオ》さんのところはろくな働き手もいないし、子どもも多いから食べさせ

61　ばか、愚か者を意味する中国語。俗に知的障害者を指すこともある。

るだけで精いっぱいで、家の建て替えなんてする余裕もなかったんだよ。だからずっと昔ながらの古い家に住んでいて、冬なんか屋根に積もった雪をすぐに落とさないと家がつぶれてもおかしくないくらいだった。長男が大学を出た頃、これから暮らし向きがよくなるんだって、あの夫婦はとても喜んでたよ。息子が都会に就職して、お金をたくさん稼げるようになったから、家も建て替えられるし、耳が聞こえず口もきけない弟妹たちも、これで生活に困らなくなる、と。

火事のとき、ちょうど母屋以外の部屋をつぶした直後だったから、子どもたちも親の部屋に布団を敷いて寝ていた。燃えた木が倒れたとき、ベッドで寝ていた夫婦は即死だったけど、娘たちはすぐには死ななかったみたいでね。けど、一人は脚が下敷きになって動けなくなっていた。もう一人は生まれつき耳が聞こえなくて、頭もぼんやりしている子だったから、とっさには反応できなかったんだろう。必死に助けようとしてるうちに、自分も逃げ遅れてしまったみたい。末の弟はまだ二歳にもならない小さい子だったから、なおさらだよ」

しばらく呆然《ぼうぜん》と聞き入っていた郎喬《ラン・チャオ》は、ようやく我に返ると慌ててノートを開き、ペンを走らせた。

「ちょうど家の建て替えをしようとしていたタイミングで火事に遭われたんですね。当時、趙浩昌《チャオ・ハオチャン》――つまり趙豊年《チャオ・フォンニエン》はどこにいたんですか？　ずっと燕城《イエンチェン》に？」

女はしばらく考え込んでから答えた。

「あれはたしか、建て替えの件であの子が田舎に帰ってきていたときのことだったけど……その日はたまたま先生への挨拶だかなんだかで、県都に行っていたと思う。せめて豊年《フォンニエン》が家にいてくれたら、あんなことにはならなかったんだろうに。小さい子どもと体の不自由な親しかいない家だから、ちゃんとした大人がいたら結果は変わっていただろうね」

偶然にしてはあまりにもできすぎている。郎喬《ラン・チャオ》は考えれば考えるほど恐ろしくなり、全身が粟立《あわだ》つのを感じた。

「火事のあと、趙浩昌《チャオ・ハオチャン》はいつ頃帰ってきたんですか？」

「はぁ、あの辺りは道も悪くてね。県都へ出るだけで、何時間もかかるんだよ。あの子が帰ってきた頃にはもう警察も到着していて、焼け焦げた死体もとっくに冷たくなって、庭に並べられていたよ」

王秀絹《ワン・シウジュエン》はそっとため息をついた。

「本当に、かわいそうな出来事だった」

「犯人はどうやってわかったんですか？」

「本人がすぐそこにいて、マッチの箱まで持っていたからね。最初に火事に気づいて駆けつけた村人が言うには、傻子《シャーズー》は何事もなかったみたいにすぐ隣で葉っぱを燃やして遊んでいたらしい。それで、あんたがやったのかいって訊いたら、嬉《うれ》しそうに笑って頷《うなず》いたそうよ」

「その後、どうなったんですか？」

「どうもこうもないよ。なにもわかってないんだから、どうしようもないだろ？　傻子《シャーズー》の両親はもう亡くなっていたし、兄夫婦は彼のことを足手まといとしか思ってない。兄嫁はお金なんてないから責任は取れないの一点張りで、なんなら義弟《おとうと》を銃殺刑にして責任を取らせろとまで言っていたよ。鎮《ちん》[62]のお巡りさんも様子を見にきてたけど、肝心の〝犯人〟がそんな調子だから、写真だけ撮って帰っていったよ」

郎喬《ラン・チャオ》は思わず反論した。

「そんな、適当すぎます！　責任能力のない者が他人の生命や財産を侵害したとき、保護者に賠償責任を負

62　村より一つ大きい行政区画。中国では、省・市・県または区・鎮または郷・村の順で小さくなる。

わせるのが筋でしょう！」

勢いよく言いきったものの、気づけば何忠義《ホー・チョンイー》の母親はどこか怯《おび》えたような目でぽかんとこちらを見ていた。

しばらく互いに顔を見合わせたあと、郎喬《ラン・チャオ》はようやくハッと我に返り、気まずさのあまり言葉が出なくなってしまった。

そこに、ずっと黙っていた費渡《フェイ・ドゥ》がタイミングよく割り込んできた。

「趙豊年《チャオ・フォンニエン》がどんな子だったか、覚えていますか？　忠義《チョンイー》くんとはよく遊んでいましたか？」

「もちろん覚えているよ。趙《チャオ》さんとこのお兄ちゃんといったら、村で一番できのいい子だからね。忠義《チョンイー》のような年下の子たちからも、たいそう懐かれていたもんだよ。でも豊年《フォンニエン》はもう大きいから、下の子とは遊びたがらなくて、いつもはぐらかしていた。それでもちびっ子たちは、無邪気にあの子を慕ってたわ」

ずっと静かに語っていた王秀絹《ワン・シウジュエン》だが、急に思いが込み上げたのか目元が赤くなった。隣から差し出されたウェットティッシュを受け取ると、荒々しい手つきで何度も顔中を拭《ぬぐ》った。

「豊年《フォンニエン》は物静かな子でね。村にいた頃はめったに家から出ないで、いつも一人で本を読んでたよ。時々家の畑仕事を手伝うこともあったけど、知り合いに会ってもひと言挨拶しただけで、すぐに黙ってしまう無口な子だった」

費渡《フェイ・ドゥ》は思案顔で頷いた。

「火事の後、趙豊年《チャオ・フォンニエン》は一度も帰っていないんですね？」

「あの子がどこへ行ったのか、誰も知らなかった。まさか都会で名前を変え、まるっきり別人のようになっていたなんて……」

そこで王秀絹《ワン・シウジュエン》は急に口を閉ざし、ハッと我に返ったかのように少しずつ目を見開いていった。

「昨夜《ゆうべ》、車であたしを連れていったのは、豊年《フォンニエン》だったのかい？　ずいぶんと……変わったもんだね。どうして……なにも言ってくれなかったんだろう？　息子の事件となにか関係があるのかい？」

費渡《フェイ・ドゥ》は一つため息をつくと、ほんの少し顔を近づけてから柔らかな声で答えた。

「詳しくはまだ捜査中です。それより、あのときなぜ彼についていったのですか？　彼はなんと言っていました？」

「たしか……自分は他人の代わりに裁判に出るのが仕事で、劉《リウ》という知り合いの同業者がちょうどあの金持ちの、なんだったかな……えっと、昨夜公安局に現れたあの——」

費渡《フェイ・ドゥ》はすかさず助け舟を出した。

「弁護士の劉《リウ》先生ですね」

「そう、弁護士。その劉《リウ》弁護士は、雇い主が人を殺した証拠を見つけたから、黙っていられなくてこっそり告発しに行ったんだ、と。だけど、証拠があったところでどうにもならない。なんでも、犯人は普通の人じゃないから、警察でも手が出せないらしい。このままだと息子は犬死にだって……それであたしは居ても立ってもいられなくなって、じゃあ、どうすればいいのって訊ねた。そしたら、こんな世の中じゃ無念を晴らしたければすべてをなげうつ覚悟が必要だって……」

＊＊＊

郎喬《ラン・チャオ》からの電話がかかってきた頃、陶然《タオ・ラン》は怪我《けが》を押してでも前線にしがみつこうとする駱《ルオ》隊長を車に乗せて、燕西《イエンシー》政法大学へ向かっていたところだった。

王秀絹《ワン・シウジュエン》から訊き出した内容を伝えたあと、郎喬《ラン・チャオ》はさらに付け加えた。

「調べてもらったところ、趙浩昌《チャオ・ハオチャン》は大学卒業後ちゃんとした部屋を借りるお金がなかったため、半年以上も花市西《ホアシー》の安アパートに住んでいたそうです。花市西《ホアシー》の地理に明るいのはそれで説明がつきます。また、弁護士の劉《リウ》先生にも話を訊いてみたんですが、趙浩昌《チャオ・ハオチャン》は張東来《チャン・ドンライ》の一件について、かなり気にかけていたようです。張東来《チャン・ドンライ》の拘留中、実の妹の張婷《チャン・ティン》よりも熱心に様子を訊ねていたとか。

それから、劉《リウ》先生ははっきり証言してくれました。あのネクタイには自分のキャリアがかかってますから、警察以外、誰にも話していないそうです。奥さんにだってひと言も漏らしてないから、趙浩昌《チャオ・ハオチャン》が知ってるはずはない、と」

車載マイクとスピーカーを介しての通話に、隣で聞いていた駱聞舟《ルオ・ウェンジョウ》が急に割り込んだ。

「電話の主が判明したところで、権力者にはよくある話だとか、王秀絹《ワン・シウジュエン》を騙《だま》すための作り話だとでも言えば、簡単に言い逃れできるだろう。『すべてをなげうつ』というのも、自殺させようとしたわけではなく、ただ公衆の面前で大声で訴えさせるつもりだったとも抗弁できる——こういう曖昧なやつじゃなくて、もっとたしかな証拠はないのか？」

「証拠はまだ見つかってません。ただ、趙浩昌《チャオ・ハオチャン》の実家で起こった事件はどうも怪しい気がします。ただの村人だったら、そのままうやむやになってもおかしくないでしょうけど、当時の趙浩昌《チャオ・ハオチャン》はもう働いてたんですよ。それなのにあのまま泣き寝入りするなんて、どう考えてもおかしいでしょう？　世論を味方につけるのがお得意のようですし、どうとでもやりようがあったのでは？」

「そうだな。今すぐ書類を揃《そろ》えて、その村の所轄派出所から当時の捜査資料を取り寄せてみてくれ」

駱聞舟《ルオ・ウェンジョウ》は一度言葉を切り、少し考えてから付け加えた。

「そういえば、何忠義《ホー・チョンイー》に贈ったという携帯電話の入手経路は調べられないのか？」

郎喬《ラン・チャオ》はため息をついた。

「あの携帯は不法輸入された非正規品だったので、残念ながら趙浩昌《チャオ・ハオチャン》につながる手がかりは見つかりませんでした」

「じゃあ、何忠義《ホー・チョンイー》が借りたという十万元は？」

そこで、気だるそうな声が電話の向こうから割り込んできた。

「厄介なM＆A案件を手がける〝有能な〟リーガルアドバイザーは、時々グレーな臨時収入をもらえることがあるんですよ。手っ取り早く現金で渡されることも多いので、調べるだけ無駄です」

駱聞舟《ルオ・ウェンジョウ》は絶句した。

ごく客観的な説明でしかないのに、なぜか費渡《こいつ》の口から言われると挑発にしか聞こえない。

「では、費《フェイ》会長のご高見を伺おうか？」

だがしばらく待っても、費渡《フェイ・ドゥ》からの返事はなかった。気まぐれにからかわれただけ——費渡《フェイ・ドゥ》ならやりかねない——かと思っていると、長い沈黙のあとにようやく答えが返ってきた。

「今朝、張東来《チャン・ドンライ》に電話して、例のネクタイをどこに置いたのかと訊いてみたのですが、どうやらネクタイをなくしたことにも気づいていなかったようで、思い出すまでかなり時間がかかっていました。承光《しょうこう》の館に行ったあの日、昼間はたしかに会社にいたそうです。夜は会社でパーティー用の服装に着替えて、脱いだ服はそのまま置いていったと。ネクタイはそれなりにかさばりますし、ポケットに入れて持っていったとは考えにくい。会社でなくしたのなら、犯人は張東来《チャン・ドンライ》に罪をなすりつけるつもりでネクタイを盗んだ、という推理を見直したほうがいいかもしれません。

趙浩昌《チャオ・ハオチャン》がネクタイを持ち去った時点では、まだ何忠義《ホー・チョンイー》が館の外で待っているとは知らなかったでしょうから、そのネクタイで人を絞め殺すことになるとも想定していなかったはず。であれば、彼はなぜ張東来《チャン・ドンライ》のネクタイを持ち去ったのでしょう?」

「ただ盗んだだけ、というわけか」

「趙浩昌《チャオ・ハオチャン》の収入から考えて、あんな大した値打ちもない小物を盗むとは思えません。案外、記念品としてコレクションに加えるつもりだったのかもしれません」

駱聞舟《ルオ・ウェンジョウ》は思わず鳥肌が立った。

「……張東来《チャン・ドンライ》の私物を、コレクションに加えるだと? 頭おかしいんじゃないのか?」

「私の記憶が正しければ、張東来《チャン・ドンライ》が仕事抜きで未来の義弟である彼を承光の館のような社交の場に連れてきたのは、あれがはじめてだったはず。先ほど何忠義《ホー・チョンイー》のお母さんから話を聞いてみたのですが、趙豊年《チャオ・フォンニェン》という人物はとても内向的で、気持ちを外に出したがらないタイプのようでした。彼なりの発散手段として、記念品を集める癖があるのかもしれません。この線で調べてみては?」

「聞いたか、喬《チャオ》ちゃん? 趙浩昌《チャオ・ハオチャン》への家宅捜索を申請しとけ」

電話の向こうで郎喬《ラン・チャオ》が返事したのを確認すると、駱聞舟《ルオ・ウェンジョウ》は電話を切り、陶然《タオ・ラン》のほうへ振り向いた。

「一家を焼き殺した犯人には知的障害があり、同郷の若者を〝絞め殺した〟張東来《チャン・ドンライ》にしても人並みの知能を持っているとは言いがたい。趙《チャオ》先生ほどのエリートさまが、こうも度々知能に難のある者たちに〝迫害〟されていたとは、なんとおいたわしいことか」

そこで、陶然《タオ・ラン》の唇がかすかに動いた。

「陶《タオ》副隊長、なにかご意見がおありで?」

「いや、」

陶然《タオ・ラン》はしばらくためらったのち、再び口を開いた。

「今の話じゃないけど、ただ……突拍子もない考えがふと浮かんできたんだ」

「ふむ、構わず申してみよ」

すると陶然《タオ・ラン》は、信号待ちのタイミングでちらりと駱聞舟《ルオ・ウェンジョウ》に一瞥をくれてから言った。

「俺たちが真相にたどり着くよりずっと前から、犯人を知っていた人物がいるという可能性はないか？」

「いるに決まってるだろ」

と、駱聞舟《ルオ・ウェンジョウ》はあっさり答えた。

「人を殺した張本人が犯人を知らないでどうする？　警察のハンコがなくたって犯人は犯人だろ？」

「じゃあ、犯人以外では？」

駱聞舟《ルオ・ウェンジョウ》は困惑したように目を瞬かせた。

「陶然《タオ・ラン》、いったいなにが言いたい？」

そのタイミングで信号が青になり、後ろで待っていたせっかちなドライバーがクラクションを鳴らしてきた。陶然《タオ・ラン》は仕方なく唇を引き結び、正面へ向き直って車を発進させた。

「いや、忘れてくれ。なんとなく言ってみただけだ——燕西《イエンシー》政法大の研究院ってこの先で合ってるか？」

「ああ、」

駱聞舟《ルオ・ウェンジョウ》はファイルを取り出し、続けた。

「まず、崔穎《ツイ・イン》に電話してみるよ」

ファイルには崔穎《ツイ・イン》の写真のほかに所属、電話番号などの個人情報がひと通り入っていた。電話をかけていると、ちょうど数人の若者が研究院の裏門から出てきた。中にいた女子学生の一人がかばんから携帯電話を取り出し、見知らぬ番号からの着信に戸惑うような反応を見せた。

車を停め、運転席から学生たちを遠目に見ていた陶然《タオ・ラン》は、写真をひと目確認したあと、ひじで駱聞舟《ルオ・ウェンジョウ》を突《つつ》いた。

「なぁ、あの女の子、写真の子に似てないか？」

陶然《タオ・ラン》の言葉とほぼ同時に、女子学生は電話に出た。続いて駱聞舟《ルオ・ウェンジョウ》の耳元でためらいがちな声が流れた。

「もしもし？」

「アタリだ」

そう言って駱聞舟《ルオ・ウェンジョウ》はさっそく車を降り、少し離れた先にいる相手に呼びかけた。

「君、崔穎《ツイ・イン》だろ？　こっちだ、右を向いてみろ――」

往来でいきなり見知らぬイケメンから声をかけられたとあって、一緒にいた学生たちが皆黄色い声を出してはやし立てるなか、崔穎《ツイ・イン》は困惑したような様子で振り向いた。だが警察ナンバーの車に気づいた途端、その表情はまたたく間に恐怖に染まり、脱兎《だっと》のごとく逃げ出した！

「どうなってるんだ？」

逃げた崔穎《ツイ・イン》を追いかけながら、駱聞舟《ルオ・ウェンジョウ》は陶然《タオ・ラン》に向かって軽口を叩いた。

「見ろよ。お前の顔を見た途端、女の子が逃げ出してしまったじゃないか。そんなんじゃ一生結婚できないぞ！」

陶然《タオ・ラン》も歯ぎしりしつつ反撃した。

「俺じゃなくて君だろ！」

だが駱聞舟《ルオ・ウェンジョウ》ははなから異性と結婚するつもりがないので、痛くも痒《かゆ》くもなかった。

そうしている間にも、二人は鮮やかなコンビネーションで崔穎《ツイ・イン》を前後から挟み込んだ。しかしあと少しで捕まえられるというところで、追い詰められた崔穎《ツイ・イン》がとっさに道路のほうへ飛び出した。その直後、勢いよく迫ってきていたタクシーのクラクションが空を切り裂いた。

間一髪のタイミングで、陶然《タオ・ラン》は崔穎《ツイ・イン》の後ろ襟《えり》を掴み、力いっぱい彼女を歩道へ引き戻した。急ブレーキをかけたタクシーは、すれすれのところで崔穎《ツイ・イン》のいた場所を通りすぎ、彼女の長い髪は風に煽《あお》られて背後に広がった。

危うく事故を起こしそうになったドライバーはすぐさま窓を下げて怒鳴りはじめ、肝を冷やされた陶然《タオ・ラン》はひたすら謝り倒した。

二十分後、陶然《タオ・ラン》と駱聞舟《ルオ・ウェンジョウ》は崔穎《ツイ・イン》を連れて、明るくて清潔なドリンクスタンドへやってきた。

「これで満足か？　そっちが指定した店だし、テラス窓の向こうには通行人がいっぱいいるから、ひと言叫べば町中から人が駆けつけてくる。知り合いにメッセージを送って、居場所を知らせてもいいし、」

駱聞舟《ルオ・ウェンジョウ》は警察手帳をテーブルに叩きつけながら、ぶっきらぼうに続けた。

「これを撮って、ＳＮＳに上げてくれても構わない――あ、でも顔写真のところはそのままアップするなよ。ぼかしを入れるか、美顔フィルターをかけておくように」

「……」

崔穎《ツイ・イン》が黙り込んでいると、ドリンクの注文を済ませた陶然《タオ・ラン》が戻ってきた。疑《うたぐ》り深い彼女のドリンクには手を触れず、店員に直接本人の前に置いてもらってから話しかけた。

「さっきはなぜ、逃げたりしたんだ？」

崔穎《ツイ・イン》はうつむいたまま、何も答えなかった。

「警察の車が怖かったのか？　それとも……警察？」

優しく訊ねてもだんまりを決め込む崔穎《ツイ・イン》に、陶然《タオ・ラン》は声を潜《ひそ》めて言った。

「君にとっては喜ばしい知らせになるかな。昨日の夜、花市《ホアシー》分局の局長王洪亮《ワン・ホンリャン》の身柄が拘束されたんだ」

それを聞いた崔穎《ツイ・イン》はようやく反応を示し、びくびくとした様子で視線を上げた。

駱聞舟《ルオ・ウェンジョウ》は指先でテーブルを叩きながら話しかけた。

「お嬢ちゃん、いい加減話をしてくれないか？　その瓶底のようなメガネを押し上げて、よぉーく見てみろよ。こんなハンサムな悪役がいるわけないだろ？　いいかお嬢ちゃん、金が欲しいだけなら、俺はとっくにトップアイドルになって、世界中の女の子から〝オッパ《おにいさん》〟と叫ばれ、金を貢がれてるよ。危険を冒してまで犯罪に手を染める必要がどこにもないだろ？」

「冗談はさておき、」

と、陶然《タオ・ラン》が口を挟んだ。

「崔穎《ツイ・イン》さん、どうすれば信じてもらえるかわからないけど……」

唐突に、崔穎《ツイ・イン》は小声で質問した。

「黄《ホアン》という人もいたと思いますが？」

駱聞舟《ルオ・ウェンジョウ》と陶然《タオ・ラン》が視線を交わした——彼女はやはり何かを知っている！

「黄敬廉《ホアン・ジンリエン》のことだな？」

一転して表情を引き締めた駱聞舟《ルオ・ウェンジョウ》は、すぐさま黄敬廉《ホアン・ジンリエン》が拘留されたときの写真を携帯電話に表示させた。

「ほら、こいつだ。こいつには、職権濫用に麻薬の密売、さらには殺人など多くの容疑がかけられている。

昨夜俺がこの手で確保したんだ。こいつを捕まえるために、背中に名誉の〝勲章〟までできたんだぞ」

崔穎《ツイ・イン》は反射的に何かを言いかけたが、すぐにまたきつく口を閉ざしてしまった。駱聞舟《ルオ・ウェンジョウ》と陶然《タオ・ラン》に不信に満ちた目を向けつつ、そのごく限られた社会経験から、目の前の人物が信頼に足るかどうかを必死に見極めようとしている。

ずっと象牙の塔に閉じこもっていた彼女には、駱聞舟《ルオ・ウェンジョウ》の警察手帳が本物かどうかすら判別できないのだ。

「崔穎《ツイ・イン》さん、」

陶然《タオ・ラン》は優しく語りかけた。

「陳振《チェン・ジェン》という青年を知ってる？　ご友人の陳媛《チェン・ユエン》さんの双子の弟だけど、昨日の夜、命を落としたんだ。犯人は確保できたけど、証拠が足りないせいで、我々はその背後にいる人物に手を出せずにいる。このまま、悪党をのさばらせてもいいのか？」

崔穎《ツイ・イン》はつらそうに唇を噛《か》みながらしばらく迷ったすえ、口を開いた。

「そんなの、私に言われても……先生に聞いてみないと」

「なぜ他人に聞く必要があるんだい？」

「先生が……預かってくれているから」

陶然《タオ・ラン》は眉をひそめ、さらに問いかけた。

「なにを？　まさか、陳媛《チェン・ユエン》からなにか渡されたのか？」

そこで、駱聞舟《ルオ・ウェンジョウ》は片手を差し出しながら言った。

「ご随意にどうぞ。この場で電話をかけても構わないぞ」

崔穎《ツイ・イン》は携帯電話を取り出すと、「趙《チャオ》先生」の番号を見つけ、電話をかけた。だが、二度かけても一向につながらなかったため、彼女の顔に困惑の色が浮かんだ。

「なんで出ないの……」

出られないはずだ。その「趙先生《チャオ》」は、昨夜からずっと公安局の留置場に入っているのだから。

駱聞舟《ルオ・ウェンジョウ》はいかにも真面目そうな様子でノートを取り出し、言った。

「よかったらその先生の連絡先を教えてもらえないか？　こっちで話をしてみよう」

だが崔穎《ツイ・イン》は、また迷いはじめた。

「陳媛《チェン・ユエン》は命を落とす二週間前に、君に電話したことがある。彼女からなにか聞いたとすれば、その前後のことだろう。君と接触したことのある教員のなかから、趙《チャオ》先生という人物を見つけ出すのはそれほど難しいことではない。こうして訊いているのは、ただ手間を省きたいだけだ」

そう言って、駱聞舟《ルオ・ウェンジョウ》はさらに畳みかけた。

「どうせここまで話したんだ、もう少し教えてくれても変わらないだろ？」

崔穎《ツイ・イン》は一瞬慌てたものの、ついには駱聞舟《ルオ・ウェンジョウ》の言葉に説得され、か細い声で話しはじめた。

「趙《チャオ》先生は大学のＯＢで、名前は趙浩昌《チャオ・ハオチャン》といいます。実習の指導のために招聘《しょうへい》された講師で、三ヶ月間だけ教わりました。携帯番号が必要なら……紙に書いておきます」

そんな崔穎《ツイ・イン》をしばらく観察してから、駱聞舟《ルオ・ウェンジョウ》はふと口を開いた。

「俺の記憶が正しければ、陳媛《チェン・ユエン》は卒業後、院に進まず就職したはずだよな。その先生とは、面識がないだろ？」

情報を聞き出すためのブラフだとも気づかずに、崔穎《ツイ・イン》は素直に頷いた。

「はい」

「なるほど、そういうことか。陳媛《チェン・ユエン》は誰にも気づかれないよう、実の弟にすらなにも言わずに、命に関わるほどのなにかを君に託した。だけど君は、そのなにかを持っているのが恐ろしくて落ち着かないから、信頼できる人物に預けた、と――要するに、こういうことなんだな？」

崔穎《ツイ・イン》は一瞬顔色を変えたが、何も言わずに黙り込んだ。

「その先生のことを相当信頼しているようだが、さてはイケメンだったかな？」

崔穎《ツイ・イン》の顔が真っ赤に染まった。

かたや信用ならない警察で、かたや片想《かたおも》いの相手。ここで趙浩昌《チャオ・ハオチャン》の身柄も拘束済みだと言おうものなら、崔穎《ツイ・イン》がどんな反応を見せるかなんて容易に想像できるだろう。

駱聞舟《ルオ・ウェンジョウ》は人知れずに長い溜息《ためいき》をついた。

さて、どうしたものか。いっそ色仕掛けでもしてみるか？

テーブルの向こうで小さくなっている崔穎《ツイ・イン》を見て、不意にある考えが浮かんだ――。

第二十三章

死を予感した陳媛《チェン・ユエン》は、自分の私物はいずれ全部取り上げられ、家族にも監視がつくことを予想していたはずだ――何忠義《ホー・チョンイー》の死体が花市西《ホアシー》で発見された直後、追い詰められた王洪亮《ワン・ホンリャン》が、何も知らない陳振《チェン・ジェン》にまで監視をつけたくらいなのだから、当時この件に深く関わっていた陳媛《チェン・ユエン》を放っておくわけがない。

では、誰にも頼れない彼女はいったいどうやって王洪亮《ワン・ホンリャン》の監視網をかいくぐり、崔穎《ツイ・イン》に連絡したのか？

陳媛《チェン・ユエン》が連絡した相手を王洪亮《ワン・ホンリャン》らが詳しく調べたかどうかは不明だが、少なくとも今のところ崔穎《ツイ・イン》に手を出した様子はない。

それはなぜか？

可能性は二つに一つ。王洪亮《ワン・ホンリャン》とその手下どもが揃《そろ》いも揃ってバカばっかりだからか、もしくは望んでいたものがすでに手に入ったと思い込んでいたからだ。

陳媛《チェン・ユエン》は生前、どうにかして崔穎《ツイ・イン》にあるものを届けた。その後間もなくして、陳媛《チェン・ユエン》は命を落とし、王洪亮《ワン・ホンリャン》もそれ以上ことを荒立てず、崔穎《ツイ・イン》をマークしなかった——この事実は何を意味しているのだろうか？

目の前の若い娘を見て、駱聞舟《ルオ・ウェンジョウ》の視線がかすかに冷たくなった。

これも二通りの可能性が考えられる。一つ目は、この社会経験がほとんどなく、隠し事もできそうにない娘が、陳媛《チェン・ユエン》を裏切ったという可能性。

二つ目は、動揺した崔穎《ツイ・イン》が心から信頼している相手——つまり趙浩昌《チャオ・ハオチャン》に事情を話したところ、趙浩昌《チャオ・ハオチャン》が何らかの理由で陳媛《チェン・ユエン》を王洪亮《ワン・ホンリャン》に売ったという可能性だ。

そこへ、陶然《タオ・ラン》の携帯電話に市局から連絡が入った。陶然《タオ・ラン》は黙ったまま話を聞き終えると、今度は携帯に文字を打ち込み駱聞舟《ルオ・ウェンジョウ》に見せた。

〈病院にいる呉雪春《ウー・シュエチュン》の事情聴取が終わった。黄敬廉《ホァン・ジンリエン》らが麻薬密売組織を密《ひそ》かに庇護《ひご》する代わりに分け前を受け取っていたという証言は得られたが、王洪亮《ワン・ホンリャン》とは一度も顔を合わせたことがないらしく、やつの関与については裏が取れなかったそうだ〉

その報告に、駱聞舟《ルオ・ウェンジョウ》は眉をひそめた。

陶然《タオ・ラン》はものすごいスピードでなおも文字を入力し続けている。

〈陳媛《チェン・ユエン》のような子は〝鮮児《はつもの》〟と呼ばれていたそうだ。呉春雪《ウー・シュエチュン》によると、黄《ホァン》の上にいる顔を出さない人物は、店の子たちが汚れていると言って、外から女の子を連れ込むのが好きだったようだ。〝しつけ〟の効かない子には薬まで使っていたから、そいつが飽きる頃には女の子もボロボロになってしまって、そのまま店に置いていくことが多かったらしい。

黄敬廉《ホァン・ジンリエン》らの中には動画を撮るのが好きなやつがいて、証言に基づきそいつの私物のパソコンを調べたところ、中から多数の動画が見つかった。そのほとんどは大勢での薬物使用や乱交の現場を映したものだが、中には倒れた陳媛《チェン・ユエン》の姿もあった。法医課の見解では、映像の中の陳媛《チェン・ユエン》はすでに死亡していた可能性が高いとのこと〉

駱聞舟《ルオ・ウェンジョウ》は携帯電話の画面から顔を上げ、視線だけで陶然《タオ・ラン》に問いかけた――黄敬廉《ホァン・ジンリエン》は口を割ったか？

だが陶然《タオ・ラン》は無言で頭《かぶり》を振った。

駱聞舟《ルオ・ウェンジョウ》は思案顔でタバコの箱を何周もくるくると回したあと、唐突に口を開いた。

「その動画をこっちに転送してもらえ」

直前までの軟派な態度から一転して表情を引き締めた駱聞舟《ルオ・ウェンジョウ》を見て、崔穎《ツイ・イン》はぎくりとした。崔穎《ツイ・イン》はいかにも学生らしい雰囲気だった。長く伸ばした髪に、化粧っ気のない顔。シンプルなメガネをかけ、癖のようにストローの先を噛《か》んでいる。大きく見開いたその目からは、どことなく温室育ちな純真さがうかがえる。

純真な彼女はおっかなびっくりドリンクを啜《すす》っている一方、純真ではいられなかったもう一人の娘はもうこの世のどこにもいない。

「彼女にも見てもらうんだ」

ついさっきまで軽口を叩《たた》いていた駱聞舟《ルオ・ウェンジョウ》は、険しい顔で目の前の飲み物を横へ避《よ》けながら続けた。

「崔穎《ツイ・イン》、まどろっこしい探り合いはこの辺にして、正直に話すとしよう。実を言うと、その趙《チャオ》先生の身柄はすでに拘束させてもらった」

崔穎《ツイ・イン》の目はさらに大きく見開いた。

「そんな……」

ちょうどそこに、振動音とともに短い動画が陶然《タオ・ラン》の携帯電話に届いた。駱聞舟《ルオ・ウェンジョウ》は携帯を受け取り、動画の再生ボタンをタップして崔穎《ツイ・イン》の前へ差し出した。

画面の中では、暗い照明の下で大勢の人たちが踊り狂いながら、耳をつんざくような甲高い声を上げていた。動画を撮っていた人物も手足を振り回しているのか、映像がブレて、見ているだけで目が回りそうになる。そこに、一人の男が小さな扉の向こうからふらふらと出てきて、撮影中の人物に手を振って話しかけた。

『おい、見てみろよ。こいつ、もう壊れちまったみたいだ』

そう言いながら、男はどこか虚《うつ》ろな顔のままゲラゲラと笑いはじめた——変なところで笑いのツボに入るのも、薬物過剰摂取による典型的な症状の一つである。ひとしきり笑ったあと、男は上体をかがめ、背後の部屋から全裸の女性を引きずり出した。

こんな過激なシーンを見せられるとは予想だにしていなかった崔穎《ツイ・イン》は、反射的に目をそらそうとしたが、駱聞舟《ルオ・ウェンジョウ》はじっと彼女を見つめたまま言った。

「趙浩昌《チャオ・ハオチャン》には殺人と死体遺棄のほか、拉致《らち》・誘拐などを含む多数の容疑がかけられている」

崔穎《ツイ・イン》の腕がぞわぞわと粟立《あわだ》ってきた。

動画はまだ続いている。撮影していた人物は、女の裸体にズームインしつつ、楽しそうな声で気持ちの悪いおねだりをした。

『ねぇそれ撮りたい、撮らせてくれよ』

カメラは上下に揺れながらも陳媛《チェン・ユエン》の身体《からだ》を追い回し、延々と彼女の顔とデリケートゾーンを撮影し続けた。

あまりの光景に崔穎《ツイ・イン》は吐き気でも催したのか、とっさに口を押さえた。それを見て駱聞舟《ルオ・ウェンジョウ》は冷たく言い放った。

「よく見ておけ、これが陳媛《チェン・ユエン》の最期だ」

次の瞬間、崔穎《ツイ・イン》は勢いよく立ち上がった。

そんな彼女に、駱聞舟《ルオ・ウェンジョウ》はさらに追い討ちをかける。

「陳媛《チェン・ユエン》はお前を信じて、大事なものを預けたのに、お前はよりにもよって最低なクズにそれを渡してしまった！　結果、彼女はこんな無残な姿にされたんだ」

「違う、先生がそんなこと……」

頭を振りながら弱々しく否定する崔穎《ツイ・イン》を、駱聞舟《ルオ・ウェンジョウ》は容赦なく追い詰めていく。

「そんなことをするはずないって？　じゃあ、陳媛《チェン・ユエン》を売ったのは、お前自身だとでも言うのか？　でなければ陳媛《チェン・ユエン》がなぜ、お前に電話した数日後に死んだのか、説明してもらおうか」

隣の陶然《タオ・ラン》も、さっそくいつもの役を演じはじめた。

「こら、怯《おび》えてるだろ。——でも崔穎《ツイ・イン》さん、陳媛《チェン・ユエン》さんが最後に君と電話してから二週間も経たずに不審な死を遂げたというのは、嘘《うそ》じゃないんだよ——君と陳媛《チェン・ユエン》さんは親しかったのかい？」

すると崔穎《ツイ・イン》はよろめきながら椅子に倒れ込んだ。

「そんなの嘘に決まってる。趙《チャオ》先生はそんな人じゃないもの……」

陶然《タオ・ラン》はそっと訊《たず》ねた。

「じゃあ、本当はどんな人なんだい？」

「先生はすごく大人で、落ち着いた人なんです……。あ、あのときだって、こう言っていました。こんなことは世の中に溢《あふ》れているから、驚くほどのことじゃない。世界はもとから弱肉強食で、運良く肉食動物に生まれただけの人間たちは、いつだって容赦なく獲物の血肉を食らい尽くす……。狼を捕食できるのは虎や豹《ひょう》だけだから、私たち兎《うさぎ》にできるのはじっとチャンスが来るのを待つことだけ。もしくは、自ら虎や豹になるしかないんだ、と」

崔穎《ツイ・イン》は泣きそうな声で続けた。

「それに、警察なんてクズばっかりだとも言っていた。そんな先生があいつらの悪事に加担するはずないわ」

そう言ってから、崔穎《ツイ・イン》はすぐに目の前の二人も警察の人間であることを思い出した。慌てて口をつぐむと、それ以上何も言おうとはせず、ただひたすらしゃくり上げ続けた。

陶然《タオ・ラン》はそっと話しかけた。

「俺たちのことは信じてくれるかな？」

崔穎《ツイ・イン》は何も答えず、ただ服の裾を力いっぱい握りしめている。

「お前の趙《チャオ》先生はとっくに虎や豹に成り下がったんだよ」

駱聞舟《ルオ・ウェンジョウ》の冷ややかな声が割り込んできた。

「昨日の夜、花市東《ホアシー》で起こった飛び降り自殺未遂事件はＳＮＳでも話題になったはずだが、知らなかったとは言わないだろうな？」

陶然《タオ・ラン》もすかさず揺さぶりをかけた。

「趙浩昌《チャオ・ハオチャン》は人を殺した上、その死体を〝黄金の三角空地《くうち》〟と呼ばれる場所に遺棄したんだ——君の反応を見る限り、この場所を知っているんだね？」

〝黄金の三角空地〟というキーワードが出た瞬間、崔穎《ツイ・イン》は思わず息を呑《の》み、全身を強張らせたのが見て取れた。

「どうかしたのかい？」

「実は……前に一度、冗談のように言われたことがあるんです。もし人を殺すことがあったら、やつらの目を盗んで、そこに死体を置いてくればいい。そうすれば、あのクズどもは絶対調べることすらしないだろうから、と……」

「崔穎《ツイ・イン》」

駱聞舟《ルオ・ウェンジョウ》は重々しく口を開いた。

「趙浩昌《チャオ・ハオチャン》にいったいなにを見せてしまったんだ？」

「動画です」

崔穎《ツイ・イン》はおろおろした様子で答えた。

「ほんの短い動画だったんです」

そう言って、崔穎《ツイ・イン》は意を決したように首にかけていた赤い紐《ひも》を服の中から引っ張り出した。紐の先には鶏の骨のように見えるお守りがくくりつけられており、そのお守りを真ん中からパカっと割ると、中から小さなメモリーカードが出てきた。

それを見た駱聞舟《ルオ・ウェンジョウ》は、よくこんなものを肌身離さずに持ち歩いていたな、と呆《あき》れたのだった。

＊＊＊

同じ頃、郎喬《ラン・チャオ》ら一行は家宅捜索のため趙浩昌《チャオ・ハオチャン》の自宅に踏み込んでいた。

趙浩昌《チャオ・ハオチャン》の部屋は、どこもかしこも整然と片づけられ、内装は全体的にモダンテイストで、大きな掃き出し窓とワインセラーが備えつけられていた。

繁華街に位置する立派なマンションの上層階だけあって、窓から見晴らすと大小様々なビルが遠くまで連なっている。ざっと室内を見た限りでは、この家には何ら怪しいところもなく、都会に暮らす典型的な中流階級の住居でしかないようだ。

捜査員たちが念入りに調べた結果、この家には秘密通路もなければ、隠し金庫もなく、ホテルのモデルルーム並みに余計なものが一切置かれていないという結論に至った。

「なにも見つかりませんでした」

日当たりのいいリビングで、郎喬《ラン・チャオ》は腰に手を当てながら駱聞舟《ルオ・ウェンジョウ》に電話をかけた。

「タンスもクローゼットのなかも……ベッドの下まで全部確認したんです。そもそもこの建物はごく普通の分譲マンションですから、何百戸も全部同じ造りになっているはずです。この家にだけ隠し部屋を作ってくれるなんてことはありませんよ。広さもせいぜい百平米程度ですし、みんなでしらみつぶしに調べました。どこでもドアでも持ってなければ、物を隠せる場所なんてないはずです。

ボス、私が調べた限りでは、趙浩昌《チャオ・ハオチャン》が所有している不動産はこのマンションだけのようでした。会長さんの推測通り記念品を集めているなら、そんな変態チックなコレクションを自分の持ち家以外に置いておけると思いますか？」

報告を聞いた駱聞舟《ルオ・ウェンジョウ》が思考を整理していると、郎喬《ラン・チャオ》はさらに付け加えた。

「そういえば、例の放火事件についての資料も届きましたけど、有用な情報はとくにないようです。もうだいぶ昔のことですし、村人たちもみんなあの知的障害の人がやったと証言していたので、所轄派出所も詳しく調べなかったみたいで。現場と放火犯の写真が入っているくらいです」

写真の人物は、見るからにぼんやりとした風貌であった。上半身はボロボロに擦り切れた大きな綿入れ姿で、袖口にはめられたカバーは片方しか残っていない上、ぎとぎとに汚れていた。

やぶから棒に、駱聞舟《ルオ・ウェンジョウ》は話題を変えた。

「悪い、今からビデオチャットの招待を送るから、そっちから応答してくれ」

郎喬《ラン・チャオ》が言われた通りにすると、ビデオチャットはすぐにつながった。パソコンのモニターを真正面から映した画面が現れ、その周りを市局刑事隊のほぼ全員に加え、副局長の陸有良《ルー・ユウリャン》まで囲っていた。パソコンの画面上では、ある動画が再生されているところだった。

動画は超小型カメラで撮影されたもので、最初はぼやけた黒い映像しか映っていなかった。しばらくして、悲鳴とともにざんばら髪の女がものすごい勢いで画面の真ん中に躍り出てきて、虚ろな目と真っ青な顔のまま、必死に手を伸ばしてくるのが見えた。その様子は何かを求めているようにも、拒んでいるようにも見える。

動画の中で、画面の外にいた誰かが言った。

『そろそろくれてやれ』

続いてカメラはゆっくり声がしたほうへ向けられ、声の主をはっきりと捉えた——王洪亮《ワン・ホンリャン》その人を！

すぐ隣には黄敬廉《ホァン・ジンリエン》も控えており、腰をかがめながら何やら話していた。

刑事隊室全体がどよめきに包まれた。

陸有良《ルー・ユウリャン》はパンと机を叩いた。

「これなら言い逃れはできまい！」

直後、カメラは再び錯乱状態の女に向けられた。隠し撮りをしていた人物は何歩か前へ進んだようで、画面の中に薬物と注射器の載ったトレイがちらりと映り込んだ。続いて誰かが注射器を手に取り、女に近づいた──。

焦燥感に苛《さいな》まれていた女はようやく薬物を与えられ、しばらく体を引きつらせたのち、長い息を吐き出した。切迫した表情が緩《ゆる》み、その下に隠れた優美で上品な素顔があらわになった。室内にあった簡易ベッドにうつ伏せになると、女はぴくりとも動かないまま、その瞳孔《どうこう》が大きく開いた焦点の合わない両目をこちらへ向け、虚ろな笑みをかすかに浮かべた。

唐突に、画面が激しく揺れた。隠し撮り中の人物が誰かに押されてしまったようだ。続いて黄敬廉《ホァン・ジンリェン》が画面の中に入り、不機嫌そうに言った。

『お前はもう行け、ここにいられても邪魔だ』

撮影者は突き飛ばされるがままドアの近くまでやってくると、ようやく振り返る機会を得て、カメラを再び室内へ向けた──タバコを咥《くわ》えた王洪亮《ワン・ホンリャン》は、もうろう状態の女に悠然と近づき、その肩をいやらしい手つきで撫《な》で回しはじめた。続いて、何やら感慨深そうに顔を上げ、カメラのほうへ笑みを向けてコメントした。

『こういうのにもそろそろ飽きてきたな。毎日くたくたの粥《かゆ》を食わされてるようで、歯ごたえがまるでないじゃないか』

直後、カメラは慌ただしく廊下へ下がっていき、バタンという音とともにドアが閉まると動画も途切れた。

「動画のなかで薬物を打たれていた女性は、すでに死亡が確認されています。死因は薬物の過剰摂取とされ、陳媛《チェン・ユエン》のときとまったく同じやり口でした」

駱聞舟《ルオ・ウェンジョウ》はタバコに火を点《つ》けながら続けた。

「この動画を撮影していたのは、おそらく陳媛《チェン・ユエン》でしょう。この後まもなく、彼女自身もまた同じ手口で数多《あまた》ある不審死の一つとして処理されることとなりました。この動画は皮肉にも自身の結末を前撮りしたような格好になってしまいました。

陳媛《チェン・ユエン》は学生の頃からたくさんのアルバイトをして、家計を支えていました。そのため欠席数が多くなり、成績も中程度でした。卒業したときも司法試験[63]に合格できずじまいでしたが、経済的な事情により、ほかの学生のように大学に残ることもできませんでした。

卒業後、弁護士事務所に入ろうとしたようですが、肝心の資格を持っていなかったため、どこも好待遇が望めなかったようです。それでもできる限り家族の負担を減らそうと、陳媛《チェン・ユエン》は給料が高めで、勤務時間もある程度自由の利く販売員の仕事に就きました。この仕事はあくまで一時的なもので、翌年また司法試験を受け、正式な仕事を探すつもりだったようです。

陳媛《チェン・ユエン》の入った会社は、様々な高級洋酒の偽造品を扱っていて、鴻福大観《ホンフーパラダイス》はそのお得意さまだったそうで。陳媛《チェン・ユエン》は営業で鴻福大観《ホンフーパラダイス》に顔を出したときに黄敬廉《ホアン・ジンリエン》らに遭遇し、その品の良さから目をつけられました。黄敬廉《ホアン・ジンリエン》の口車に乗って薬入りの酒を飲まされた結果、陳媛《チェン・ユエン》は呉雪春《ウー・シュエチュン》のいう〝鮮児《はつもの》〟になってしまったのです」

「大学できちんとした司法教育を受けた若い女性が、こんな結末をたどることになろうとは」

ずっと静かに聞いていた陸有良《ルー・ユウリャン》は、ため息をつきながら嘆いた。

「自殺しようとも考えたけど、土壇場になって悔しくなった――これが友人の崔穎《ツイ・イン》に宛てた遺言でした」

駱聞舟《ルオ・ウェンジョウ》はゆっくりと説明を続けた。

「陳媛《チェン・ユエン》は自社のネットショップを利用し、崔穎《ツイ・イン》の名前でワインを購入しました。そして、これまで集めた様々な証拠をワインのパッケージ内に隠し、崔穎《ツイ・イン》のもとへ届けました。なかには先ほどの動画と、いくつかの取

63　中国の司法試験は、法学部出身者であれば四年制大学を卒業した時点で受験できる。

引場所の名前と合言葉が書かれたメモ、そして一通の手紙が入っていました。〈私はもう助からないだろうけど、このままでは死んでも死にきれない〉――手紙の一行目には、こう書いてありました」

駱聞舟《ルオ・ウェンジョウ》はそう言って、報告を締めくくった。

「以上が崔穎《ツイ・イン》から聞き出したすべてです」

そこで、駱聞舟《ルオ・ウェンジョウ》はビデオチャットをインカメラに切り替えた。

「それから――郎喬《ラン・チャオ》、聞いてるか？」

「はい、ボス」

「崔穎《ツイ・イン》によると、これらの話は趙浩昌《チャオ・ハオチャン》にも話したことがあるそうだ。最初は電話で話していたが、趙浩昌《チャオ・ハオチャン》は途中まで聞くと、電話で話すのはまずいと言って、彼女を郊外にある小さなワイナリーへ呼び出したという。道中調べてみたが、そのワイナリーのオーナーは自治体の土地を借りて高級サロンを経営する傍ら、無許可住宅の建造と販売にも手を出していたらしい」

「そこの所在地を送ってください」

駱聞舟《ルオ・ウェンジョウ》の声に被《かぶ》せるようにして告げると、郎喬《ラン・チャオ》は近くで待機していた捜査員一同に向かって手を振った。

「皆さん、行きますよ！」

＊＊＊

照りつける太陽の下、辺り一面に広がるぶどう畑はどこか元気のない姿をしていた。槐《えんじゅ》の花はほとんど散り、ぽつぽつと残っているものもしょんぼりと頭《こうべ》を垂れている。

そんなワイナリーの片隅に、無許可で建てられた〝小型別荘〟がひっそりと並んでいた。敷地周りの植栽などがまともになされていないせいで、どことなく野暮ったい印象を抱かせる。

ぞろぞろとやってきた警察官たちは、びくびくしている管理人を押しのけ、そのうちの一軒へなだれ込むと、すぐに手分けして捜索を開始した。

「地下室があったぞ！」

報告を聞いた郎喬《ラン・チャオ》は率先して細い階段を伝い、乾燥剤の匂いをかき分けながら地下室へ向かった。

灯《あか》りを点けた瞬間、郎喬《ラン・チャオ》は目の前の光景に思わず圧倒された。

第二十四章

郎喬《ラン・チャオ》からの報告を受けたあと、駱聞舟《ルオ・ウェンジョウ》は何も言わずにどこか物憂げな様子でタバコを咥《くわ》え廊下へ出た。

この一週間、昼も夜もなく捜査を続けた甲斐《かい》もあり、複雑に絡み合った二つの事件の真相はほぼ解明され、有力な証拠まで掴《つか》めた。けれども駱聞舟《ルオ・ウェンジョウ》の心の中にわだかまっていた疑念は、なぜか深まる一方だった。

そこへ、遅れて出てきた陶然《タオ・ラン》が近寄り、声をかけた。

「またなにか考え事？」

駱聞舟《ルオ・ウェンジョウ》は多くを語りたくはなかったため、なんとなくごまかした。

「費渡《フェイ・ドゥ》という人間について、ちょっとな」

予想外の答えに、陶然《タオ・ラン》は思わず困惑の声を上げた。

「はぁ？」

だが、駱聞舟《ルオ・ウェンジョウ》が何かを言う前に、すぐ近くから質問が飛んできた。

「おや、それは珍しいですね。駱《ルオ》隊長は私になにか、ご用でも？」

昨日から自宅に帰っていない陶《タオ》刑事や、病院から抜け出してきた駱《ルオ》隊長と違って、費《フェイ》会長はどこぞの式典にでも出席できそうなほど整った出《い》で立《た》ちをしていた。

一度着替えてきた彼は、いつものようにフォーマルすぎずカジュアルすぎず、禁欲的でありながらどこか色気を感じさせる風情を醸《かも》し出している。長い髪はふんわりと崩しつつもきっちりセットされており、鼻筋の上には例のインテリヤクザ風の度なしメタルフレームメガネが鎮座し、身に纏《まと》う香りまで昨日とは違うものになっていた。

昨夜、費渡《フェイ・ドゥ》は深夜まで王秀絹《ワン・シウジュエン》の捜索に付き合った上、今朝もはやくから彼女の事情聴取に付き添ってくれていたと聞く。どこでそんな暇を見つけてきたのか、こんなにはやく身なりを整えてくるとは。

日頃から自分こそが世界一の伊達男《だておとこ》と自負する駱聞舟《ルオ・ウェンジョウ》でも、これだけの差を見せつけられると、さすがに目の前のこのチャラ男を袋叩《ふくろだた》きにしてやりたくなった——さらに腹立たしいことに、この孔雀男《くじゃくおとこ》は今もメガネ越しにせせら笑うような視線でこちらを眺めていやがる。

駱聞舟《ルオ・ウェンジョウ》はわざとらしく咳払《せきばら》いを響かせ、逆ギレ寸前の〝Fワードマシンガンモード〟から無理やり清廉潔白な〝聖人君子モード〟への切り替えを果たし、いかにも真面目そうな表情で費渡《フェイ・ドゥ》を振り返った。

「うちの部下が趙浩昌《チャオ・ハオチャン》の隠れ家を突き止め、その地下室からいろいろと見つけたそうだが、おおよそお前の推測通りだった。いやはや費会長《フェイ》のお見立てには恐れ入ったよ。さすが二十年ものの変態スペシャリスト様は一味違うねぇ」

隣で一部始終を見ていた陶然《タオ・ラン》は、思わず顔を引きつらせた。

「それ、自分でやってて気まずくならないのか？」

相棒に容赦なくツッコまれた駱聞舟《ルオ・ウェンジョウ》は、ぶすっとした顔でポケットに手を入れ、費渡《フェイ・ドゥ》に質問した。

「今度はなにしに来たわけ？　おたくの会社はついに倒産でもしたのか？」

「何忠義《ホー・チョンイー》のお母さんに頼まれて、捜査状況を確認しに来ただけですよ」

費渡《フェイ・ドゥ》は腕時計の文字盤をトントンと叩いてから、さらに付け加えた。

「それに、すでに認知症気味の駱《ルオ》隊長はお忘れかもしれませんが、今は土曜の夜六時ちょうどです。曜日的にも時間的にも通常の就業時間はもう終わっていますよ」

「……」

「兄さん、」

言葉に詰まった駱聞舟《ルオ・ウェンジョウ》をよそに、費渡《フェイ・ドゥ》は陶然《タオ・ラン》へ向き直った。

「いくら自分の意思で時間外労働をしているといっても、その苦労をねぎらい感謝を示すのは最低限の礼儀だと思いませんか？　今日が週末であり、しかも定時も過ぎていることにも気づかない上司なんて、給料日を忘れた雇用主の次くらいに下劣な人種だと思いますよ――この人から給料をもらっているわけじゃないのがせめてもの救いですね」

周りに誰もいなかったため、流れ弾の集中砲火を浴びることになった陶然《タオ・ラン》は、顔色ひとつ変えずに我が身に降りかかった火の粉を払い、話題を変えた。

「……それより、郎喬《ラン・チャオ》がなにを見つけたのか、聞かせてくれないか？」

＊＊＊

地下室を前にして、郎喬《ラン・チャオ》はあまりの不気味さに背筋が寒くなっていた。ドアの外に立ち止まったまま、彼女は珍しく洗ってもいない手を顔に当て、力いっぱいこすった。

中はまるで古い図書館のようであった。天井に届くほどの大きな木製の棚がずらりと並び、各段は正方形に区切られていて中には透明なガラス瓶が一つずつ収納されている。瓶の中には様々なものが収められ、日付と出来事を記したラベルもくくりつけられていた。

どこか淀《よど》んでいるような、じめじめとしているような、なんとも言えない空気がドアの外まで広がり、郎喬《ラン・チャオ》は全身の毛が一本一本逆立つのを感じた。一瞬、棚いっぱいに並べられたガラス瓶が理科室にあるホルマリン漬けであるかのような錯覚すら覚えた。

だが最も鳥肌ものだったのは陳列棚よりも、それらに囲まれるように設置されているフロアライトを見たときだった。

まるで一本の〝樹木〟のような形をしたそのフロアライトは、大変奇妙な作りをしていた——今にもぽっきり折れそうな〝幹〟の中には電灯が埋め込まれており、電気を点《つ》けるとその割れ目からまばゆい光が溢《あふ》れ出るようになっている。四方へ伸びていく〝枝〟には葉がまったくなく、ただ細長いスティックライトがところどころに取りつけられていて、遠くから見ると燃え盛る炎に包まれた木のようであった。

棚に収められた品々とそのラベルを一つひとつ記録していくと、捜査員たちはその並び方に規則性があることに気づいた。

　これらの瓶はすべて、時系列に沿って左から右へ並べられている。一番古いものには「大学」というラベルがつけられており、日付を見る限り趙浩昌《チャオ・ハオチャン》――もとい、趙豊年《チャオ・フォンニェン》が大学に受かり、生まれてはじめて列車に乗ってH省をあとにした日のようだ。

　大学入学はたしかに記念すべき出来事である。だが、普通の人間なら合格通知書を保存するだろうに、趙浩昌《チャオ・ハオチャン》が選んだ記念品は一味違っていた。

　瓶に入っていたのは、一本のソーセージだった。

　棚から下ろしてみると、とっくに消費期限が過ぎているはずのそのソーセージは、パッケージすら傷ひとつなく保存されていた。

　一同を困惑させたものは、これだけではない。

　例えば大学時代のコレクションの中には、コットンの靴下やら、リストバンド、ポータブルハードディスクなどの細々としたものが数多く並んでいた。ラベルのメモもまた、収蔵品とどんなつながりがあるか、およそ本人にしかわからないものばかりだった。

「なぁ、喬《チャオ》ちゃん」

　梯子《はしご》を使って、古いコレクションが収められた棚の上の段からガラス瓶を下ろしている身軽な捜査員が、内容物とラベルの文字を記録しながら郎喬《ラン・チャオ》に声をかけた。

「こんなガラクタ、本当に役に立つのか？　どれどれ――功夫茶《ゴンフーチャ》[64]用の小ぶりな茶碗《ちゃわん》。ラベルは〝インターン〟、

64　容量二百ミリリットル前後の急須とぐい呑み程度の小さな茶碗を使って、時間をかけてお茶を楽しむスタイル。近年では社長室などに道具一式が備えつけられていることも多い。

と……なんじゃこりゃ？」

そこでいったん言葉を切ると、その捜査員は次のガラス瓶を手に取り、中に入っているものをしげしげと観察した。

「ラベルは〝解放〟、瓶に入っているのは……雑巾みたいな布切れ？」

顔を上げ、ちらりとそちらへ視線を向けた瞬間、郎喬《ラン・チャオ》の瞳孔《どうこう》はスッと細められた。

「それ、貸して！」

手袋をした手でその透明なガラス瓶をそっと受け取った郎喬《ラン・チャオ》は、ふと恐ろしい予感に襲われ、この陰気臭い地下室の中でぶるりと身を震わせた——それはぎとぎとに汚れた袖カバーだった。年季の入った油汚れがフロアライトの下でかすかに光を反射し、小花柄と布地の色もかろうじて確認できた。

放火事件の担当者だった警察官が送ってきた写真のスキャンデータには、「放火犯」の袖カバーは片方しかなかった！

当時、現場に駆けつけた警察は、すぐに彼を容疑者として拘束した。それに何忠義《ホー・チョンイー》の母親である王秀絹《ワン・シウジュエン》の証言によると、趙浩昌《チャオ・ハオチャン》は火事のあとに連絡を受け、急いで県都から戻ってきたはず。趙浩昌《チャオ・ハオチャン》が到着した頃には、現場もあらかた片づけられ、すべてが終わったあとだった。

では、趙浩昌《チャオ・ハオチャン》はなぜ〝放火犯〟がなくした片方の袖カバーを持っているのだろう。もしかして彼は、警察が駆けつける前から現場にいて、〝放火犯〟と何らかの接触を持ち、その袖カバーまで手に入れていたのではないだろうか……。

自分の家が炎に呑《の》まれるさまをのんびり眺めたあと、数時間後にようやく県都から急いで戻ってきたかのように偽装したのかもしれない！

「郎《ラン》くん、」

そこへ、右端の棚を確認していた誰かが声を上げた。

「ちょっと、こいつを見てくれ！」

＊＊＊

土曜日の夕方、市局に連行された趙浩昌《チャオ・ハオチャン》は大変苦難な時間を過ごしていた。

いかに眉目秀麗《びもくしゅうれい》な男でも、まる一日近くも放置されたあとともなれば、ヒゲが伸び肌にも皮脂が浮いて、残念な姿になってしまうものだ。趙浩昌《チャオ・ハオチャン》は若干くたびれているものの、それでも顔色ひとつ変えずに姿勢正しく座っていた。ファイルを脇に挟んだまま入ってきた駱聞舟《ルオ・ウェンジョウ》を見ると、傲慢《ごうまん》そうに顎を上げる仕草まで見せた。

「こんばんは、趙《チャオ》先生。お話を伺う前に、二点だけはっきりさせておきましょう。まず、二十四時間のリミットまではまだ時間があるので、もう少しお付き合いいただきたい。次に、あなたには弁護士を呼ぶ自由があるし、我々は拷問も虐待も行っていないはずだ。もちろん、うちの食堂メシのせいで食欲を損なわれたと言うのであれば、遺憾としか言いようがないが、残念ながらデリバリーを頼むだけの予算はないので、ご容赦いただきたい――以上のほかにも、なにか異議のあることは？」

駱聞舟《ルオ・ウェンジョウ》は取調室に入るなり、趙浩昌《チャオ・ハオチャン》が用意しているであろう抗議への反論を先んじて述べた。

対する趙浩昌《チャオ・ハオチャン》はぴくりと目尻を跳ね上げ、駱聞舟《ルオ・ウェンジョウ》のその態度に刺激されたかのようにわざとそっけない態度で口を開いた。

「失礼ですが、どこかでお会いしませんでしたっけ？　見覚えのあるお顔ですが、とっさには思い出せなくて」

だが駱聞舟《ルオ・ウェンジョウ》は怒るどころか、おかしそうに笑い出した。椅子に腰かけ、だらしなく姿勢を調整しながら、どうでもいいような調子で答えた。

「俺が何者かなんて、ご聡明《そうめい》な趙《チャオ》先生なら簡単に当てられるのでは？」

長い間座りっぱなしだったせいで、趙浩昌《チャオ・ハオチャン》の体は少し強張《こわば》っていた。そのため、余裕たっぷりな薄ら笑いすら浮かべられなくなっていたのか、ただ口元を引きつらせただけだった。

「その必要はないでしょう。どうせ深く関わることもないでしょうからね」

駱聞舟《ルオ・ウェンジョウ》は手に持ったペンをくるりと回しながら再び口を開いた。

「あなたが花市東《ホアシー》にあるツインタワーに潜入し、A棟屋上の防護柵に細工をしてくれたおかげで、昨夜《ゆうべ》危うく――」

その言葉に被《かぶ》せるように、趙浩昌《チャオ・ハオチャン》がうんざりとした様子で口を挟んだ。

「その件についてはすでにご説明したはずです。あの晩、あの場所で、たまたま飛び降り自殺をしようとする人間が現れたのは、私にとっても予想外のことでした。OK、公共施設を損壊し、他人の安全を脅かしたと言うのなら素直に認めますし、謝罪でも反省文でも罰金でも、なんでもご要望に従いましょう。

国民が納める税金から給料をもらっていらっしゃる警察官殿にはご理解いただけないでしょうが、我々のような賃金労働者は日々とんでもないストレスを抱えていますから、RELAXのためにちょっとしたイタズラをしたくなることもあるんですよ。今回のことは、私もしっかり反省させていただきますから、それで勘弁してもらえませんか？　入れ代わり立ち代わり入ってくる方々に、まったく同じ説明を繰り返すのはいい加減嫌気が差してきたので、そろそろご容赦いただきたいものですね」

その長口上を最後まで聞いてから、駱聞舟《ルオ・ウェンジョウ》はにこやかに笑った。

「いやはや、この仕事もそれなりに長いけど、趙《チャオ》先生ほど強気な容疑者も珍しいもんだな」

だが趙浩昌《チャオ・ハオチャン》の反応は冷ややかなものだった。

「お名前は存じ上げませんが、言葉には気をつけていただきたいものですね。それとも私を〝容疑者〟扱いする根拠でもおありですか？」

駱聞舟《ルオ・ウェンジョウ》は笑みをしまい、腕を組んだ。

「その前に、趙《チャオ》先生に二、三お訊《たず》ねしたいんだが。よろしいかな？」

相手の態度と身振りにしばし目を留めたあと、趙浩昌《チャオ・ハオチャン》は〝鷹揚《おうよう》に〟頷《うなず》き、「どうぞ」とでも言うように手のひらを見せた。

「まず、昨夜危うく屋上から転落しそうになった女性にあなたの写真を見せたところ、写真の人物を〝趙豊年《チャオ・フォンニエン》〟と言い、自分とは同郷だと証言した。これは事実か？」

「趙豊年《チャオ・フォンニエン》」という名前を聞いた途端、趙浩昌《チャオ・ハオチャン》は目に見えて息が上がり、真っ青な顔を石板のように強張らせた。毒を焼き入れたかのような目にまっすぐ睨《にら》まれながら、駱聞舟《ルオ・ウェンジョウ》は平然とした様子で淡々と目の前の書類を一目確認してから続けた。

「彼女の証言をもとに、趙《チャオ》先生の生い立ちを軽く調べさせてもらった。あなたはH省T市のはずれにある鄙《ひな》びた村の出身で、本名は〝趙豊年《チャオ・フォンニエン》〟。両親はともに農業を生業《なりわい》とする障害者で、家には幼い弟妹《きょうだい》が三人もいて、かなり貧しい身の上だった、と」

駱聞舟《ルオ・ウェンジョウ》が言葉を並べるにつれ、趙浩昌《チャオ・ハオチャン》の表情が少しずつ氷のように冷たくなっていった。それに追い討ちをかけるかのように、駱聞舟《ルオ・ウェンジョウ》は一度顔を上げ、大仰《おおぎょう》な感想を挟んだ。

「いやはや、趙《チャオ》先生もさぞご苦労されたことだろう。そういうところでは、大学に入れるのも年に一人いるかいないかなのでは？　その上、名門校に合格し、ここまで出世できるような人物ともなれば、さらに珍しくなるだろう——そういえば、趙《チャオ》先生の言葉にはまったく訛《なま》りがないが、故郷にいた頃もそんな英語交じりの喋《しゃべ》り方をされておいでだったのかな？」

机の上に置かれた趙浩昌《チャオ・ハオチャン》の両手は、いつの間にか小刻みに震え出していた。すぐにでも駱聞舟《ルオ・ウェンジョウ》に飛びかかり、床にめり込むほど滅多打ちを浴びせてもおかしくない様子だ。

「おっと、そうだった」

だが駱聞舟《ルオ・ウェンジョウ》は、構わず火に油を注いだ。

「故郷にはもう何年も帰っていらっしゃらないとか？　ダメじゃないか、趙《チャオ》先生。せっかくここまで育ててもらったんだから、自分のルーツは大事にしなきゃ、ねえ？」

ドンという音とともに、駱聞舟《ルオ・ウェンジョウ》の言葉が遮《さえぎ》られた。椅子から腰を浮かせ、前のめりになったまま、趙浩昌《チャオ・ハオチャン》は猛獣のような形相で今にも襲いかからんばかりにこちらを睨みつけている。

しばらくして、どれほどの自制心をつぎ込んだのか、趙浩昌《チャオ・ハオチャン》は煮えたぎる怒りを無理やり抑え、再び腰を下ろした。

「同郷の方でしたか。とんだ偶然ですね」

趙浩昌《チャオ・ハオチャン》の一言一言が、エナメル質に擦り減らされたかのごとくささくれだっていた。

「なにぶん長い間故郷から離れていたもので、昔の知り合いはほとんど覚えていません。それと、お言葉ですが、大学の費用は学生ローンと奨学金で賄っていましたし、旅費は自分で貯《た》めたものですので、誰かに『育ててもらった』覚えはありません。ずっと故郷に帰らなかった件については……さすがに余計なお世話というものでは？」

「世の中の公序良俗を守ることも、警察《われわれ》の仕事のうちさ」

駱聞舟《ルオ・ウェンジョウ》の軽口に、趙浩昌《チャオ・ハオチャン》は薄笑いを浮かべた。

「警察が政府公認の町内会だったとは存じ上げませんでした。どうりで未解決のまま放置されている重大事件が減らないわけですね」

「ご意見は真摯《しんし》に受け止めよう」

相手を激昂《げきこう》させることに成功した駱聞舟《ルオ・ウェンジョウ》は、嫌みの言葉をものともせずに肩をすくめ、次の話題を切り出した。

「重大事件といえば、ちょうど一つ、趙《チャオ》先生にお訊ねしたいことがあった」

そう言いながら、駱聞舟《ルオ・ウェンジョウ》は書類の束のなかから一枚の写真を取り出し、趙浩昌《チャオ・ハオチャン》の前に置いた。

「この娘は陳媛《チェン・ユエン》といって、数ヶ月前に薬物の過剰摂取により死亡した。あなたと同じ大学の卒業生だった」

ついさっきまで頭に血が上っていた趙浩昌《チャオ・ハオチャン》は、急な話題転換についていけず、ただ形だけの返事をした。

「それは残念なことで……」

「彼女の死には不審なところが多くてね。しかも死亡が確認された二週間前に、崔穎《ツイ・イン》という大学時代の友人に連絡し、花市《ホアシー》公安分局の局長が犯罪に関与していることを告発するための重要な証拠を送っていた」

駱聞舟《ルオ・ウェンジョウ》は相手の目をじっと見つめながら続けた。

「この崔穎《ツイ・イン》という娘にはついさっき会ってきたが、証拠を受け取るついでに、あなたのことについてもいろいろと聞かせてもらったよ」

予想外の展開に、趙浩昌《チャオ・ハオチャン》の視線がほんの一瞬泳ぎ、膝の上に添えられた拳もかすかに力が入った。まるで自説に矛盾がないか、必死に思い返しているかのようにも見える。

「崔穎《ツイ・イン》が言うには、あなたに陳媛《チェン・ユエン》のことを相談したところ、通報しないほうがいいと説得されたそうで？」

「ええ、事実です」

すでにうまい切り返し方を思いついていた趙浩昌《チャオ・ハオチャン》は、そっと姿勢を正した。

「あの動画はたしかに見せてもらいましたし、ゾッとするような内容でした。ですが、どこに通報しろというのですか？　分局の上位部署に当たるおたくらのところに？　刑事さん、こうして向かい合って座っていても、あなたが人の皮を被っただけのクズでないとも言いきれないじゃありませんか？　もしあなたもやつらとグルだったらどうします？　そんな相手に通報するのは、自殺行為ではありませんか？

我々庶民のできることには限度がありますから、自分を守るためには見て見ぬふりをするしかないんですよ。そのご友人には申し訳ないと思っていますが、この選択を間違いだと言えますか？」

「ご懸念はもっともだな。ではこの件を知ったあと、崔穎《ツイ・イン》に誰にも言わないよう説得したこと以外に、なにか行動を起こしたことは？」

「現地に行って様子を確認したことがあるだけで、それ以上深入りはしていません。ある日、車でたまたま通りかかる風を装って様子を見に行ったら、売人だと思われるやつらにしばらく目をつけられたので、これ以上は危険だと思ったのです。それで崔穎《ツイ・イン》にも、絶対に誰にも言わないよう念押ししたんです」

そこで、駱聞舟《ルオ・ウェンジョウ》はかすかに身を乗り出し、声を潜《ひそ》めて言った。

「崔穎《ツイ・イン》の前で、もし人を殺すことがあったら、花市区《ホアシー》の麻薬取引場所に死体を置いておけば警察に調べられる心配はない、というようなことを言っていたそうだが、これは事実か？」

趙浩昌《チャオ・ハオチャン》は神経質そうに目元をひくつかせながら、無表情に言った。

「崔穎《ツイ・イン》にはずっと目をかけていましたし、同じ研究室の後輩である彼女を、せいいっぱい守ろうとしてきたつもりです。彼女がなぜそんなことを言ったのかはわかりかねますが、誰が聞いても冗談だとわかるはずです。実際私の口から出た言葉かどうか自分でも覚えがありませんが——冗談にすぎない言葉を告げ口され、見当違いな疑いをかけられることになろうとは……これでは現代に生きているのか、清《しん》代の文字《もんじ》の獄[65]のなかに生きているのかもわかり——」

趙浩昌《チャオ・ハオチャン》の長口上は、まだ終わらぬうちに駱聞舟《ルオ・ウェンジョウ》の急な質問に断ち切られた。

「五月二十日夜、お前はどこにいた？」

しかし趙浩昌《チャオ・ハオチャン》は、一瞬のためらいもなく答えた。

「その夜は友人と承光《しょうこう》の館に行ったあと、車で会社まで送ってもらい、その後零時近くまで仕事をしていましたよ」

「会社の場所は？」

「文昌《ウェンチャン》——」

「34系統のバスに設置された防犯カメラの記録映像を確認したところ、」

相手に最後まで言わせずに、駱聞舟《ルオ・ウェンジョウ》はさらに畳みかけた。

「５２０事件の被害者である何忠義《ホー・チョンイー》はその夜、九時から十時の間に文昌《ウェンチャン》路交差点前でバスを降りたあと、何者かによって殺害されたことが判明している。犯人は捜査を撹乱《かくらん》するため、花市《ホアシー》区の西側——ちょうど麻薬取引場所の一つに彼の死体を遺棄した。これについて、なにか言いたいことはないか？」

65　文章などに不適切な文言が見つかったとして処罰を与えること。清の時代ではとくに厳しかった。

モニターの向こう側で、陶然《タオ・ラン》は取調室の様子を眺めながら小さくつぶやいた。

「序盤からまんまと挑発に乗せられた趙浩昌《チャオ・ハオチャン》は、予想だにしていなかった崔穎《ツイ・イン》の〝裏切り〟にうろたえ、さっきも平常心を失いかけた。今度は警察が34系統の記録映像にまでたどり着いたことを知って、明らかに焦っている」

一緒にいた費渡《フェイ・ドゥ》はメガネを押し上げつつ訊ねた。

「兄さん、こんなところに入れてもらって本当に大丈夫ですか？」

「心配いらないよ。陸《ルー》副局長直々のお許しが出たんだ。王洪亮《ワン・ホンリャン》の相手をしなければならないからここに来られなかったけど、本当は君に会ってみたいとまでおっしゃってたよ」

費渡《フェイ・ドゥ》は少し考えてみたものの、顔中しわだらけの中年男性を接見することにいまいち興味が湧かず、どうでもよくなって趙浩昌《チャオ・ハオチャン》のほうへ視線を戻した。最初こそ顔色を変え、全身を強張らせた趙浩昌《チャオ・ハオチャン》だったが、すぐ何かに気づいたかのようにどこか狡猾《こうかつ》そうな笑みを浮かべた。

「本来、こういうプライドの高いタイプは、沸点が低く、他人の無礼な振る舞いには人一倍敏感です。痛いところを突かれたときは余計我を失いやすくなるはずなのに、」

費渡《フェイ・ドゥ》は一旦言葉を切り、しみじみと続けた。

「ここまで理性を失わずに堪《こら》えられるとは、大したものです。今回のことがなかったら、格別の待遇で彼に顧問契約を持ちかけていたかもしれません」

「なるほど、被害者は文昌路《ウェンチャン》交差点前でバスを降りた、と」

趙浩昌《チャオ・ハオチャン》はゆっくりと駱聞舟《ルオ・ウェンジョウ》の言葉を繰り返した。

「そのあとは？　バスを降りてから殺害されるまでにいったいなにが起こったのか、なにも掴めていないのでは？」

すると、駱聞舟《ルオ・ウェンジョウ》の顔に張りついていた〝見せかけの余裕〟が少しずつ薄れ、焦りの色が現れた。

「ほら、なにもない」

そう言って、趙浩昌《チャオ・ハオチャン》は椅子の背もたれに軽く背中を預けた。

「まさか、私があんな軽口でしかない発言と、中途半端な記録映像を提示されただけで、動揺して自白するとでも思ったのですか？」

小さな取調室に気まずい沈黙が広がった。ついさっきまで得意げに弁舌を振るっていた駱聞舟《ルオ・ウェンジョウ》は、手札を使い果たしたとばかりに黙り込んでいる。

その様子に、趙浩昌《チャオ・ハオチャン》は堪えきれずにけらけらと笑いはじめた。やがて目の前に座っているこの手も足も出ない警察官の名前をようやく〝思い出した〟かのように、駱聞舟《ルオ・ウェンジョウ》を名字で呼んだ。

「駱《ルオ》隊長、これはいくらなんでもお粗末すぎますよ」

趙浩昌《チャオ・ハオチャン》は腕を上げ、ダイヤをちりばめた腕時計の文字盤を駱聞舟《ルオ・ウェンジョウ》に向けながら、指先でトントンと叩いた。

「もうすぐ二十四時間が経ちそうですし、ほかにご用がなければ失礼させていただいても？　それが無理なら、せめてベッドを用意してもらえませんか？　少し横になりたいので」

駱聞舟《ルオ・ウェンジョウ》はその所作に神経を逆撫《さかな》でされるのを感じつつも、ただ無言で男を注視した。

その反応にこの上ない喜びを覚えた趙浩昌《チャオ・ハオチャン》は、烈火のごとき怒りをも抑え込んでくれた自制心はどこへやら、得意げな表情を見せた。

「駱《ルオ》隊長、一つ忠告して差し上げましょう。あなた方のそのカビの生えた取り調べ方法が誰にでも通用するとは思わないほうがいいですよ。まったく、思い上がりも甚《はなは》だしい。だいたい本当に頭のいい人間なら、そもそも警察なんて仕事を選ぶわけがありませんよ——あなたも燕城《イェンチェン》公安大学のご出身ですよね？　合格ラインは何点くらいでしたっけ？　七割でも取れば余裕で入れたのでは？」

ぺらぺらと喋りながら、趙浩昌《チャオ・ハオチャン》はおもむろに立ち上がり、わざとらしく襟元《えりもと》を整えた。

「趙豊年《チャオ・フォンニエン》、」

そのタイミングで、駱聞舟《ルオ・ウェンジョウ》はついに口を開いた。

「お前こそ思い上がるのも大概にしろ。西の外れ、北二十鎮《ベイアーシーちん》にある〝風情酒荘《ロマンワイナリー》〟の12号別荘の地下室が、今もお前の帰りを待ってるんだぞ」

趙浩昌《チャオ・ハオチャン》の笑みが一瞬で凍りついた。

人差し指で机を二度叩いたあと、駱聞舟《ルオ・ウェンジョウ》はさらに追い討ちをかけた。

「さて、被害者何忠義《ホー・チョンイー》が持っていた古い携帯電話が、なぜお前の所有する建物のなかで見つかったのか、説明してもらおうか？」

その言葉を合図に、取調室のドアが開き二人の刑事が入ってきた。二人は顔色ひとつ変えずに趙浩昌《チャオ・ハオチャン》を椅子に押し戻すと、カチッという音とともにそのダイヤモンドきらめく腕に手錠をかけた。金属製の手錠とメタルバンドの腕時計が付かず離れずに並ぶさまは、不思議とマリアージュを感じさせるような美しさがあった。

冷たく尖《とが》った、美しさが。

別室で見物していた費渡《フェイ・ドゥ》は、ふと目を細めてコメントした。

「この手錠からは洗練された美しさを感じますね。記念に一ついただけませんか？」

陶然《タオ・ラン》はわけもわからず、疑問を漏らした。

「手錠なんかもらってどうするんだ？」

費渡《フェイ・ドゥ》は振り返ってちらりと相手を見ただけで、すぐに自分の失言に気づいて口を閉ざし、ただ思わせぶりな笑みを浮かべた。その様子に、陶然《タオ・ラン》はしばらく首をかしげたあと、ようやくおぼろげながら手錠の使い道を察した。

長時間労働と住宅ローンに人生のすべてを捧《ささ》げた古き良き中国男児である陶《タオ》副隊長が、金持ちの爛《ただ》れた趣味に同調できようはずもない。プレイボーイオーラを漂わせる費渡《フェイ・ドゥ》を見ただけで目が汚れるような気がした彼は、ガツンと言ってやることにした。

「これ以上変なことを言うと、ここから追い出すぞ」

費渡《フェイ・ドゥ》は一つ咳払いをすると、すぐに直前までのちゃらんぽらんな態度をしまい、おとなしくなった。

手錠の冷たさにぶるりと身を震わせた趙浩昌《チャオ・ハオチャン》は、すぐに我に返るとどうにか弁解を試みた。

「ちょっと待ってください、その建物っていったい……」

だがその足掻《あが》きも、駱聞舟《ルオ・ウェンジョウ》に容赦なく断ち切られた。

「あの家は自分の物じゃないとでも言いたいのか？　趙《チャオ》先生、風情酒荘《ロマンワイナリー》の防犯カメラはいささか違う見解を持っているようだが」

趙浩昌《チャオ・ハオチャン》の顔にいよいよ焦りの色が浮かび、手錠のガチャガチャした音が辺りに広がった。その様子をのんびりと楽しみながら、駱聞舟《ルオ・ウェンジョウ》はさらにひと言付け加えた。

「それに、文昌《ウェンチャン》路交差点前でバスを降りたあと何忠義《ホー・チョンイー》の足取りを見失ったなどと、誰か言ったっけ？」

「そんなはず……う、嘘《うそ》だっ……」

「お前は何忠義《ホー・チョンイー》を殺し、死体を花市《ホアシー》西に遺棄しただけでなく、自分の顔を知っている彼の母親に正体を見破られるのを恐れて、なんの罪もない彼女を騙《だま》し、飛び降り自殺するように仕向けた。彼女を確実に飛び降りさせるため、屋上の防護柵に細工までして。その上、警察の目をそらすべく、幾度となく捜査を撹乱し、他人に罪をなすりつけようとした——趙浩昌《チャオ・ハオチャン》、証拠が出揃《でそろ》った今、まだ言いたいことがあるのか？」

そこまで言うと、駱聞舟《ルオ・ウェンジョウ》はふと趙浩昌《チャオ・ハオチャン》に一瞥《いちべつ》をくれながら、これ見よがしに口元を歪《ゆが》ませた。その坊ちゃん育ち特有の他人《ひと》を馬鹿にしたような態度は、見事に趙浩昌《チャオ・ハオチャン》の急所に刺さった。

「これまでさんざん苦労して成り上がり、あと少しで上流階級に仲間入りできるところだったのに、一歩間違えただけでただの殺人犯に転落してしまうとはな。『人は運命には逆らえない』とは、よく言ったものだ。趙豊年《チャオ・フォンニェン》、お前には同情せずにはいられないよ」

この挑発がよほどこたえたのだろう。趙浩昌《チャオ・ハオチャン》は一瞬で平静さを失い、ヒステリックな声で怒鳴り出した。

「そんなものが証拠になるものか！　私が殺したって証明できる映像でもあるのか？　その携帯電話から私の指紋やDNAを検出したとでも？　張東来《チャン・ドンライ》の指紋がはっきりとついているネクタイがあるのに、それ以上の証拠はないだろ？　なのになぜ、私に罪を被せようとする!?　局長様の甥《おい》でお家《うち》も金持ちだからって、なにをやってもいいとでも言うのか？　どうせお前ら警察は、証拠を偽造するのも無実の人間に罪を着せるのもお家芸なんだろ？　あの携帯だって、お前らが……」

ここまで一気にまくし立てた趙浩昌《チャオ・ハオチャン》は、不意に駱聞舟《ルオ・ウェンジョウ》の目に浮かんだ軽蔑とからかいの色に気づきハッとした。サーッという音とともに、全身の血が末端を目指して流れ出し、いつしか硬直していた四肢へなだれ込んでいく。

駱聞舟《ルオ・ウェンジョウ》は両ひじを机についたまま、趙浩昌《チャオ・ハオチャン》の血走った目をじっと覗《のぞ》き込んだ。

「張東来《チャン・ドンライ》の指紋がはっきりとついているネクタイ、ねぇ？　どうやら趙《チャオ》先生は、うちの法医課よりよっぽど有能なようだ。指紋の主を特定するのに、法医課のスタッフでも専用の器具を使ってあれこれ照合しなければならないというのに、先生は憶測だけでわかってしまうのだからな」

趙浩昌《チャオ・ハオチャン》は魂が抜けたかのように固まった。じわじわとにじみ出る冷や汗は、そのきれいに撫でつけられた髪の先から音もなく流れ落ちていく。そこに空調のひんやりとした風が当たり、彼をびくっと戦慄《わなな》かせた。

その様子に失笑を漏らしつつ、駱聞舟《ルオ・ウェンジョウ》は捕まえたねずみをいたぶることに飽いた猫さながらに趙浩昌《チャオ・ハオチャン》への興味を失い、椅子から立ち上がった。続いて横で控えていた刑事二人に一つ頷いてから、気だるそうに命じた。

「ということで、容疑者――もう容疑者とお呼びしてよろしいかな、趙《チャオ》先生――による犯罪事実が確認された。あとは細部について聞き出すだけだから、お前らに任せた。これ以上相手してる暇はないんでね」

だが、今にも立ち去ろうとするのを見て、趙浩昌《チャオ・ハオチャン》は手錠をガチャガチャさせて激しく暴れ出し、見張りの刑事たちに怒鳴られながらも大声で叫んだ。

「待ってくれ！　あれは……あれは、正当防衛だったんだ！」

まさかの展開に、駱聞舟《ルオ・ウェンジョウ》は驚嘆にも似た気分で趙浩昌《チャオ・ハオチャン》のほうに振り返った。〝体面〟とは、かくも薄っぺらで頼りないものだったのか、と。どんなに苦労して取り繕《つくろ》ったところで、肝心なときには化けの皮が剥《は》がれるがごとくいとも簡単に脱げ落ち、裏に隠された無様な正体をさらしてしまうのだ。

陶然《タオ・ラン》らと花市《ホアシー》分局で集団乱闘事件の事情聴取をしていたとき、一番反抗の激しかった法律知識ゼロの于磊《ユー・レイ》がとっさに叫んだのも「正当防衛」という言葉だった。追い詰められていたとはいえ、輝かしい経歴を持つエリート弁護士の趙浩昌《チャオ・ハオチャン》が、小学校の警備員と同じところに行き着くとは！

「俺の聞き間違いかな？」

駱聞舟《ルオ・ウェンジョウ》は自分の耳を軽く引っ張りながら続けた。

「正規の司法教育を受けた法曹界のエリートであるはずの趙《チャオ》先生が、本気であれを〝正当防衛〟だと主張するのか？　何忠義《ホー・チョンイー》を気絶させた一撃が、まさかご自身に跳ね返ったんじゃないだろうな？」

趙浩昌《チャオ・ハオチャン》は血の気の引いた顔で、駱聞舟《ルオ・ウェンジョウ》に怨嗟《えんさ》と殺意のこもった視線を向けたまま、恨めしそうな声を絞り出した。

「何忠義《ホー・チョンイー》は麻薬取引に関与していた。しかも、やつは何度も付きまとってきたから、身を守るため仕方なく先手を打ったまでだ」

「何忠義《ホー・チョンイー》が麻薬取引に？」

駱聞舟《ルオ・ウェンジョウ》の声音《こわね》がにわかに険しくなった。

「なにか根拠でもあるのか？」

趙浩昌《チャオ・ハオチャン》の両手は手錠をかけられたまま、膝の上でガクガクと震えていた。緊張するあまり、握り拳の中で爪が手のひらにめり込み、血まみれになっているることにまるで気づいていない。

「証拠はある！　陳媛《チェン・ユエン》の死の真相についても調べているんだろ？　なら私の証言が役に立つはずだ！　減刑を約束してくれるなら、捜査に協力する用意がある」

不意に監視カメラへ向けられた駱聞舟《ルオ・ウェンジョウ》の視線は、モニターの向こうにいる費渡《フェイ・ドゥ》のそれとぶつかった。

腕を組んで様子を見守っていた費渡《フェイ・ドゥ》もかすかに身を乗り出し、「ふーん」と興味深そうな声を漏らした。

隣にいた陶然《タオ・ラン》はすかさず反応した。

「どうしたの？」

「この男は完全勝利を確信した矢先に、壊滅的なダメージを受け、それにうろたえ、激昂した結果、致命的な証言まで引き出されてしまったんです。そんな大失態を演じた直後なのに、こうも素早く気持ちを切り替え、情勢を把握した上で相手のニーズを掴み、取引を持ちかけるとは……」

費渡《フェイ・ドゥ》はいったん言葉を止めてからそっとつぶやいた。

「まるで、沼に棲《す》む百足《むかで》のようです」

百足の虫、死しても僵《たお》れず。

＊＊＊

取調室で、駱聞舟《ルオ・ウェンジョウ》は再び趙浩昌《チャオ・ハオチャン》の向かいに腰を下ろした。

「知ってることを話してみろ」

趙浩昌《チャオ・ハオチャン》は一つ息を大きく吸ってから答えた。

「その前に、減刑の約束をいただきたい。それから、清潔なタオルとコーヒーも」

取調室とは本来知恵比べの場であり、ごまかしや嘘など日常茶飯事だ。自分の〝約束〟なんて、一文の価値もないことを自覚している駱聞舟《ルオ・ウェンジョウ》は、気前よく了承した。

しばらくして、取調室にボーンチャイナのトレイが届けられた。その見るからに上質そうなトレイの上には、濡《ぬ》れタオルと香り豊かなコーヒーのほかに、ケーキとみずみずしい花まで添えられており、考えるまでもなく費渡《フェイ・ドゥ》の仕業《しわざ》に違いないと駱聞舟《ルオ・ウェンジョウ》は思った。

横で見ていた書記と刑事たちは顔を見合わせ、同時に憤慨した——正月に当番をしていたときですら、こんな待遇を受けたことがなかったのに！

趙浩昌《チャオ・ハオチャン》の表情がわずかに緩《ゆる》んだ。そのたった一本の花のおかげでいくばくかの尊厳を取り戻したようで、背筋を伸ばし素直に口を開いた。

「昨年末のある日、私はクライアントとの会合のため、リーガルアドバイザーとしてチームメンバーを引き連れ、花市東《ホアシー》へ向かいました。もとから飲む予定だったので、車は運転していません。解散したあと、近くでタクシーを待っていると、尾行されていたことに気づいたんです」

のんびりとケーキを食べ終えた趙浩昌《チャオ・ハオチャン》は、ひと口コーヒーを啜《すす》り、ホッと息を吐き出しながらまぶたを伏せた。

「これはマンデリンですね？　苦味が強すぎて、若干ワイルドに感じます」

「お前を尾行していたのは何忠義《ホー・チョンイー》だったのか？」

「はい、私に気づいてゆすりに来たんです」

趙浩昌《チャオ・ハオチャン》の声はすでに落ち着きを取り戻し、さっきまで忙《せわ》しなく動き回っていた視線も今やじっと駱聞舟《ルオ・ウェンジョウ》を見つめ返している。

「十万元をよこせ、と」

正面の男を、駱聞舟《ルオ・ウェンジョウ》は改めて観察した——趙浩昌《チャオ・ハオチャン》はかなり外見に恵まれているほうで、背が高く顔も整っている。その上、いかにもエリート然とした雰囲気まで纏《まと》っており、とても何忠義《ホー・チョンイー》のような痩せっぽちの脅迫に怯《おび》える必要があるようには見えない。

「お前は渡したのか？」

「はい、調べればわかるはずです」

そう言って、趙浩昌《チャオ・ハオチャン》は軽く唇を引き結んだ。まる一日近く拘束されているため、男の青白い顔にはうっすらとクマが浮かんでいた。そのせいで眼窩《がんか》が大きく落ちくぼんでいるように見えて、彼の表情に陰鬱《いんうつ》とした色を添えた。

「私の両親は、ともに障害者だったんです。二人の間には私を含め、四人の子どもが生まれましたが、うち二人が先天性の障害を抱えていました。そのため中学生の頃から、うちには私のために金を使うような余裕がなくなっていたんです。金を貯めるために、私はセミの抜け殻集めから、荷物持ちや教師の使いっぱしりまでなんでもやりましたし、夜明け前の山で野生の果実を集め、鎮の市場で売っていたこともありました……ただ学業を修め、あの境遇から脱したい一心で。

それなのに、村の連中がなんて言ってたと思いますか？　うちを〝唖巴《ヤーバー》[66]一家〟だと呼んでいたんです。やがて私は高校を卒業し、大学にも合格しました。その後、連中はようやく態度を変えたものの、今度は自分たちの娘を売り込もうと、しきりに訪ねてくるようになったんです。

ところが大学三年のとき、末の弟が生まれました。両親が夢にまで見た二人目の男児なのに、弟は生まれつき二番目の妹と同じく耳と言葉が不自由な上に、知的障害まであった。まるで悪夢のようでしたよ。あれ以来、うちは〝傻子《シャーズー》一家〟と呼ばれるようになったんです。

遺伝性の障害なら、私の子にも障害児が生まれる可能性があるんですよ？　当時は、キャリアがようやく上昇期に入り、愛する恋人までできました。彼女の前であることないことを喋らせるわけにはいかないので、あのドブネズミに金を渡して黙らせるしかなかったんです」

取り出したタバコに火を点け、ひと口吸ったあと、駱聞舟《ルオ・ウェンジョウ》は揺らめく紫煙越しに趙浩昌《チャオ・ハオチャン》をしげしげと眺めた。

「ドブネズミねぇ」

趙浩昌《チャオ・ハオチャン》はさすがの精神力だった。こんな状況にもかかわらず、目を背けることなくまっすぐ駱聞舟《ルオ・ウェンジョウ》の目を

66　言葉を話すことのできない人を指す中国語。

見つめ返した。

「駱《ルオ》隊長は燕城《イエンチエン》育ちですよね？　見たところ、ご実家の経済状況も悪くないはずです。あなたには理解できないでしょう。故郷から遠く離れ、花市西《ホアシー》の安アパートで他人と身を寄せ合って暮らすしかない貧乏人の気持ちなんて。大学時代は友人と遊びに行ったことなど一度もなく、奨学金を勝ち取るため必死に勉強していたし、就職したあとも、少しでも多く仕送りをしてやろうと、延々と仕事に明け暮れた時期もありました。

私が外でどんな暮らしをしていたかも知らずに、両親は私に金をせびってばかりでした。弟の障害を理由に、二人は高齢出産のリスクを冒してまでもう一人産んで、私に育てさせようと考えたことすらあった。村の連中の心ない言葉や態度に押しつぶされそうになっていた二人は、その重みを丸ごと私に被せていたんです。

当時の私は、骨の髄まで家族にしゃぶり尽くされそうでした。それでも家族を恨んだことは一度もありません。少しでもいい暮らしをしてほしくて、休暇を取って実家の建て替えを手伝いに戻ったこともありました。それなのに、ほんの一日県都に出かけただけで、戻ってきたときには家が焼け落ち、両親も弟妹も炎に飲み込まれていたんです……悲嘆に暮れる私をよそに、村では妙な噂《うわさ》が広がりました。よりによって、あの火事に私が関わっていたと言うんです！」

趙浩昌《チャオ・ハオチャン》の話がようやく核心に迫った。

だが、駱聞舟《ルオ・ウェンジョウ》は興味なさそうに聞き返した。

「ふーん、それで本当にお前が関わっていたのか？」

次の瞬間、趙浩昌《チャオ・ハオチャン》は口元をきつく引き結び、怒りを爆発させた。

「よくそんな質問ができますね、それが人間の言うことですか⁉」

駱聞舟《ルオ・ウェンジョウ》は少しもこたえた様子もなく、足を組んで相手をじろじろと観察した。怒りに震える趙浩昌《チャオ・ハオチャン》の忍耐が限界に達する寸前、駱聞舟《ルオ・ウェンジョウ》はタバコの灰を落としながら薄く笑みを浮かべて言った。

「へいへい。誰よりも善良な趙《チャオ》先生に、運命はなんと残酷だったのでしょう。さて、そろそろ何忠義《ホー・チョンイー》の話に戻ろうか」

「その後、私は故郷を離れ、名前も変えました。それでやっとあの忌々《いまいま》しい場所とおさらばできると思っていたのに、数年もしないうちにあの何忠義《ホー・チョンイー》というクズに見つかってしまったんです。やつは何度も私を見かけていたと言い、彼女のことまで知っていました。その上で、金を渡さなければうちに遺伝病があることや、あの火事の〝真実〟とやらを張婷《チャン・ティン》にバラすと脅してきたんです」

これまでかろうじて平静を保てていた趙浩昌《チャオ・ハオチャン》は、突如沸騰した熱湯のように凄《すさ》まじい怨嗟《えんさ》を爆発させた。
臨界点に達した激しい情念は、コーヒーの香りをもかき消し、至近距離から吹きすさぶ。

「やつらのせいで人生の前半を台無しにされたばかりなのに、今度は未来までぶち壊そうとしたんだ。これまで築き上げてきたものも未来への希望も、すべてあの汚らわしい虫けらどもに喰《く》い尽くされる人生など、許してなるものか！」

駱聞舟《ルオ・ウェンジョウ》の重々しい声が響いた。

「だから彼を殺すことにした、と？」

「しなかったさ！」

趙浩昌《チャオ・ハオチャン》は荒々しく胸を上下させながら続けた。

「私は穏便にことを収めようと、十万元の現金をくれてやったんです。今後一切、他人の前で私の名前を出さないという条件で。それでもやつは満足せず、何度も私に付きまとってきました。この先もずっとゆすられ続けることを覚悟した私は、やつとの連絡用に所有者登録のいらない携帯番号まで取得したんです。

た。崔穎《ツイ・イン》と知り合ったのは指導教員だった恩師に誘われ、母校で実践演習という科目を担当していたときでした。彼女は内向的で依存心が強く、なんでも私に相談しようとしてくるんです。ある日、崔穎《ツイ・イン》はなにか大変なことに遭遇したらしく、焦った様子で連絡してきました。話を少し聞いてみたところ、すぐに悪い予感がして彼女を止めたんです。これ以上電話で話すのは危険だから、とある……私的な場所で話を聞こう、と」

「そこで陳媛《チェン・ユエン》に託されたものを見せられたんだな？」

「ええ、大変衝撃的な内容でしたが、崔穎《ツイ・イン》を守るため、決して誰にも言わないようキツく言い聞かせました。結局、その日の夜はどうしても寝つけず、良識のある人間として、あの証拠の真偽を確かめることを決意しました。花市西《ホアシー》のことなら、それなりに詳しいので」

趙浩昌《チャオ・ハオチャン》の声がそっと潜められた。

「花市西《ホアシー》に行ってみたところ、何忠義《ホー・チョンイー》がもう一人……小柄で痩せっぽちな少年とつるんでいるのを見かけました。夕方まで張り込んでいると、何忠義《ホー・チョンイー》と一緒にいた少年がコソコソと観景西《グァンジン》通り近辺へ向かうのが見えたんです。ちょうど陳媛《チェン・ユエン》の手紙に書いてあった、麻薬取引場所の一つに。あの少年はなんと麻薬中毒者だったんです！」

話に出てきた「小柄で痩せっぽちな少年」で「何忠義《ホー・チョンイー》と一緒にいた」人物というのは、恐らく馬小偉《マー・シャオウェイ》だろう。どうやらこの男はまるっきりデタラメを言っているわけではないようだ。

趙浩昌《チャオ・ハオチャン》は勢いよくコーヒーをひと口あおったあと、説明を続けた。

「その後、少年は仕入れたブツを自宅へ持ち帰りました。ずっとあとをつけていたので、この目ではっきりと見たんです。少年が部屋に入り、明かりをつけると、窓に人影が現れ、あの何忠義《ホー・チョンイー》と二人で麻薬を分け合うところを！　しかも何忠義《ホー・チョンイー》は私をゆするために約束を破り、張婷《チャン・ティン》にまで付きまとっていたんです。私はその現場に遭遇したこともあります！」

「何忠義《ホー・チョンイー》が張婷《チャン・ティン》に付きまとっていた？　お前の目の前で、張東来《チャン・ドンライ》に殴られたときのことか？」

「張東来《チャン・ドンライ》に殴られたとき、やつは反撃こそしませんでしたが、あの目はずっと私を睨んでいたのです」

趙浩昌《チャオ・ハオチャン》は冷ややかに続けた。

「それを見て悟りました、やつは私に報復するつもりなのだと。私は怖くなって、またしてもやつに屈して望みのものをくれてやりました」

「あの新型の携帯電話だな」

「ええ。それまで何度も買ってほしそうにしていました。ほかの人が使うのを見てうらやましく思った、と言って」

手慰みに指の間でボールペンをぐるぐると回していた駱聞舟《ルオ・ウェンジョウ》は、今度はペン軸で机を叩きながら反論した。

「なるほど、被害者が張婷《チャン・ティン》に付きまとっていたのは事実だとして、窓越しに見えた影だけで、何忠義《ホー・チョンイー》を麻薬中毒者だと断ずるのはどうだろう？　お前の目はX線でも――」

「証拠があると言ったはずです！」

趙浩昌《チャオ・ハオチャン》は強い口調で駱聞舟《ルオ・ウェンジョウ》の言葉を遮った。

「〝黄金の三角空地《くうち》〟に、超小型カメラを二台設置したんですよ！」

取調室の中の駱聞舟《ルオ・ウェンジョウ》もモニターの向こうの陶然《タオ・ラン》らも一様に愕然《がくぜん》とした――現場を調べたときには見つからなかったものだ。

「もちろん、現場に設置したわけじゃありません。そんなことしたらあのクズどもに気づかれてしまいますからね」

駱聞舟《ルオ・ウェンジョウ》の考えを読んだのか、趙浩昌《チャオ・ハオチャン》の目に侮蔑の色がよぎった。

「花市西《ホアシー》には入り組んだ路地が多くて、ずっと続いているようで行き止まりになっている道もあれば、障害物に囲まれているようでいて、実は遠く離れた特定の場所からは丸見えになっているところもあります——二台のカメラはそれぞれ何忠義《ホー・チョンイー》が住んでいた部屋の窓の外側と、近くの公衆トイレの屋上に設置したんです」

あまりの情報量に、横に座っていた書記は汗まみれになりながら必死に記録を取り続けている。

駱聞舟《ルオ・ウェンジョウ》はさらに質問した。

「それで、なにが撮れたんだ?」

「〝黄金の三角空地〟での取引の様子を数回。売人だけのものもあれば、おたくの分局のクズどもが周囲をうろつき、見張りをしていたこともありました」

駱聞舟《ルオ・ウェンジョウ》はすかさず問い返した。

「その記録映像はどこにある?」

「例の地下室にあるツリーライトの下に金庫を隠してありますので、調べてみればわかります」

趙浩昌《チャオ・ハオチャン》はあっさり答えた。

「それを見れば、私の言葉が真実だとおわかりいただけるはずです。何忠義《ホー・チョンイー》はなかなか用心深いようで、取引にはいつもあの少年を行かせていました。ですが、二十日夜の記録映像には、私がやつに渡した携帯を持たされて取引現場に現れた少年の姿が、はっきりと映っています。それに、やつの普段使いの携帯番号から通信記録を調べてみれば、あるメッセージが見つかるはずです。取引場所が直前で変更になったことを知らせるメッセージが」

つらつらと語り続ける目の前の男を、駱聞舟《ルオ・ウェンジョウ》は奇妙な目で眺めた。

何忠義《ボー・チョンイー》の額には〝銭《カネ》〟と書かれた紙が貼られていた。あの晩、お前に会いに行った被害者はクラフト紙の袋を持っていたが、うちの技術スタッフの分析によると、あの紙はその袋から破り取られたものとみられるそうだ。これはお前がやったことか？」

「その通りです」

趙浩昌《チャオ・ハオチャン》は眉を上げて言った。

「やつは私を尾行し、承光の館にまでついてきました。その上、金を返すから自分と会ってほしいと言ってきたんです——あの袋のなかにはたしかに二万元の現金が入っていましたが、駱《ルオ》隊長、考えてみてください。麻薬取引にでも手を染めていなければ、あんな金もコネもない青二才が、どうやって二万元もの大金を作れたというんですか？」

あまりの思考回路に、駱聞舟《ルオ・ウェンジョウ》は思わず閉口してしまった。

「それにかつて自分を脅迫し、金品をねだってきた相手が急に金を返したいと言ってきたら、あなたならどう思いますか？　そいつが本当に改心したのだと信じて、素直に受け取れますか？　やつがただ金を返しに来るわけがない、もっと騙し取るつもりに決まっている！　二万元を受け取ったあとは、二十万、二百万と要求されるだけだ！　あの欲まみれなゴロツキどもは、銭《カネ》のことしか考えていないんですよ!!」

大きく落ちくぼんだ趙浩昌《チャオ・ハオチャン》の眼窩は、底なしの井戸のように真っ暗で、その奥にはぞっとするほどの冷たい闇が揺らめいていた。

「私は自分を守るため、世の中から害虫を一匹駆除したにすぎません。駱《ルオ》隊長、あなた方みたいな役立たずの税金泥棒がなにひとつ助けてくれない状況下で、こんな選択を強いられた私になんの罪があると言うのですか？」

「まったく、趙《チャオ》先生のおっしゃる通りで」

駱聞舟《ルオ・ウェンジョウ》は少しもこたえた様子もなく、にこやかに頷いた。

「ちなみに、金庫の開け方は？　何忠義《ホー・チョンイー》の〝罪証〟を確認しなければならないので」

横に控えていた刑事の一人が筆記用具を差し出すと、趙浩昌《チャオ・ハオチャン》は冷笑を浮かべながら渋ることなくスラスラと暗証番号を紙に書いた。その暗証番号はすぐに駱聞舟《ルオ・ウェンジョウ》によって〝風情酒荘《ロマンワイナリー》〟にいる郎喬《ラン・チャオ》へ送信され、五分後、了解のメッセージが返ってきた。

「ご協力、どうも」

駱聞舟《ルオ・ウェンジョウ》は立ち上がり、趙浩昌《チャオ・ハオチャン》に笑みを向けた。

「趙《チャオ》先生、最後に二点だけ、言わせてもらっても？」

趙浩昌《チャオ・ハオチャン》は仕方なく顔を上げ、相手を仰《あお》ぎ見た。

「一つ、」

駱聞舟《ルオ・ウェンジョウ》は人差し指を立てて言った。

「何忠義《ホー・チョンイー》の検死報告書によると、彼は生前薬物を摂取した形跡はなかったそうだ。また、取引に使われた携帯電話に関しては、ルームメイトの少年が勝手に盗んだものだったとの証言が出ている」

とっさに眉をひそめ、反論しようとした趙浩昌《チャオ・ハオチャン》に、駱聞舟《ルオ・ウェンジョウ》は二本目の指を立てた。

「二つ、何忠義《ホー・チョンイー》の部屋の窓の外側に超小型カメラを設置できたのなら、いっそ室内に設置してしまえばよかったじゃないか。朝から晩まで何忠義《ホー・チョンイー》の様子を監視して、食事中も排泄《はいせつ》中も一秒も漏らさずすべて撮影してしまえば、ヤク中だろうが売人だろうが一発で確認できたはずだろ？　何忠義《ホー・チョンイー》が麻薬の使用や売買に関わっていた証拠さえ掴めば、それをネタに縁を切ることもできたんじゃないか？」

趙浩昌《チャオ・ハオチャン》はハッとした。

「趙《チャオ》先生、あんたは頭が回りすぎなんだよ」

駱聞舟《ルオ・ウェンジョウ》は冷笑を一つ挟んで続けた。

「あんたのような諦めの悪いゲス野郎を捕まえられて、心底ホッとしたよ。夜遊びに使うはずの時間を全部残業につぎ込んでも痛くないくらいにな。ちなみに、さっき約束した件については……申し訳ないけど、俺も相当なゲス野郎なもんでね。約束を守るのは未来の嫁さん相手のときだけだ。あんたとの約束はノーカンさ」

それだけ言うと、駱聞舟《ルオ・ウェンジョウ》は相手のその嘘まみれな人面マスクを振り返ることなく取調室を出た。

モニターの向こうで中の様子を見守っていた陶然《タオ・ラン》は、困惑したように首をかしげた。

「聞舟《ウェンジョウ》はいったい、なんの話をしているんだ？」

「映像を見れば、カメラの設置場所を割り出すのはそれほど難しくありません」

費渡《フェイ・ドゥ》は瞬きもせずに趙浩昌《チャオ・ハオチャン》がくずおれるさまを見つめながら、そっとつぶやいた。

「何忠義《ホー・チョンイー》がシロかクロか、本当に馬小偉《マー・シャオウェイ》らと同類で、麻薬に手を出していたかどうかなんて、最初からどうでもよかったんですよ。何忠義《ホー・チョンイー》が同郷のよしみで自分とつながりを持とうとした時点で、趙浩昌《チャオ・ハオチャン》は彼を消すつもりだったんです」

陶然《タオ・ラン》はすぐにピンときた。

「要するにこの男は、何忠義《ホー・チョンイー》の部屋の窓の外から撮影された映像を、王洪亮《ワン・ホンリャン》に匿名で送っていたということか！」

自分は一切顔を出さずに、王洪亮《ワン・ホンリャン》を使って何忠義《ホー・チョンイー》を殺すつもりだったのだ！

「何忠義《ホー・チョンイー》がどうやって難を逃れたかは知りませんが、趙浩昌《チャオ・ハオチャン》の行動論理ならありえそうな話です」

少しして、上着を羽織った駱聞舟《ルオ・ウェンジョウ》がタバコを咥えたまま、どこかぎこちない足取りで歩いてくるのを見た費渡《フェイ・ドゥ》は、陶然《タオ・ラン》へ振り向き軽く頭を下げた。

「さて、ほかに気になることはもうありませんので、そろそろお暇《いとま》しますね」

それだけ言うと、費渡《フェイ・ドゥ》はメガネをそっと押し上げ、悠然と去っていった。駱聞舟《ルオ・ウェンジョウ》とすれ違いざま、そのガチガチな歩き姿をしげしげと眺めてから、大変紳士的な態度で声をかけた。

「腰にガタが来ているようですね。駱《ルオ》隊長もいい年なんですから、体は大事にしませんと」

「……」

駱聞舟《ルオ・ウェンジョウ》は一瞬呆《あき》れたものの、同時に今日の費渡《フェイ・ドゥ》がいつもより少しだけ明るかったように感じた——もしかしたら、膿《うみ》の溜《た》まった古傷をえぐったおかげかもしれない。いっときは痛みにもだえ血まみれになるだろうが、傷が癒えるために必要なことだ。

「なぁ、」

一拍遅れて、駱聞舟《ルオ・ウェンジョウ》は口を開いた。

「趙浩昌《チャオ・ハオチャン》の家族全員を殺した火事は、やつの自作自演だと思うか？」

だが、素直に付き合ってやる気などさらさらない費渡《フェイ・ドゥ》は、嫌みたっぷりに訊《き》き返した。

「駱《ルオ》隊長、あれだけアメとムチを使い分け、虚々実々の応酬を繰り広げたのに、趙《チャオ》家放火事件の真相すら訊き出せなかったのですか？」

背中の痛みでまっすぐ立っているのがつらくなった駱聞舟《ルオ・ウェンジョウ》は、遠慮なく費渡《フェイ・ドゥ》の肩を掴み、杖《つえ》代わりにした。

「俺は違うと思う。うちの喬《チャオ》ちゃんが言うには、放火犯がなくした片方の袖カバーが例の地下室から見つかり、深読みせずにはいられない、だそうだが、俺に言わせればせいぜい見殺しにした程度なんじゃないかな。

犯罪者は通常、少しずつ犯行をエスカレートさせていくもんだし、いきなり緻密な計画と完璧な段取りで自分の家族を皆殺しにできるような初心者はめったにいないはずだ」

何か言外の意を汲《く》み取った費渡《フェイ・ドゥ》は、一瞬表情を凍らせた。

それを見た駱聞舟《ルオ・ウェンジョウ》は肩をすくめ、付け加えた。

「別にお前への当てこすりなんかじゃない。もう謝っただろ」

だが費渡《フェイ・ドゥ》は無表情のままその釈明を無視した。

「髪、引っ張らないでください」

そう言って首を傾け、駱聞舟《ルオ・ウェンジョウ》の手から逃れると、費渡《フェイ・ドゥ》は心底嫌そうな様子で肩を何度もはたいてから、飄然《ひょうぜん》と去っていった。

「駱《ルオ》隊長！」

費渡《フェイ・ドゥ》と入れ替わるように、一人の刑事が走り寄ってきた。

「黄敬廉《ホァン・ジンリエン》に証拠を見せたところ、すぐに観念して王洪亮《ワン・ホンリャン》らの悪事を白状しました！」

ぱっと振り返った駱聞舟《ルオ・ウェンジョウ》に、刑事は報告を続けた。

「それと陳媛《チェン・ユエン》の件ですが、黄敬廉《ホァン・ジンリエン》の供述によれば、ある日謎の荷物を受け取り、中身を確認してみると、取引の一部始終を捉えた映像が入っていたそうです。それを見て、内通者がいるに違いないと考えた彼らが慌てて調査を始めたところ、すぐに陳媛《チェン・ユエン》が隠し持っていたカメラを発見し、それで彼女を……」

駱聞舟《ルオ・ウェンジョウ》は唖然とした。

趙浩昌《チャオ・ハオチャン》は王洪亮《ワン・ホンリャン》らの手を借りて何忠義《ホー・チョンイー》を始末しようと映像を送ったものの、カメラの設置場所が巧妙すぎたせいか不発に終わってしまった。

もしかすると黄敬廉《ホァン・ジンリエン》は、はなからリスクの高い固定カメラなど考慮に入れていなかったため、真っ先に内通者の存在を疑ったのかもしれない。結果、なんの罪もない陳媛《チェン・ユエン》がたまたま何忠義《ホー・チョンイー》の代わりに殺されることになってしまった。

そして、あの空気の読めないまっすぐな若者も、ついには沼の底に引き込まれてしまったというわけだ。

「その調子で取り調べを続けろ」

駱聞舟《ルオ・ウェンジョウ》は無理やり伸びをしながら続けた。

「二十日夜、何忠義《ホー・チョンイー》にあのメッセージを送った人物も突き止めるんだ」

「はい！」

報告を終えた刑事はひと言返事をすると、身を翻《ひるがえ》し走り去っていった。

しばらくその場で立ち止まり考え込んでいた駱聞舟《ルオ・ウェンジョウ》は、ふと辺りにほのかな香りが漂っていることに気づいた。今にも消え入りそうなその香りは鼻先をかすめたのち、すぐに奥へと潜り込んでいった。

ウッディ系メンズ香水のラストノートだったようだ。時が経つにつれ、だんだんと胸をくすぐられてしまう。

香りの元をきょろきょろと探しはじめた駱聞舟《ルオ・ウェンジョウ》は、やがて自分の指を鼻に近づけ匂いを確かめてみた――よりによって、費渡《フェイ・ドゥ》の体から移ったものだったとは。

「チッ、」

駱聞舟《ルオ・ウェンジョウ》はがっかりした様子で指先をこすり合わせた。出所が判明したせいで、胸をくすぐるような感覚も、束《つか》の間の甘やかな気分もきれいさっぱり消えてしまった。

「香水なんかつけやがって。フェロモンを無駄にしちまったじゃないか」

第二十五章

週末の間にじわじわとヒートアップしていった「天幕《ザ・ビジョン》」での飛び降り自殺未遂事件の話題は、月曜日の朝になって一気に爆発的な反響を見せた。費渡《フェイ・ドゥ》は駐車場すら出ないうちに二度も足止めを食らった結果、自分が知らぬ間に有名人になっていたことにようやく気づいた。

その後、なんとか会長室にたどり着いた費渡《フェイ・ドゥ》は、とっくに冷めてしまった飲みかけの〝ロンドンフォグ〟を手にしばらく思案したのち、せっかくの状況を有効活用することにした。散財して有名人になったのだから、利用しない手はない。すぐに会長補佐を呼びつけ、この勢いに乗じて、企業の社会的責任に関する特別イベントをマーケティング部門に企画させるよう指示した。

会長補佐の苗《ミャオ》は、雇い主の急な思いつきをノートパソコンにテキパキと記録し、退室しようとしたところで動きを止めた。しばし言葉を探したのち、目を赤くしてためらいがちに訊《たず》ねた。

「会長、天幕でおっしゃっていたことは全部事実なんですか？」

「うん？」

急な問いに、のんびり自分のスケジュールを確認していた費渡《フェイ・ドゥ》は顔を上げ、からかいと慈愛の交じった笑みを見せた。

「そんなわけないでしょう？　あれは現場にいた自殺対策のプロが指示した通りに話しただけですよ。あんな場面で私の好きなように喋《しゃべ》らせてもらえるわけないじゃありませんか――もしかして、本気にしてしまいましたか？　貴女《あなた》は本当にかわいい人ですね」

そう言われた苗《ミャオ》は一瞬で真っ赤になり、プンプンと怒った様子でそのまま部屋を出ようとした。

「あ、待って」

費渡《フェイ・ドゥ》はにっこりと笑って、彼女を呼び止めた。

「そういえば今日、私の身体《からだ》が必要になるような会食はありますか？」

せっかくの母性を台無しにされたばかりの苗《ミャオ》は、そっけなく答えた。

「いいえ、今のところ会長様の美貌という無形資産に手をつけなければならないほど、困ってはおりませんので」

「それはなにより」

費渡《フェイ・ドゥ》は羽織っていたジャケットを脱ぎ、ノートパソコンを閉じながら続けた。

「少し出かけてくるので、用事があれば電話してください」

＊＊＊

三十分後、費渡《フェイ・ドゥ》は退院する何忠義《ホー・チョンイー》の母親に付き添ったあと、一緒に市局へ向かった。

二日前に激しい動揺と悲しみに襲われた王秀絹《ワン・シウジュエン》は、持病があるうえ無理のできる年齢でもないため、入院して少し様子を見ていたのだ。週明けの今日、ようやく退院が許可され、何忠義《ホー・チョンイー》の遺体を引き取る運びとなった。

出稼ぎの少年の死をきっかけに発覚した汚職・麻薬密売事件は、国内を大きく揺るがした。

燕城市《イェンチェン》公安局は紀律検査委員会[67]とともに合同調査班を設置し、昼も夜もなくその調査に明け暮れている。対して、何忠義《ホー・チョンイー》殺害事件はほとんど注目されなくなり、細々とした後始末は駱聞舟《ルオ・ウェンジョウ》と陶然《タオ・ラン》、郎喬《ラン・チャオ》ら初期から関わっていた者たちに任された。

何忠義《ホー・チョンイー》の遺体は、すでに引き渡し準備が済んだあとだった。そのため、路地で発見された当時のようなおどろおどろしい形相とは打って変わって、彼の顔には死化粧師が無理やり作り出した安らかな表情が張りついている。

趙玉龍《チャオ・ユーロン》や、何忠義《ホー・チョンイー》のバイト仲間たちも自発的に手伝いに来ており、馬小偉《マー・シャオウェイ》も肖海洋《シャオ・ハイヤン》ともう一人の警察官の監視付きで顔を見せた。

張東来《チャン・ドンライ》も周りの目を気にしてか、あとからかしこまった服装で現場に現れた。費渡《フェイ・ドゥ》の手に掴《つか》まっている王秀絹《ワン・シウジュエン》を遠くから認めると、きまり悪そうに視線をさまよわせたあと、ナンパ歩きになりながら近づいて、王秀絹《ワン・シウジュエン》にぎこちなく会釈してから口を開いた。

「あの、息子さんを殺したのは、本当に俺じゃないんですよ」

急に向かってきた大柄な男を見て、王秀絹《ワン・シウジュエン》は思わず後ずさりしそうになった。

張東来《チャン・ドンライ》はあれこれ思い悩んだすえ、ひと言だけ付け加えた。

「殴ったのはたしかだけど……」

費渡《フェイ・ドゥ》にギロリと睨《にら》まれ、張東来《チャン・ドンライ》はすぐに口を閉じ、気まずそうに鼻をさすりながら道を空けた。小柄な王秀絹《ワン・シウジュエン》と話すとき、費渡《フェイ・ドゥ》はいつも腰をかがませているため、普段以上に優しげな雰囲気を醸《かも》し出していた。たったのひと睨みで張東来《チャン・ドンライ》を追い払うと、費渡《フェイ・ドゥ》はそっと王秀絹《ワン・シウジュエン》に耳打ちした。

67　中国共産党の規律監査機関。党内の汚職摘発などを担う。

「具合が悪いようでしたら、残りの手続きは私が代わりましょうか？」

しかし王秀絹《ワン・シウジュエン》はつらそうに首を振り、費渡《フェイ・ドゥ》の手を振りほどいた。よろめきながら何歩か進んだのち、思い出したように振り返り、問いかけた。

「うちの忠義《チョンイー》は、なにか間違いを犯したのかい？　悪いことに手を染めでもした？」

費渡《フェイ・ドゥ》は目を伏せ、しばらく女を見つめたあと、優しい声ではっきりと答えた。

「いいえ、彼はなにも悪くありません」

趙浩昌《チャオ・ハオチャン》は、非常に狡猾《こうかつ》な男であり、情に訴えての責任逃れも、概念のすり替えもお手の物だった。彼の供述を聞いていると、この社会は汚れ切った泥沼で、彼だけが泥中の蓮《はす》のように周りからの迫害に苦しみながら、真っ白な花を咲かせているのだと信じ込まされそうになる。

それでも郎喬《ラン・チャオ》らの地道な捜査と駱聞舟《ルオ・ウェンジョウ》の詐欺師顔負けの取り調べの甲斐《かい》あって、ようやく白状させることに成功し、断片的な情報からどうにか事件の全体図を復元することができた——。

田舎生まれの何忠義《ホー・チョンイー》は、希望と重圧を胸に山奥の村から喧騒《けんそう》に包まれた燕城《イエンチエン》へやってきた。流れる水のごとく行き交う無数の車も、色とりどりに着飾った男女も、自分と同い年くらいの少年少女が学生生活を満喫するさまも、すべてポートレートの一場面さながらに輝いていた。

だが、この都市に知り合いなど一人もいない新参者の彼は、一番安い部屋を借り、毎日下水の臭いに耐えながら、泥だらけの道を通り抜け、仕事場とアパートの間を往復する日々を繰り返すしかなかった。周りの人間といえば、くたびれた中年か素行の悪い若者しかおらず、ポルノ、ギャンブル、ドラッグと何でもありなろくでもない人間ばかりだった。

しかし彼は、決してそんな環境には染まらなかった。ただ毎日指折り数えながら家計簿の数字を計算し、ギリギリまで節約して、一分一秒をも惜しんでアルバイトに明け暮れた。一日でもはやく借金を返すため、そして、病弱な母親の病を治すため。

そんな彼でもごくたまに、自分がいつかこの都市で一人前の暮らしを手に入れられるかもしれないと、夢見ることもあった。

何忠義《ホー・チョンイー》には子どもの頃から兄のように慕ってきた人がいた。その人と約束をしたため、燕城《イェンチェン》で再会したことは誰にも話さなかったが、それでもついつい近づきたくなるのだった。

豊年哥《フォンニエンさん》にはいつも避けられていたが、思うに自分が貧乏なのがいけなかったのだろう。この燕城《イェンチェン》という大都市では、みんな生きるのに必死だ。顔を合わせれば金品をせびりかねない貧乏人の知り合いなんて、誰だって嫌がるはずだ。

悲しくはあるが、それも仕方のないことだと彼は思った。だから、嫌われないように最低限の連絡しかせず、あとはごくたまに挨拶する程度にとどめ、ただひたすら金を貯《た》めることに集中した。

どんなにそっけなくされても、挨拶だけは欠かすことができなかった――お金を貸してもらっているのに、自分のほうから連絡を断つ道理はないからだ。

やがて何忠義《ホー・チョンイー》は、やっとの思いで二万元[68]を貯めた。お坊ちゃんたちがお遊びで開けている酒の一本すら買えない程度の金額だが、彼にとっては人生ではじめて貯めた大金だった。手癖の悪いルームメイトが常に周りにいるため、誰にも自慢したりせず、誰の目にも触れないよう保管場所にも細心の注意を払った。

68　日本円で約三十二万円。

手元に置いておくのはどうしても落ち着かず、はやくお金を返して肩の荷を下ろしたいところだが、豊年哥《フォンニエンさん》と連絡を取るのは簡単なことではなかった。

そこで何忠義《ホー・チョンイー》は仕方なく張婷《チャン・ティン》を頼ることにした——前に彼女が豊年哥《フォンニエンさん》と一緒にいるところを見たことがあったのだ。

しかし、なけなしの勇気で声をかけ、たどたどしく豊年哥《フォンニエンさん》の居場所を聞き出そうとした結果、なぜか彼女を怯《おび》えさせてしまった。

見知らぬ青年に声をかけられたくらいで、誰も怖がったりしない。だがその青年がみすぼらしい格好をしていたのなら、話が変わってくる。

不審人物だと勘違いされた彼は、張婷《チャン・ティン》の兄に手ひどく殴られてしまった。殴られたこと自体は大した問題ではない。たまたまその場に居合わせた豊年哥《フォンニエンさん》が、ただ冷静に止めに入り、まるで他人とばかりにこちらには目もくれなかったことが、何よりもショックだった。

何忠義《ホー・チョンイー》はようやく気づいた。豊年哥《フォンニエンさん》は心の底から自分のような同郷の存在を嫌がっているのかもしれない、と。

親戚でも友人でもない自分は、相手にとっては真っ白なワイシャツにこびりついた汚れでしかなく、洗い落としたくてもしつこく残っているだけなのだ、と。

後日、詫《わ》びの品と言って新型の携帯電話を持たせてくれはしたが。

そのとき、彼は思った。借金を全部返したら、もう連絡しないようにしよう……と。

ある日、配達の仕事中に友人たちと談笑中だった豊年哥《フォンニエンさん》を見かけた。相手に嫌われていることを自覚した彼は、無理に近寄ったりせず顔を合わせないように黙って通りすぎた。

聞こえてきた会話から、どうやら彼らは「承光《しょうこう》の館」という場所のプレオープンに行くらしいと知った。そこで何忠義《ホー・チョンイー》は、手持ちの二万元だけでも返済しようと館の近くで相手が出てくるのを待つことにした。

それなのに……。

白い布に覆われた何忠義《ホー・チョンイー》の遺体は静かに運び出された。それを見た王秀絹《ワン・シウジュエン》は、一瞬で目元が赤くなり、力が抜けて地べたに座り込んだ。

周りにいた人たちが慌てて駆け寄り、彼女を立ち上がらせようとするなか、女は目尻から溢《あふ》れ出た涙が白髪交じりの生え際を濡《ぬ》らすのも構わずに、隣にいた誰かの袖口を力いっぱい掴んで、嗚咽《おえつ》交じりの声で問いかけた。

「他人《ひと》に優しくしなさい、まっすぐな人間になりなさいって教えたのは間違いだったの……？」

なんと答えればいいかもわからない質問に、一同はただ黙り込むしかなかった。

小学校すら出ていない王秀絹《ワン・シウジュエン》は、検案書の内容を理解するのも難しい。そのため陶然《タオ・ラン》は、彼女が落ち着くのを待ってから椅子に座らせ、一項目一項目読み聞かせながら丁寧に説明した。

陶然《タオ・ラン》の説明には都度頷《うなず》いているものの、王秀絹《ワン・シウジュエン》の顔は終始呆然《ぼうぜん》としていた。喚《わめ》き立てるわけでもなく、ただひっそりとそこに座り、止まることのない涙を流し続けた。

一方、張東来《チャン・ドンライ》は下を向いたままもじもじとした様子で費渡《フェイ・ドゥ》の近くへ来ると、地面に落ちていた小石を蹴り飛ばし、気まずそうに声をかけた。

「なぁ、費爺《だんな》。あいつの様子を訊《き》いてきてほしいって、婷婷《ティンティン》に頼まれてさ……。まったく、とんだ災難だったぜ！　今回の件で、叔父さんも転属を命じられたらしくて、予定よりはやく半隠居状態になっちまった。

今年はうちの厄年か？」

費渡《フェイ・ドゥ》は少し離れたところから王秀絹《ワン・シウジュエン》の様子を眺めながら、ふと口を開いた。

「例のグレーストライプのネクタイ、あのあと見つかったか？」

急な質問に、張東来《チャン・ドンライ》はきょとんとして間抜けな声を漏らした。

「は？」

「もう探さなくていいぞ、そのネクタイは今市局にあるから。しかも、被害者何忠義《ホー・チョンイー》の血液とお前の指紋がついてる状態で。お前の車でそれを拾ったやつがいて、市局に届けてくれたそうだ」

張東来《チャン・ドンライ》はポカーンと口を開いたまましばらく言葉を失っていたが、錆《さ》びついた脳みそがガタガタと音を立てて回転を終え、おぼろげながら費渡《フェイ・ドゥ》の言葉の意味を理解した。呆然としたまま、額の先まで突き出ていた前髪を後ろへ撫《な》でつけた彼は、やがて短くも力強い感嘆を漏らした。

「マジかよ！」

費渡《フェイ・ドゥ》はぽんぽんと悪友の肩を叩《たた》き、忠告した。

「あんなクズの心配をするだけ無駄さ。今のうちに忘れたほうがいいと、婷婷《ティンティン》にもよく言い聞かせてやりな」

「いや、待ってくれよ」

すっかり混乱してしまった張東来《チャン・ドンライ》は、手をバタつかせながら続けた。

「つまりなにか、あ、あいつは俺のネクタイを使って人を殺したあと、俺に罪をなすりつけようとしていたってわけ？」

だが返ってきたのは費渡《フェイ・ドゥ》の意味深な一瞥《いちべつ》だけだった。

「そんな、嘘《うそ》だろ？　あいつ——趙浩昌《チャオ・ハオチャン》には十分よくしてやったじゃないか！　あいつ程度の人材なんざ栄順《ロンシュン》には掃いて捨てるほどいるし、コネもなしにおいしい仕事を回してもらえるわけないだろ？　あんたのとこの担当になれたのも、俺の紹介があったからなんだぞ！　婷婷《ティンティン》に彼氏として家族に紹介されたときだって、親父《おやじ》も叔父さんも嫌な顔ひとつせず、未来の婿として心を尽くしてもてなしたもんだ——俺のなにがそんなに不満なわけ？」

費渡《フェイ・ドゥ》は少し考えてから答えた。

「息をしてるところ？」

「……」

張東来《チャン・ドンライ》はその場で立ち尽くしたまま、その限られた脳みそで精いっぱい考えてみたが、どうしても納得できずにぼそりと言った。

「いや、やっぱりおかしいだろ……なぁ、駱聞舟《ルオ・ウェンジョウ》のやつ、本当に頭大丈夫なのか？　いくらなんでもこんな……」

いつの間にか二人の背後にやってきていた駱聞舟《ルオ・ウェンジョウ》は、指先で張東来《チャン・ドンライ》を突《つつ》きながら続けた。

「駱聞舟《ルオ・ウェンジョウ》の頭が大丈夫じゃなかったら、今頃なかで公訴待ちしてる殺人犯はお前さんになっていただろうよ」

「仮にも張《チャン》家の若旦那なんだから、少しは警戒心を持て」

張東来《チャン・ドンライ》はもとから駱聞舟《ルオ・ウェンジョウ》が苦手だった。顔を見ただけでふくらはぎが痙攣《けいれん》しはじめるほどに。加えて今回は、陰口を叩いているところを本人に聞かれてしまったこともあって、張東来《チャン・ドンライ》はすぐにへっぴり腰になり、すたこらと逃げていった。

残された駱聞舟《ルオ・ウェンジョウ》は費渡《フェイ・ドゥ》の隣にやってくると、手を後ろで組んだまま、少し離れた先で繰り広げられている母子の永遠の別れに目を向けた。

「彼女はこれからどうするんだろう？」

「経貿センターの社長が今回の件に便乗して、〝子に先立たれた農村困窮者支援基金財団〟を立ち上げるとか言い出していて、プレスリリースもすでに済んでいます。今後の医療費や生活費はそれで賄えるでしょう。ただ……」

金の問題は解決できても、死んだ家族はもう帰ってこない。

周りの人間は金銭面で彼女を支援することはできるが、息子を返してやれる者などいないのだ。

「そういえば、」

駱聞舟《ルオ・ウェンジョウ》はファイルから数枚の写真を取り出しながら続けた。

「お前に見せたいものがあった」

写真に写っていたのは、証拠品袋に入った万年筆だった。写真からは万年筆の質感まではっきりと伝わり、キャップのほうには「費《フェイ》」という文字が彫り込まれているのが見て取れた。

「これも趙浩昌《チャオ・ハオチャン》のコレクションの一つだ。見覚えがあるだろ？　お前の物なんじゃないか？」

相手の顔に驚きの色が浮かぶのを期待していた駱聞舟《ルオ・ウェンジョウ》だが、費渡《フェイ・ドゥ》は写真をひと目見ただけで意外でも何でもなさそうに言った。

「彼が持っていたんですね。この万年筆をなくしたのはたしか去年のクリスマスで、ちょうど彼がリーガルアドバイザーチームの責任者として、はじめてうちの会社に顔を出した日でした」

「……」

趙浩昌《チャオ・ハオチャン》がラベルに書いた日付とまったく同じだった。盗品だとわかっていなければ、費渡《フェイ・ドゥ》からのプレゼントだと勘違いしそうだ。

「物が見当たらなくなったとき、前後の出来事を思い返してみれば、自分が当時どういう心理状態にあって、どこにそれを置いたのかくらい、だいたい推測できますからね」

費渡《フェイ・ドゥ》はなんてことないとばかりに肩をすくめた。

「それでも見つからないなら、誰かに持ち去られたとしか考えられません――もっとも、あの日は執務室に多くの従業員や来客が出入りしてましたから、大事にならないように黙っておいたのですが」

「あいつがこの万年筆にどんなラベルをつけたのか、知りたくないか？」

費渡《フェイ・ドゥ》は再び肩をすくめ、万年筆の写った写真の裏に隠れたもう一枚の写真に目を向けた――少し引き気味に撮られたその写真には、趙浩昌《チャオ・ハオチャン》の地下室にあったフロアライトの一部が写り込んでいた。標本を思わせるそのツリーライトが静かに明かりを灯《とも》すさまは、遥《はる》か時空の彼方《かなた》から向けられた眼差《まなざ》しのごとく、あのとき名前を捨ててきた田舎出の青年をいつまでも見つめているようだった。

「別に」

と、費渡《フェイ・ドゥ》は答えた。

「裁判が終わっても、返してくれなくて結構ですよ。変な臭いがついたものなんて、もういりませんから」

終章

王秀絹《ワン・シウジュエン》のために諸々《もろもろ》の手配を終えたあと、費渡《フェイ・ドゥ》は誰にも声をかけずにひっそりとその場から立ち去り、たった一人で車に乗って郊外へ向かった。

まだ夕方過ぎではあるが、曇りのせいか、墓碑の並ぶ霊園の中にはどんよりとした空気が流れ、鳥たちも低空飛行をしていた。地面からは湿った土の匂いが立ちのぼり、その下に眠る亡者たちは静かに見知らぬ来訪者たちを見守っている。

費渡《フェイ・ドゥ》は百合《ゆり》の花束を手に、勝手知ったる七年目の足取りで、少し古びてきた墓碑の前へやってきた。

青白い顔に、憂いを帯びた瞳、儚《はかな》い美しさを纏《まと》った女は、今日も色褪《いろあ》せることなく墓碑にはめ込まれた遺影の中から彼を見つめている。

しばらく彼女と見つめ合ったのち、費渡《フェイ・ドゥ》は袖を捲《ま》くり、きめの細かな柔らかい布で墓碑全体を丁寧に拭《ふ》いた。続いて自分の指先にキスしてから、その指を墓碑に当てる。

あれから七年。費渡《フェイ・ドゥ》ははじめて彼女の前でほんの少し吹っきれた笑みを見せることができた。長い間、心の中にどんと置かれていた棺《ひつぎ》がようやく運び出され、空っぽのまま放置されていた墓に収まったようなすっきりとした気持ちになったのだ。

費渡《フェイ・ドゥ》が去ったあと、入れ替わりに別の人影が現れた。コソコソと墓前へやってきて、ひと束の小白菊《こしろぎく》を供えると、墓碑の女に一礼した。

人影の正体はほかでもない、駱聞舟《ルオ・ウェンジョウ》であった。

ぶしつけな来訪者は墓の主としばらく声なき語らいを続け、やがて立ち去ろうとしたそのとき、ふと頬に冷たい感触を覚えた。

急に雨が降ってくるとは。

傘を持ってこなかった駱聞舟《ルオ・ウェンジョウ》は、間の悪い天気にチッと舌打ちを漏らすと、すぐに腕を頭の上にかざし、走り出そうとした。だが腕を上げた直後、頭上に黒い影が落ちた。

驚いて振り返ると——とっくに帰ったはずの費渡《フェイ・ドゥ》がいつの間にか舞い戻っており、傘を手に複雑な表情で自分を眺めていた。

ポツポツと降っていた雨は一分間ほどの〝マイクテスト〟を終えると、怒涛《どとう》の勢いで咆哮《ほうこう》しはじめた。土砂降りの霊園の中、墓前で〝現行犯逮捕〟された駱聞舟《ルオ・ウェンジョウ》は無言で費渡《フェイ・ドゥ》と顔を見合わせた——その横で、罪証である小白菊が今も雨に打たれながら伸びやかに揺れている。

このとき、偉大なる駱《ルオ》隊長は今すぐ国外へ逃亡したくなった。

駱聞舟《ルオ・ウェンジョウ》はしどろもどろに弁解を試みた。

「これはその……えーっと……あれだ、たまたま近くを通りかかったからついでに顔を出してみただけなんだよ」

費渡《フェイ・ドゥ》は相変わらず沈黙したままで、雰囲気が余計気まずくなっただけだった。

今ここに万里の長城を持ってきて、自分の顔に貼りつけることができたとしても、費渡《フェイ・ドゥ》の鋭い眼光を遮《さえぎ》ることはできないだろうと駱聞舟《ルオ・ウェンジョウ》は思った。そのため彼は慌てて視線をそらし、適当にごまかしてさっさと退散することにした。

「邪魔をしたな」

他人行儀に挨拶しながら、駱聞舟《ルオ・ウェンジョウ》は没後七年の女に再び一礼した。

「明日も仕事があるから、そろそろ失礼するよ。それじゃ、ごゆっくり」

そう言って大股で雨の中へ走り出そうとした駱聞舟《ルオ・ウェンジョウ》だが、大自然の〝恵み〟をその身に受ける前に、頭上にあった大きな黒傘も影となってついてきた。

費渡《フェイ・ドゥ》は一歩も動かず、ただ傘を持つ腕を伸ばした。そのためもう片方の肩はまたたく間に雨に濡《ぬ》れてしまい、気のせいかその輪郭は霧がかかったようにぼやけて見える。

やがて彼は口を開き、静かに言った。

「花を供えていたのは、貴方《あなた》だったんですね」

あれから七年。費渡《フェイ・ドゥ》は毎年母の命日近くに墓参りをしていた。一、二日ほど遅れる年もあったが、そういうときは決まってセンスに欠けた白い小花の束に出合うことになる。

誰が来ていたのだろうか？　この霊園には毎日多くの人が訪れており、管理もそれほど厳しくはない。管理人に訊《き》いたこともあるが、結局わからずじまいだった。

花を供えた人間から悪意は感じられず、ゆえに費渡《フェイ・ドゥ》も無理に調べようとはしなかった。それでも様々な可能性を考えたが、駱聞舟《ルオ・ウェンジョウ》のことだけは思い浮かべもしなかった。

駱聞舟《ルオ・ウェンジョウ》はばつが悪そうに「うん」と答えてから、言い訳がましく続けた。

「まあ、手ぶらで来るわけにもいかないだろ――そっちこそ……その、もう帰ったんじゃなかったのか？」

だが費渡《フェイ・ドゥ》は、これまで以上に含みのある目でじっと男を見据えたまま、質問を返した。

「私がもう帰ったということを、なぜ知っているんですか？」

「……」

刑事隊隊長ともあろうものが、こうも簡単に口を滑らせるとは！

大きくて重たい傘を駱聞舟《ルオ・ウェンジョウ》に持たせ、費渡《フェイ・ドゥ》は墓碑のそばに落ちていたスカーフを拾いつつ、男の疑問に答えた。

「これを取りに来たんですよ」

傘係という大役を仰《おお》せつかった駱聞舟《ルオ・ウェンジョウ》はいまさら立ち去るわけにもいかなくなり、居心地の悪さを堪《こら》えながら、費渡《フェイ・ドゥ》の後ろでただ景色を楽しんでいるふうを装って辺りを見回しはじめた。

整然と並んでいる墓碑の表面からは墓の主たちの遺影が思い思いの表情でこちらを見つめており、雨のとばりの向こうでは灰色の空と郊外の山々が一つになったかのように霞《かす》み、付近に住むリスたちも面会謝絶とばかりに木の洞《うろ》に閉じこもってしまった――きょろきょろと視線を彷徨《さまよ》わせたすえ、駱聞舟《ルオ・ウェンジョウ》はやむなくこの黒傘によって作り出された小さな空間の中における唯一の生き物である費渡《フェイ・ドゥ》に目を向けた。

驚くことにこの〝生き物〟は、法律や道義を馬鹿にしたような小憎らしい口さえ利かなければ、意外と姿勢の美しいすらりとした美男子だった。糊《のり》のきいたダークグレーのシャツが端から雨に濡れ、腰の辺りに張りついているさまは、〝男好き〟の目から見ると〝艶姿《あですがた》〟と称してもいいほどの眼福ものだった。

いかがわしいことを考えていると、ふいに振り向いた費渡《フェイ・ドゥ》に反応が遅れ、目と目が合ったはずみで一瞬息が止まった。うっかり魅入られそうになったが、すぐにハッとして正気を取り戻す。

咳払《せきばら》いとともに、駱聞舟《ルオ・ウェンジョウ》は口を開いた。

「お兄さんと少し話さないか？」

それを聞いた費渡《フェイ・ドゥ》は、ようやく見慣れた作り笑いを浮かべた。

「お兄さん？　駱《ルオ》隊長、普段から誰彼構わずそんな馴《な》れ馴《な》れしい態度を取っておいでで？」

費渡《フェイ・ドゥ》がいつもの嫌みったらしい口調に戻ってくれたおかげで、ついさっきまで張り詰めていた空気はすっかり打ち砕かれ、駱聞舟《ルオ・ウェンジョウ》は無意識に安堵《あんど》の息を漏らした。続けて彼は足元の小さな石段を指さし、提案した。

「ここで少し待ってみよう。この大雨のなかで山道を歩いて降りるのは、さすがに危ないだろ」

費渡《フェイ・ドゥ》はとくに反対もせず、ただ雨に濡れた石段を軽く払い、腰を下ろした。

続けて駱聞舟《ルオ・ウェンジョウ》も重たいカーボン傘を手に、墓碑の女に一礼してからその隣に座った。

費渡《フェイ・ドゥ》という人間は――少なくとも駱聞舟《ルオ・ウェンジョウ》から見た費渡《フェイ・ドゥ》は、彼がたまに鼻筋の上にかけているメタルフレームのメガネと同じく、見た目は工芸品さながらに美しいものの、その実は人を寄せつけない冷たさをはらんでいる。

ところが今、同じ傘の下に足止めされてみれば、費渡《フェイ・ドゥ》の体温は案外低くなかった。地上を埋め尽くしていた暑気が激しい雨によって追い払われ、湿った冷たい空気が押し寄せてくると、逆に隣から伝わる温かさがかえって際立って感じられる。

この青年は、吸血鬼やゾンビでも、真夜中に災いを振りまく魑魅魍魎《ちみもうりょう》でもなく――

ただの血の通った人間だったようだ。

「ここには、時々顔を出していたんだよ」

先に口を開いたのは駱聞舟《ルオ・ウェンジョウ》だった。

「自分がはじめて担当した死亡事件だったからな」

費渡《フェイ・ドゥ》は眉を上げながら訊いた。

「だから印象に残ったと？」

「ああ、」

そう言って軽く頷いたあと、駱聞舟《ルオ・ウェンジョウ》はしばらく沈黙してから再び口を開いた。

「ただ、印象に残ったのはお母さんのことじゃない」

費渡《フェイ・ドゥ》は気にも留めずに相槌《あいづち》を打った。

「そりゃあ駱《ルオ》隊長ならさぞ様々な死体を見てきたことでしょうから、あのくらい……」

駱聞舟《ルオ・ウェンジョウ》はそれを遮って言った。

「お前のことがずっと忘れられなかったんだ」

正気とは思えない発言に、費渡《フェイ・ドゥ》は一瞬言葉を失い、信じられない気持ちで隣の男を一瞥《いちべつ》した。

だが、当の駱聞舟《ルオ・ウェンジョウ》は自分の言い方が紛らわしかったことにも気づかず、タコのついた指でカーボン傘の柄をさすりながら目の前のまっ平らな石灰岩の敷石をじっと見つめていた。

「あの日もたしか、微妙な天気だったな。俺と陶然《タオ・ラン》は連絡を受けたあと、電話で先輩に指示を仰《あお》ぐと同時に、必死でお前の家へ急いだ。あの段階ではまだ状況がわからなかったし、万が一強盗殺人だった場合、犯人はまだ近くにいたかもしれない。なのにお前は、現場から離れろと言っても聞かなかった。子どものお前を一人にしておくのは心配でならなかった」

費渡《フェイ・ドゥ》の顔から、慇懃《いんぎん》無礼な作り笑いが徐々に薄れていった。

「現場に到着したとき、お前はちょうど今みたいなポーズで、庭の入口前にある石段に座っていた。俺たちの足音に反応して見上げたお前の目が、どうしても忘れられないんだ」

あの純粋で、頑固で、まっすぐな目には、長い間口に出せずにいた「助けて」と「お願い」が詰まっているように思えた――実際、少年の振る舞いは一貫して抑制の利いた控えめなものではあったが。

「お前を見て、昔師匠から聞いた話を思い出したんだ。師匠がまだ若かった頃の話だから、二十年くらい前になるかな――児童失踪事件が起きて、子どもが次々と行方不明になっていた。全員十歳前後の女の子で、学校が終わったあと家に戻らず、忽然《こつぜん》と消えてしまったという。当時、国内の刑事捜査技術はかなり遅れていたから、DNAもなにそれってレベルだった。死者の身元確認すら、血液型検査と遺族に特徴を教えてもらう古典的なやり方に頼っていた。

結局、この事件はいつまで経っても解決できず、行方不明になった六人の女の子は一人も見つけられなかった。被害者の父親の一人は、ショックのあまり立ち直れなくなった」

費渡《フェイ・ドゥ》はひと言も口を挟まず、ただ静かに駱聞舟《ルオ・ウェンジョウ》の言葉に耳を傾けた。

「どうにか娘を見つけてもらおうと、その父親は百回以上も局を訪ねてきたが、なんの成果も得られなかった。刑事たちはほかの事件も抱えているから、ずっと手がかりが見つからない事件より、どうしてもほかの事件を優先しなくちゃいけなくなる。そこで、説得上手なベテラン刑事にこの諦めの悪い父親の応対を任せることになり……それが俺の師匠だったんだ。

何度も話しているうちに、師匠も見ていられなくなって、そろそろ前を見ろとその父親を説得したこともあった。どうしても子どもが諦めきれないなら、まだ若いうちにもう一人作ってみてはどうか、と。それでも男は諦められず、自分の力で娘を探し出すことにした。そのまま数ヶ月が過ぎ、ある日、この父親が再び現れ、怪しい人物を見つけたと言って師匠にしがみついてきた」

駱聞舟《ルオ・ウェンジョウ》は一度言葉を切り、隣に座っている費渡《フェイ・ドゥ》の目に視線を向けた。

すっかり男らしく成長した費渡《フェイ・ドゥ》だが、よく見ると目元はどことなく少年時代の名残があった。しかし、その奥にあるものはずいぶんと変わってしまった。

いつの間にか、気だるそうな色が宿るようになり、常に細められた目は笑っていないときでもどこか意地悪そうで嫌みなカーブを描いている。時々紳士的な笑みを浮かべることもあるが、実際には目の焦点すら合っておらず、場に合わせて笑顔を作っているにすぎなかった。

かつて見たあの頑《かたく》なまでの意地っ張りな目は、もうどこにもない。

まるで駱聞舟《ルオ・ウェンジョウ》の心の中にしか存在しない、思い込みから生まれた幻だったかのように。

こちらへ目を向けたまま物思いにふけっている駱聞舟《ルオ・ウェンジョウ》を見て、費渡《フェイ・ドゥ》はついからかってやりたくなった。思わせぶりに男の鼻梁《びりょう》と唇を眺めながら、費渡《フェイ・ドゥ》は口を開いた。

「駱《ルオ》隊長、もういいお年なんですから、そろそろ天然ぶるのをやめてもらえませんか？　そんなに他人《ひと》の目を覗《のぞ》き込んでいると、キスをねだっていると解釈されても仕方ありませんよ？」

だが百戦錬磨の駱聞舟《ルオ・ウェンジョウ》は、その程度でダメージを食らうようなタマではなかった。物思いから覚めると、顔色ひとつ変えずに反撃した。

「お前みたいな乳臭いガキに、誰がキスなんかねだるもんか」

このとき、二人は同時に新たな戦いの始まりを予感した。ただ困ったことに、ここには仲裁役の陶然《タオ・ラン》もおらず、辺りは土砂降りで、お互いたった一本の傘の下から出られない状況にある。二人は仕方なく理性的な大人に戻り、互いに一歩引き下がることにした――駱聞舟《ルオ・ウェンジョウ》と費渡《フェイ・ドゥ》は同時に顔を背け、口を閉じた。

どうにか戦火を鎮めたものの、ずっと無言のまま肩を並べて座っているわけにもいかないと思った費渡《フェイ・ドゥ》は、そっけなく話題を振った。

「それで、その連続女児失踪事件は私とどんな関係が？」

「その父親が数ヶ月ぶりに訪ねてきたときの目つきを、師匠から聞いたことがある。冷たい岩窟のような両目の奥では、凄《すさ》まじい渇望が魂を焼き尽くさんばかりに燃えていた、と――当時のお前を見て、なぜかこの

言葉を思い出してしまったんだ」

駱聞舟《ルオ・ウエンジョウ》の説明を聞いて、費渡《フェイ・ドゥ》は〝停戦協定〟に合意したことを一時的に忘却の彼方《かなた》へ追いやり、そのほっそりとした長い眉を片方だけクイッと上げながら、失笑を漏らした。

「どうやら駱《ルオ》隊長は、昔から目が悪いようですね。でなければ、異常に想像力が豊かだったのでしょう」

そんな彼を、駱聞舟《ルオ・ウエンジョウ》はギロリと睨《にら》みつけた。

「費《フェイ》会長、十分間だけでも俺に突っかからずに会話するのは、そんなに難しいことなのか？」

費渡《フェイ・ドゥ》は肩をすくめ、続きを促した。

「はいはい、善処しましょう——そのあとは？　女の子の家族が怪しい人物を見つけてくれたんでしょう？」

駱聞舟《ルオ・ウエンジョウ》はそれ以上追及せず、素直に説明を続けた。

「その父親が言っていた怪しい人物というのは、そこそこ評判の良かった中学教師だった。近所では誰もが知る気のいい人物で、人助けをして表彰されたこともあるし、模範労働者にも選ばれていた。それを聞いた師匠は、この父親はついに正気を失ったのかと疑ったものの、ひとまず彼の証言通りに調べてみることにした」

「調べるって、個人的に？」

「男性教師にこの手の噂《うわさ》は致命的だからな。たとえ無実だったとしても、一度そんな噂が立ってしまえば、その後の人生は終わったも同然だ。だから師匠は秘密裏に調べるしかなかった。

だがいくら調べても、怪しい痕跡はなにひとつ見つからなかった。師匠は逆に通報してきた父親に精神的な問題があるのではないかと疑いを深め、二人はそのまま喧嘩《けんか》別れになってしまった。その後しばらくして……殺人事件が起こった。父親が懐に隠し持った刃物で、その教師を刺し殺したんだ」

あまりにも痛ましい結末に、費渡《フェイ・ドゥ》は言葉も出なかった。長い沈黙ののち、ようやく話の内容を消化した彼は、溜まっていた息を吐き出し、口を開いた。

「私のことなら心配いりませんよ。自分の手を汚さず、金を払ってプロにお任せするのが我々の流儀ですから」

今回、駱聞舟《ルオ・ウェンジョウ》はその挑発に反応すらせず、ただ淡々と説明を続けた。

「ところが恐ろしいことに、教師の自宅を調べてみたところ、地下室のなかから行方不明になった女の子たちが着ていた服と、意識のない少女が一人見つかったんだ」

ここまで言うと、駱聞舟《ルオ・ウェンジョウ》は雨の音に隠れてそっと長い息を吐き出し、かのベテラン刑事が幾度となく自分に言い聞かせた言葉を思い返した。

『もしいつか、誰かがお前にああいう目を向けることがあったら、それは相手がお前に期待しているということだ。どんな結果が待っていようと、その期待は絶対に裏切ってはダメだ』

一方、都市伝説のような話を聞かされた費渡《フェイ・ドゥ》は、とくに感じ入る様子もなく、ただ物珍しそうに質問した。

「師匠なんていたんですか？」

「この仕事をはじめて間もない頃に面倒を見てくれた大先輩がいたんだよ。陶然《タオ・ラン》が話したかどうかはわからないけど——数年前、犯罪者を追う最中に殉職したんだ」

費渡《フェイ・ドゥ》はためらいつつも、眉をひそめて考えを巡らせた。

「もしかして、三年前に？」

「よくわかったな？」

「まったく記憶にありませんからね。三年前なら、ちょうど父の事故があったばかりで、なにかと忙しかったんですよ。陶然《タオ・ラン》にあまり連絡してなかった時期といえば、あの頃くらいでしょう」

それを聞いた駱聞舟《ルオ・ウェンジョウ》は、急に思考回路が故障でもしたのか、ぽろりと疑問を漏らした。

「俺も陶然《タオ・ラン》も、お前と知り合ったのは同じ日だったよな？　なんで俺には突っかかってばかりなのに、陶然《タオ・ラン》にだけそんなに懐いてるんだ？」

費渡《フェイ・ドゥ》は足を組み、膝頭に手を重ね、リラックスした格好で座っていた。駱聞舟《ルオ・ウェンジョウ》の質問を聞くと、いたずらっぽく目を細めて言った。

「七年越しのヤキモチとは、なかなかクるものがありますね」

「お前さ、口を開けば人をイラつかせることしか言わないくせに、よくあちこちで女の子にちょっかいを出せるもんだな。誰にもひっぱたかれなかったのか？」

そう言って、駱聞舟《ルオ・ウェンジョウ》は首を左右に振りながら呆《あき》れた笑みを浮かべた。

今回のことで、なんとなく費渡《フェイ・ドゥ》とのわだかまりが解けた気がした彼は、無意識に内ポケットに入っているタバコに手を伸ばそうとしたが、すぐにあることを思い出し、どうにか我慢した。

「どうぞ、お構いなく」

「だってお前、咽頭炎があるんだろ？」

「別に、」

費渡《フェイ・ドゥ》はあっさりと否定した。

「貴方にいじわるしようと、でまかせで言っただけですから」

「……」

やっぱりろくでもない野郎だな！

心の中でそう毒づきながら、駱聞舟《ルオ・ウェンジョウ》はつい反射的にパンチを繰り出した。だがこれまでずっと舌鋒《ぜっぽう》のみで戦ってきた〝平和主義者〟の費《フェイ》会長はとことん接近戦が苦手だった。

隣から急に飛んできた乱暴な拳をもろに食らった結果、優雅でゆったりとした姿勢があっという間に崩れ、組み合わさっていた長い脚も思いっきり脇の水溜《みずた》まりに突っ込んでしまった。慌てて地面に手をついたせいで、手のひらまで泥まみれだ。

それなのに元凶である駱聞舟《ルオ・ウェンジョウ》は謝るどころか、ツボにでも入ったのか隣でゲラゲラと笑いはじめた。

その後、二人は珍しく平穏無事な時間を過ごした。やがて雨が小降りになると、駱聞舟《ルオ・ウェンジョウ》は費渡《フェイ・ドゥ》に傘を返した。

「陶然《タオ・ラン》がこの前、マンションを買っただろ？　その内装工事が終わったらしく、来週には引っ越すそうだ。ちょうどいい機会だし、お前も顔を出してみるといい」

けれども費渡《フェイ・ドゥ》は何も答えず、ただ無表情なまま彼を横目で睨んだ。その「世の中は狂犬ばかりで、自分ほど高貴な生き物はどこにも存在しない」と言わんばかりの〝超然〟とした目つきを見て、駱聞舟《ルオ・ウェンジョウ》はなぜか飼い猫の駱一鍋《ルオ・イーグォ》を思い出した。込み上げるおかしさにクスクスと笑い声を漏らしながら、男は今度こそ頭上に腕をかざし、小雨の中へ飛び込んだ。

こうして、宿怨《しゅくえん》は塵《ちり》のごとく消え去り、真実も明らかになったかのように思われた。

＊＊＊

５２０事件と花市《ホアシー》分局が起こした前代未聞の汚職・麻薬密売事件の後始末は、忙《せわ》しくも順調に進んでいった。

王洪亮《ワン・ホンリャン》らの証言をまとめた結果、被害者何忠義《ホー・チョンイー》が麻薬取引に関与していた可能性は完全に否定されたが、彼の携帯電話に届いた謎のメッセージの出所はわからずじまいだった。結局、メッセージについては現場近くで見つかった超小型カメラと一緒に、「名役者」趙浩昌《チャオ・ハオチャン》による自作自演だと判断された。

本人は最後まで否認していたが。

一方、馬小偉《マー・シャオウェイ》は数日間市局に留め置かれたのち、呉雪春《ウー・シュエチュン》とともに薬物依存更生施設へ移送され、そこで新しい人生を勝ち取るための厳しい日々を過ごすことになった。

二人の見送りに来た駱聞舟《ルオ・ウェンジョウ》は呉雪春《ウー・シュエチュン》に一つ頷くと、流れるように馬小偉《マー・シャオウェイ》のキウイに似た頭をひと撫《な》でして言った。

「今回は危ないところだったな。これからはいい子でいろよ」

車が走り去ったあと、駱聞舟《ルオ・ウェンジョウ》は道端に立ったままタバコを吹かしながらため息をつき、ずっと棘《とげ》のように喉奥に突き刺さっていた二つの疑問をひとまず呑《の》み込むことにした。

——陳振《チェン・ジェン》の死は本当に黄敬廉《ホァン・ジンリェン》の主張通り、ただの事故だったのだろうか。

そして、あの不信感の塊であった青年は、いったいどうやって王洪亮《ワン・ホンリャン》の妨害をすり抜け、あのお粗末な告発状を市局へ届けたのだろう？　市局も同じ穴のムジナかもしれないと疑わなかったのか？

陳振《チェン・ジェン》が死んだことで、これらの疑問への答えは永遠にわからなくなった。

＊＊＊

別れ際に若い刑事隊長の手のひらの温度を頭皮に刻み込んだ馬小偉《マー・シャオウェイ》は、無言のまま車窓から流れゆく道路沿いの看板をぼんやりと眺めていた。

やがて車が信号待ちのため一時停止していると、すぐ横になんの変哲もない小型セダンが停まり、スモークガラスのウインドウがほんの少し下りるのが見えた。

二センチほど開いた隙間の向こうに現れたのは、携帯電話の画面の一部だった。覗き見防止フィルムが貼られたその画面は、ちょうど馬小偉《マー・シャオウェイ》からしか見えないような角度にかざされ、そこには一行の文字列が表示されていた――〈上出来だ〉。

馬小偉《マー・シャオウェイ》は思わず目を見張り、ぶるりと身を震わせた。

次の瞬間、携帯電話を持った人物を確かめる暇もなく窓が閉まり、その車は護送車とは別の方向へ走り去っていった。

第一部　ジュリアン【完】

第二部へつづく

著者紹介

Priest　プリースト

中国人作家。現代からSF、古代、ファンタジーなど、様々な背景のBL、女性が主人公の冒険小説など幅広いジャンルの作品で世界中で愛されている。多数の作品がドラマ、アニメ、コミック等メディアミックスされている。
代表作には『鎮魂』、『殺破狼』、『黙読』、『残次品』、『有匪』など多数。

訳者紹介

楊墨秋　ヨウボクシュウ

横浜国立大学経済学部卒。卒業後はフリーランスとして、日本のゲームを中国語に翻訳する仕事を始める。仕事の参考に中国のWeb小説を読み出すも中華BLにハマり、気づけば日本語への翻訳ばかりをするようになる。担当作品に『君との通勤時間』（林珮瑜著)、『監禁』（莫晨歓著）など。

この作品はフィクションです。実在の人物、団体とは関係がありません。
本書は、各電子書籍ストアで配信中の『黙読』1～28話までの内容に加筆・修正をしたものです。

黙読 The Light in the Night **1**

2025年4月26日　第1刷発行

著　者　Priest
訳　者　楊墨秋
発行者　徳留 慶太郎
発行所　株式会社すばる舎
東京都豊島区東池袋3-9-7 東池袋織本ビル　〒170-0013
TEL 03-3981-8651（代表）　03-3981-0767（営業部）
FAX 03-3981-8638　https://www.subarusya.jp/
印　刷　株式会社光邦

ISBN978-4-7991-1108-6